HAKAN GÜNDAY

ENCORE

ROMAN

TRADUIT DU TURC
PAR JEAN DESCAT

GALAADE ÉDITIONS

TITRE ORIGINAL : *DAHA*
ÉDITEUR ORIGINAL : DOĞAN KİTAP
ISBN ORIGINAL : 978-605-09-1726-0

E-BOOK : 978-2-35176-383-4

ISBN : 978-2-35176-382-7

COUVERTURE : LINE CÉLO ET CLÉMENCE MICHON

PHOTO DE L'AUTEUR : © SELEN ÖZER

À L'OCCASION DE CETTE RÉIMPRESSION, CERTAINS PASSAGES ONT ÉTÉ AJOUTÉS PAR L'AUTEUR DIRECTEMENT EN FRANÇAIS

GALAADE ÉDITIONS
43, RUE DES CLOŸS 75018 PARIS | F
WWW.GALAADE.COM

À ceux qu'au nom des nations
l'histoire des hommes
enterre vivants
dans les rues

La seule chose insupportable,
c'est que rien ne soit insupportable[1].

SFUMATO

L'une des quatre techniques de la peinture de la Renaissance. Elle consiste à rendre les contours invisibles en mêlant les tons et les couleurs dans une ombre diffuse. Cette technique est surtout utilisée dans les passages du clair à l'obscur.

Si mon père n'avait pas été un assassin, je ne serais pas né…

« C'était deux ans avant ta naissance… Il y avait un bateau, je ne l'oublierai jamais, il s'appelait *Swing Köpo*… Le bateau d'un sale type nommé Rahim… Bon enfin, on a chargé la marchandise… Il y avait au moins quarante têtes. L'un des hommes était malade. Si tu avais vu comme il toussait ! Il était au bout du rouleau ! Il pouvait avoir 70 ans, peut-être 80… »

Si mon père n'avait pas été un assassin, je ne l'aurais pas été non plus…

« Je lui ai dit : "Qu'est-ce que tu cherches ? Tu veux te tirer, tu veux émigrer ? Même si tu arrives à destination, tu ne seras pas plus avancé. C'est pour aller mourir que tu endures tout ça ?" Enfin… Rahim me dit : "Viens avec nous, au retour j'aurai deux mots à te dire." À l'époque, j'étais sans travail, je n'avais pas encore acheté le camion… »

Si mon père n'avait pas été un assassin, ma mère ne serait pas morte en me mettant au monde…

« De temps en temps je m'occupais un peu des clandestins… J'apprenais le métier en faisant les petits boulots… "D'accord", j'ai dit. Je suis monté à bord, le bateau est parti… Un peu avant Sakız, il y a eu une tempête ! Le *Swing Köpo* a fait naufrage ! Sans comprendre ce qui nous arrivait, nous nous sommes retrouvés à la flotte…

Si mon père n'avait pas été un assassin, je n'aurais jamais atteint mes neuf ans et je ne me serais pas trouvé assis à sa table.

« Il y en avait de tous les côtés, en train de hurler… C'étaient des gens du désert, naturellement ils ne savaient pas nager ! Ils disparaissaient les uns après les autres. Ils coulaient comme des pierres ! Ils se noyaient… Soudain j'ai aperçu Rahim, il avait le front tout en sang. Il s'était cogné la tête. Les vagues étaient comme des murs. Les hommes montaient et descendaient ! Soudain, Rahim a disparu… »

Si mon père n'avait pas été un assassin, il n'aurait pas pu me raconter cette histoire et moi, je n'aurais pas été là pour l'écouter…

« Je suis bien résolu à nager, mais je ne sais pas dans quelle direction je dois aller… Il fait nuit noire ! J'ai l'espoir de m'en sortir… Mais j'ai du mal à garder la tête hors de l'eau… Je plonge, je refais surface… Je me dis : "mon petit Ahad, tu es fichu…" Tout d'un coup, entre deux grosses vagues, je vois quelque chose de blanc… Et dessus, une silhouette sombre… »

Si mon père n'avait pas été un assassin, je n'aurais jamais su qu'il l'était…

« C'est le type qui est malade… Celui qui est au bout du rouleau. Il a trouvé une ceinture de sauvetage, il s'y cramponne. Je ne sais pas trop comment, je réussis à le rejoindre. Je saisis la bouée, je la lui arrache des mains… Il me regarde… Il tend le bras… Moi, je le repousse… Je le prends à la gorge… Finalement une vague l'emporte… »

Mon père était un assassin, voilà tout…

Ce soir-là, il m'a raconté posément son histoire. Il distillait entre ses lèvres des mots entrecoupés de silences. C'est pour ça qu'ils sont restés cloués, vissés dans ma mémoire. Ils tournent et retournent dans ma tête. Ou du moins dans ce qu'il en reste… Maintenant je me dis que s'il n'avait pas été un assassin, il n'aurait pas pu être mon père. Car seul un assassin pouvait être mon père. Le temps l'a bien montré…

Il n'a plus jamais parlé de son meurtre. Ce n'était plus nécessaire. Combien de fois peut-on avouer le même péché à la même personne ? Une fois suffit. Après ça, tu n'as plus qu'à quitter tranquillement la table et à aller te coucher. Mais essaie donc de fermer l'œil !

Je me demande pourquoi je repense maintenant à cette soirée, et pourquoi il m'a raconté ça. Est-ce à moi ou à lui-même qu'il l'a raconté ? C'était peut-être la seule leçon qu'il était capable de donner à son fils de 9 ans. C'était tout ce qu'il avait à m'apprendre : « Sauve ta vie ! » Et je me souviens que j'en ai tiré une autre leçon : « Mais ne raconte à personne comment tu as fait… » Je me souviens que je me disais en pleurant : « Il ne faut raconter à personne que s'il respire encore, c'est parce qu'il a volé une vie. » Je n'avais que 9 ans. Tout cela me dépassait… Quelqu'un pouvait-il s'accrocher à la vie simplement pour pouvoir raconter comment il avait survécu ? Je me rappelle que j'ai imaginé à plusieurs reprises mon père prenant ce vieil homme à la gorge et le repoussant. Je me disais qu'il avait lui aussi une pomme d'Adam. Et je me demandais si mon père avait tenu cette excroissance dans sa main… La pomme d'Adam du vieil homme avait-elle laissé une empreinte dans la main de mon père ? Est-ce que je la sentais quand il me caressait la joue ? Je me souviens que j'ai fini par m'endormir. Ensuite je me suis réveillé… Il m'a préparé mon petit déjeuner, je me rappelle la claque et l'ordre qu'il m'a donnés.

Une tartine de pain…

« Quelle leçon as-tu tirée de ce que je t'ai raconté hier ?

— C'était toi ou cet homme qui allait mourir… »

Deux tranches de fromage…

« Bravo… Voyons un peu… Qu'est-ce que tu aurais fait à ma place ?

— Peut-être que la bouée aurait suffi pour tous les deux… »

La claque…

« Allez, ne me regarde pas comme ça ! Et essuie-toi les yeux…

— D'accord, papa. »

Un œuf…

« Sans moi, tu ne serais pas là, tu comprends ?

— Oui papa. »

Trois olives…

« C'est bien… N'oublie jamais ça ! Maintenant dis-moi, qu'aurais-tu fait à ma place ?

— J'aurais fait comme toi, papa. »

Un peu de beurre…

« Tout ce que j'ai fait dans la vie, c'est pour toi.

— Merci papa. »

L'ordre…

« Puisque tu as compris que ce boulot, c'est une façon de lutter pour vivre, tu vas venir avec moi !

— D'accord papa. »

Mon père avait besoin d'un associé qui fût lié à lui par sa chair, ses os et sa moelle. Il voulait s'associer à son fils, afin de ne pas partager ses gains avec un étranger.

« Tu vas venir ! » dit-il en partant.

C'est ainsi que cette année-là, à peine sorti de l'école, je devins passeur de clandestins. À 9 ans… Ça ne changeait pas grand-chose. J'étais déjà le fils d'un passeur…

Je me dis maintenant qu'il devait être saoul quand il m'a raconté cette histoire. Quand il s'en était rendu compte, il était déjà trop tard… Mon père était probablement un tordu. C'était peut-être la faute de son père. Qui tenait lui-même cela de son père… Qui le tenait de son père… Après tout, ne sommes-nous pas tous les enfants des survivants, de ceux qui sont sortis indemnes des guerres, des tremblements de terre, des grandes sécheresses, des massacres, des épidémies, des occupations, des conflits et des catastrophes ? Enfants d'escrocs, de voleurs, de meurtriers, de menteurs, de mouchards, de ceux qui ont arraché aux autres leur bouée de sauvetage… De ceux qui ont été capables de survivre… Qui étaient prêts à tout, absolument tout, pour survivre… Si nous sommes là aujourd'hui, c'est parce qu'un de nos ascendants a dit : « C'est lui ou moi ! » Peut-être n'y a-t-il rien de mal à cela. Nous pensons que c'est laid, mais c'est peut-être tout naturel… Peut-être que rien n'est laid dans la nature… Et que rien n'est beau… Un arc-en-ciel n'est qu'un arc-en-ciel et nul livre de sciences naturelles ne lui prête un pouvoir particulier.

Finalement je dois la vie à deux décès : l'un dû au désir de vivre, l'autre à celui de procréer… Le premier du fait de mon père, le second du fait de ma mère… C'est ainsi que j'ai vu le jour… Avais-je le choix ? Probablement… Mais qui sait, c'est peut-être ainsi que la vie fonctionne, peut-être est-il écrit quelque part :

Introduction à la physique de la vie :

Toute naissance entraîne au moins deux décès. Deux morts liées l'une au désir de vivre, l'autre au désir de procréer.

Le nouveau-né, pour rester en vie, doit ignorer qu'il est venu au monde grâce à ces morts.

Sinon sa personne est conflictuelle et meurt chaque jour.

Oui, je m'appelle Gazâ[2]…

Mais je n'ai jamais songé à me suicider.

On le sent, le suicide.

Et moi, c'est vrai que je l'ai senti. Au moins une fois.

Je vais me raconter une histoire et je vais la tenir pour vraie. Parce que chaque fois que je me tourne vers le passé, je constate des changements. Les lieux diffèrent, les faits se modifient. Rien ne reste à la même place dans cette existence. Les choses ne sont jamais contentes de la place qu'elles occupent. En fait, elles n'ont peut-être pas de place définie. C'est pour cela qu'elles ne restent pas dans le trou où tu les as laissées, que tu as creusé spécialement pour elles, à leurs dimensions. Tu en es pour tes frais ! Elles se débinent dès que tu as le dos tourné, elles changent de place pour te rendre fou. Ton passé, surtout…

Il est temps. Tu dois maintenant raconter tout ce dont tu te souviens et le sceller. Parce que c'est la fin ! Tu ne reviendras pas en arrière. Tu ne te regarderas même plus dans un miroir. Tu vas évacuer tout ça en le racontant. Puis tu te nettoieras les dents avec un cure-dents et tu piétineras tout ça. C'est ta seule chance de survivre… Si tu ne le fais pas, le corps dans lequel tu vis fera en sorte d'arrêter le temps ! Car il n'ignore rien : il sait qu'il va mourir et qu'il pourrira… Quel est le fils de pute qui l'en a informé ? Ce corps sait qu'il va crever et disparaître… C'est même pour cette seule raison qu'il serre la vie entre ses dents, comme un chien enragé, et qu'il me fait répéter sans cesse les mêmes erreurs. Encore et encore ! Pour gagner du temps, il me ramène constamment au déjà-vu qui appartient au passé… Mais maintenant, c'est fini ! Quand j'arriverai au bout de mon histoire, quand je me tairai, je ne pourrai plus faire que des fautes nouvelles ! Des fautes étranges à faire galoper le temps ! Des fautes à déboussoler la pendule murale ! Des fautes grandioses et inouïes comme la découverte d'un continent perdu ou d'une vie extraterrestre ! Des fautes extraordinaires comme des hommes faisant des machines qui font des machines qui font des hommes qui font des machines ! Des fautes gigantesques comme la création divine ! Des fautes imprévisibles comme le caractère, qui est la plus grande invention après Dieu ! Magiques comme la première erreur d'un nouveau-né ! Commettre une erreur aussi mortelle que la naissance ! C'est tout ce que je veux… Et aussi, peut-être, un peu de sulfate de morphine.

La différence entre l'Orient et l'Occident, c'est la Turquie. Je ne sais pas si elle est le résultat de la soustraction, mais je suis sûr que la distance qui les sépare est grande comme elle. Nous, c'était là que nous vivions. Dans un pays où les politiciens, à la télévision, rappelaient tous les jours l'importance de la géopolitique. Au début, je ne savais pas comment comprendre. Cela voulait-il dire que notre pays était comme un bâtiment délabré devant lequel s'arrête en pleine nuit un autobus à l'intérieur ténébreux et aux phares éblouissants ? Qu'il est un immense pont de 1 565 kilomètres de long sur le Bosphore. Un pont géant infligé aux habitants de ce pays. Un vieux pont entre l'Orient aux pieds nus et l'Occident bien chaussé, sur lequel passe tout ce qui est illégal. Tout cela me chiffonnait. Et en particulier ces gens que l'on appelle les clandestins… Nous faisions tout notre possible pour qu'ils ne nous restent pas en travers du gosier. Nous avalions notre salive et nous expédions tout le contingent là où il voulait aller… Commerce d'une frontière à l'autre… D'un mur à l'autre… Bien entendu, le reste du monde ne restait pas les bras croisés, il leur créait toutes sortes de problèmes pour entraver leur course précipitée entre le lieu où ils étaient nés et le lieu où ils finiraient leurs jours. Il leur pourrissait la vie avec des problèmes de mensurations, de poids et d'âge… Tandis que nous nous contentions de régler des questions de latitude et de longitude. Nous menions ces gens de l'enfer au paradis. Moi, je ne crois ni à l'un ni à l'autre. Mais ces gens-là étaient particulièrement crédules. Chez eux, c'était inné ! Ils raisonnaient ainsi : s'il existe un enfer déchiré par la guerre et où l'on meurt de faim, il y a forcément un paradis. Mais ils se trompaient. On les avait bernés. Le fait qu'il y ait un enfer ne prouve nullement qu'il y ait un paradis ! Pourtant je pouvais les comprendre. C'était ce qu'on leur avait enseigné, comme à tout le monde… On avait écrit ça sur un grand tableau et on l'avait fait apprendre par cœur à la population mondiale. Le tableau montrait le combat du bien et du mal, de l'enfer et du paradis. Mais ce combat-là n'existe pas et n'a jamais existé. La guerre sans merci que le bien et le mal sont censés se livrer jusqu'au jugement dernier est la plus grande escroquerie dont l'humanité ait jamais été victime. Il s'agissait sans doute de maintenir l'ordre public et de protéger le pouvoir en place. Car si l'on avait admis que tous les hommes étaient à la fois bons et mauvais, les dirigeants qui suscitaient l'admiration des masses et entraînaient les foules auraient été les premiers à voir leur image ternie. Cela aurait provoqué une grande confusion et nul n'aurait plus voulu sacrifier sa vie pour qui que ce fût. Mais il n'en était rien et le moyen le plus simple d'inciter les gens à s'entre-tuer était d'appeler les bons à combattre les méchants. Ceux qui disaient : « C'est vous qui êtes les bons ! » entendaient par-là « Allez tuer pour moi ! » et ceux qui disaient : « C'est vous qui irez au paradis ! » sous-entendaient « Ceux que vous avez tués iront en enfer ! » Ainsi le paradis et l'enfer, le bien et le mal divisaient en deux la créature dite humaine et la mettaient dans cette situation absurde : ses deux moitiés étaient à couteaux tirés. D'habiles mercantis avaient réussi à vendre à des hommes libres, sous l'emballage de la théorie de l'antagonisme, une obéissance garantie à vie. Le jeu consistait à pousser des chiens dociles à se jeter sur d'autres chiens dociles ! La lumière et l'obscurité n'étaient pas hostiles l'une à l'autre. Le seul antagonisme qui existait relevait de la biologie : *To be or not to be*, être mort ou être vivant… Et quand on transportait des gens, on devait veiller à une seule chose : le nombre de personnes vivantes que l'on livrait devait être le même que celui des personnes qu'on avait réceptionnées. Savoir si ces gens-là se figuraient qu'ils fuyaient l'enfer pour aller au paradis n'avait pas la moindre importance. Nous transportions de la chair. Uniquement de la chair. Le rêve, la pensée ou les sentiments n'étaient pas inclus dans le prix. Peut-être que s'ils avaient payé assez cher, nous nous serions débrouillés pour les faire passer sans dommage. J'en aurais même fait une affaire personnelle, j'aurais veillé à ce que les rêves qu'ils avaient formés dans la maison – ou dans le trou, quel qu'il soit, où ils étaient nés – ne se brisent pas durant le trajet. Il m'aurait suffi de leur montrer quelques films de Hollywood pour qu'ils continuent de croire au paradis. Ou encore, en usant d'une méthode qui a souvent fait ses preuves au cours de l'histoire, de leur présenter un livre saint. Ou de le montrer à un seul d'entre eux. À charge pour lui d'instruire les autres. À leur guise... J'aurais même consenti à faire tout cela gratuitement, mais je n'en avais pas le temps. J'avais toujours quelque chose à faire.

« Gazâ !

— Oui, papa ?

— Va chercher les chaînes au dépôt.

— Bien, papa.

— Et n'oublie pas les clefs !

— Elles sont dans ma poche, papa. »

Je mentais. J'avais perdu tout ça. Mais je ne me doutais pas qu'on s'en apercevrait. Cela me valut deux gifles et un coup de pied au derrière. Comment pouvais-je me douter que mon père, en cas de nécessité, enchaînait ces gens ?

« Gazâ !

— Oui, papa ?

— Va chercher l'eau et distribue-la !

— D'accord, papa.

— Pas une bouteille par personne comme la dernière fois ! Donne-leur une bouteille pour deux, tu as compris ?

— Mais ils disent toujours la même chose, papa.

— Qu'est-ce qu'ils disent ?

— Encore ! »

Je mentais. Certes, ils disaient toujours « Encore ! », c'était le seul mot turc qu'ils connaissaient. Ce n'était pas parce qu'on manquait d'eau, mais parce que je ne voulais pas réduire mes revenus. J'avais commencé à leur vendre l'eau qu'on était censé leur distribuer gratuitement. À l'insu de mon père, bien sûr… Que voulez-vous, je n'avais que 10 ans.

« Gazâ !

— Oui, papa ?

— Tu as entendu ? On dirait que quelqu'un a crié !

— Non, papa.

— J'ai dû mal entendre.

— Sûrement… »

C'était un autre mensonge. Bien sûr que j'avais entendu ce cri. Mais je venais d'apprendre, il y avait à peine deux jours, que je possédais un morceau de chair qui ne servait pas seulement à uriner. Et tout ce que je voulais, c'était en finir le plus vite possible avec le boulot et aller m'enfermer dans ma chambre. Dans la caisse de notre camion prêt pour le départ, il y avait vingt-deux adultes et un nourrisson. Comment aurais-je pu me douter que ce cri, réprimé par les autres passagers, avait été poussé par une mère qui venait de voir mourir son bébé dans ses bras ? Et si je l'avais su, qu'est-ce que ça aurait changé ? Rien du tout. Je n'avais que 11 ans.

Il est impossible de savoir exactement à quelle époque a commencé le commerce des êtres humains. Si l'on considère qu'il implique seulement l'existence de trois personnes, il doit remonter très loin dans l'histoire des populations. Dans un livre sans intérêt que j'ai lu il y a quelques années, j'ai relevé cette phrase : *Le premier outil utilisé par l'homme, c'est un autre homme.* J'imagine qu'il n'a pas fallu beaucoup de temps pour fixer le prix de cet outil et en faire commerce. On peut estimer que le commerce de l'être humain a commencé à la première occasion. Finalement, après le proxénétisme, qui est l'une de ses branches, c'est le deuxième plus vieux métier du monde. Je ne me doutais pas que nous perpétuions la tradition d'une si vieille école. Moi, je me contentais de suer et d'exécuter de mon mieux les ordres de mon père. Quoi qu'il en soit, le passage a toujours été l'épine dorsale du commerce des êtres humains. Sans les passeurs, ce commerce n'aurait probablement jamais existé. C'était la phase la plus risquée de tout le processus. En comparaison, c'était un jeu d'enfant d'entasser les clandestins dans des caves, de les faire travailler dix-huit heures par jour à la fabrication de sacs à main de contrefaçon, de les entasser dans des logements, de les baiser de toutes les façons possibles. Dans le secteur du commerce des êtres humains, nous avions les pires conditions de travail ! Pour commencer, nous étions constamment sous pression. C'était toujours à nous que s'en prenaient les expéditeurs de la marchandise, les destinataires et les transporteurs. Au moindre dérapage, c'était toujours à nous qu'on venait demander des comptes. Le temps œuvrait toujours contre nous et les choses qui semblaient bien marcher tournaient soudain à la catastrophe. En fait le boulot n'était pas bien compliqué, mais comme dans toute activité illégale, personne n'avait confiance en personne et il fallait être circonspect comme dans un magasin de porcelaine.

La marchandise arrivait trois fois par mois après avoir franchi la frontière d'Iran – il en venait parfois aussi d'Irak ou de Syrie –, on rassemblait le tout et on nous l'expédiait. Ils arrivaient généralement en TIR (transport routier international), en changeant plusieurs fois de camion. Parfois la marchandise était répartie entre divers véhicules, camions, camionnettes ou minibus. C'était un certain Aruz qui la faisait entrer et l'acheminait. Il travaillait au nom du PKK[3], de quelque chose comme « le Chef du Comité de régulation du Conseil de coordination de la Libre circulation des individus entre les États moyennant une rétribution destinée à assurer les dépenses liées au train de vie des cadres dirigeants et à augmenter les ressources de la guerre démocratique en vue de pérenniser le progrès et de réaliser l'unité indivisible du Kurdistan ». En échange de la libre circulation, on acquittait un prix selon son cœur. On pouvait également donner un cœur ou un rein, plus les frais, bien entendu… Il paraît qu'Aruz était l'un des ministres du PKK responsables de la contrebande. Mais il ne s'occupait que du passage clandestin des hommes. C'étaient d'autres ministères qui étaient chargés du trafic de narcotiques, de carburant, de cigarettes ou d'armes. Il était indispensable de séparer les compétences. Bien entendu, on ne voulait pas renouveler la confusion suscitée en Turquie par un ministère qui avait un nom aussi bizarre que le ministère de la Guerre et de la Paix : le ministère de la Culture et du Tourisme. Quand deux compétences contradictoires comme gagner de l'argent et subventionner sont rassemblées dans un même ministère, la culture devient un stylo à bille promotionnel qui n'écrit plus et le tourisme se limite au logo à demi effacé d'un hôtel cinq étoiles mentionné sur ce même stylo. Mais qui s'en souciait ? Certainement pas Aruz ! Aruz, qui était aussi compétent en matière de violences qu'en matière de commerce, avait une tout autre conception du tourisme. Pour commencer, il dirigeait uniquement par téléphone son empire, l'agence du voyage illégal. En mangeant le téléphone, comme je disais, faute de comprendre ce qu'il marmonnait de sa voix d'hippopotame. Je répétais : « Je vous baise les mains, Aruz *amca* ! » ou, à bout de ressources, je demandais, juste pour l'énerver : « Comment va Felat ? » En entendant le nom de cet enfant qui ne ressemblait pas du tout au fils de ses rêves, il voyait rouge et se mettait à glouglouter comme une baleine, puis, en général, en émettant un grognement de mammouth qui ressemblait à un éclat de rire, il me signifiait de lui passer mon père. C'est du moins ainsi que je l'interprétais. Il y avait entre mon père et lui une relation qui tenait de l'amour et de la haine. Ils pouvaient se téléphoner pendant des heures entières. Un peu par nécessité, il est vrai. Tant qu'ils se téléphonaient, ils ne pouvaient pas se duper mutuellement. La tromperie venait ensuite et portait sur la quantité de marchandise. Je savais que mon père ne faisait pas sortir du pays tous les clandestins et qu'il en expédiait quelques-uns à Istanbul. Il les vendait comme esclaves à des fabriques de textile ou aux réseaux de prostitution. Ensuite, passant du ton du procureur à celui de l'inculpé, il annonçait à Aruz, d'un air pitoyable, qu'il nous était arrivé une catastrophe et que la marchandise n'était pas au complet. Aruz, pendant une demi-heure, faisait ses comptes en grognant comme un rhinocéros, puis, quand mon père l'informait qu'il était impossible de trouver un camionneur plus sûr, il proférait de vagues menaces et lui raccrochait le téléphone au nez. Un jour, pour prévenir ce genre de désagrément, il décida de faire tatouer un numéro sur le talon de chaque clandestin et d'archiver les photographies. Quand il manquait quelqu'un, il demandait aussitôt : « Dis-moi quel est son numéro ! » Il était tellement ravi d'avoir eu cette idée du tatouage qu'un jour il appela mon père et lui dit : « Trouve-moi le numéro 12 ! » Mon père dégagea le bras du numéro 12, y lut l'inscription « Onestlesmeilleurs » et Aruz se mit à rire comme un éléphanteau nouveau-né. Le message concernait l'équipe de football que finançait Aruz, et était destiné à mon père, supporter d'une équipe adverse. L'homme qui avait servi de papyrus pour assurer sa transmission était un Ouzbek d'une vingtaine d'années. Je ne sais pas pourquoi, il se marrait lui aussi. Je pense qu'il était dingue. En fait, je crois qu'ils étaient tous dingues. Tous ces Ouzbeks, Afghans, Turkmènes, Maliens, Kirghizes, Indonésiens, Birmans, Pakistanais, Iraniens, Malais, Syriens, Arméniens, Azéris, Kurdes, Kazakhs, Turcs, tous… Il faut être fou pour pouvoir supporter tout ça. Quand je dis tout ça, en fait, je veux parler de nous : Aruz, mon père, les frères Harmin et Dordor, commandants des bateaux qui emmenaient les clandestins en Grèce, les hommes de main dont le nombre augmentait et diminuait en fonction de la marée et tous ces malades mentaux plus ou moins anonymes qui faisaient des milliers de kilomètres pour passer cette marchandise humaine… Surtout les frères Harmin et Dordor. C'étaient les êtres les plus extraordinaires que j'aie rencontrés et je les aimais vraiment. Avec eux, la vie n'était rien. Sans se plier à aucune règle, elle s'évaporait et se dissipait dans l'air. Il ne restait plus rien, ni temps, ni morale, ni mon père, ni ma peur. Là où ils étaient, la civilisation se changeait en désert, ils faisaient du sable de ce désert un miroir géant et poussaient la barbarie jusqu'à y écrire avec du sang des messages d'adieu. Tous deux m'ont pris par la main, ils m'ont emmené bien des fois au point où l'humanité prend fin, mais malheureusement ils m'ont abandonné au terme de leur dernier voyage et ne sont jamais revenus.

Oui, mon père était un homme impitoyable et, en sa qualité d'orang-outang au service d'Aruz, son univers sentimental était comme un globe terrestre en matière plastique. Mais les frères Harmin et Dordor, c'était autre chose ! Une paire d'Arthur Cravan ! Sur deux mètres de haut, ils pesaient, à eux deux, deux cent cinquante kilos. Paradoxalement, ils avaient des voix fluettes. Ils parlaient toujours à voix basse, et pour entendre ce qu'ils disaient, j'étais forcé de me dresser sur la pointe des pieds. Ils se faisaient constamment faire de nouveaux tatouages que j'essayais de déchiffrer. J'avais fini par comprendre que c'était toujours la même phrase :

Born to be wild
Raised to be civilized
Dead to be free

C'était inscrit sur tout leur corps. Sur leurs jambes, leurs bras, leurs mains… Je leur demandais ce que cela voulait dire… « Ce sont tous des noms de femmes ! » disait Harmin. Dordor, voyant que je n'étais pas convaincu, disait en riant : « C'est du turc ancien, fiston, de l'ottoman ! » Il m'a fallu trois ans d'études pour comprendre le sens de ces mots. Le matin suivant la nuit où Aruz a fait tuer Dordor de soixante-six coups de couteau par quatre de ses sbires, Harmin m'a raconté, toujours à voix basse :

« Nous n'étions pas plus vieux que toi… Nous sommes partis, nous nous sommes embarqués à bord d'un bateau. Pour courir le monde… Et puis… Un jour nous avons jeté l'ancre en Australie ! Nous nous sommes dits : "Allez, on débarque." Mais non ! Ça n'allait pas. Nous nous disions : "Qu'est-ce qui se passe ?" Nous étions malades, la tête nous tournait, nous avions des nausées. Quand nous mettions le pied sur la terre ferme, nous devenions tout pâles. Il y en a qui ont le mal de mer… Est-ce que nous, par hasard, nous avions le mal de terre ? Est-ce que ce truc-là existe ? Les gens disaient que non. Mais putain, nous, nous l'avions bel et bien ! Depuis lors, nous sommes toujours restés à bord… Et les années ont passé. Note bien que nous ne courions pas le monde ! Non, nous courions les mers… Tu voulais savoir ce que signifient ces tatouages. Voilà ce qu'ils veulent dire… En turc. Plus tard, tu apprendras aussi l'anglais…

— Et toi, où l'as-tu appris ?

— À Belconnen Remand ! »

Voyant que je ne comprenais pas, il a ajouté :

« C'est un pénitencier… En Australie.

— Mais alors vous n'êtes plus descendus à terre !

— Non ! Nous sommes restés dans les abysses. »

Je n'y comprenais rien. Je croyais toujours qu'il me racontait des blagues. Je ne me rendais pas compte. Mais j'ai attrapé moi aussi sa maladie. Dans l'escalier de la morgue où reposait Dordor… Bien entendu, il est ensuite allé tuer Aruz. Mais il n'a pas réussi. C'est lui qu'on a tué… Moi, j'ai étudié l'anglais. Et je sais qu'ils sont libres désormais. Peut-être pas sur la terre ferme… mais en dessous.

J'avais 12 ans et du fait des Asiatiques du Proche, Moyen et Extrême-Orient qui faisaient régulièrement partie de mon existence, mes connaissances en géographie s'étaient étendues autant que celles d'un Tsigane. Le professeur disait « Voilà » et faisait de moi un exemple à suivre. « Vous voyez, votre camarade Gazâ étudie la carte du monde à ses moments perdus. Vous feriez bien de vous y intéresser vous aussi. L'univers ne se limite pas au lieu où vous vivez, les enfants ! » Après ça, à part Ender, mon voisin de pupitre, tous les élèves me regardaient comme s'ils s'apprêtaient à me dévorer et l'odeur de leur haine emplissait tellement la classe qu'on avait envie d'aller ouvrir les fenêtres. J'étais sûr qu'ils me haïssaient. Ils avaient envie de me frapper. Mais ils n'étaient pas certains de pouvoir s'offrir ce luxe. Ils avaient entendu parler de certaines choses troublantes me concernant et concernant mon entourage proche et lointain. L'instinct de violence qui couvait en eux, toujours prêt à s'enflammer, battit précipitamment en retraite le jour où Harmin et Dordor, exhibant leur impressionnante stature, vinrent me chercher à l'école. Leur haine rentrée fit place à un profond silence. Seul Ender continuait à me parler. Il me racontait des tas de choses, me posait des questions qui restaient sans réponse et se contentait de sourire. Son père, Yadigâr *amca,* était sergent-chef dans la gendarmerie. Je le connaissais bien. Quand il venait à la sortie de l'école, il tirait toujours de sa poche une bille de chocolat qu'il tendait à Ender en disant : « Tiens, fiston, partage ça avec Gazâ. » Tandis que je grignotais mon chocolat, il me disait : « Viens nous voir, Salime *teyze* a fait des boulettes de viande. »

Moi, je m'éloignais en hochant la tête. Il savait bien que j'étais le fils d'Ahad et je suis sûr qu'il se posait des questions au sujet de mon père. C'est sans doute pour cela qu'il n'arrêtait pas de m'inviter. Pour me soutirer des aveux en échange des boulettes. Mais, n'ayant pas de mère, j'étais capable de me faire moi-même mes boulettes. Depuis déjà deux ans…

Yadigâr *amca* était un héros ! Pour de bon. Deux années plus tôt, lors d'un incendie de forêt, il avait sauvé trois enfants des flammes en les portant dans ses bras. Il avait eu la joue gauche brûlée et on lui avait donné une médaille. Un jour Ender était venu à l'école en arborant la médaille et les autres gamins, fils du marchand de légumes, du tailleur, du fabricant de condiments, du papetier, du boucher, du garde champêtre, du gardien de prison, du restaurateur, du marchand de meubles, ou orphelins de père, avaient pincé les lèvres de jalousie et craché de dépit. Ils tenaient déjà Ender à l'écart parce qu'il me parlait, mais ils s'éloignèrent de lui encore davantage, le boycottant doublement, si l'on peut dire, de sorte que dans une classe de quarante-sept élèves, le fils du passeur de clandestins et celui du gendarme se retrouvaient seuls face à face. Mais Ender semblait ne pas s'en rendre compte et gardait le sourire. Moi, j'étais sûr que les boutons de mon visage poussaient aussi à l'intérieur de moi. Les clandestins commençaient à me donner la nausée.

Je regardais ces gens qui, au moindre bruit suspect, se serraient les uns contre les autres en poussant de petits cris, dont seules les pupilles tremblotaient comme s'ils étaient atteints d'une forme mystérieuse de la maladie de Parkinson, dont les nez cassés, qui ressemblaient à des crayons trempés dans l'eau, frémissaient constamment pour tâcher de saisir l'odeur de l'instant suivant, qui répétaient sans arrêt le mot « Encore ! » mais ne savaient rien dire d'autre, enfouis sous plusieurs couches de tissu tout d'abord jaune de sueur, puis noir de suie, et qui ne levaient la tête que lorsqu'ils avaient quelque chose à demander. Alors je leur lançais au visage : « Fichez-moi le camp ! » De toute façon ils ne comprenaient pas. Et s'ils comprenaient, ils restaient cois, la tête enfoncée dans les épaules.

Bien entendu, quand Ender me demandait : « Qu'est-ce que tu fais, cette fin de semaine ? », je ne lui répondais pas : « Je vais faire passer des clandestins, putain ! » Je disais seulement : « Je vais aider mon père ! » Alors, il enchaînait : « Quel dommage que tu ne viennes pas avec moi ! » et il énumérait tous les lieux où j'avais envie d'aller : le cinéma de la ville, la fête foraine du village voisin, la salle de jeux du centre commercial de la ville, l'un ou l'autre des deux cafés Internet de notre bourgade… Ender, lui, n'avait aucune contrainte. Il n'avait qu'à faire ses devoirs, manger les boulettes confectionnées par sa mère et, éventuellement, suivre les cours de Coran. Moi, je travaillais comme un nègre ! Je n'avais pas une minute de répit : je ramassais les sacs dans lesquels les clandestins avaient chié et j'allais enterrer la merde derrière le dépôt ; pour ne pas attirer l'attention en groupant mes achats, j'allais acheter les bouteilles d'eau deux par deux et les miches trois par trois dans diverses boutiques ; je vidais les bidons d'urine et, comme il y avait toujours des malades, je courais d'une pharmacie à l'autre. J'étais toujours sur la brèche, et tout ça parce que ces gens-là s'étaient mis en tête de changer de pays ! Je dus même rendre à Ender le *Robinson Crusoë* qu'il m'avait prêté, sans avoir trouvé le temps de le lire. Pourtant j'avais bien envie de lire ce livre qui parlait d'un « marchand d'esclaves échoué sur une île déserte ». Et même, en entendant ces mots, j'avais eu envie de me retrouver moi aussi sur une île déserte. Après tout, j'étais moi-même une sorte de marchand d'esclaves et j'en avais plus qu'assez des esclaves et du commerce ! Tout ce que je voulais, c'était que mon père, comme tous les autres pères, ne me gronde que lorsque j'avais de mauvaises notes. Et non pas parce que j'avais oublié d'aérer le camion ! C'était plus grave que d'oublier d'éteindre la lumière en sortant. Mon oubli avait causé la mort d'un Afghan. Il avait 26 ans et il m'avait fait une grenouille en papier. Une grenouille qui sautait quand j'appuyais mon doigt dessus. Son nom, c'était Cuma, c'est-à-dire Vendredi[4]. Le nom de l'Afghan, pas celui de la grenouille. Des années plus tard, j'ai appris que Robinson avait lui aussi un Vendredi. Mais celui-là, c'était autre chose, c'était un héros de roman. On ne risquait pas de le retrouver mort asphyxié dans la caisse d'un camion et il n'aurait pas confectionné une grenouille en papier pour un gosse qui se conduisait avec lui de façon ignoble ! Mais si Robinson et Vendredi avaient réellement existé, notre vie à nous aurait aussi pu être un roman. Toute la question est là. La vie des autres ressemble à un roman. Mais seule la vie compte. Le roman n'est pas dans le récit qu'on en fait. Sauf s'il s'agit d'un rapport d'autopsie… Circonstancié… Les bibliothèques en sont pleines. Reliés ou non, ils racontent l'histoire de leur couverture fanée. Après tout, l'homme est fait de chair et d'os. Il finira par se friper ou par se briser en chemin. Ou par périr écrasé par une pierre, comme Rodin. Il y avait un Afghan nommé Vendredi. Il est mort un dimanche.

Je me sentais si mal que, n'y tenant plus, je finis par aller manger des boulettes chez Ender. Mais cela ne servit à rien. Et même, assis à cette table à observer cette famille, je me sentais encore plus mal. Au demeurant, les boulettes étaient délicieuses. Si j'avais eu une mère, je suis sûr qu'elle aurait fait les mêmes. Elle aussi m'aurait demandé : « Tu en veux encore ? Encore un peu ? » C'est sans doute à ce moment-là que je me suis mis à tant haïr ce mot « Encore ». Quand, par habitude, je me levais pour retourner les boulettes dans la poêle, Salime me disait, comme l'aurait sans doute fait ma mère : « Ce n'est pas un travail pour les enfants. » Alors, comme un enfant, je restais assis à attendre, les projections d'huile bouillante ne me brûlaient pas les mains et je n'avais pas les doigts trempés de vapeur comme d'habitude…

Ils me dirent qu'il y avait de la glace, mais je ne restai pas. Je me sauvai. Yadigâr ne m'avait posé aucune question. Ni sur la santé de mon père ni sur son travail. Comme s'il était au courant de tout, il se contentait de me dire : « Mange. Tu en as besoin. » Il avait raison.

Nous étions tous à l'âge de la croissance. Tous, quel que fût notre âge. Le monde entier. Nous traversions dans un tourbillon l'âge de la croissance. La tête nous tournait… C'est pour cela que nous mangions et avions besoin de manger. De nous dévorer mutuellement, de croquer toutes sortes de choses. Nous en avions besoin. Pour grandir le plus vite possible, crever et laisser la place à d'autres. Pour que commence une nouvelle époque. Ressemblant le moins possible à celle-ci… Parce que nous avions compris qu'il ne sortirait de nous rien de bon. Nous n'étions pas stupides au point de ne pas comprendre ça. Pas bêtes à ce point…

J'étais à la maison. Mon père était allé dans un magasin de la ville pour changer les garnitures de freins du camion, il ne rentrerait pas avant le soir. Juste au moment où je me disais que c'était formidable d'être seul et que, quand je serai grand, je devrais veiller à rester seul, le téléphone sonna. En voyant le numéro sur le petit écran bleu, je compris que c'était Aruz qui appelait. J'avais appris son numéro par cœur. Je n'avais pas envie de décrocher. En général il laissait sonner trois fois. Mais cette fois-ci, ça continuait à sonner. Quatre fois, cinq, six. Nous étions sortis, voilà tout ! Pourquoi, au lieu d'insister, n'appelait-il pas mon père sur son portable ? Ou alors avait-il essayé, mais, n'obtenant pas de réponse, il l'appelait chez lui ? Oui, mais mon père ne se séparait jamais de son portable. Et il décrochait au premier appel. Il lui était peut-être arrivé quelque chose ? Peut-être que la police l'avait arrêté ? Ou les gendarmes ?

J'étais abasourdi.

C'était Felat, le fils d'Aruz. Il avait le même âge que moi, mais je ne sais pas pourquoi, il paraissait plus vieux.

Lorsqu'on avait annoncé que les deux cent soixante habitants de son village, expulsés de chez eux quelques années auparavant, allaient regagner leurs pénates, Aruz et les autres notables avaient tenu un conseil de famille. Sous la conduite de Felat, quelques excités, refusant catégoriquement

« Allo, Aruz *amca ?*
— C'est moi, c'est Felat ! »

« Comment ?
— Gazâ, c'est moi, Felat ! »

« Felat ? Tu vas bien ?
— Ça va, ça va. Qu'est-ce que tu fais ?
— Laisse tomber ça, parle-moi plutôt de toi. Où es-tu allé ?
— Comment te dire, mon père m'a battu, puis il m'a expédié chez mes oncles. Ils m'ont enfermé dans une chambre… Je suis coincé là… »

de quitter leur nouvelle résidence urbaine pour se joindre à ce contre-courant migratoire, en avaient profité pour gagner les hauts pâturages et mettre le feu aux maisons de leurs ancêtres. Ces doux rêveurs, ces saboteurs en herbe, âgés de 9 à 14 ans, ne s'étaient pas conformés aux « Instructions pour brûler un village » qui servaient parfois de référence aux autres incendiaires. Le feu s'était propagé, mais on l'avait maîtrisé avant la fin de la journée. Et les gendarmes avaient rédigé et fait signer par Aruz un procès-verbal où il assurait qu'aucune organisation officielle ou clandestine n'était impliquée dans le sinistre. L'incendie appartenait désormais au passé fumeux de la région. Felat s'était tenu coi pendant quatre mois. Mais voilà qu'il parlait de se sauver.

« Je vais me sauver, mon vieux ! Je vais me tirer d'ici !

— Attends un peu, tu t'es déjà sauvé l'an dernier ! Où vas-tu aller cette fois-ci ? »

Je m'en souvenais parfaitement. C'était le jour du Pardon. Mon père insistait « Lève-toi ! Va appeler Aruz *amca* et souhaite-lui une bonne fête ! » J'avais dû m'exécuter. Le téléphone sonnait, mais personne ne décrochait et je m'apprêtais à dire : « Non, papa, il ne répond pas », quand j'entendis une voix d'enfant.

« C'est toi, *abi* ?

— Ici Gazâ », dis-je.

Et comme je m'apprêtais à dire : « Et toi, qui es-tu ? », on m'avait raccroché au nez.

« C'est Felat… le fils d'Aruz, avait dit mon père. Peu importe, tu appelleras demain. »

Et il était allé à la mosquée.

Le même soir, une demi-heure plus tard, Felat appela encore et sa première question fut :

« Mon grand frère est là ?

— Non, dis-je. Qui est ton grand frère ?

— Ahlat…

— Il n'y a personne ici qui porte ce nom. »

Après un silence :

« Je ne sais pas, mon vieux. Si je venais chez vous ?

— Qu'est-ce que tu ferais ici, mon vieux ?

— Je pourrais aller à Istanbul. J'y ai des tantes. Mais elles ne valent pas plus cher que les autres ! »

« Tu es bien Felat ? Le fils d'Aruz *amca* ?

— Oui, et toi, qui es-tu ?

— Je te l'ai dit, je suis Gazâ… Mon père bosse avec le tien. C'est moi qui appelais pour souhaiter une bonne fête…

— Ton père est là ?

— Non, il est sorti. »

Il se mit soudain à pleurer.

« Felat, qu'est-ce qu'il y a ?

— J'ai fui la maison… »

Ses sanglots m'empêchaient de comprendre.

« Comment ?

— J'ai fui la maison ! »

Un adulte lui aurait demandé où il se trouvait, mais je n'étais qu'un enfant.

« Pourquoi ?

— Je ne sais pas, je me suis sauvé, voilà tout…

— Qu'est-ce que tu vas faire ?

— Je vais vendre le téléphone… Ensuite, j'irai où je pourrai… »

Je compris alors qu'il avait pris le téléphone de son père. Il voulait le vendre pour se payer un voyage vers une destination inconnue.

« Cette fois, c'est sûr, ton père va te tuer !

C'était un enfant de 13 ans qui s'exprimait ainsi…

Un an plus tôt, après notre conversation au téléphone, comprenant qu'il n'irait pas bien loin dans la nuit, il était rentré chez lui en rasant les murs. Il m'avait appelé deux jours plus tard sur le téléphone fixe et nous avions repris notre discussion.

Nous n'étions pas du genre à tenir un journal. Même si nous n'entendions pas toujours très bien, nous commençâmes à nous raconter l'un à l'autre ce que nous ne disions à personne… Dès notre deuxième conversation, j'appris que mon père

— Peu importe, je suis déjà mort, putain ! »

« Ne dis pas n'importe quoi, qui parle de mourir ? »

« Viens avec moi, Gazâ, sauvons-nous tous les deux !

— Où irons-nous ?

— Je ne sais pas, partons, n'importe où…

— Laisse tomber, mon vieux… plus tard, peut-être… Dans quelques années… Quand nous aurons terminé l'école… »

était répertorié sur le téléphone d'Aruz sous le nom d'Ahlat. Felat n'avait pas tardé à découvrir qu'Aruz avait répertorié toutes les personnes avec qui il avait des activités illégales sous le nom de proches décédés. Par précaution. Le cas d'Ahlat, son fils aîné, était particulier. Il n'y avait pas eu d'enterrement et il n'avait pas de tombe. Il avait disparu sans laisser de trace à l'époque où, dans cette région, on pouvait être rayé des registres en l'espace d'une matinée. Il n'était plus qu'une simple donnée statistique dans l'histoire de la lutte de ce pays contre la terreur et figurait sur la liste des disparus. Il était évident qu'il avait été tué, mais Felat refusait de l'admettre. Et le jour de sa fugue il était resté pétrifié en voyant apparaître sur l'écran le nom de son frère. Pendant quelques secondes, il avait voulu croire qu'Ahlat était vivant et il avait fait ce rêve : pour éviter à son fils qui avait été arrêté et torturé à plusieurs reprises de subir un sort encore pire, Aruz l'avait expédié au loin en faisant croire qu'il était mort. Mais le père et le fils restaient en contact grâce au téléphone. La preuve était là : il appelait !... Felat, en décrochant, espérait entendre la voix vénérée. Le fait d'entendre quelqu'un d'autre ne lui avait pas fait perdre son espoir empoisonné. Il avait essayé encore au bout d'une demi-heure. Mais malheureusement c'était toujours moi... Je hais l'espoir, cette calamité qui fait rêver les enfants les plus désemparés !

« Tu ne sais pas, Gazâ ?

— Quoi donc ?

— Mon père va m'expédier dans les montagnes.

— Comment ça, dans les montagnes ?

— Dans les montagnes ! Chez les guérilleros ! Il m'a dit : "là-bas, ils feront de toi un homme".

— Pas possible !

— Je n'ai pas la moindre envie d'y aller, mon vieux... Qu'est-ce que je vais y faire ! »

Je ne trouvais rien à répondre.

« Gazâ ?

— Qu'est-ce qu'il y a ?

— Écoute, mon vieux, si je deviens un guérillero... Et si tu te trouves en face de moi ?

— Comment ça?

— Ne fais pas ton service militaire!

— Quel service militaire, c'est dans combien d'années?

— Quand même, ne le fais pas…

— Tu es fou, mon vieux, comment nous retrouverions-nous face à face dans ce vaste pays?

— On ne sait jamais… Envoie-moi ta photo.»

À cette époque-là les téléphones portables ne servaient qu'à parler et aussi, peut-être, à envoyer quelques messages. On n'imaginait pas ce qu'on arriverait à faire avec Internet, et les ordinateurs et appareils photographiques étaient d'un format décourageant. Felat et moi ne nous étions jamais vus.

«Je n'ai aucune photo de moi, mon vieux.»

C'était vrai. La seule photo qu'il y avait à la maison était celle de ma mère.

«Pas possible, moi, j'en ai plusieurs, mais elles ont toutes été prises à la station-service.»

La station-service était la seule activité légale d'Aruz…

« Ne t'inquiète pas, Felat. Écoute, ton père a peut-être dit ça pour te faire peur. Il n'a pas vraiment l'intention de le faire… »

Je ne croyais pas ce que je disais. D'ailleurs Felat ne m'écoutait plus, il cherchait une solution.

« Comment je vais faire, dans les montagnes, pour te reconnaître ? Comment je vais faire ? J'ai trouvé ! Un mot de passe ! Il faut un mot de passe ! »

Il avait trouvé. Il faut dire qu'il était très inventif. Jamais à court d'idées. Même dans les moments les plus difficiles ou les situations les plus absurdes, comme le jour où il avait décidé de mettre le feu au village, il trouvait une échappatoire… Je n'avais plus qu'à acquiescer… En fait, j'étais heureux d'avoir un ami qui m'aimât assez pour avoir peur de me tuer par erreur.

« D'accord. Qu'est-ce que tu proposes ?

— Je ne sais pas. Vas-y, toi.

— Il y avait une fille, je ne sais pas si je t'en ai parlé, elle

Il ne m'en avait jamais parlé. Mais ce n'était pas le moment de lui demander des explications.

Je ne sais pas pourquoi j'ai dit ça.

Qu'est-ce qui avait bien pu me pousser ?

Ce n'était pas la vraie raison.

m'aimait bien… Elle s'appelait Fleur… »

« Alors ?
— Moi, je dirai Fleur. Et toi ? »

« Moi, ce sera Cuma (Vendredi).
— Vendredi ? Quel vendredi ? »

« C'est vendredi, aujourd'hui ! »

« D'accord, ça ira, mais n'oublie pas… Je dirai Fleur, et toi, tu diras Cuma. Nous saurons tout de suite à qui nous avons affaire, nous ne nous tirerons pas dessus… D'accord ?
— D'accord !
— Mon père arrive, je raccroche ! »

Sur ces mots, il a disparu de mon existence. Dès qu'il a raccroché, la vie, de ses dents gâtées, a tranché le fil de coton qui nous reliait l'un à l'autre. Je n'ai plus jamais parlé avec Felat et je n'ai pas non plus fait mon service militaire… Parfois, tourné vers la foule, je criais « Vendredi ! » dans l'espoir que quelqu'un répondrait « Fleur ! », mais cela ne s'est jamais produit. Un jour, pourtant, j'ai lu cette annonce dans un journal :

Un jeune Kurde de nationalité suédoise a été tué par sa famille à Stockholm, sous prétexte qu'il était homosexuel…

Dans certaines régions du monde, de moins en moins nombreuses, on accorde plus de prix à la personne qu'à ce qui peut lui arriver et on s'abstient de donner des détails sur la vie sexuelle d'une victime, et même de révéler son identité. La nouvelle, au demeurant, n'avait rien d'extraordinaire. Pour certaines familles, assassiner un parent homosexuel est une sorte de sport traditionnel. Ce qui était inhabituel, c'était ceci : après avoir exprimé dans son testament la volonté que son corps soit incinéré, le défunt spécifiait que s'il était tué par ses parents ou à leur instigation, il voulait être marié à son amant, dont il indiquait le nom.

Le mariage entre personnes de même sexe est légal en Suède, mais dans aucun pays le droit au mariage ne s'applique aux personnes décédées. Cependant l'amant dont le nom figurait dans le testament fit aussitôt appel au tribunal, qui ouvrit un procès historique et véritablement shakespearien, où l'on débattit sur la mort, le romantisme, le sens de la vie et sa tragédie.

Tous ceux que la peur poussait à la résignation, qui ne voulaient pas que les autres échappent à l'oppression dont ils étaient victimes, ceux qui, au nom de la morale, se démenaient aux quatre coins du monde pour le maintien de l'ordre, se rassemblèrent aussitôt, clamant bien fort que les homosexuels, morts ou vifs, ne devaient en aucun cas se marier. Les plus convaincus étaient, sur trois continents, les parents anonymes des victimes assassinées. Ceux qui pensaient que l'on pouvait, par le meurtre, mettre fin à n'importe quel amour, étaient tellement furieux du tour que leur avait joué leurs victimes avant de quitter ce monde, qu'ils se mirent à brûler sur les trottoirs le drapeau suédois. Un beau matin, tandis qu'ils répandaient leur bave et que leurs imprécations s'élevaient jusqu'au ciel, le tribunal prit sa décision.

Il n'avait trouvé aucun empêchement à la célébration du mariage de deux personnes de même sexe dont l'une était morte et l'autre vivante. En résumé, cette décision, qui comportait une bonne livre d'éthique et une longue série de motifs, spécifiait :

À condition que ce ne soit pas avec une créature exclue par la loi (enfant ou animal, etc.) et que cela ne porte pas préjudice à un tiers (si le défunt est déjà marié, etc.) et pourvu que les deux parties soient consentantes, chacun peut épouser la personne de son choix. Morte ou vivante...

Cette décision peu banale du tribunal civil de Stockholm inspira tous les homosexuels immigrés menacés par leurs proches. Ils rédigèrent séance tenante un testament comportant une seule clause. Franchissant les frontières de la Suède, cet accommodement se propagea aussitôt comme le vaccin contre une maladie mortelle. Tous les homosexuels qui, pour passer inaperçus, s'étaient réfugiés loin du monde, reçurent de Suède des demandes en mariage. On dressait à Stockholm des listes de volontaires prêts à épouser les personnes assassinées de par le monde en raison de leur homosexualité. De sorte que les homosexuels qui se sentaient menacés n'avaient qu'à remplir le formulaire « Candidat au mariage posthume » et à l'envoyer à Stockholm à la nouvelle fondation portant le nom de « Un de plus », qui disait tout :

Tu as tué un parent homosexuel, mais tu vois, tu en as un nouveau ! Vas-tu le tuer aussi ? En ce cas tu auras un autre parent homosexuel. Puis un autre et un autre...

Bien entendu, cette riposte avait un caractère symbolique. Mais tous les crimes commis par la haine n'étaient-ils pas fondés sur des symboles. Les victimes n'étaient-elles pas agressées au nom de ce qu'elles symbolisaient ? Les crimes de haine n'avaient aucun caractère personnel. Ils étaient le reflet d'une violence objective. Pour haïr la victime, il n'était pas nécessaire de perdre du temps à faire personnellement sa connaissance. Il suffisait de sniffer quelques doses de la haine collective qui est en suspension dans l'air. Cela ressemblait à toutes les guerres qui ont été, sont et seront engagées au nom de symboles. Si, d'un revers de main, on avait repoussé ces symboles, il ne serait resté que des querelles de famille. En fait, toutes les guerres du monde étaient des guerres civiles. Mais la démocratie, la liberté, les religions, les idéologies, les drapeaux et tous les concepts symboliques apportés par le temps se déployaient si joliment dans le ciel qu'on en était fasciné et qu'on ne pouvait s'empêcher de les suivre. Au coin des rues, dans les tranchées, dans l'obscurité de la nuit, partout où la violence était organisée, tout était symbole, y compris le sang versé. Oui, lui aussi avait valeur de symbole… On donnait sa couleur aux drapeaux. Le monde, pétri de symboles, était un alliage merdique plongé dans l'eau régale. Bien sûr, on finirait par découvrir sur quel étal tous ces symboles étaient présentés. Il y avait toujours un étal. Comme en Suède…

Toute cette agitation fut soudain interrompue par une nouvelle tranchante comme un couteau. Un couteau rouillé… On avait découvert que l'invisible Mafia de velours, constituée d'homosexuels et aussi puissante, du point de vue politique et économique, que les dieux de la mythologie, avait usé de menaces et de corruption pour contraindre le Tribunal civil de Stockholm à prendre sa fameuse décision. Craignant de perdre ses prérogatives si elle ne maîtrisait pas complètement la situation, elle déversa des tonnes de merde pour sauver un sac de perles. En peu de temps tous les mariages entre un vivant et un défunt furent annulés. Tous sauf un, à titre symbolique…

Finalement, celui qui avait suscité ces événements, à savoir l'auteur du premier testament, se vengeant de son assassin qui était en prison et de tous ceux qui l'avaient haï de son vivant, fut placé dans une urne de porcelaine Rosenthal et, au cours d'une magnifique cérémonie, épousa son amant devant les caméras. Son nom fut révélé. Ou plutôt son surnom qui, en suédois, signifie Fleur. Fleur… Était-ce Felat ?

À moins qu'il ne fût un de ces cadavres enterrés au creux des vallons lors d'un festival d'exécutions de membres du PKK, et déterrés par les charognards le printemps venu ? Et en ce cas avait-il mentionné mon nom dans l'autocritique qu'il avait présentée, dans son dernier espoir de sauver sa peau, et qui, en vertu des principes d'une démocratie qui prime sur la nation, avait été classée dans les archives du PKK ? Ses aveux étaient peut-être remontés à Istanbul jusqu'à un sous-secrétaire d'État. À moins qu'il ne se soit suicidé ? Ou peut-être, réfugié de longue date dans un coin perdu, était-il en train de contempler la mer bleue… Je ne le crois pas… Si je comprends quelque chose à cette maladie qu'on appelle la vie, il était très probablement installé dans le fauteuil de son père et tenait dans sa main le téléphone d'Aruz. C'était aussi simple que ça. Le nouvel Aruz s'appelait Felat et il ne se souvenait ni de moi ni de nos mots de passe… J'étais seul à vivre dans le passé. Seul dans ce musée où nulle créature ne mettait les pieds… J'étais moi-même devenu mon père ! J'étais Ahad ! En pire…

Mais pourtant il y a bien *blomma*… Cela veut dire fleur ! Fleur… Alors, Cuma ! Felat ! Cuma ! Contre toute vraisemblance, Cuma ! En dépit du cours normal de la vie ! Malgré tout, Cuma ! Je suis Gazâ, Felat ! Cuma ! Ne me tue pas ! Cuma !

Les copeaux me donnent la nausée. Quand j'en vois sur le sol, je sais que quelqu'un a vécu là et y a déposé sa crasse. Dans le hangar où des combats de coqs avaient lieu trois jours et deux nuits par semaine, dans le bistrot de guingois où l'on entrait pour le Ramadan en se glissant sous un volet, et où j'ai appris à tirer la gueule, dans la cellule de la gendarmerie, ouverte vingt-quatre heures sur vingt-quatre, sept jours par semaine, où j'ai passé deux nuits sans pouvoir dormir, il y avait des copeaux…

La bourgade où nous nous essoufflions à tenter de vivre s'appelait Kandalı. Je ne suis jamais remonté à l'époque où elle s'appelait Kandağlı. Le *ğ* ne m'avait pas attendu, il s'était depuis longtemps perdu dans les méandres de l'histoire. Sis au cœur des monts Kandağ[5], l'endroit ressemblait moins à une montagne qu'à un immense canapé abrité des vents, et Dieu sait pourquoi tout le monde s'obstinait à le qualifier de sous-préfecture. Les habitants se donnaient peut-être ainsi l'illusion de vivre dans un arrondissement. À bien y regarder, Kandalı était un trou. Un lieu incapable de s'élever plus haut que sa population, un pot où ce qui poussait trop vite ne tardait pas à s'étioler et à crever, un endroit où l'on cultivait des oliviers, mais où l'on passait au raki après la première cuillerée d'huile. Les copeaux étaient répandus partout. Ainsi, si l'on renversait quelque chose, il suffisait de donner un coup de balai. Il y en avait dans les cinq autobus municipaux, dans les quatre cafés, dans les ruelles que nul ne songeait à dénombrer et dans la grand-rue. Dans les maisons, dans les boutiques, accrochés aux talons des chaussures et aux genoux des enfants, partout. Comme s'il en pleuvait. Kandalı était enfoui sous les copeaux, nous en étions submergés. Il va sans dire qu'il y en avait aussi dans la caisse de notre camion. C'était moi qui les répandais et les balayais. Je faisais cela si souvent que j'avais l'impression que toujours, où que j'aille, ils feraient partie de ma vie. Peut-être aurait-il fallu en répandre sur le monde entier ! Pour pouvoir nettoyer les tripes répandues un peu partout par les balles, les couteaux et les épées, et le sang des filles violées avec trois doigts, une matraque ou un pénis. Les copeaux sont magiques ! Ils absorbent et font disparaître n'importe quoi. Il suffit d'un simple coup de balai. Ils résorbent un passé de merde et préparent le terrain pour un avenir encore plus pourri…

Notre nid se trouvait à la sortie de la bourgade, juste après le panneau portant d'un côté l'inscription « Bienvenue à Kandalı » et de l'autre « Bon voyage ! » à droite de la route, au bout d'un chemin poudreux de deux cents mètres. Mon père se refusait à le faire goudronner et, pour atteindre la route, on soulevait des nuages de poussière. Moi, j'avais bricolé un écriteau, j'y avais inscrit RUE DE LA POUSSIÈRE et je l'avais planté à l'entrée du chemin. Tout le monde l'avait adopté aussitôt et même le facteur avait inscrit sur son registre l'adresse suivante, qui était désormais la nôtre : Rue de la Poussière, Kandalı. Pas de numéro, il n'y avait que notre maison. Je haïssais même notre adresse. Mais passons…

Nous possédions un terrain d'un arpent et demi, légué à son décès par mon grand-père, alors que sa fille, ma mère, était encore une enfant. Outre mon père, ce terrain était mon seul parent. J'ignorais totalement où se trouvait la famille de mon père, et ce qu'elle faisait. Mon père n'en parlait jamais. Je savais seulement qu'il était venu de très loin. Parti de Bosnie, de Bulgarie, d'Afrique du Nord ou de tout autre lieu dont je me fiche éperdument, il était arrivé à Kandalı. Sa famille, il pouvait aussi bien l'avoir perdue en chemin.

Ce qui avait plu à ma mère, c'était sans doute qu'il ne ressemblait pas aux gens du coin. Il avait le teint clair, des yeux bleus et il était beau comme un chat. Sa bâtardise était atavique. Il n'avait pas eu grand mal à prendre ma mère dans ses filets et j'étais né peu après. À la mort de ma mère, ce fut mon tour de tomber dans ses rets. Je ne sais pas s'il a jamais eu, au cours de sa vie, une activité légale. Peut-être avait-il, comme moi, commencé ce boulot à l'âge de 9 ans! Tout ce que je savais, c'est que pour ses activités il utilisait la maison, le hangar et le dépôt installé au-dessous, et qu'il transportait parfois des fruits et des légumes. Pour avoir l'air de travailler…

Partant de Kandalı, les transports routiers d'Aruz parcouraient trois cents kilomètres dans l'Anatolie profonde jusqu'au village de Derç et pénétraient dans la forêt en longeant le Derçisu qui coulait l'été en un mince filet et l'hiver à pleins flots. La route s'arrêtait quelques centaines de mètres plus loin. Le gros camion disparaissait dans les pins rouges et noirs et les pistachiers. La marchandise était transférée dans notre camion. Cela prenait un quart d'heure. N'ayant rien d'autre à faire que d'ouvrir et refermer la porte de la caisse, je humais les parfums capiteux du thym, de la sauge, de la lavande et rêvais de mettre le feu à la forêt pour accentuer les arômes. C'est là que mon père a enterré Cuma au milieu des pieds de lavande…

Ce matin-là, j'étais chargé de brancher la ventilation, mais j'avais d'abord négligé, puis complètement oublié de le faire. Mon père avait prévu de faire embarquer Cuma le soir même, avant d'aller prendre livraison d'autres marchandises au bord du Derçisu. Me faisant confiance, il n'avait pas contrôlé la caisse avant de partir. C'est seulement en l'ouvrant à l'arrivée, dans la petite baie d'où partait le bateau, que nous trouvâmes le cadavre de Cuma. Mon père devait prendre une décision : soit il enterrait Cuma dans la baie et arrivait en retard pour prendre la livraison, soit il l'emmenait jusqu'à Derçisu et réglait cette affaire là-bas. Il choisit de ne pas être en retard. Pour me donner une leçon… Ainsi, pendant tout le voyage, au lieu de regarder la route, je restai pétrifié dans la caisse, à m'efforcer de ne pas regarder le cadavre. Cela dura plusieurs heures, au cours desquelles je fis tout mon possible pour rester à distance du corps inerte qui roulait à chaque virage.

À notre arrivée au bord du Derçisu, mon père, travaillant comme un castor, eut tôt fait d'enterrer Cuma. Cette soirée était aussi sacrée pour les clandestins qu'elle était maudite pour moi. Ils se rapprochaient un peu plus de leur but. Une fois qu'ils étaient montés dans le camion, nous faisions les comptes ; ensuite nous parcourions en sens inverse les trois cents kilomètres et arrivions rue de la Poussière. On garait le camion dans le hangar et on ouvrait la porte de la caisse. On soulevait le couvercle qui se trouvait dans un coin du hangar en disant : « Allez ! » Ils ne comprenaient pas ce mot, mais nous leur indiquions par gestes ce qu'ils devaient faire et ils disparaissaient les uns après les autres dans l'orifice où un seul homme à la fois pouvait se faufiler.

Mon père avait fait aménager ce réservoir deux ans plus tôt. Le temps qui s'écoulait entre les diverses étapes du transport était irrégulier, et comme il se prolongeait parfois, mon père avait jugé que le hangar n'offrait pas une sécurité suffisante. Il avait fait venir des artisans du village de Barnak, situé à deux cents kilomètres, et leur avait dit : « J'ai besoin d'une citerne. » Pour lever tout soupçon, il avait même fait installer une canalisation. Les ouvriers avaient objecté qu'en raison de la pente la citerne devait être installée plus près de la maison, mais comme c'était lui qui payait, ils n'avaient pas insisté. Ils n'avaient pas bronché non plus quand il les avait priés de remplacer le fer du couvercle par un matériau beaucoup plus coûteux. Après tout, si ce dingue voulait fermer sa citerne avec un couvercle d'égout, ce n'était pas leur problème !

C'est ainsi que vit le jour ce puits infernal qui pouvait contenir deux cents personnes à condition qu'elles rentrent le ventre et se serrent les unes contre les autres. Il était clos par un couvercle que j'actionnais en jouant les égoutiers. Les cartes de géographie qui apparaissaient sur les parois de béton humide et les flaques d'eau sur le sol changeaient constamment de lieu et de forme. L'intérieur de ce cercueil était toujours chaud. Une ampoule électrique qui grillait au moins trois fois par semaine et qu'il fallait constamment changer éclairait cette cellule et y jetait les ombres réticulées des toiles d'araignée. Pendant des années nous avons entreposé des êtres humains dans ce réduit.

Les clandestins, qui venaient de parcourir plusieurs milliers de kilomètres, ne prêtaient aucune attention au décor. Ils s'alignaient là-dedans comme dans un espace familier, ils s'asseyaient sur le sol humide, la tête entre les mains, en position d'attente. Ils étaient passés maîtres dans l'art d'attendre ! Tels les passagers d'une navette spatiale mis en hibernation, ils sombraient dans une étrange torpeur, une prostration sans sommeil, une sorte d'autonarcose.

M'étant rendu compte qu'à rester assis sur le sol humide ils ne tardaient pas à avoir de la diarrhée et que je passais beaucoup de temps à répandre des copeaux, je leur distribuais du papier journal et des morceaux de staff, puis je posais devant eux des seaux dont l'usage était évident. Un pour une famille, un pour ceux qui avaient un compagnon. À ceux qui étaient seuls, je demandais : « Avec qui veux-tu chier ? » Bien entendu, ils ne comprenaient pas et je n'avais nulle envie de donner des explications. Quand je gagnais l'échelle de bois à six barreaux qui permettait de sortir de la citerne, quelqu'un se détachait du groupe et venait me poser des questions. En général, ils avaient un porte-parole. Il était capable d'aligner quatre ou cinq mots d'anglais. Parfois, faisant preuve de prévoyance, il avait appris quelques mots utiles des langues des pays qu'ils devaient traverser. C'était quelqu'un de débrouillard... Bien entendu, je comprenais tout de suite sa question, mais je faisais l'innocent. « Quand ? » demandait-il, dans toutes les langues qu'il baragouinait. Il voulait savoir quand ils allaient repartir. Je répondais que ce n'était pas le problème, que ce qui importait, c'était que pendant quelques heures ils allaient devoir utiliser les seaux. Il ne comprenait rien à ma longue réponse et répétait sa question. Je faisais mine de ne pas comprendre et me retirais. Je revenais avec une corde à linge qu'il fallait tendre entre des crochets fixés au mur et un vieux drap à suspendre que je remettais au porte-parole. Ils pouvaient ainsi compartimenter leur nouveau logis, qui mesurait douze mètres de long, six de large et deux de haut et aménager des toilettes de fortune. Tandis que l'homme me regardait d'un air hébété, je sortais prestement et refermais le couvercle. Ils n'avaient qu'à se débrouiller avec leur rideau. Et ils s'en sortaient bien, tous sans exception. Dans la détresse, l'homme fait preuve de génie !

Ensuite, selon les circonstances, ils restaient là une demi-journée ou une quinzaine avant de repartir. C'était Dordor et Harmin qui décidaient du délai. Jouant à cache-cache avec les garde-côtes, ils décidaient du départ du bateau et téléphonaient à mon père pour lui indiquer, en langage chiffré, le lieu et l'heure du rendez-vous. Un beau soir le couvercle de la citerne s'ouvrait, les clandestins montaient dans la caisse du camion et, après un voyage de cinquante kilomètres pour les uns, deux cents pour les autres, par un des quais de bois rongés par les tarets de la mer Égée, ils montaient à bord des bateaux et se perdaient dans la nuit…

Le boulot se limitait à ça. Rien de plus… Mais ce matin-là… Il y avait plus… Plus de tout ! À mon réveil, quelque chose débordait en moi. Tandis que je me levais, que je marchais, que je me lavais le visage, je nageais dans une sorte de bonheur qui me faisait oublier la vie que je menais… C'était quelque chose d'inouï… C'était l'amour.

Je ne savais pas ce que c'était que d'être amoureux, mais ça devait ressembler à ça. Dresser des plans comme pour un hold-up… Chercher les bons gestes, les bons endroits, les moments opportuns… En fait cela ressemblait beaucoup à la chasse. D'ailleurs, le premier fabricant de vêtements pour femmes imprimés léopard devait être dans le même état d'esprit. L'amour s'apparente à la chasse. S'il en était autrement, quelle femme accepterait d'être traitée comme un animal ?

Le temps pressait. Dordor et Harmin pouvaient se manifester d'un instant à l'autre et la plus belle fille du monde disparaîtrait quelques heures plus tard. J'attendais que mon père s'en aille, mais il restait cloué là ! Je décidai donc de ne pas m'occuper de lui. C'était une très grave décision. Pour que j'aie les mains libres, il fallait que mon père ne vienne pas dans le hangar. Mais j'avais la ruse dans le sang. Une chance sur un million me suffisait. En fait, j'espérais que mon père dormirait jusqu'à midi, qu'il ne reprendrait ses esprits que dans l'après-midi, qu'il commencerait à boire en début de soirée et me laisserait le soin de m'occuper de la citerne. Mais je n'étais pas si fin joueur que ça. Je me sentais plutôt comme un jeton de jeu. J'aurais pu demander qu'après ma mort on fasse des jetons avec mes os. Cela aurait été en accord avec ma nature.

Pendant deux jours, je n'avais pas cessé de me demander ce qui pourrait bien rendre heureuse la plus belle fille du monde. À vrai dire, je n'avais pas grand-chose à lui offrir. J'avais le collier de ma mère. Un collier en or avec un ange. J'aurais pu le lui donner. Mais dans sa situation, à quoi lui aurait-il servi ? Il fallait quelque chose de plus utile. Je songeai alors aux sandwiches que je distribuais depuis deux jours. C'était moi qui les préparais. Des sandwiches au fromage et à la tomate. Je distribuais aussi l'eau. Gratuitement ! Je voulais que la plus belle fille du monde voie combien j'étais pondéré. Elle n'avait pas l'air de s'en rendre compte. Elle ne me regardait même pas. Pourtant je faisais de mon mieux pour rester le plus possible dans la citerne. Mais c'étaient les pires jours de son existence. Pour l'instant, du moins…

Finalement, j'arrêtai ma décision. J'allais lui offrir quelque chose de bon à manger dont elle garderait le goût tout au long de son voyage et qui la ferait penser à moi. Mais qu'est-ce qui était bon à manger ? Pour moi, c'était uniquement la viande… Est-ce qu'elle l'aimait elle aussi ? Et puis était-ce vraiment romantique de rassasier quelqu'un ? Peut-être faudrait-il également la laisser sortir prendre l'air… En cachette de mon père. Dans les conditions où je me trouvais, c'était tout ce que je pouvais me permettre en fait de galanterie. J'étais prêt, par amour, à affronter mille dangers, mais je ne pouvais rien faire de plus dangereux.

Ce matin-là je me levai de bonne heure. Certain que mon père dormait encore, je m'habillai sans bruit et sortis de la maison. Mais quand je refermai la porte et regardai la rue de la Poussière, je vis une chose qui bouleversait mes plans. Mon père était assis sur une chaise à l'entrée du chemin. Nous étions à une quarantaine de mètres l'un de l'autre et il me tournait le dos. Il semblait attendre quelqu'un. Mais il était parfaitement immobile et je crus un instant qu'il était mort. Ou peut-être était-ce ce que je souhaitais. En m'avançant vers lui, je me demandais à chaque pas quel mensonge j'allais inventer pour expliquer que j'allais au village. Je m'approchai sans bruit et vis que sa tête reposait sur sa poitrine. Il dormait. Il s'était endormi sur sa chaise. Il avait probablement bu toute la nuit avant de s'assoupir. Je ne comprenais pas pourquoi il était tourné vers la rue de la Poussière, mais au fond je me fichais pas mal de savoir pour quelle raison il n'avait pas trouvé, dans ce grand jardin, un autre endroit pour se saouler ! Ce qui m'intéressait, c'est qu'il somnolait… Je passai près de lui sans bruit et quand je fus assez loin, je me mis à courir. Ce n'est qu'une fois arrivé en ville que je compris que j'étais trop matinal. Je me mis à faire les cent pas devant les trois restaurants de la grand-rue en attendant qu'ils s'éclairent.

L'un débitait des boulettes, l'autre du poisson. Le troisième vendait des plats cuisinés. À midi, j'allai de l'un à l'autre. Un garçon, pensant que j'avais honte d'avouer que je n'avais pas d'argent, me dit : « Viens, je vais te donner de la soupe. » « Non, dis-je, merci ! » J'avais d'autres soucis, mais personne ne pouvait le comprendre. J'étais en quête d'un mets qui, à condition que je rentre en courant, garderait toute sa saveur. Mais je n'arrivais pas à me décider. Finalement, j'entrai successivement dans les trois restaurants et passai mes commandes. En attendant que ce soit prêt, j'observais les filles qui passaient dans la rue. Leurs cheveux, leurs vêtements, leurs chaussures… En quête d'une idée… Vêtue d'une veste, la plus belle fille du monde était assise dans cette citerne infernale. Je me dis qu'il fallait lui acheter un T-shirt. J'entrai dans un magasin et en examinai une bonne trentaine, comme si je voyais cet article pour la première fois. En tout cas, c'était la première fois que j'en achetais un pour une fille. Quand on me demanda : « Quelle taille ? » je restai interloqué. Finalement, j'achetai deux T-shirts ornés sur le devant d'un ange qui ressemblait à celui du collier de ma mère. De tailles différentes. J'étais dans tous mes états, mes mains tremblaient et l'argent que je sortais de mes poches se répandait sur le sol. Je crois aussi que je ricanais comme un imbécile…

C'est seulement après être passé dans les trois restaurants prendre les paquets qu'on m'avait préparés, que je compris que j'avais exagéré. Il y avait de quoi nourrir cinq personnes. Je n'en revenais pas. Quoi qu'il en soit, je devais retourner au hangar avant que tout cela ne refroidisse. Je me mis à courir. Je m'arrêtai deux fois en chemin pour poser les paquets qui me brûlaient les mains. Je me dis soudain que mon père n'avait peut-être pas bougé. Mais, voyant que le soleil était assez haut pour réveiller même un ivrogne comme Ahad, je continuai à courir. Quand j'atteignis la rue de la Poussière, mon père et sa chaise avaient disparu.

Je pus donc entrer dans le hangar sans me faire prendre. Je songeai alors que je n'avais pas acheté de boisson. Avec toute cette nourriture, il fallait au moins un Coca-Cola. Il y en avait une bouteille à la maison. En sortant du hangar, je tombai sur mon père. Il était en compagnie d'un inconnu qui portait un revolver à la ceinture. J'étais habitué à voir des inconnus et des gens armés. Je n'y attachai aucune importance. Mais, comme en général les étrangers venaient au moment du départ, je suppliais en moi-même : « Non, pas maintenant ! Surtout, qu'ils ne partent pas maintenant ! Qu'ils restent encore un jour ! » Comme je doutais qu'il existât une force quelconque servant de Dieu aux clandestins et à ceux qui les transportent, je ne savais pas à qui adresser ma prière. Alors que j'approchais de la tonnelle qui se trouve derrière la maison, mon père se retourna en criant :

« Où étais-tu, à une heure pareille ? Va nettoyer la plate-forme ! Ensuite, tu iras répandre des copeaux ! »

La boîte géante qui se trouve à l'arrière des camions s'appelait le fourgon. Mais je préférais dire la caisse. Cela me semblait plus logique. C'était bel et bien une caisse. Une caisse dans laquelle nous entassions des gens, que nous avions soin de fermer à clef et que nous vidions et remplissions sans cesse… D'ailleurs nous faisions tout notre possible pour que ça ait l'air d'une caisse. Par exemple en écrivant dessus « AHAD LOGISTIQUE – TRANSPORT DE FRUITS ET LÉGUMES D'ÉTÉ ». Comme un putain de tableau accroché là pour cacher la caisse qui se trouvait derrière…

« D'accord, papa, j'y vais ! »

Celui que j'implorais, quel qu'il fût, avait dû m'entendre, car l'ordre était tout à fait banal, donné pour le simple plaisir, un de ces ordres qui venaient à l'esprit de mon père quand il me voyait. Ce n'était pas un de ceux que l'on donne au moment de partir. Mon père ne savait pas dire : « Comment vas-tu, mon petit, qu'est-ce que tu fais ? » et c'était sa façon à lui de communiquer. Dès que mon père et l'étranger eurent disparu derrière la maison, j'y entrai précipitamment. Il ne me fallut que quelques secondes pour me saisir de la bouteille de Coca-Cola, d'un verre, d'un couteau et d'une fourchette. Je ressortis aussitôt et courus à toutes jambes vers le hangar.

Il était temps de passer à la deuxième partie du plan : dresser la table. Le camion était garé au milieu du hangar et la seule question qui se posait était de savoir où j'allais placer la table métallique que mon père utilisait pour ses travaux de bricolage. Elle se trouvait juste à côté de l'entrée de la citerne. Je ramassai le marteau, le tournevis, les clefs anglaises, les vis et les clous qui se trouvaient dessus et les posai par terre. À l'aide d'un chiffon, je débarrassai la table de la crasse noire qui la maculait. Il y avait un tabouret dans le hangar, mais il me fallut dix bonnes minutes pour le trouver. En le plaçant devant la table, je constatai qu'un de ses pieds était bancal. Je songeai à placer dessous un morceau de carton pour le caler, mais je m'abstins pour ne pas perdre de temps. Je me dis que pour éviter à la plus belle fille du monde de se balancer désagréablement sur son tabouret, je pourrais toujours le caler avec mon pied. Ainsi, tandis qu'elle mangerait, je resterais debout à côté d'elle et pourrais même poser ma main sur son épaule. L'une après l'autre, je déballai les victuailles et les disposai sur la table où je plaçai également des mouchoirs parfumés, du sel et du poivre, des serviettes en papier, la fourchette, le couteau, le verre et le Coca-Cola. Je reculai d'un pas... Oui, on pouvait appeler ça une table. C'est du moins ce que je croyais. Nous étions prêts, moi et tout le reste. En guise de dessert, je lui donnerais les T-shirts que j'avais cachés sous le camion.

J'ouvris le couvercle avec la clef que j'avais dans ma poche et descendis dans la citerne. J'étais si ému que je sentais sur mon front les battements de mon cœur. Dès qu'ils m'aperçurent, tous ceux qui étaient en position de le faire se levèrent et m'entourèrent. Comme toujours, ils croyaient qu'on allait partir. « Non ! Non ! *No ! No !* » dis-je en agitant les mains. Ils s'affaissèrent comme si une cascade s'était abattue sur leurs épaules. C'est alors que je la vis. Elle, la plus belle fille du monde. Elle avait ramené ses genoux contre sa poitrine et posé sa tête dessus en les entourant de ses bras. Quand je passai près d'elle, elle ne me regarda pas. Mon ombre se posa sur elle et elle leva la tête. Je respirai un bon coup pour me donner du courage et tendis la main droite. Elle se mit à secouer la tête à droite et à gauche. « N'aie pas peur », dis-je. Avec ma main libre, mon visage, mes regards, avec tout ce que j'avais... Mais elle ne comprit pas. Du reste, personne ne comprit. La personne assise à côté d'elle, sa mère, probablement, se mit à hurler je ne sais quoi... Puis un homme se joignit à elle. Et une autre femme. Et tous les autres. Mais je ne m'affolais pas. Je me disais qu'ils allaient comprendre. Je me mis même à sourire. Je les regardais en souriant, sans lâcher la main que je tenais. Et tout d'un coup la plus belle fille du monde se mit à pleurer en tentant de se dérober. Je sentis alors sur mes épaules et un peu partout sur moi des mains qui voulaient nous séparer. Ils essayaient de m'arracher à elle. Je fus forcé de lâcher sa main. Ils libérèrent mon épaule. « C'est bon, dis-je. D'accord… *No problem!* » Je tournai les talons et fis un pas. Mais je n'allai pas loin. Celle qui devait être la mère se plaça devant moi. Elle prononça un mot de deux syllabes et me cracha au visage. Puis elle fit place et je repartis. Je passai entre vingt-quatre paires d'yeux qui me regardaient comme s'ils voulaient me tuer, gravis l'échelle, sortis dans le hangar et verrouillai le couvercle. J'essuyai le crachat d'un revers de main et restai immobile durant quelques secondes. Je regardai la table, les victuailles. Elles étaient encore un peu fumantes. Ou peut-être que je rêvais. Je me laissai choir sur le tabouret bancal, au risque de tomber. Je réussis à garder l'équilibre et posai mes coudes sur la table. Je pris ma tête dans mes mains, fermai les yeux et compris qui j'étais…

Bien entendu, j'avais déjà compris dans quel sale *business* j'étais embringué. Je savais bien qu'aux yeux de ces gens j'étais une créature dont il fallait se tenir éloigné. Une créature dont ils avaient besoin, mais qu'il ne fallait pas approcher et avec qui on ne devait pas rester seul… C'est vrai, je ne les aimais pas. J'avais même parfois du mal à accepter leur existence. Parce qu'ils n'étaient pas seuls dans cette citerne. Ils ne s'en rendaient peut-être pas compte, mais j'y étais enfermé moi aussi. Ma haine restait en moi, bloquée juste derrière mes lèvres. Mais malgré tout, je faisais de mon mieux. Pour qu'ils ne soient pas malades, qu'ils n'aient pas faim, qu'ils ne croupissent pas dans les immondices… Je faisais tout mon possible. De plus, je n'étais qu'un enfant. Et peut-être que j'étais fou. Ce qui venait de se passer criait maintenant dans mes deux oreilles : « Tu n'es pas un enfant ! » Je ne pouvais pas savoir… Je ne savais pas que j'étais si hideux aux yeux de ces gens. Je ne me doutais pas que je ressemblais à ce point aux héros de ces histoires de viol qu'ils avaient entendues tant de fois et qui guettaient ceux qui, comme eux, couraient les chemins. Je ne savais pas que je leur faisais tellement peur… Or cela ne finirait jamais… Je n'avais plus qu'une alternative : ou bien je fuyais cette maison, cette vie, ces gens pour qui j'étais un monstre et je partais au loin, ou bien…

Je me levai. Je fis sept pas et atteignis le mur de droite. Je m'accroupis. J'ouvris le couvercle de la boîte qui se trouvait à hauteur de mes genoux, faisant apparaître une grande vanne de couleur rouge, que je tournai vers la droite, à grand-peine, et ouvris complètement. C'était la première fois qu'on l'actionnait depuis son installation. L'eau des canalisations s'engagea dans les tuyaux neufs et se mit à couler furieusement vers la citerne, avec un bruit de rivière souterraine. Il y eut ensuite un bruit de coups venu lui aussi des profondeurs du sol. Et un bruit de chair tapant sur du fer. Je regardai le couvercle de la citerne. Il ne bougeait pas, mais il frémissait à chaque coup. Ou peut-être que je rêvais. Ces gens hurlaient, vraisemblablement, mais je n'entendais que des sons étouffés qui semblaient venir d'un autre monde. Comme si le ventre du hangar s'était mis à gargouiller. Ces sons émanaient peut-être de moi. Je retournai à la table, m'assis sur le tabouret et me mis à manger posément. Je ne trouvais de goût à rien et ne regardais pas ce que je mangeais. Je me contentais de mastiquer. En observant le couvercle et en écoutant l'eau qui emplissait la citerne… Sans penser à rien.

Quand je me sentis rassasié, je déchirai l'emballage d'un paquet de mouchoirs parfumés. Je m'essuyai soigneusement les doigts et les lèvres. Je pliai les mouchoirs sales et les remis dans le petit emballage que je jetai dans le sac posé à mes pieds. C'était le moment idéal pour commencer à fumer. Je me levai, m'approchai du camion et ouvris la porte du côté du conducteur. Elle était munie d'une grande poche contenant tout un bric-à-brac. J'y plongeai la main, fouillai un moment et trouvai ce que je cherchais. Le paquet de cigarettes de mon père contenait un briquet. Je pris une cigarette et l'allumai. Je toussai et tirai une autre bouffée. Je remis le paquet à sa place et refermai la porte. Je me dirigeai vers le couvercle de la citerne. Je m'arrêtai un moment pour finir ma cigarette. J'avais l'impression de sentir sous mes pieds des coups redoublés. Je fis quelques pas, atteignis le mur, m'accroupis et ouvris le couvercle de la boîte noire. Je songeai à ma mère. Puis à mon père. Je refermai la vanne rouge. On n'entendit plus le bruit de l'eau : la rivière s'était tarie.

Je m'accroupis devant le couvercle de la citerne, ouvris le cadenas, puis le retirai. Il me sembla que les coups cessaient. Je saisis les deux anses et, en me relevant, soulevai le couvercle. Il y eut un ou deux cris, puis ce fut le silence. Je fis deux pas en arrière, puis posai lentement le couvercle sur le sol. Je me trouvais à un mètre de l'ouverture béante. Je retournai m'asseoir sur le tabouret. Mais je ne risquais plus de tomber. Je savais exactement ce qui clochait.

Ces gens, là-dessous, étaient confrontés au spectre d'un monstre. J'attendis que le monstre eût perdu toute trace d'humanité. J'entendis une voix, puis trois, puis plusieurs. Elles s'entremêlaient, sortaient comme une fumée par l'ouverture de la citerne et allaient se perdre au plafond du hangar. Ensuite, j'entendis un sanglot. Puis deux… Et un cri. Puis plus rien…

Je vis apparaître des cheveux. Des cheveux d'un noir de jais. Puis un visage. Puis des épaules et des doigts fins parmi les copeaux. Puis un genou, et un autre. La plus belle fille du monde était là, debout devant moi… Elle pleurait. Mais sans larmes. Ses larmes semblaient couler au-dedans d'elle. Tout au fond. Comme la rivière, tout à l'heure. Si j'avais posé mon oreille sur sa poitrine, je les aurais peut-être entendues. Mais je n'en fis rien. Je lui montrai la table en disant : « Mange ! C'est pour toi. » Elle fit un pas, puis un autre, sept en tout. Elle hésita un instant, puis elle rassembla les victuailles et entreprit de les passer par l'ouverture de la citerne. En une minute, tout ce qui se trouvait sur la table disparut sous le sol. Ensuite elle s'immobilisa et me regarda. Elle leva les yeux sur moi. Elle tremblait.

Elle fit deux pas vers moi et commença à dégrafer sa robe. Cette fois, je vis ses larmes. Elles débordaient et coulaient sur ses joues. Je regardai l'ouverture de la citerne. Le couvercle était grand ouvert. L'ampoule avait encore dû griller. Il n'y avait ni lumière ni le moindre son… À part des sanglots entrecoupés montant des profondeurs du sol. On aurait dit le cri de la femme dont le bébé était mort, un cri monosyllabique, interrompu par les voisins qui la faisaient taire…

Ce jour-là, sur quelques morceaux de plastique et quelques feuilles de journaux, je touchai à une femme pour la première fois de ma vie. Allongée sur le dos, les yeux fixés sur l'ouverture de la citerne, elle me repoussa au moment où je me vidais de ma substance comme si on m'avait tranché la carotide. Elle savait mieux que moi ce qu'est un homme. Je répandis sur le sol du hangar tout ce qui s'était accumulé en moi…

Elle se rhabilla. Moi aussi. Elle entra dans la citerne et je cadenassai le couvercle. Ensuite je balayai les copeaux et tout ce qu'ils avaient absorbé. Il ne restait plus la moindre trace… Le lendemain, quand ils montèrent dans le camion, je regardai ces gens dans les yeux. Tous, l'un après l'autre. Là non plus il ne restait pas de trace. Nous nous étions compris. Ils pensaient que j'étais un monstre et moi, j'en étais un. Il ne leur avait fallu que dix minutes pour me sacrifier l'un d'entre eux…

Au retour, mon père me dit :

« L'eau a coulé dans la citerne !

— Les ouvriers avaient bien dit qu'il fallait la construire plus près de la maison », répondis-je.

Je n'étais plus amoureux. Je me contentais de suivre la route que ces gens m'avaient montrée. Une route à sens unique. J'avais mis de côté les deux T-shirts ornés d'un ange pour acheter les plus belles filles. Mais je compris par la suite que je n'en avais pas besoin. Je compris que l'index de ma main gauche était le canon d'un revolver. Il suffisait de le pointer sur quelqu'un. Parfois, pour épargner une femme mariée, on m'envoyait une autre femme. C'est ainsi qu'à 14 ans je perdis peu à peu mon titre de chevalier. Mais personne n'en sut rien, car personne ne savait que jusqu'à cet âge-là j'avais vécu comme un chevalier parmi les dragons et les cachots. Cuma, peut-être, le savait, mais ça ne comptait plus. Même s'il avait encore été de ce monde, ce constructeur de grenouilles en papier n'en aurait rien su. Pourquoi, ce jour-là, n'ai-je pas fui cette maison, cette vie, ces gens qui pensaient que j'étais un monstre… Peut-être parce que je ne m'appelais pas Felat. Parce que j'étais un lâche… Peut-être que tous les monstres sont des lâches. J'en suis la preuve vivante. C'est pour cela que les copeaux me donnent la nausée. Parce que je suis moi-même un copeau. Poussière et échardes. Si l'on me répandait sur le monde, il ne resterait trace de rien… J'ai essayé. Je me suis tant de fois répandu sur ces femmes et je les ai toutes fait disparaître.

Il ne m'a fallu que cinq ans pour devenir un être terrifiant. J'étais le total de mon père ajouté à Aruz, Dordor et Harmin. Et même plus. Pourtant, j'étais encore un enfant. J'avais 14 ans et pour moi la souffrance des autres n'était qu'un jeu, ce que je vivais me semblait irréel. Cela me rendait encore plus terrifiant. Si j'avais effectué mon travail d'enfant dans un autre secteur, j'en aurais subi moins d'effets. Mes tâches ne faisaient pas appel à des produits chimiques qui transforment les poumons en charpie, à des solvants volatils qui, sournoisement, créent une dépendance. Je travaillais dans les services. Dans le secteur des couvercles d'égout. Dans les canalisations du secteur des services. J'étais chargé de l'entretien d'un égout par lequel transitaient des êtres humains. C'est peut-être pour cela que la propension à l'empathie, que je possédais de naissance comme tout le monde, ne m'était d'aucune utilité. Il m'était impossible de me mettre à la place de ces créatures mi-merde mi-hommes. Et j'avais depuis longtemps dépensé tout mon potentiel d'empathie à essayer de comprendre le comportement de mon père, d'Aruz, de Dordor et d'Harmin. Je n'avais plus que mes deux yeux, braqués comme deux revolvers sur ce qui se passait autour de moi. Le nom des clandestins, leur vie, le sang qui coulait dans leurs veines et le fait qu'ils possédaient un système nerveux ne m'intéressaient absolument pas. Je savais seulement me mettre en colère. Leurs moindres réactions, leurs plus pâles sourires déchiraient mes pupilles comme une griffe empoisonnée. Et plus encore les rêves qu'ils forgeaient en secret. Je pouvais les entendre ! Je percevais distinctement ces constructions oniriques, cet espoir confus d'être heureux un jour, ces aspirations répugnantes auxquelles j'apportais malgré moi ma contribution ! Un jour, je demandai à mon père : « Est-ce que nous aussi, nous pourrons partir ? » Je suppliai : « Papa, je veux partir avec eux ! » Nous aurions embarqué sur les bateaux de Dordor et Harmin, et débarqué sur d'autres rivages pour y renaître. « Papa, je t'en prie, partons nous aussi ! » Il me regarda. « Notre boulot, c'est d'expédier ceux qui arrivent… Pas de partir ! » C'était comme s'il avait dit : « Notre boulot, c'est de tuer, pas de mourir… »

Et puis dans ma douleur de rester à Kandalı, je me mis à rêver moi aussi. Certains de mes rêves se sont même réalisés. Parfois même à plusieurs reprises et tels que je les avais conçus. À la télévision ou sur les photos publiées par les journaux, je vis ces gens arrêtés par les garde-côtes au moment où, après des mois de tourments, ils se croyaient arrivés au bout de leur voyage et sur le point de poser le pied sur la terre promise. En voyant leurs visages décharnés éclairés par les projecteurs, je riais de bonheur ! En les regardant, serrés les uns contre les autres comme un troupeau de lapins piégés par un chasseur, je disais : « Vous voyez ! Tout ça n'a servi à rien ! Vous allez rentrer chez vous par le premier avion, vous allez avoir votre baptême de l'air et repasser la frontière ! Allez, foutez le camp et recommencez tout ! » Et puis, soudain, je me disais qu'ils allaient repasser par ici. « Putain, me disais-je, il n'y a pas moyen de s'en débarrasser ! Mais pourquoi diable ne restent-ils pas chez eux, dans leurs villes ? » Je hurlais à la face de chacun d'eux : « On fait la guerre dans les rues ? C'est ça ? On s'entre-tue devant ta porte ? Eh bien ! va te battre toi aussi ! Fais-toi tuer, blesser, reste invalide ! On crève de faim, chez toi, là-bas ? Tu n'as qu'à faire un enfant et le bouffer ! Mais ne viens pas chier dans ma vie sous prétexte d'aller à l'autre bout du monde ! Qu'est-ce que tu vas y gagner ? Tu te feras baiser jusqu'à la moelle ! Qu'est-ce que tu crois ? Tu te figures qu'on t'attend et qu'on va t'accueillir à bras ouverts ? Espèce de demeuré ! Tu ne comprends donc pas que là où tu vas, tu n'as pas la moindre valeur ? Tu verras ! Personne ne voudra s'asseoir à côté de toi dans l'autobus ou rester seul avec toi dans un ascenseur ! Personne n'acceptera le salut que tu balbutieras avec ton accent ridicule ! Personne ne voudra de toi pour voisin ! Personne ne voudra que son enfant fraternise avec le tien ! Personne ne voudra entendre parler de ta religion ! Personne ne voudra que tu gagnes ta vie ! Personne n'acceptera que tu sois heureux ou que tu lui survives. Personne ne voudra être derrière toi dans une file d'attente ! Personne ne voudra que tu votes ! Personne ne voudra coucher avec toi ou même te regarder dans les yeux ! Personne ne te considérera comme un être humain ! Personne ne te demandera comment tu t'appelles ! Et si quelqu'un le fait, crois-moi, ce sera parce qu'il est fou ou parce qu'il joue la comédie ! On te haïra tellement que partout où tu iras t'installer les prix de l'immobilier chuteront ! Il serait temps que tu le comprennes ! Et par-dessus le marché, tu abandonnes tes enfants ! Tu vas travailler comme un bœuf pour économiser de l'argent et le donner à des gens de notre espèce ! Alors… Alors tu mérites les pires souffrances ! Et c'est ici que j'entre en scène ! Je vais t'en faire tellement baver que tu auras quelque chose à raconter à tes copains, ces fils de putes ! Vous avez votre petit monde de clandestins où l'on se chuchote à l'oreille en bavant : “Qui, où, comment, combien ça coûte ?” Ils parleront de toi, ils apprendront ce qui t'est arrivé. Peut-être, pris de honte, ne diras-tu pas tout ! Ils seront troublés. Au bout de quelques jours les candidats à l'émigration n'oseront plus sortir de chez eux ! Ou s'ils veulent absolument partir, ils feront le tour par le pôle Nord ! Et moi aussi… Moi aussi… »

Qu'est-ce que je ferais, moi aussi ? Là, j'étais pris de court… Si je mettais fin à tout ce trafic avec un plan aussi délirant, je n'avais pas la moindre idée de ce que je deviendrais ensuite. Tout ce que je savais, c'est que ça ne pouvait pas être pire. En fait, toutes ces phrases étaient des fragments d'un texte que j'étais en train d'élaborer. Par exemple, j'avais ajouté récemment des passages où il est question de la langue et des odeurs. Il faut dire que je m'étais lancé dans la lecture. Je lisais tout ce qui me tombait sous la main pour me renseigner sur les pays où ils voulaient se rendre au prix des plus grands sacrifices. Il fallait que je sache à quoi ressemblaient ces pays où, même au prix de leur vie, ils étaient prêts à aller travailler comme des esclaves ! Et j'intégrais à mon discours tout ce que j'apprenais. Généralement, je commençais ma déclamation debout. C'est important. Eux, pour la plupart, ils étaient assis par terre, nous n'étions pas au même niveau, on voyait tout de suite qui était le chef. Il importait aussi de commencer brusquement. À l'improviste ! De me mettre à hurler au moment où ils s'y attendaient le moins ! De commencer par leur faire un sourire ingénu et de les surprendre en me mettant soudain à hurler. Au bout d'un moment, je me baissais et j'approchais mon visage des leurs. J'adorais ça. Regarder quelqu'un de très près sans qu'il se doute de la suite. C'était délicieux de violer son espace de protection, de franchir la distance minimale de sécurité ! Pour commencer ils ne voulaient pas me regarder, ils détournaient les yeux, mais ensuite ils essuyaient sur leur front et sur leur visage les crachats que je répandais en postillonnant et nos regards se croisaient entre leurs doigts. Je feignais alors de ne pas les voir. Je savais qu'il y avait là, tout près, une paire d'yeux, un nez, une bouche, un être humain ayant au moins vingt ans de plus que moi, mais j'affectais de l'ignorer. La seule chose réelle, c'était moi. Rien d'autre n'existait. Bien entendu, c'était la preuve que j'étais malade. Mais pour faire ce que je faisais, il n'était pas nécessaire d'avoir tout son bon sens. Il suffisait que mes cinq sens et mes muscles fonctionnent. Je nettoyais des égouts. Et puisque c'était là ma tâche, je devais être le dieu des égouts ! Et je l'étais… J'ai fait mille choses que je voulais oublier à tout jamais, mais pour pouvoir les oublier il fallait que je les raconte. Et pour les oublier j'ai fait bien d'autres choses dont j'aurais voulu ne pas me souvenir. Et d'autres encore pour oublier celles-là… Mais vivre chaque jour pour oublier la veille ne me servit à rien. Au contraire… Toutes ces choses qu'il aurait fallu oublier, mais qui étaient inoubliables, se sont accumulées peu à peu. Ce qu'il fallait oublier, c'était le lendemain. Il fallait l'oublier au point de croire que le soleil qui se levait était toujours nouveau. Au point de me persuader que je le voyais pour la première fois. De dire : « Aujourd'hui, il semble un peu plus grand ! » ou bien : « Il semble qu'hier il était plus ovale… » Il fallait oublier au point d'avoir chaque jour l'impression de vivre pour la première fois… Et de hurler : « Je me rallierai à la religion où il n'y a pas de *déjà-vu* ! » Et de penser tout bas : « Je serai là où il n'y a pas de résurrection. »

La première fois que j'ai vu Dordor et Harmin, qui s'acquittaient des plus sales besognes alors qu'ils auraient dû être des explorateurs de la trempe de Juan Ponce de León ou de James Cook, je compris tout de suite qu'ils étaient différents des autres hommes du réseau de criminels dont je n'étais qu'un petit chaînon. À l'époque, je n'avais que 9 ans. Mais leurs propos, leurs manières et les histoires qu'ils racontaient me rappelaient les aventures narrées par les romans pour enfants que je venais de commencer à lire. C'étaient deux aventuriers venus tout droit d'une époque où les pirates n'étaient pas des gens qui en sont réduits, pour tromper leur faim, à grignoter des cargos au large du Nigéria…

Après avoir dévoré le ciel d'au moins quatre océans, loin de toute terre, ils étaient venus croupir dans cette flaque d'eau qu'est la mer Égée. Peut-être étaient-ils seulement de passage. Trouvant là leur profit, ils avaient, des années durant, fait la navette entre la Grèce et la Turquie en se disant : « C'est la dernière fois, nous repartons demain ! » Quand ils n'étaient pas en mer et que mon père voulait se débarrasser de moi, je passais les plus beaux jours de ma vie sur le *Dordor* et le *Harmin* qui portaient, comme vous voyez, le nom de leur capitaine. En fait, c'étaient des sobriquets évoquant le bruit d'un navire. Dor-dor était devenu Dordor. C'est peut-être parce que je n'ai jamais connu leur véritable nom qu'ils évoquaient pour moi les marins de mes romans.

Au printemps, surtout, ils venaient me chercher le matin, m'embarquaient sur le *Dordor* ou le *Harmin* et ne me ramenaient chez mon père qu'à la tombée de la nuit. Ils aimaient tous deux la lecture et il y avait toujours des livres à bord. Ils fumaient sans arrêt. Bien sûr, j'étais trop petit pour comprendre qu'ils ne fumaient pas que du tabac. Du matin au soir la fumée grise de la drogue se mêlait à l'air chargé d'embruns. Tantôt ils restaient silencieux, tantôt ils racontaient des histoires comme s'ils avaient vécu mille existences. Ce sont eux qui m'ont appris à nager. Ils m'ont appris à plonger, à manier le harpon. Ils m'ont révélé ce qu'il y a sur l'eau et sous l'eau. Ils avaient un an de différence d'âge. Dordor était l'aîné. Leur famille vivait à Istanbul, à Heybeliada. Mais ils ne la voyaient jamais. Peut-être parce qu'ils avaient jadis quitté la maison et qu'on ne le leur avait jamais pardonné… Si Dordor abordait ce sujet, Harmin le faisait taire, si l'un disait : « Je me demande comment va ma mère », l'autre coupait sèchement : « Comme mon père ! »

Ils avaient lu Jack London. Mais pas celui que je connaissais. Le leur était différent. Ils préféraient les romans que j'ai lus plus tard et qui racontent tout autre chose que *Croc Blanc* et ces histoires d'animaux… J'aurais voulu que le soir ne vienne jamais, qu'ils ne me ramènent jamais chez moi. Rester en mer, jeter l'ancre à sa guise, se baigner où bon vous semble… Ils ne s'étaient mariés ni l'un ni l'autre et nulle femme n'avait partagé leur vie de marins. Ils n'avaient pas plus de trente ans. C'étaient de grands gosses des rues. Deux grandes fleurs aquatiques. Deux fleurs, comme Felat…

Je ne l'ai raconté qu'à eux… À eux seuls… Ce que ce type m'a fait, tandis que les autres regardaient sans intervenir, à l'époque où le dépôt n'existait pas encore et où nous logions les clandestins dans le hangar.

Les gens qui fuyaient leur pays n'étaient pas tous des innocents… Ils n'étaient pas tous mauvais non plus. Mais certains l'étaient vraiment ! Il passait par nos hangars des délinquants condamnés par contumace dans leur pays à des années de prison. Des voleurs, des assassins, des violeurs et même des violeurs d'enfants. Et moi, je restais seul avec eux…

J'avais 10 ans. L'âge où je me suis avisé de faire payer l'eau. Je tendais la main pour prendre l'argent. Il a saisi ma main et m'a attiré à lui. Les autres riaient. Ils avaient tous une joue gonflée comme s'ils avaient un œuf dans la bouche. Je croyais qu'ils étaient malades. Cette merde qu'ils avaient dans la bouche, on l'appelle *gat*. Elle vient du Yémen et porte le nom latin de *Catha edulis*. C'est une sorte d'amphétamine. On mâchonne ça toute la journée. J'ai tenté de me sauver, de me défendre, de hurler, de mordre, de faire mal, ça n'a servi à rien. J'ai essayé de disparaître, comme un enfant magique. D'être aveugle et sourd. De ne pas comprendre ce qui m'arrivait. Ça n'a pas marché. Il avait dans les yeux des filets rougeâtres. Il m'a remis mon pantalon et a refermé la fermeture éclair. Il a agrafé mon bouton et a mis dans ma poche le prix de l'eau. J'ai essayé de penser à autre chose, mais ça n'a rien donné. J'ai essayé de courir en pleurant, d'aller tout raconter à mon père. Je n'en ai rien fait. Peut-être parce que je faisais payer l'eau. Mon père aurait été furieux s'il l'avait appris… Il m'a fourré une poignée d'herbe dans la bouche. J'ai compris que ce qu'ils suçotaient n'était pas un œuf. Il a mâchonné et ses yeux ont encore rougi. J'ai mâchonné moi aussi, en pure perte.

Pendant une demi-journée, j'ai gardé sur le front des traces de doigts. J'attendais en vain qu'elles s'effacent. Elles s'étaient insinuées sous la peau et m'étaient entrées dans le front. Pendant deux jours j'ai essayé de m'asseoir, mais je n'ai pas pu. Ensuite, j'ai saigné sans rien dire…

Comment ai-je pu raconter ça à Dordor et Harmin ? Peut-être n'étais-je pas conscient de ce que je disais. Ou alors je délirais… Ils m'ont écouté tous les deux. Ils se sont regardés sans rien dire. Ce soir-là, ils ne m'ont pas ramené à la maison et ils ont dit à mon père que je resterais sur le bateau. J'y ai passé trois jours.

Au moment de partir, les hommes du hangar sont sortis de la caisse du camion, ont défilé devant moi en me regardant et se sont embarqués sur le bateau de Dordor. Le matin suivant, comme toujours, Dordor et Harmin sont revenus avec un bateau vide. Ce jour-là Aruz a appelé mon père pour lui dire que la marchandise n'avait pas été livrée en Grèce. Mon père ne savait que dire. Il a posé la question à Dordor, qui lui a dit : « Nous les avons tués, mais ne t'inquiète pas, nous paierons le prix. »

Mon père était perplexe, car ni Dordor ni Harmin ne dirent pourquoi ils avaient fait ça. En bons marins, ils n'ont rien raconté à mon père. Probablement parce qu'ils savaient qu'il n'aurait rien compris. Ou parce que n'ayant pas confiance en leur propre père, ils se méfiaient également du mien. Quand Aruz a été informé, il a dit : « C'est la première et la dernière fois. Si cela se reproduit, je ne le leur pardonnerai pas ! Qu'ils envoient l'argent ! »

Dordor a payé à Aruz le prix des six têtes qui s'étaient perdues en route et Aruz a fait remettre l'argent à leurs proches. Mais l'un des hommes qui avaient été tués, le plus vieux de tous ceux qui avaient regardé sans réagir, appartenait à une tribu libyenne en relation avec le PKK et qui faisait souvent appel à nos services. Aruz, confiant en son talent de persuasion, avait déclaré que le bateau avait coulé. Sur son ordre, Dordor avait même coulé le *Dordor* huit jours plus tard. Mais les gens de Grèce, qui avaient doublé le PKK en mettant en route un trafic de stupéfiants avec les Libyens, ne tardèrent pas à relancer l'affaire en déclarant que le bateau n'avait pas coulé et qu'il était en parfait état. Cela déclencha tout un processus qui échappait à la compétence d'Aruz et remettait en cause le trafic des clandestins. Aruz fit de son mieux pour résister aux pressions, mais au bout de quatre ans, voyant que la diplomatie ne suffisait pas et que cela devenait dangereux, il téléphona un beau soir à Dordor et lui dit :

« Je vous aime bien tous les deux… Cela fait bien des années que nous travaillons ensemble. Mais maintenant, ça ne va plus… À vous de choisir lequel de vous deux. Un seul suffira. »

Cela voulait dire : lequel dois-je tuer ? C'était un homme d'affaires. Il avait l'intention de continuer à travailler avec le survivant. Je ne sais pas quelle décision ils ont prise, mais j'ai ma petite idée… Quatre jours avant que les hommes d'Aruz ne rappliquent avec leurs couteaux, j'étais assis sur le bateau avec Dordor. Il tira une bouffée de son joint, regarda les étoiles et dit :

« Tu sais ce que nous faisions, autrefois ? Quand passait un bateau de touristes, nous agitions la main et regardions qui répondait à notre salut. Des fois, ce n'était que les mecs. Et nous nous disions que même de loin les femmes se rendaient compte qu'à nous deux nous ne valions pas un clou. Qu'est-ce qu'il disait Aşık Veysel ? *Je marche jour et nuit dans une auberge à deux portes !* L'auberge, c'est la vie. C'est bien pour ça que dans cette vie, il y a un courant d'air. C'est pour ça que j'ai tout le temps froid. Il est temps… Je vais aller fermer une de ces portes. »

Il est parti et a refermé la porte derrière lui.

Il est sorti et a refermé la porte derrière lui. Il a été tué de soixante-six coups de couteau, on a photographié son cadavre et expédié la photo en Libye. On l'avait prise en sorte que l'on puisse compter les coups de couteau, comme ils l'avaient demandé. À sa mort, le vieux qui avait regardé sans réagir avait soixante-six ans.

Mon père m'a raconté ça en partie. Le reste, je le tiens d'Harmin. Je lui dis : « Vous auriez dû filer ! » mais il se mit à rire. Je ne savais que lui dire. Tout ça, c'était à cause de moi… J'avais envie de m'excuser, mais je n'en fis rien. Ensuite Harmin est parti. Fermer sa propre porte. Il m'a laissé tous ses livres. Et moi, je suis resté là avec tous ces cadavres…

« Ça t'a fait quelque chose, Gazâ, d'être violé à 10 ans ?

D'où sors-tu ? Quelle blague ! Bien sûr que non !

Tu en es sûr ?

Je ne suis pas le seul à qui c'est arrivé !

C'est vrai, mais tout de même…

Je vais te confier un secret que personne ne sait… À 10 ans, tous les enfants se font violer.

Tu es sérieux ?

Oui !

Et après ?

Ils grandissent, c'est tout.

Bon, mais pourquoi es-tu le seul à t'en souvenir ?

Parce que c'est une bonne chose !

Qu'est-ce qui est une bonne chose ?

Le viol… C'est une étape par laquelle les enfants doivent passer pour progresser… C'est pour cela que personne ne s'en souvient. D'ailleurs, ce qu'on oublie est une bonne chose !

Mais toi, tu t'en souviens !

C'est parce que tu me le rappelles sans cesse, putain !

Tu te dupes toi-même, Gazâ.

Vraiment ? Bien sûr que je me dupe moi-même ! Est-ce que j'ai le choix ?

C'est donc que ce viol a eu sur toi un effet considérable. Admets-le donc, s'il te plaît.

Soit, je l'admets… Mais uniquement parce que tu me le demandes poliment.

Merci… Et maintenant, comment te sens-tu ?

Comme toujours.

C'est-à-dire ?

Comme du *gat.*

Pardon ?

Comme mâchonné ! Et comme si j'allais être mâchonné encore, à tout moment !

En ce cas, tu n'as qu'une chose à faire…

Quelle chose ?

Te faire cracher.

Comment ?

En faisant mal.

À qui ?

À la bouche dans laquelle tu te trouves.

Ce type est mort. Dordor et Harmin l'ont tué.

Les morts ne peuvent pas mâchonner, Gazâ.

Si, ils mâchonnent !

Crois-moi, ils en sont bien incapables. La bouche qui te mâche, ce n'est pas celle-là.

Il n'y en a pas d'autre !

Si… Le dépôt !

Le dépôt ? Ne dis pas de bêtises ! Alors, c'est la bouche de qui ?

C'est celle de ton père… Celle d'Ahad.

Je n'y avais jamais pensé.

C'est à moi de penser, Gazâ, pas à toi.

Et moi, alors, quel est mon rôle ?

Ton rôle, c'est de me tuer !

Tu dis toujours ça ! Arrête, s'il te plaît !

D'accord… Mais c'est seulement parce que tu as dit s'il te plaît.

Merci… Et maintenant, comment te sens-tu ?

Comme toujours.

C'est-à-dire ?

Comme une grenouille en papier ! »

Le transport de migrants clandestins avait deux aspects. Dans le premier cas, la marchandise, autrement dit l'homme, était livrée au client et continuait, par un travail forcé, à payer le prix de son transfert. Dans le deuxième cas, c'est le clandestin lui-même qui était le client ; il payait en une seule fois le prix exigé et en échange on le conduisait là où il voulait et on ne s'occupait plus de lui ! Mais le monde change et la première variante prenait chaque jour un peu plus le pas sur la seconde. Il faut dire que la différence de revenus entre les différentes régions du monde était devenue comme la différence entre la Terre et la Lune (*il y a de la vie sur la première, il n'y en a pas sur la seconde*). De plus, la première variante offrait la possibilité de se livrer à d'autres petits trafics lucratifs. Du point de vue de l'économie durable et du *mal durable*, il était particulièrement avantageux d'employer les clandestins à des tâches clandestines dans le cadre d'une production clandestine. Pour faire durer le mal, il fallait faire quelques efforts, car on ne pouvait pas tout attendre de la nature humaine. Quoique…

Le prix de revient des produits clandestins était encore inférieur aux frais d'importation des articles venus de Chine. Dès lors, de même que le tourisme *Tout compris* offre parfois à ses clients le transport, voire même un séjour gratuit, en misant sur les dépenses qu'il fera sur place en achats divers, le transport clandestin était parfois proposé à des prix tout à fait symboliques. De Kaboul à Marseille ou d'Islamabad à Naples, les migrants étaient transférés gratuitement d'un continent à l'autre par un système de navettes. En conséquence, les gens qui passaient par notre dépôt avaient le nez de plus en plus crochu. Ils n'allaient plus chercher la liberté, ils partaient vers des années de travaux forcés, avec l'espoir de gagner en un an, et d'envoyer à leur famille, de quoi s'acheter une vache. La moitié d'entre eux savait exactement à quoi s'attendre, les autres ignoraient ce qui les attendait réellement et se figuraient qu'ils allaient avoir leur part de la prospérité du monde. Le transport clandestin était devenu un véritable trafic d'esclaves. Il suffisait, pour s'en rendre compte, de considérer les techniques utilisées. Il était trop fatigant et trop long de se procurer des esclaves en utilisant les vieilles méthodes, à savoir gagner des guerres et organiser des ventes aux enchères, et l'on avait découvert les vertus miraculeuses du volontariat. Il subsistait des méthodes violentes, surtout dans le secteur de la prostitution, mais le commerce des hommes reposait essentiellement sur la persuasion. Bien entendu, c'était une autre forme de violence, mais cela faisait moins sale.

Dans le comportement des gens qui passaient par le dépôt, outre la peur suscitée par l'incertitude et l'illégalité, se manifestait peu à peu une sorte d'obéissance liée au rêve d'acheter une vache. Or le poids moyen d'une vache est d'environ cinq cents kilos. On vit apparaître une nouvelle génération de clandestins aux épaules plus basses, à la tête plus inclinée, que leur pauvreté rendait plus faciles à exploiter, qui se faisaient petits, apportaient leurs provisions pour ne pas avoir à acheter de la nourriture, parlaient moins entre eux et se livraient à des calculs sournois. Finalement, ils n'étaient pas très différents des esclaves de l'Égypte ancienne. Ils avaient, tous ensemble, réussi à remonter le temps ! Et après avoir vu cette nouvelle génération, j'acquis la conviction que les pyramides n'étaient pas l'œuvre d'extra-terrestres. Je compris bientôt que, sans être à proprement parler une œuvre humaine, elles avaient été bâties avec des hommes. En résumé, grâce au soutien de la politique macroéconomique des États membres du G8 et du G20, j'avais été promu, en qualité de G1, au rang de pharaon d'un dépôt de soixante-douze mètres carrés. Ce qui me différenciait de Toutankhamon enfant, c'était que je n'étais pas, comme lui, affublé de façon grotesque. Et que, naturellement, je ne portais pas de jupe… Tout ce qu'il me fallait, en tant que pharaon, c'était de l'argent. J'étais déjà assez grand pour en voler à mon père, mais il était hors de question de modifier le dépôt sans l'en informer. Je devais donc commencer par convaincre Ahad. Assis sous la tonnelle, il était en train de téléphoner. À Aruz, bien sûr. J'attendis patiemment qu'ils aient fini de bavarder. Quand Harmin était allé chasser l'hippopotame, il lui avait fallu deux mois pour comprendre que cet animal avait déjà été capturé par les parasites qu'il portait sur son dos. Les clandestins, comme les insectes, se multipliaient pendant les mois d'été. Le mois de juin, que j'ai toujours détesté, était arrivé une fois de plus, mais cette fois je voyais venir la fin de l'année scolaire avec plus de sérénité, car je voulais devenir empereur.

Mon père raccrocha enfin. Il me regarda, comme d'habitude, avec des yeux qui semblaient ne pas me voir et dit :

« Qu'est-ce qu'il y a ?

— Le dépôt, dis-je

— Quoi, le dépôt ?

— J'ai fait une liste. Regarde… »

Il prit le papier que j'avais posé devant lui, y jeta un coup d'œil et demanda :

« Qu'est-ce que c'est que ça ? »

Je devais rester calme. S'il voyait que j'étais troublé, il comprendrait tout. Il comprenait toujours. Même les choses qui n'existaient pas. À l'instar des animaux primitifs qui sentent venir les tremblements de terre. Juste derrière ses yeux bleus, ses yeux morts, il y avait un radar réglé sur mon monde intérieur. Mon père était une arme fabriquée uniquement pour m'anéantir. Une merveille technologique ! Une sorte de drone ! En tout cas un engin dans lequel il n'y avait pas d'être humain. Mais je m'étais préparé. J'avais, moi aussi, ma technique…

« Tu m'as bien dit que la prochaine fois il allait arriver davantage de monde et qu'il faudrait agrandir le dépôt ? D'après moi, il y a assez de place pour tous les loger. Le vrai problème, ce n'est pas le nombre. Ils peuvent toujours se serrer. La question n'est pas là. D'ailleurs nous avons déjà eu jusqu'à cent personnes. Ce dépôt peut facilement les contenir. Le problème, c'est que s'ils sont trop nombreux, on n'arrive pas à gérer le quotidien. S'il y a un bébé ou des vieux, je n'y arrive plus. Et tu sais, il y a parfois des bagarres… »

Jusque-là tout allait bien. Effectivement, quelques mois plus tôt un Libanais avait tenté d'étouffer un autre Libanais en lui mettant la tête dans un sac. On avait découvert ensuite qu'ils venaient tous deux de Beyrouth. L'un était chiite, l'autre sunnite. Le chiite avait fait exploser une bombe dans le marché sunnite de son quartier et le sunnite avait fait sauter la mosquée chiite de sa rue. Par inadvertance on avait expédié ces deux dingues par le même convoi : c'était comme si on avait réuni un membre de la Force volontaire de l'Ulster et un militant de l'IRA. C'est Aruz qui nous avait appris ça au téléphone. On avait décidé de les maintenir ligotés jusqu'à la fin du voyage. On pouvait être sûr, où qu'ils aillent, qu'ils finiraient par s'entre-tuer. Et s'ils n'y arrivaient pas, leurs enfants continueraient à s'entr'égorger. Les guerres de sectes sont comme la mode. Du moins au Proche-Orient. En Occident, les gens ont depuis longtemps appris à s'habiller selon leur goût et ne font plus couler le sang que pour des raisons valables, par exemple les carburants fossiles. Mais comme il est particulièrement difficile d'effacer les traces de sang sur les tapis du Parlement européen ou de la Maison-Blanche, on ne fait pas la guerre chez soi. Seulement ces gens-là aussi étaient des hommes, et comme tous les humains ils avaient envie de faire la guerre à leurs semblables. Ils se murmuraient dans le creux de l'oreille : « Je t'attends à la sortie ! » et dès qu'ils avaient laissé derrière eux les frontières de la civilisation occidentale, ils n'hésitaient pas à s'entre-tuer chez les autres. Israël, qui croyait être le Greenwich politique du monde, était un cas particulier.

Il s'attendait à ce qu'on règle sur lui non seulement l'horaire, mais aussi les saisons. Il voulait à tout prix qu'on se vête en fonction du climat qu'il créait. Tandis que lui, lui il portait toujours les mêmes vêtements. Tout vêtu de noir, le ninja névrosé du désert émergeait des brumes en brandissant l'étoile de David. Quant à la Turquie, c'était une jouvencelle boulimique et dépressive. Se voyant obèse dans le miroir de l'Orient et décharnée dans celui de l'Occident, elle ne trouvait pas de vêtements à sa mesure. Elle s'empiffrait pendant vingt ans, vomissait pendant vingt ans, puis se remettait à manger. J'étais bien conscient d'avoir un penchant morbide à la généralisation, mais toute société devient généralisatrice à partir du moment où elle fonde un État. Nous vivions dans un monde organisé de telle manière qu'on ne pouvait pas échapper aux généralisations. Il était trop tard ! Pour avoir le bout de tissu qui nous plaisait, nous étions forcés d'acheter le coupon tout entier. Comme dans le secteur du textile, ou plutôt dans celui de la toile d'araignée. Tout était lié au tissu. Du bandeau que la déesse Justice portait sur les yeux jusqu'aux drapeaux, tout n'était qu'une question de tissu… La paix intérieure exprimée par le regard des quelques amazones indigènes encore nues était causée par le manque de tissu. En revanche, mon agitation intérieure venait de ce que je parlais avec mon père vêtu du même tissu que moi : la peau familiale.

« Mais s'il y avait par exemple une caméra… Je vais placer un écran dans le hangar pour pouvoir tout surveiller. S'il se passe quelque chose, je pourrai m'en occuper tout de suite ou bien, si tu préfères, t'en informer. Bien sûr, si on met une caméra, il faudra aussi un éclairage. Trois lampes fluorescentes suffiront. Tiens, j'ai noté ici tous les prix. Je me dis aussi qu'au lieu de suspendre un rideau, on pourrait aménager un petit compartiment. Il suffirait d'un peu de plâtre. Il y a souvent des disputes au sujet des toilettes. Du genre « celui-ci m'a regardé, celui-là a regardé tel autre ». J'ai calculé ce que cela coûterait. En fait, je voudrais aménager un autre compartiment en plus de celui des toilettes. On fixera un anneau au mur... S'il y en a un qui devient fou, on l'enchaînera là. Pas besoin de faire appel à un artisan, je me charge de tout. Il faudrait aussi un ventilateur... Ça pue abominablement. Certains ont des malaises, il faut aller s'en occuper, c'est toute une affaire ! Je pense qu'il vaut mieux aller le moins souvent possible à la pharmacie. Regarde, j'ai inscrit ici le prix des ventilateurs. On en fait des portables. Trois suffiront. L'important, c'est d'éviter qu'ils tombent malades... Si je trouvais un moyen de régler ce problème de toilettes ! Si on pouvait les raccorder à une canalisation... Mais c'est très difficile. Enfin, on peut garder le système actuel. Voilà ce que ça coûterait d'agrandir le dépôt. Alors que là, j'ai fait le total. On peut même faire à moins. Ceci suffirait... Qu'est-ce que tu en dis ? »

Il ne répondait pas. Je m'étais bien préparé avant de faire ma proposition, mais je ne savais pas comment Ahad allait réagir. Il ne s'intéressait absolument pas à ma scolarité, mais il était bien capable de m'allonger une gifle en disant : « Au lieu de t'occuper de ça, tu ferais mieux d'apprendre tes leçons ! » Pour l'instant, il se contentait de me regarder comme s'il ne m'avait jamais vu. D'ailleurs c'était peut-être le cas. Peut-être me voyait-il pour la première fois. Il m'a longuement regardé, puis il a dit :

« Alors, bravo ! »

Pour qu'il ne se rende pas compte que j'avais retenu mon souffle, une narine après l'autre, je chassai l'air accumulé en moi. Mon cœur se remit à battre. Il se produisit même un miracle : il posa la main sur mon épaule.

« Tu seras capable de faire tout ça ?

— Je le ferai ! Ne t'inquiète pas. Quand les nouveaux arrivent-ils ?

— Dans quinze jours. »

J'étais abasourdi qu'il ait si facilement accepté ma proposition. Je dis :

« En quinze jours, je vais faire de ce dépôt un vrai paradis ! »

Il rit. Moi aussi. Ça devait lui faire quelque chose de voir son fils de quatorze ans prendre ainsi à cœur le métier paternel. Depuis ma naissance, c'était peut-être la première fois qu'il était fier de moi. Bien sûr, il ne me le dit pas, mais cela se voyait. Moi aussi, à sa place, j'aurais été fier. En tout cas Ahad mit la main à la poche et commença à sortir des billets d'une liasse. Il s'arrêta soudain et demanda :

« Comment ça se passe, à l'école ? »

J'en restai pantois.

« On est en vacances, papa.

— Je le sais bien ! Tu n'as pas redoublé ?

— J'ai été félicité, papa. »

Il ajouta quelques billets. Probablement pour me récompenser. Décidément, le monde tournait à l'envers ! Dans mon émoi, j'oubliai de dire que j'étais le premier de la classe et que de tous les élèves de troisième c'était moi qui avais la meilleure moyenne. En guise de prix, j'avais reçu un livre stupide intitulé *Robinson Crusoë*. J'eus envie d'ajouter sournoisement qu'Ender, le fils de l'héroïque sergent-chef Yadigâr, avait eu de si mauvais résultats qu'on l'avait renvoyé de l'école. Mais je me contentai de le penser.

« Bravo ! » dit de nouveau Ahad.

C'était comme s'il me donnait la vie une seconde fois.

« En quelle classe vas-tu entrer ? »

Est-il possible de détester un homme à ce point et d'avoir pourtant envie d'en être estimé ? Comment peut-on concilier ces deux sentiments ? Qui saurait dire de quels conflits poignants j'étais le jouet à ce moment-là ? J'étais tout chamboulé. Mais quand j'ouvris la bouche, je sus qui avait gagné.

« En seconde. En première année du lycée. »

La haine, vaincue, incapable de commander à mon langage, s'était repliée dans les tranchées pour mieux s'épanouir. J'entendais le bruit de ses pas. Elle allait guetter le moment de resurgir et profiterait de la première occasion. Elle guiderait ma main ou s'épancherait en jurons. Et elle frapperait Ahad ou, à défaut, le premier venu. De toute façon la haine est tournée vers le lendemain. Elle pouvait attendre et elle attendrait. Et j'attendrais avec elle. J'étais un couard et la haine est la vengeance des couards. Là, j'étais passé maître ! On voit rouge, on se tasse dans son fauteuil et on hait jusqu'à la mort. Mais on se tue soi-même. D'une tumeur au cerveau. De la tumeur de la vengeance, une tumeur mortelle née du rêve de vengeance. De toutes ces vengeances restées en suspens. Je refoulais tout en moi ! Si j'avais pu, j'aurais éliminé tout cela en l'exsudant par mes pores ! L'air était lourd de toutes les vengeances restées à l'état de jurons… Il me fallait juste un peu d'oxygène pour ne pas me tuer. Ne pas mourir, pour servir à quelque chose… Bien sûr la vie humaine est sacrée, mais seulement si elle sert à quelque chose. Son prix est fonction de son utilité. Quand on a atteint ce prix, on peut disparaître. C'est mathématique, c'est une simple soustraction. Si j'avais pu trouver ce qu'il resterait de ce monde une fois que j'aurais soustrait ma haine, cette histoire se serait terminée. Le reste n'était plus que la routine de la vie quotidienne… Avec, peut-être, un peu de sulfate de morphine.

« Tu es assez grand pour entrer au lycée ?

— Je ne sais pas…

— En tout cas, tu étais assez grand pour te taper cette fille ! »

Qu'avait-il dit ? Je n'étais pas sûr d'avoir bien entendu !

« Allez, allez, pas la peine de rougir ! Ça te regarde, mais fais attention, on risque d'attraper des maladies… »

Je ne comprenais toujours pas.

« Bon, ça va ! Je n'ai rien dit ! Mais quand tu fais ce genre de connerie, ferme à clef la porte du hangar ! »

Là, j'avais bien entendu. Parce qu'il avait formulé un ordre. Ça, j'y étais habitué.

« Je fermerai… »

Il rit. Qu'avait-il vu ? Avait-il observé toute la scène ? Pour l'instant, je ne devais pas me poser de question. Je verrais plus tard ! Je devais rire. L'imiter en tout. Je ris. Ou en tout cas je fis semblant…

« Tu ne m'en veux pas, de ne pas t'avoir inscrit à ce concours ? »

Il parlait certainement du concours qui m'aurait permis d'avoir une bourse d'études dans un des meilleurs lycées du pays. En fait, je m'y étais présenté, mais il l'ignorait. Et moi, je me demandais ce que j'allais faire à l'annonce des résultats. Pourrais-je quitter Ahad ? En serais-je capable ?

« Non, papa, bien sûr.

— Qu'a fait le fils de Yadigâr ? Il a été reçu au concours ? Il s'appelle Ender, n'est-ce pas ? »

Ça, c'était une bonne question ! Du coup, j'oubliai tout. C'était vraiment simple ! Je ne songeais même plus qu'il m'avait vu faire l'amour avec la plus belle fille du monde ! Tout s'était dissipé, c'était incroyable ! Il semblait avoir senti que j'attendais cette question. J'entrepris de lui expliquer qu'Ender était un parfait imbécile. J'en salivais de plaisir et ma bave coulait sur ma liste. En fait, je n'étais pas différent d'Ahad. Moi aussi, je me fichais de tout. La seule différence, c'est qu'il me fallait un peu de temps pour admettre les choses. Il faut un certain temps pour s'habituer non seulement au monde où l'on est né, mais aussi à soi-même.

Ensuite, je pris l'argent et partis, comme si j'allais sauter dans le premier autobus pour me sauver. Mais je revins avec le matériel. J'avais les mains pleines et la tête vide. Je me mis à travailler dans le dépôt comme si j'avais été électricien pendant quarante ans. Je me démenai tant que je pus, mais le courant ne passait pas. Je compris que l'électricité, c'était moi. Si j'avais eu un chien, je l'aurais appelé Tesla…

Pendant quinze jours, je ne quittai pas le dépôt. Finalement la porte annonçant l'ouverture de la chasse s'ouvrit triomphalement devant moi. Ma ferme à fourmis était prête. Et elle se trouvait exactement sur la route migratoire des fourmis : la route de la soie… Tout est question de tissu !

Le matin du jour où j'avais prévu de me hisser au rang de dieu du dépôt, Yadigâr me coupa la route. Je venais de faire mes achats en ville et je rentrais à la maison les bras chargés de provisions. En fait, il ne me coupa pas vraiment la route, il s'arrêta à ma hauteur, au volant d'une voiture bleue portant en grosses lettres l'inscription « Gendarmerie » et il baissa la glace. Sa joue brûlée était du côté opposé et il semblait en grande forme. Il dit en regardant mes sacs :

« Tout va bien ? Vous avez des invités ? »

J'étais pris au dépourvu. Que pouvais-je faire ? Le choix n'était pas grand. Je pouvais toujours mentir.

« Il y a une famille de pauvres gens, dans un hameau. C'est pour eux. Mon père m'a dit d'aller leur acheter quelque chose. J'ai pris ça. Nous allons le leur porter.

— C'est une bonne idée », dit Yadigâr.

Puis il se tut. C'était sa façon de faire. Il disait quelque chose, puis il vous dévisageait en silence. Avec cette façon de parler peu et de beaucoup regarder, il était passé maître dans l'art de vous mettre mal à l'aise. C'est du moins l'impression que j'avais. En tout cas, c'était moi qui avais quelque chose à cacher. Que voulait-il dire ? Avais-je trouvé un bon mensonge ? L'idée était-elle bonne ? Allait-on en rester là ? La conversation était-elle terminée ? Pouvais-je repartir ? J'avais bon espoir, parce que le moteur de la voiture continuait à tourner. Jamais, durant toute ma vie, le bruit d'un moteur ne m'a autant réconforté. Je lançai : « Saluez Ender de ma part », et je m'apprêtais à repartir, lorsqu'il me demanda :

« C'est dans quel village ?

— Je ne sais pas, Yadigâr *amca*. Mon père me l'a dit, mais j'ai oublié. »

Je me disais que ma réponse était suffisante, mais Yadigâr mit soudain fin à mes espoirs en coupant le contact. Cela voulait dire que la conversation n'était pas terminée.

« Il faudrait informer la préfecture, ils pourront peut-être obtenir une aide sociale.

— C'est entendu. Je vais m'informer et je vous tiendrai au courant ! »

De toute façon, nous côtoyions tous la misère. Il suffisait d'allonger le bras pour se cogner à une famille pauvre. En cas de besoin il serait facile d'en désigner une à Yadigâr. Mais ce qui cognait, pour l'instant, c'était mon cœur. On aurait dit qu'un animal sauvage était enfermé dans ma poitrine. Les sacs étaient lourds, mais je ne voulais pas les poser. Depuis que le bruit du moteur m'avait fait faux bond, c'était le seul atout qui me restait en main. Je me disais que si je posais les sacs, cela voudrait dire que je voulais bien poursuivre la conversation. Mais cet avantage puéril tenait mes mains occupées et m'empêchait d'essuyer la sueur qui s'accumulait sur mon front. Yadigâr la regardait. Il suivait des yeux une goutte. Celle qui passait entre mes sourcils et courait le long de mon nez. Elle en avait atteint le bout et restait en suspens, lorsque Yadigâr lança :

« Il fait chaud !

— J'y vais, Yadigâr *amca*, mon père m'attend.

— Monte, je vais te déposer.

— Ce n'est pas la peine, je suis presque arrivé. »

Il ouvrit la porte et descendit de voiture. Je n'avais plus le choix.

« Donne », dit-il.

Il me prit les sacs des mains, ouvrit la porte arrière et les déposa sur le siège. Je ne savais que faire. C'était mon tour de parler peu et de beaucoup regarder. Yadigâr s'installa sur son siège, remonta la vitre et se tourna vers moi en disant : « On y va. »

Je n'avais ni un zeppelin pour m'accrocher à l'échelle de corde et m'élever dans le ciel ni un cheval prêt à accourir à mon coup de sifflet. En fait, un tremblement de terre aurait fait l'affaire, un petit séisme à démolir quelques villages en tuant quatre ou cinq personnes. Mais pas de séisme non plus, il n'y avait que moi qui tremblais, en passant devant la voiture pour aller prendre place à côté de Yadigâr et en claquant la portière...

La seule chose que je voyais à présent, c'était sa joue qui n'existait plus. À quelle vitesse est-on capable de penser ? Et qu'est-ce qu'on entend par vitesse de la pensée ? Je n'en avais pas la moindre idée, mais j'essayais de tout bien peser. Après un petit parcours, on allait tourner dans la rue de la Poussière et arriver à la maison. Quand la voiture ralentirait avant de s'arrêter, je sauterais en criant : « Papa ! Papa ! Nous sommes là ! » Ou peut-être ferais-je semblant de m'évanouir. Ou alors je dirais qu'Ender s'était mis à fumer. J'étais plongé dans ces réflexions, lorsque Yadigâr changea brusquement de direction. Il fit demi-tour et, tournant le dos à la maison, reprit la route du bourg. Je le regardai, mais il ne s'intéressait pas à moi.

Je balbutiai : « Yadigâr *amca*, la maison... », mais il répondit : « J'ai d'abord une affaire à régler. »

J'avais retrouvé mon calme. L'animal qui était enfermé dans ma poitrine s'était un peu apprivoisé. Pendant que Yadigâr réglerait son affaire, je trouverais quelque chose. Avec un peu de chance, je pourrais peut-être téléphoner à mon père. J'entrerais dans un magasin pour l'appeler. Nous atteignîmes le bourg et traversâmes le quartier commerçant. Je pensais qu'il allait ralentir, mais il n'en fit rien. Le seul endroit où nous pouvions encore aller, c'était la gendarmerie, qui se trouve à l'autre bout du village. Et en effet, il s'arrêta devant le poste de garde. Il éteignit le moteur, me regarda durant une demi-minute, puis descendit de voiture en disant : « Viens. » Je ne pouvais pas m'enfermer dans la voiture et y rester jusqu'à la mort. Je fus donc bien forcé de descendre.

Je vis que le factionnaire se mettait au garde-à-vous et saluait Yadigâr. Il devait avoir très peur de lui, car il ne le quittait pas des yeux. Quand nous gravîmes les cinq marches et franchîmes la porte d'entrée, je me retournai : il gardait les yeux sur nous. Il aurait mieux fait de s'abstenir. La peur qu'exprimait son regard s'ajoutait à la mienne et l'animal captif recommença à taper contre les parois de ma cage thoracique. Tout ce que je pouvais faire, c'était suivre Yadigâr. Il marchait deux pas devant moi. J'avais l'impression que tout le monde me regardait. L'homme menotté, les deux gardes qui l'encadraient, tout le monde.

Nous longeâmes un couloir et nous dirigeâmes vers un escalier. Nous le descendîmes et atteignîmes un autre couloir, plus court. Il y avait deux portes de fer. Yadigâr ouvrit l'une d'elles avec l'une des clefs d'un trousseau qu'il tira de sa poche. Comme il était devant moi, je ne pouvais pas voir ce qu'il y avait à l'intérieur. Il se retourna et me regarda. « Entre », dit-il. Il me saisit par l'épaule, me poussa dedans et c'est alors seulement que je pus voir ce qu'il y avait derrière la porte. En fait, il n'y avait rien du tout. C'était une cellule. Je fis deux pas et m'arrêtai. La main de Yadigâr était toujours sur mon épaule.

« Attends ici », dit-il.

Pris au dépourvu, je posai la question la plus stupide du monde :

« Ici ?

— Je vais régler cette affaire et je reviens te chercher pour te ramener chez toi, d'accord ? »

À quoi cela m'aurait-il servi de crier au secours ! Un fou nommé Au secours serait peut-être venu me tuer ? Ce qui se passait était tellement absurde qu'on pouvait s'attendre à tout. Je restai muet. Yadigâr agit en deux temps : tout d'abord il sortit de la cellule, puis il ferma la porte. J'entendis le bruit d'une clef qui entrait dans la serrure, tournait et ressortait.

Je ne sais pourquoi, la première chose que je fis fut de baisser la tête. Je vis alors les copeaux, tout autour de mes pieds... Encore un marécage de copeaux. J'eus l'impression que j'allais y sombrer. Cela aurait peut-être mieux valu. Mais contrairement à Dordor et Harmin, je restais toujours sur la terre ferme. Et je ne sombrais pas. Ou du moins j'en étais persuadé, à cette époque-là... Mais désormais cela n'avait plus la moindre importance. J'étais bel et bien dans une cellule. Et qui plus est, je ne savais absolument pas pourquoi. Bien entendu, je pensais qu'on m'avait arrêté. Et j'étais sûr que quand on aurait découvert tout l'engrenage de mes fautes, je pourrirais en prison pendant des années ! Or ce que je voulais, c'était pourrir dehors ! Dans la cellule, il y avait seulement un banc métallique. Et sur les murs quelques inscriptions et des dessins entremêlés. Il n'y avait même pas de fenêtre. Je remarquai alors l'ampoule au-dessus de ma tête. Elle ressemblait à celle de notre dépôt. Sans que je m'en rende compte, Yadigâr avait dû allumer la lumière après avoir ouvert la porte. Ou alors elle ne s'éteignait jamais. Notre vie était anéantie, et moi je regardais bêtement une ampoule. « Bon ! dis-je, calme-toi ! » Et j'essayai de me calmer. J'y parvins en faisant les cent pas. J'allais et venais en longeant les murs et je me remémorais mon existence. « Qu'est-ce qu'on peut te faire ? Admettons que tu passes en jugement, quelle peine encours-tu ? Tu n'as même pas 18 ans. » Puis je pressais le pas et j'étais sûr de rester en prison jusqu'à ce que je crève. Je serais même condamné pour viol ! Tout se saurait et cela aussi allait apparaître ! En fait, ce n'était même pas un viol. C'étaient les circonstances qui m'avaient offert cette fille ; et les autres étaient d'accord. Mais qui me croirait ? Le pire venait enfin : tentative de meurtre collectif ! Quand j'avais ouvert la vanne ! Oui, on allait dire que j'avais tenté de tous les noyer ! J'avais l'impression qu'on allait m'enfermer pendant des années uniquement parce que j'étais venu au monde ! Ma terreur atteignit son paroxysme et mon pouls commença à ralentir. Mes pas aussi. J'aurais beau marcher vite, cela ne me ferait pas sortir de la cellule : il valait donc mieux m'asseoir sur le banc. C'est ce que je fis. Je commençai à faire monter et descendre mes genoux en les soulevant sur la pointe de mes pieds. Ils se mirent à aller et venir de haut en bas comme deux foreuses qui essaient de trouer le sol. Puis ils ralentirent et finirent par s'arrêter. Il ne resta plus que moi et les battements de mon cœur.

Mais je me dis soudain : « Laisse tomber ! Tout va bien. Tu n'as pas réussi à te sauver, mais regarde, en fait, tu es sauvé ! » Et dans ma tête le vent tourna. D'autres pensées soufflèrent dans mes voiles. C'était un vrai miracle. Ce que j'avais toujours désiré était en train de se produire. J'allais être délivré de mon père et de ces clandestins écœurants. Je ne les reverrais plus. C'était merveilleux. C'était comme une échelle de corde reliée au zeppelin qui allait m'emporter vers le ciel. Je n'aurais jamais imaginé que je serais délivré grâce à une cellule de prison. Un temps, il me vint l'idée que je devais être somnambule. Dans mon désir désespéré que nous soyons pris, ne m'étais-je pas levé, une nuit, pour aller tout raconter à Yadigâr ? Mais non, bien sûr que non, je lisais trop de romans ! Et d'ailleurs je me fichais éperdument de savoir comment nous avions été pris. Ce qui comptait, c'était que cela allait me sauver de toutes les horreurs que j'aurais encore faites. C'était une véritable intervention divine ! Qu'est-ce que je m'apprêtais à faire, si Yadigâr ne s'était pas mis en travers de ma route, si j'étais rentré à la maison ? Tous ces plans, ces préparatifs, ces rêves d'une ferme à fourmis ! Qu'allais-je faire à ces gens ! Comment avais-je pu perdre à ce point la raison ? J'étais vraiment sauvé et le sergent-chef Yadigâr était bel et bien un héros ! Il m'avait sauvé de moi-même et empêché de passer le reste de ma vie à me faire horreur. Je resterais dans cette cellule aussi longtemps qu'il le voudrait, puis je comparaîtrais devant le tribunal et je dirais tout : comment Ahad m'avait forcé et tout le reste. Je dirais même qu'il me menaçait. On me croirait certainement. Je dirais qu'il me battait, c'était parfaitement logique et d'ailleurs ce n'était pas faux. À vrai dire, il ne me battait pas comme autrefois, mais il avait toujours l'air de vouloir me frapper. Quel dommage qu'il ne m'ait pas récemment roué de coups ! Si j'avais eu quelques ecchymoses, cela m'aurait été bien utile. Ou encore des brûlures de cigarette. Il ne faisait pas ça, mais j'avais souvent lu dans les journaux qu'il y avait des gens qui maltraitaient ainsi des enfants. En cet instant magique, je me rappelai que j'avais sur moi un paquet de cigarettes et un briquet. Dans mon émoi, je l'avais complètement oublié. Je n'y avais pas pensé, parce que je n'étais pas un de ces grands fumeurs qui allument une cigarette toutes les demi-heures. Quelques brûlures sur les bras et les jambes… Ce serait formidable ! Même si Ahad niait, le juge me croirait ! Je dirais : « Il éteignait ses cigarettes sur moi, Monsieur le juge. » Au fait, fallait-il dire « Monsieur le juge » ? Ou « Votre honneur », comme dans les films ? Mais non, il valait mieux dire *amca.* Oui, c'est ça, *amca.* « Je ne sais pas pourquoi il faisait ça, *amca* ! En plus, nous avons un cendrier ! »

Je riais. Tout était résolu. Tout était dit et l'affaire était close. J'étais au moins aussi ingénieux que Felat ! Si seulement j'avais pu lui raconter ma trouvaille ! J'étais sûr que Dordor et Harmin auraient été fiers de moi. Ils avaient fui la maison paternelle et moi, j'allais faire en sorte que mon père croupisse en prison. N'y a-t-il pas d'autre moyen d'échapper à son père ?

« Il me forçait à faire tout ça ! J'aime vraiment mon père. Mais il m'ordonnait toujours de maltraiter ces gens. Et même une fois, avec une fille, il m'a forcé… J'ai très honte… Il nous a regardés ! Il m'a forcé à ouvrir la vanne ! Il voulait que je les noie tous. Je voulais l'en empêcher, je disais “Ne fais pas ça, papa, c'est mal !” Regardez mes bras ! Il fumait un paquet par jour et il en éteignait la moitié sur moi. En plus, nous avions des tas de cendriers ! »

Splendide ! C'est le mot : splendide !

« À l'école, j'étais toujours au tableau d'honneur. Tous les semestres ! Je suis sûr d'avoir de très bonnes notes au concours d'entrée au lycée. Je serai peut-être parmi les cent meilleurs élèves de Turquie ! C'est tout à fait probable. Si vous le permettez, je m'inscrirai comme pensionnaire au lycée auquel j'aurai accès. J'ai aussi des brûlures de cigarettes sur les jambes. Vous voulez les voir ?

— Non, mon petit, ce n'est pas la peine, tout est clair, dirait le juge. Il est évident que ton père n'est pas un être humain. Bien sûr, mon petit, va où tu voudras ! Mais pour commencer, il faut soigner ces brûlures.

— Merci, *hakim amca* », dirais-je.

Et quand je déclarerais : « Les brûlures sont sans importance, j'ai l'habitude ! » tous les gens présents dans la salle d'audience se mettraient à pleurer, peut-être même se lèveraient-ils pour applaudir mon courage. Je serais à leurs yeux un ange échappé de l'enfer. D'ailleurs n'était-ce pas réellement ce que j'étais ?

La cellule ne me faisait plus peur. Je ricanais. Je me sentais suffisamment bien pour me lever et examiner les graffitis. Pour les brûlures de cigarettes, rien ne pressait. Je m'en occuperais un peu plus tard. Je me levai de mon banc et je me mis à cheminer à pas lents, les mains dans les poches, comme si j'étais au bord de la mer. En regardant les murs. Sur le premier mur, il y avait des dessins entremêlés. Je ne comprenais pas ce qu'ils représentaient. Mais en regardant attentivement, je compris qu'il y avait là un pénis. À ce moment-là la cellule retrouva toute sa magie. Des phrases d'inspiration divine qui me hissaient au plus haut rang de l'angélisme se déversaient sur moi.

« Et pour finir, *hakim amca*… Je ne sais pas comment le dire… Quand j'avais 10 ans… Un jour, mon père…

— Ne pleure pas, mon enfant… Calme-toi… Maintenant, raconte. Tu disais que ton père…

— Il m'a fait de très vilaines choses…

— Quelles vilaines choses ?

— Il s'est mis à me toucher. Puis il m'a enlevé mon pantalon… Ensuite, il a pris mon… zizi. Il a commencé à le caresser… Il l'a passé sur son visage… Il l'a embrassé… »

Après ça, je sortais du tribunal porté en triomphe ! Je n'avais pas besoin de raconter la suite. Oui, mais si on me demandait des preuves ? Comment prouver tout ça ? Il y avait déjà quatre ans. Certes, les traces de doigts du Libyen restaient gravées juste derrière mon front. Mais j'étais le seul à les voir. Je ne portais aucune autre marque. Bien sûr, j'aurais pu m'introduire quelque chose pour me faire saigner… Et là, alors, j'aurais pu dire : « Il a recommencé hier ! »

« Que fais-tu, Gazâ ?

J'essaie de sauver ma vie, putain !

Tu penses la sauver comme ça ?

Qu'est-ce que ça peut te faire ?

Réfléchis bien, tu penses la sauver comme ça ?

Eh bien ! tu n'as qu'à venir me sauver !

Je viendrais, bien sûr, si tu ne m'avais pas tué.

Ils vont certainement me poser aussi des questions à ton sujet. Qu'est-ce que je vais leur dire ?

Ils ne peuvent pas me connaître !

D'accord, mais s'ils te trouvent ?

S'ils trouvent mon cadavre ? Ne dis pas de bêtises. Tu te rappelles comment ton père m'a enterré ? Comment veux-tu qu'on me trouve dans cette forêt ?

Ces lavandes sentent bon, n'est-ce pas ?

Désolé, je n'ai pas de nez …

Qu'est-ce que je dois faire ? Comment me sortir de cette merde ?

Tu jures beaucoup… À mon avis, tu ne peux rien faire pour l'instant. Alors reste tranquille, assieds-toi et attends. Peut-être que Yadigâr a réellement une affaire à régler et qu'il viendra ensuite te chercher.

Cuma…

Oui ?

Pardonne-moi.

Ne t'en fais pas. Je vais bien. Les lavandes embaument en cette saison.

As-tu vu ma mère ?

Non.

Moi non plus… Tu sais ?

Quoi ?

La nuit de son accouchement, elle a fui la maison. Ensuite elle est allée au cimetière de notre bourgade.

Pourquoi ?

Pour me protéger d'Ahad.

Quel rapport ?

Elle voulait me mettre au monde, puis m'enterrer… Dans le cimetière… Et ensuite se sauver.

Qui t'a raconté ça ?

Mon père… Il l'a retrouvée à la dernière minute. Juste avant qu'elle ne m'enterre… Elle avait perdu beaucoup de sang… Et puis elle est morte.

Ton père t'a menti, Gazâ. Je ne crois pas à une chose pareille. Il a inventé ça pour que tu lui sois reconnaissant toute ta vie.

Je le crois aussi.

Tu ne dois absolument pas croire ce qu'il te dit.

En fait, je ne le crois pas…

N'éteins pas ces cigarettes sur toi. Ne fais pas ça. Ça ne servira à rien.

C'est déjà fait, Cuma. Regarde.

Jette tout de suite cette cigarette ! Jette-la !

D'après moi, il faut enterrer tous les enfants à leur naissance. Ça leur épargnera bien des tracas.

Gazâ, dans quel état as-tu mis ton bras ! Arrête ça !

Comme ça, ils iront tous au paradis. Comme toi. Au cours de Coran, on a dit à Ender qu'on peut se repentir jusqu'au dernier moment. Quoi que l'on ait fait. Peut-être qu'Allah me pardonnera.

Gazâ, écoute-moi ! Arrête avec cette cigarette !

Mais si on tue quelqu'un, il ne peut pas se repentir. Il n'en a pas le temps. Il ne sait pas qu'il va mourir. Ou peut-être que tout va très vite et qu'il peut se repentir ? Peut-être qu'Allah lui pardonne ? Si seulement quelqu'un pouvait me tuer… Que ça se passe très vite ! Qu'il me frappe par-derrière ! Sans que j'aie le temps de me repentir… Je pourrais aller au paradis… Je sais que si je me repens maintenant, ça ne servira à rien… Je ne pourrai aller au paradis que si quelqu'un m'ôte la possibilité de me repentir. Tu comprends ? Je ne suis pas si bête que ça ! J'ai mes propres méthodes. Tu m'as dit que tu n'avais pas de nez, alors comment pourrais-tu sentir le parfum des lavandes ? En fait, je ne crois pas que tu iras au paradis ! Tu m'as dit de faire souffrir ces gens.

Gazâ !

Qu'est-ce qu'il y a ?

Ce n'est pas moi qui t'ai dit ça.

Qui est-ce, alors ?

Qu'en penses-tu ?

C'est moi qui l'ai dit ? C'est ça ?

Tu parles tout seul, Gazâ.

Ah, bon ! Je parle tout seul… Regarde dans quel état sont mes bras ! Pourquoi n'ai-je pas mal ? Comment se fait-il que je ne sente rien ? Pourquoi personne n'est-il comme moi ? Dis ! Ce sont les bras de quelqu'un d'autre, n'est-ce pas ?

D'accord, Gazâ… Ce sont les bras de quelqu'un d'autre.

De qui ?

De ta mère. Ce sont les bras de ta mère. Elle a creusé la terre avec ces bras-là pour t'enterrer… Ça va ? Tu es content ? Tu as ce que tu voulais. Tu sais ce qui s'est passé. Comment te sens-tu, à présent ?

Comme toujours.

C'est-à-dire ?

Comme l'ange du collier de ma mère.

Pardon ?

J'ai l'impression d'être accroché au cou de ma mère et de l'étrangler.

Tu es sérieux ?

Je te dis que je suis un ange d'or, bien sûr que je suis sérieux !

Pourquoi te sens-tu comme ça ?

Parce que je n'ai pas tué ma mère pour me venger. Je l'ai tuée pour rester en vie. Elle voulait m'enterrer à la naissance. Mais moi, en naissant, je l'ai vidée de son sang ! C'est étrange, n'est-ce pas ? Mourir en mettant au monde un enfant que tu as l'intention de tuer… Il est vrai qu'elle ne pouvait me tuer que si je sortais de son ventre. Il fallait que je vive au moins un instant. Dans son désir de me mettre au monde le plus vite possible, elle souhaitait que je vive. Peut-être sans même s'en rendre compte. Elle voulait bel et bien que je sorte de ses entrailles et que je vive ! Son désir s'est réalisé. Elle voulait que je vive pour pouvoir me tuer et son désir s'est réalisé à moitié. J'ai vécu… Si, en naissant, je n'avais pas provoqué cette hémorragie, elle aurait certainement réussi à me tuer. Peut-être qu'avant un mois elle m'aurait noyé dans un sac comme a fait ce Libanais. C'était elle ou moi, Cuma, tu comprends ? Elle ou moi ! C'est la même chose pour mon père et pour tous ceux qui sont restés en vie ! Il y a sûrement quelqu'un comme ça dans ta famille et c'est à cause de lui que tu es né. Tout le monde dit, un jour ou l'autre, "C'est lui ou moi" ! Ne t'en fais pas… Je sais que tu es au paradis. J'aurais pu y aller, moi aussi, mais c'est raté ! Si seulement ma mère m'avait enterré à la naissance ! Avant que je n'aie péché ! Je serais allé tout droit au paradis, n'est-ce pas ? Puisque je ne peux pas aller au paradis après ma mort, je vais aller mourir au paradis ! Allez, viens m'aider à saisir les jambes de ma mère ! »

Deux nuits. J'ai passé deux nuits dans cette cellule. Sans dormir. Quatre fois, la porte s'est ouverte. Quatre fois, j'ai cru que j'allais sortir. Chaque fois, j'ai bondi et couru vers la porte. Comme les clandestins du dépôt… Quatre fois, je me suis trompé, on s'est contenté de déposer devant moi une assiette de nourriture. Ce n'était jamais le même gendarme… J'essayais de lui poser des questions. De parler, de crier, de pleurer. Mais il ne m'écoutait pas. Pas plus que je n'écoute les gens du dépôt. Quand la porte s'est ouverte pour la cinquième fois, je n'ai pas bronché, je me suis contenté de lever la tête. Yadigâr se tenait devant moi. Il était accompagné de mon père…

« Allez, dit Yadigâr, rentre chez toi… »

Je me levai et les suivis. Je montai un escalier, longeai un couloir, sortis du bâtiment et me mis à courir sans attendre mon père. Je pleurais, mais je n'avais pas l'intention de m'arrêter. Je voulais courir jusqu'à l'épuisement. Quand j'atteignis le quartier commerçant, Ahad me rattrapa avec son camion et me dit : « Monte. » Je m'arrêtai. Je regardai le bras de mon père qui dépassait de la portière à la vitre ouverte, puis son visage et enfin les pavés sur lesquels je m'étais arrêté. Tout haletant… En voyant les copeaux qui jonchaient le sol, je compris que je n'avais pas où aller et je montai dans le camion.

Pendant tout le trajet, nous ne dîmes pas un mot… Un instant, seulement, je regardai mon père. Ne sachant que penser, je constatai seulement que nous nous ressemblions beaucoup. Je me trompais peut-être. En tout cas, il semblait aussi fatigué que moi. Il transpirait lui aussi. Qui sait ce qui s'était passé pendant que j'étais dans cette cellule ? Qu'avait-il ressenti ? Peut-être s'était-il réellement inquiété pour moi. Peut-être l'avait-on enfermé dans une autre cellule…

Je me dis que, quoi qu'il ait pu nous arriver, ce devait être une telle catastrophe qu'on ne pouvait pas en parler avant d'être rentré à la maison. Et je restai silencieux. Mon père aussi. En entrant dans la maison, je demandai :

« Papa… On s'est fait prendre ? »

Il rit, tout en ouvrant le réfrigérateur pour prendre une bière.

« Qui parle de se faire prendre ? »

Moi, je ne riais pas. Pour la première fois de ma vie, je m'adressai à mon père en hurlant. Mais je ne pus articuler qu'un seul mot :

« Papa ! »

Il me regarda comme si on l'avait frappé, puis son sourire s'effaça peu à peu. Il déboucha sa bière et jeta la capsule sur la table. Puis il porta la bouteille à ses lèvres. Il s'essuya la bouche d'un revers de main, puis il dit :

« Nous n'avons rien à craindre… Mais Yadigâr, ce fils de pute, demande plus de fric… Tu comprends ? »

Je ne comprenais pas.

« Quel fric demande-t-il ? »

Il tourna la tête pour regarder au loin, mais son regard, se heurtant au mur, vint se poser sur moi. Il respira profondément, puis souffla :

« Assieds-toi. »

Il y avait une chaise de chaque côté de la table. Nous étions seuls, cela suffisait. Je m'assis sur la chaise la plus proche… Il but une autre gorgée de bière, puis, les yeux fixés sur la bouteille, il dit :

« Tu es allé manger des boulettes ?

— Quand ? Où ?

— Chez les Yadigâr…

— Chez les Yadigâr ? Je ne sais pas… Oui… Il y a au moins deux ans.

— C'était bien ?

— Les boulettes ? Je ne m'en souviens pas.

— Salime est une belle femme… Un peu maigre, peut-être… C'était comment, chez eux ? »

Il fixait toujours la bouteille qu'il tenait à deux mains, mais en fait il regardait autre chose. Quelque chose que je ne pouvais pas voir. Comme dans ce vers écrit il y a plus de cent ans par Rimbaud et que j'ai lu plus tard :

Et j'ai vu quelquefois ce que l'homme a cru voir[6] *!*

« C'est une maison comme une autre…

— Comment était le mobilier, par exemple ? Le téléviseur, les fauteuils ? »

Que voyait-il donc dans cette bouteille ?

« C'était bien… Je me rappelle le téléviseur… Il avait un grand écran. Et même Ender jouait à un jeu électronique.

— De quoi avaient-ils l'air ? Ils étaient heureux ? »

Pourquoi me demandait-il tout ça ? Qui s'en souciait ?

« Oui, je crois…

— Eh bien ! Ce bonheur, c'est moi qui le paie. Comme tout ce que tu as vu dans cette maison ! »

Moi, je pensais toujours à cette cellule. Je n'étais qu'un enfant terrorisé.

« Pourquoi ?

— Parce qu'il y a longtemps que nous nous sommes fait prendre, Gazâ… Il y a des années. Comment crois-tu qu'on peut faire tranquillement ce boulot ? Tu y as réfléchi ? »

La lucidité me revint d'un seul coup, ma pensée se remit en marche à toute vitesse et je compris.

« Tu lui verses des pots-de-vin ?

— Qu'est-ce qui te fait croire ça ? »

Tout était clair… Yadigâr m'avait pris en otage pour augmenter le montant de son pot-de-vin. Je comprenais tout. Et en plus il avait fait ça au vu et au su de tous les gendarmes, en utilisant une cellule de la prison du commandement départemental de la gendarmerie. L'héroïque sergent-chef Yadigâr n'était pas seulement chef de brigade, il était le certificat de garantie de la machine criminelle de type coopératif qui avait été créée dans notre bourgade et dont nous assurions le fonctionnement. Je comprenais tout. Mais je ne voyais toujours pas pourquoi j'avais passé deux nuits dans cette cellule.

« Bon, mais pourquoi ne l'as-tu pas tout de suite payé pour me sortir de là ? »

Il se leva de table pour la première fois, détacha les yeux de la bouteille et me regarda.

« La première règle du commerce…

— C'est quoi ?

— Marchander… Nous avons marchandé… »

Je ne m'attendais pas du tout à ça ! Pour la deuxième fois de ma vie, je m'adressai à mon père en criant :

« J'ai passé deux jours là-dedans, dans cet endroit qui ressemble à notre dépôt, sans pouvoir fermer l'œil, et tu viens me dire que vous marchandiez ! »

En entendant mes propres cris, j'eus peur des conséquences et j'eus tout de suite recours au mensonge.

« Et moi qui n'arrêtais pas de penser à toi ! Je me demandais où tu étais, je me disais : ils ont mis mon père en prison ! »

Il se mit à rire. Il but une gorgée, posa la bouteille sur la table et dit :

« Pourquoi, Gazâ ? Pourquoi pensais-tu à moi ? Ne pense qu'à toi-même, mon fils. Ne t'occupe pas de moi ! »

Il devait encore voir cette chose qui m'échappait. Mais je ne supportais plus mon aveuglement. Je fis une autre tentative, la dernière.

« Qu'est-ce que ça veut dire, ne t'occupe pas de moi ! Tu es mon père ! »

Les yeux fixés sur moi, il s'immobilisa comme une statue, puis la statue se fendit et il en sortit un Ahad souriant qui, sans rien dire, secouait la tête d'un air sceptique. Je le haïssais. C'était seulement pour donner le moins possible d'argent à Yadigâr qu'il m'avait laissé croupir deux jours, deux jours d'enfer, dans cette cellule ! Il s'en fichait éperdument !

« Papa, j'ai passé le concours. Je vais probablement être admis dans un lycée d'Istanbul. Je pars à la fin de l'été... »

Ma voix tremblait tellement que les dernières syllabes, proférées à grand-peine, se brisèrent sur la table. J'avais misé sur cette table placée entre nous. En cas de danger, je pouvais reculer et me sauver. Mais il ne broncha pas. Il se contenta de me regarder sans cesser de sourire.

« Je sais... L'autre jour, le directeur de ton école m'a téléphoné. Il m'a dit : “Votre fils est très doué. Très intelligent. En tant que directeur d'école, je ferai tout ce qui est en mon pouvoir. Vous devez penser à l'éducation de votre fils. Gazâ est promis à un très bel avenir. Il sera quelqu'un d'important !” »

Tandis qu'il tenait ce discours, je ne cillais pas. En un clin d'œil le monde bascula. J'étais sur une autre planète. Elle était soumise elle aussi à la pesanteur, car je ne m'étais pas élevé en l'air. Mais y avait-il de l'oxygène ? Pouvais-je respirer ? J'essayai.

« Alors, tu étais au courant ?

— Oui.

— Et je pourrai y aller ? Tu me le permets ?

— Bien sûr que tu pourras y aller... Aide-moi encore cet été et ensuite va au lycée, fais de bonnes études. »

Je pouvais bel et bien respirer. Il y avait même tant d'oxygène que la tête me tournait. Et en plus, sur cette nouvelle planète, j'aimais mon père.

« Pourquoi ne voulais-tu pas que je passe le concours ?

— Pour comprendre.

— Comprendre quoi ?

— Si tu me ressembles ou non… Parce que moi, à ta place, je n'aurais pas écouté mon père. Il aurait eu beau dire, je ne m'en serais pas soucié… Et toi aussi, tu t'en fiches. Pas vrai ? »

Ça avait dû se produire pendant que j'étais dans cette cellule. Tandis que j'étais en train de me brûler avec un paquet de cigarettes, on avait fait disparaître le monde dans lequel je vivais et on l'avait remplacé par un autre. On avait retiré prestement l'immense dessus de table et on en avait mis un neuf. Ou alors la terre s'était mise à tourner plus vite. Et on avait pu changer le tapis de table sans rien renverser. Nous nous retrouvions tous sur ce nouveau tapis et nous nous jurions de ne pas le salir. Même si j'avais réfléchi pendant dix ans, je n'aurais pas su que penser. Je me contentais de regarder mon père. Ses cheveux, son front, ses sourcils et ses yeux… Mais nos regards ne se croisèrent pas, parce qu'il regardait mon poignet droit posé sur la table. Il examinait une des brûlures, qui dépassait de la manche de ma chemise. C'était une vilaine blessure toute gonflée d'eau. Je le savais. Depuis un jour et demi, j'observais le combat que livrait pour renaître une peau changée en champ de bataille.

S'il me questionnait, je devais réfléchir avant de répondre. Je devais me concentrer et éviter de penser à ce qu'il allait dire. Il y avait aussi ce bras droit, que je ne devais pas laisser traîner sur la table. Au moment où j'allais le retirer, mon père posa sa main sur la mienne. Nos regards se croisèrent. Il souriait. Je souris moi aussi… Je ne me souvenais pas quand il m'avait pris la main pour la dernière fois. Peut-être était-ce le jour où nous avions parcouru d'un bout à l'autre l'unique avenue de la bourgade. Il y avait des années… S'il me prenait par la main, après tout ce temps, c'était sans doute pour la même raison. Pour me conduire. Dans une autre vie…

Tandis que nous nous regardions dans les yeux en souriant, juste au moment où je songeais à la nouvelle vie qui nous attendait, un volcan fit éruption dans mon poignet. Sa lave se répandit en tous sens et pendant quelques secondes une douleur intolérable me submergea.

J'étais incapable de respirer ou d'ouvrir la bouche pour crier. Mon père pressait si fort sa main droite sur ma blessure que mes yeux, à leur tour, se gonflèrent d'eau comme deux ballons. Ils explosèrent aussitôt et répandirent leurs larmes sur mes joues. Tentant la seule chose possible, je saisis le poignet de mon père et essayai de le repousser. Mais il ne bougea pas. Je me levai et tentai vainement de reculer : mon père, maintenant, me retenait à deux mains. Si quelqu'un nous avait observés de loin, il se serait mépris : il aurait cru voir un père et un fils emportés par un élan de tendresse, assis face à face, unissant leurs mains sur la table de la cuisine pour que leur amour ne se sauve pas. J'avais vu plusieurs fois la planète Terre, dans des documentaires. C'était une sphère bleue, verte et blanche suspendue dans le vide ténébreux de l'univers. En la regardant ainsi, de loin, on n'aurait pas imaginé qu'on y violait des enfants. Qu'on s'y piétinait durant les guerres et qu'on s'y arrachait la langue en temps de paix. On n'entendait ni les cris ni les mensonges. La sphère tournait lentement, sereine et silencieuse. Il paraît que l'important, c'est le point de vue. Balivernes ! L'important, c'est la distance de laquelle on regarde les choses ! Moi, par exemple, à ce moment-là, je regardais la vie et tout le reste à travers un microscope et tout semblait terrifiant. Une horde de virus ! De serpents et de dragons microscopiques ! Une armée de microbes qui se tortillaient en tous sens en quête de chair ! Si j'avais été capable d'ouvrir la bouche, j'aurais peut-être poussé un hurlement qui aurait ouvert une brèche dans mes pores fermés et déverrouillé ma bouche. Mais j'avais les dents serrées, j'étais comme un enfant transi. Je pouvais seulement émettre un râle ténu comme un cheveu. Rien d'autre ne pouvait se glisser entre mes dents. Cependant le ciel hurlait :

« Je te tuerai ! Où veux-tu aller ! Qui veux-tu quitter ! Sais-tu ce que j'ai enduré pour toi ? Pour t'élever ! Ce que j'ai fait pour ton bien ! Sais-tu pourquoi il n'y a pas de femme dans cette maison ? Pourquoi je ne me suis pas remarié ? Ta mère a voulu t'enterrer ! T'enterrer vivant! Je n'ai même pas laissé une femme entrer dans cette maison pour que personne ne te fasse du mal! Et maintenant tu te lèves et tu me dis: "Voilà, je m'en vais!" Je vais te casser la bouche et le nez! Tu as ici un père qui t'aime comme une bête et tu n'iras nulle part!»

Effectivement, j'étais parmi les cent meilleurs élèves de Turquie. Le quarante-troisième, pour être précis. Tout en sachant parfaitement qu'ils n'étaient pour rien dans mon succès, tous mes professeurs me félicitèrent avec orgueil. Les notables de la ville, qui étaient si arriérés qu'ils n'avaient pas remarqué que l'humanité avait depuis longtemps terminé son parcours, se cotisèrent pour que je puisse poursuivre mes études dans les meilleures conditions et promirent de faire tout ce qu'ils pourraient. Le sous-préfet me fit cadeau d'une montre-bracelet munie de quatre boutons, dont deux servaient à quelque chose. L'hebdomadaire local, *De Kandalı au monde*, publia à la une, encadrée de rouge et de blanc, la photographie prise à la sous-préfecture, qui immortalisait cet instant. Dans l'espace réservé aux nouvelles, sur la page où paraissait, pour l'anniversaire de la libération de Kandalı, la seule photographie d'Atatürk prise dans notre bourgade, mais dans un format un peu plus discret. Je savais que la photo d'Atatürk s'entretenant avec les habitants avait été prise à l'entrée du village de Naznur, à une trentaine de kilomètres. En raison de l'article qui me concernait et qui portait le titre de « Gloire à ton Gazâ, Kandalı », il ne restait sur la page qu'un espace grand comme une boîte d'allumettes pour évoquer ce qui venait de se produire à Naznur: sur la route du village où s'était jadis arrêté Atatürk, une remorque chargée de travailleurs saisonniers s'était renversée, faisant cinq morts et seize blessés. Tous les ans, en cette saison, affluaient des travailleurs kurdes. Naturellement, personne, chez nous, ne connaissait les victimes de l'accident. Les gens qui les connaissaient habitaient bien loin et ne lisaient pas *De Kandalı au monde*. À part les fermiers qui employaient ces gens aux travaux agricoles, leur mort, à Kandalı, n'intéressait personne et il était bien naturel que l'information restât en dehors du cadre rouge et blanc. Seuls les médecins, infirmières et gardes-malade de l'hôpital national de Kandalı éprouvaient un certain malaise. Il leur était très pénible de regarder avec des yeux vides tous ces gens qui essayaient vainement de s'adresser à eux en kurde. En outre, les travailleurs saisonniers, contrairement aux fleurs qui s'épanouissent à la même saison, sentaient extrêmement mauvais. Comme s'ils avaient commencé à pourrir dès leur naissance. C'était le sort de tout le monde, mais n'ayant que trois mois devant eux, ils se décomposaient à vue d'œil.

Ainsi, toute l'attention du journal et des habitants de Kandalı se concentra sur la photographie prise en mon honneur. Yadigâr, tout souriant, se trouvait derrière le sous-préfet. Ce n'était pas très net sur la photo, mais c'était lui que je regardais. Lui-même fixait le directeur de la sûreté, qui se trouvait à ma gauche. Celui-ci considérait le commandant de gendarmerie, qui regardait le maire, placé à sa droite. Le maire fixait mon père, venu là contre son gré, et qui dévisageait le sous-préfet, en qui il voyait un bourreau d'enfants, comme s'il s'apprêtait à l'égorger. Mais personne ne faisait attention à moi. Le sous-préfet avait les yeux posés sur la montre qu'il me tendait. Elle indiquait trois heures et quart et les deux aiguilles désignaient le vieil homme qui se tenait dans le coin et dont mon père m'apprit ensuite que c'était l'huissier. Comme il avait les yeux fermés, la chaîne des regards se perdait derrière ses paupières ridées. Cette photo peu banale ressemblait à une fresque de Léonard de Vinci. Je l'ignorais à l'époque, et ne m'en avisai que plus tard, lorsque je vis sa reproduction dans un livre.

La Dernière Cène… La dernière ! Non parce que Jésus faisait le dernier repas de sa vie, mais bien parce qu'il était lui-même le plat de résistance et même le plat unique. Parce qu'il allait être dévoré. Afin que Dieu se manifeste et l'empêche de disparaître… Mais le repas se déroula sans que Dieu donnât le moindre signe. Le ventre plein mais l'âme affamée, les douze apôtres déposèrent les os dans leurs assiettes et les abandonnèrent aux chiens. Cependant Dieu ne daigna pas se montrer. Au moment où ils se disaient qu'ils venaient de tuer la poule aux œufs d'or, ils entendirent une voix. Dieu parla :

« Y a-t-il un homme ? »

Profondément troublés, les apôtres se regardèrent et s'écrièrent d'une seule voix :

« Oui !

— Bon, mais y a-t-il quelqu'un qui croie en l'homme ? »

Ils ne savaient que dire. Leurs yeux se portèrent sur les animaux qui grignotaient les os de Jésus et ils s'exclamèrent :

« Les chiens ! »

Après un temps de silence, Dieu parla de nouveau :

« S'il n'y a plus que les chiens pour croire en l'homme, certains d'entre eux auront la rage et eux seuls seront illuminés. »

Lorsqu'il eut parlé, les chiens, la gueule pleine de bave, s'enfuirent en courant. Il ne restait qu'une écuelle contenant le crâne et trois os de Jésus. Les convives témoins de la scène décidèrent de ne révéler à personne ce qui s'était passé et de donner une autre version des faits. Seul Judas dit : « Non, je refuse d'être mêlé à ce mensonge ! » Il s'empara des restes de Jésus et quitta la table. Tandis qu'il s'enfonçait dans les marécages du remords, les onze apôtres restants imaginèrent séance tenante un récit où ils ne mangeaient pas Jésus et d'où étaient absents les propos divins. Jésus prononçait une phrase d'invitation du genre « Ceci est ma chair, ceci est mon sang », mais nul n'en mangeait ni n'en buvait. Et surtout Judas était un traître qui, sitôt après avoir quitté la table, était allé dénoncer Jésus au Sanhédrin. On dirait que Jésus avait été crucifié et personne ne saurait jamais que les apôtres l'avaient dévoré. Le récit comportait des détails convaincants, comme les trente deniers versés à Judas pour prix de sa trahison. De crainte que Judas ne raconte ce qui s'était réellement passé, il fut convenu de déclarer à qui voudrait l'entendre que toute autre version était mensongère. D'ailleurs Judas n'était pas en état de parler. Quand il ouvrait la bouche, le remords s'y engouffrait. Et même s'il avait pu parler, qui l'aurait cru ? Ils étaient à onze contre un et il n'avait aucune chance. Ne pouvant affronter ni les mensonges que l'on commençait à répandre sur son compte ni les horreurs qu'il avait vécues, il s'arrêta devant un arbre, enterra l'écuelle dans son ombre et se pendit à la plus grosse branche… Un chien vint au pied de l'arbre. Il se mit à creuser le sol et fut pris de la rage au moment où il déterrait les os. Un deuxième, puis un troisième chien subirent le même sort. Les villageois, voyant cela, creusèrent un trou plus profond, y jetèrent l'écuelle et bouchèrent le trou avec des pierres. Mais, incapables de tenir leur langue, ils parlèrent, à voix basse, de l'écuelle maudite de Judas qui donnait la rage à quiconque s'en approchait et qui avait été la cause de la crucifixion de Jésus. Au fil des siècles, transmis de bouche à oreille, le récit se réduisit à l'essentiel. Nul ne souhaitait que son village fût associé à l'écuelle maudite. Et on se hâta d'oublier le lieu où elle était enfouie. Ensuite on cessa de parler de Judas, d'autant plus qu'évoquer son nom était un péché. Il ne resta qu'une écuelle ayant appartenu à Jésus et d'où le crâne et les os ne tardèrent pas à disparaître, pour une raison bien simple : il est plus facile de commencer un récit par « Il y avait une écuelle » que par « Il y avait une écuelle contenant un crâne et trois os ». Le récit se retient plus facilement et se propage mieux. Le mot « maudit », qui faisait peur aux enfants, fut remplacé par « sacré » et, avec le temps, l'écuelle devint une soupière, puis une coupe. Tout cela remontait à des temps très anciens et personne n'était à même d'accuser les narrateurs de mensonge. C'est ainsi qu'au nom d'une chose qu'une génération avait, pour se protéger, jetée dans un trou et enfouie sous des pierres, d'autres générations se lancèrent dans des guerres qui prirent le nom de croisades… Le monde se mit en quête de ce qui n'était en fait qu'une écuelle d'os. Ces gens-là, sans s'en douter, voulaient dévorer ce qu'il restait de Jésus, afin d'entendre la voix de Dieu. Mais que diraient-ils s'Il parlait de nouveau ? Les réponses à ses questions ont-elles changé après tout ce temps ? Les chiens ne sont-ils pas toujours les seuls à croire en l'homme ? Est-il raisonnable de courir après le Saint-Graal, ou plutôt après un crâne et trois os, à seule fin de voir à quoi ressemble Dieu ? Quand je sortis de la sous-préfecture, un crâne, trois os, plus un immense vide, c'est à peu près tout ce qu'il restait de moi. Un Gazâ plein de rien, un rien recouvert par Gazâ…

Mais une porte s'ouvrait devant moi et j'avais derrière moi toute une ville prête à me pousser en avant. Je n'avais qu'un seuil à franchir pour recevoir une éducation digne de moi. Or je n'en fis rien. Tel un arbre millénaire, je restai planté dans ce trou à rats. Il faut dire que, dès que le directeur de l'école eut annoncé mon palmarès, ce fut la bourgade qui s'empara de l'affaire et la situation passa sous le contrôle d'Ahad. J'aurais pu me sauver, mais je ne le fis pas… Simplement parce que mon père avait dit qu'il m'aimait… En pressant de toutes ses forces sur la blessure de mon poignet ! Si Ahad m'aimait, je pouvais à la rigueur me dispenser de le faire. J'étais incapable de quitter Ahad… Peut-être n'avais-je pas envie de partir. De m'éloigner de ce dépôt. Je m'étais seulement leurré sur l'idée que je pouvais m'en aller. En fait, mon père, le dépôt et moi-même, nous constituions une trinité. La Trinité, c'était nous ! Mon père et moi étions une bête à huit pattes qui rampait en trébuchant sur les murs humides du dépôt. Depuis la naissance nous parlions la même langue. Une langue qui ne servait qu'à parler du dépôt et que personne d'autre ne savait. Les autres humains ont pu être créés ou jaillir par un trou blanc dans le Système solaire. Nous, c'était différent. Nous étions les seuls êtres nés de l'évolution. Et notre évolution, c'était le dépôt ! Les autres humains étaient les différentes virtualités d'un même esprit, nous, nous étions le début, le milieu et la fin de la même virtualité. Nous vivions hors de l'univers, dans un monde où l'on retient son souffle. Dans le dépôt. Nous étions des balles avec lesquelles nos mères avaient fait feu sur le monde. De naissance, nous étions des balles et si quelqu'un se mettait en travers de notre chemin, nous volions dans le dépôt et allions lui trouer le ventre. Notre cible, c'était notre vie. Notre nom était l'histoire de deux hommes et d'un dépôt. Mais le journal *De Kandalı au vaste monde* n'en faisait pas suffisamment cas pour la publier dans sa rubrique des *Désistements*. Ou plutôt il eut soin de ne pas en faire cas, car le propriétaire du journal était en tête des gens qui avaient promis de participer à mon éducation. S'il avait approfondi le sujet, cela lui aurait occasionné des dépenses ! D'ailleurs on sait bien qu'à Kandalı la mémoire a pour caractéristique non d'oublier, mais de se souvenir de façon inexacte. Au bout de peu de temps, on se persuada que j'étais parti à Istanbul et c'est cela qui se grava dans les mémoires. Quand on me croisait dans les rues, on se disait que je ressemblais au jeune garçon qui était parti à Istanbul… Moi, je retournai à mon dépôt et j'accrochai au mur une grande pendule dont j'avais trafiqué le mécanisme. Elle ralentissait le temps d'une fois et demie. Les clandestins n'avaient pas au poignet une blessure sur laquelle on pouvait presser. Ils avaient des montres bracelets, mais je les leur confisquais quand ils descendaient des camions. Ils n'avaient pas de téléphone. De peur d'être dépouillés, ils s'étaient drapés dans des vêtements à mille poches secrètes et ne portaient sur eux qu'un peu d'argent. L'argent ne m'intéressait pas. Mon truc, à moi, c'était le temps. Je me régalais à les regarder se taper la tête contre les murs, les yeux fixés sur ce cadran blanc où les minutes s'éternisaient. Ils pouvaient comprendre ce que m'avait fait Ahad avec un seul doigt. Ne pouvant pas me mettre à leur place, j'allais tâcher de les mettre à la mienne. Mais j'avais bien d'autres projets… Ils allaient m'apprendre ce qu'est un homme, et moi, je leur ferais partager ma souffrance. Mon père m'avait dit qu'il m'aimait, je n'avais donc pas d'autre issue. À moins d'en finir une fois pour toutes en nous faisant tous mourir, les clandestins et moi. Leurs religions leur interdisaient le suicide, mais je voyais bien qu'ils y pensaient… Je ne suis pas si bête ! Tout de même… J'aurais pu mettre la montre-bracelet du sous-préfet et sauter dans le premier autobus pour Istanbul… Mais non, là, j'étais vraiment trop bête pour faire ça ! En fait, la seule chose que je portais sur moi, c'était la grenouille de papier de Cuma. Elle ne bondissait même plus quand on appuyait sur son dos. Tout ce qu'elle savait encore faire, c'était me parler en imitant la voix de Cuma. Mais peut-être que je rêvais et que ce qui me parlait, c'était le dessin qui figurait sur le papier qu'il avait plié en tous sens pour en faire une grenouille. Le dessin était de lui. Il représentait une montagne. Ou une colline. Ou un pierrier. Deux niches creusées dans une paroi aussi lisse qu'un mur. Et dans ces deux niches, deux statues. Tout autour, d'autres pierriers et d'autres niches obscures. Des points noirs figurant des entrées de grottes. Dans son turc rudimentaire, il m'avait dit : « Maison à moi ! » Je n'avais pas compris. Je m'étais dit qu'il était fou. Et quand, en écartant les bras, il avait suggéré la dimension des statues, j'avais pensé qu'il se moquait de moi. Des statues géantes taillées dans le roc et un Cuma vivant dans des rochers creusés d'une multitude de grottes ! Voyant que je ne le croyais pas, il avait souri et s'était mis à plier le papier. Comment aurais-je pu savoir qu'il y avait, dans un pays qu'on appelle l'Afghanistan, une région nommée Hazaradjat et une vallée nommée Bâmiyân, et que des moines bouddhistes qui vivaient dans des grottes il y avait mille cinq cents ans avaient creusé le roc ? Et que, depuis le VIe siècle, tous les matins, des gens avaient sous les yeux deux statues de Bouddha hautes l'une de cinquante-trois mètres et l'autre de trente-cinq ? Comment aurais-je pu savoir que la plus grande, Vairocana, comme l'indiquait son attitude, son *mudra*, figurait l'incarnation de Bouddha ? Que Bouddha descendait de la dynastie des Shakya et que la plus petite statue portait le nom de Shakyamuni ? Et qui aurait pu dire qui me parlait ? Était-ce la grenouille ou l'un des deux Bouddhas ? Qui sait ? Quand je regardais les deux colosses du dessin, je songeais à Dordor et Harmin… Sans même m'en rendre compte… Sans savoir pourquoi. Peut-être parce que ces deux grands gaillards étaient les piliers de mon enfance. Parce qu'ils restaient à mes côtés pour que la vie ne s'écroule pas sur moi… Ou pour quelque autre raison…

« Tu sais, avait dit Harmin. Nous étions sur le bateau, le soleil se levait et le ciel se balançait en changeant de couleur. Tu sais, le cercle vicieux ne finit jamais. Simplement, il s'agrandit, puis il se fait oublier. Pourquoi ? Parce qu'il nous est familier. Il faut un si long temps pour le parcourir tout entier qu'on ne se rend même pas compte qu'on repasse par les mêmes endroits. Il est si vaste, parfois, qu'une vie entière ne suffit pas à le boucler. L'homme le parcourt comme un cheval aveugle. Il croit qu'il va tout droit et qu'il avance. Parfois même il meurt en paix, car il croit avoir progressé ! Il faut être aveugle, pour ne pas se rendre compte qu'on ne fait que tourner en rond. Si les vieux ont la vue basse, c'est pour ne pas le voir. L'aveuglement est une défense naturelle contre le cercle vicieux, une réaction purement mécanique. Tout comme la vie... Si la vie est si pénible, c'est parce qu'elle n'est qu'une simple réaction. Maintenant regarde ce qui nous entoure. Tout est hostile à la vie ! Le manger, le boire, la respiration, tout ! Et la vie est une réaction contre tout cela ! Contre la mort, pour commencer. On nous l'apprend à l'école. Quel est le fondement de la science ? C'est bien l'action et la réaction, n'est-ce pas ? Tu sais ce que cela signifie ? La nature n'est que contradiction. Tout est contradiction ! Surtout la vie. Vivre, c'est aussi fastidieux que de regarder une équipe de parasites disputer un match dont on compte les points. Il n'est pas nécessaire d'espérer ou d'avoir un but. Il suffit de savoir qu'on va mourir. On est vivant parce qu'on est en danger, parce qu'on meurt à chaque seconde. Voilà tout. Le sens de la vie, c'est la peur de mourir ! Tu comprends ? »

Je ne comprenais pas. Comment l'aurais-je pu ? Je n'avais que 12 ou 13 ans.

« Par conséquent, si tu veux vivre vraiment, tu dois avoir un but et commencer par te débarrasser le plus vite possible de la peur de mourir qu'on t'inculque dès ta naissance. C'est à ce prix seulement que tu seras libre et découvriras le sens véritable de ton existence. Maintenant, tu vas me faire une promesse.

— D'accord.

— Tu n'auras jamais peur de la mort. Car elle est la seule chose qui peut te rendre aveugle.

— C'est promis, je n'aurai pas peur ! »

Il a ri, puis il s'est allumé une autre cigarette.

« Et sais-tu comment faire pour ne pas avoir peur ?

— Non. »

Il me montra le tatouage de son poignet : *Dead to be free.*

Mais je ne savais pas encore l'anglais.

« La vie est partie intégrante de la mort, Gazâ. Il paraît que quand on a commencé une chose, on l'a à moitié terminée. C'est comme le fait de naître, qui est la moitié de la mort. Il suffit de l'admettre. Je ne dis pas de le croire, car il n'y a rien à croire dans tout ça. C'est ainsi. Tu n'as qu'à regarder… Constate que tu es mort et accepte-le. Le reste viendra tout seul.

— Et toi, tu n'as pas peur de mourir ?

— Moi, je suis un imbécile qui a même peur de débarquer sur la terre ferme. Tout ce que je sais faire, c'est rester là, sur ce bateau ! Tu connais les fleurs de lotus ? Elles ressemblent aux nénuphars. Je reste là, comme elles, à la surface de l'eau. Dordor aussi. C'est tout ce que nous faisons. »

Ce n'est pas seulement parce que Dordor et Harmin étaient deux colosses que je pensais à eux chaque fois que je regardais le dessin de Cuma. Il y avait aussi les fleurs de lotus… J'ai appris des années plus tard pourquoi elles sont à la surface de l'eau et dans la main de Bouddha. J'ai appris que leur sens changeait avec leur couleur et qu'il s'est engagé sur le chemin de la sagesse et a accédé au nirvana grâce à la sérénité de l'esprit. J'ai appris que les fleurs de lotus retiennent leur respiration pour plonger dans les profondeurs et que les grenouilles vont et viennent parmi elles… Il m'a fallu bien du temps pour apprendre tout ça. Mais j'ai progressé peu à peu. Sans me hâter. Là où j'allais, nul n'est jamais en retard. Même s'il le fait exprès. Car lorsqu'on sait où l'on va, il n'y a pas de retard possible. Si l'on va en un lieu où il est possible d'arriver trop tôt ou trop tard, il vaut mieux y renoncer. Si Harmin était là, il me dirait :

« Seuls ceux qui ont peur de mourir prennent rendez-vous. Ils savent ce qui les attend. Dans quatre ans ils obtiendront leur diplôme, dans six ans ils deviendront fous s'ils ne trouvent pas un emploi, dans dix ans ils se marieront et dans cinquante ans ils mourront de façon plus ou moins prévisible. »

Si Dordor était là lui aussi, il crierait à tue-tête :

« Putain, tu te figures que tu as un rendez-vous en ce monde ! Tu parles ! Qu'est-ce que ça veut dire, être en retard ou en avance ! Si tu trouves ta voie, vas-y ! Sinon reste où tu es ! Tu connais la fleur de lotus ? »

Si je répliquais : « Harmin m'a expliqué, Dordor ! », il commencerait par me regarder, puis il tirerait une bouffée de son joint, et pour finir il me dirait :

« Eh bien ! Écoute-moi, je vais te l'expliquer moi aussi ! Mais tiens, je suis embarrassé, je ne sais pas comment m'y prendre. »

J'observai les trente-trois personnes qui s'égayaient dans le dépôt en quête d'une place. Ils s'accroupirent, le dos contre le mur. Un seul resta debout. C'était un homme jeune. Il avait rafistolé avec du sparadrap la monture de ses lunettes, qu'il avait cassée en se faufilant Dieu sait où. Nos regards se croisèrent. Il leva le doigt, comme je faisais à l'école quand je demandais la parole et il parla :

« Je savoir le turc.

— Moi aussi. »

Il rit. Pas moi. Je demandai :

« Qu'est-ce que tu veux ?

— Quand nous partir ? »

Il était capable de former des bouts de phrases.

« Comment t'appelles-tu ?

— Rastin.

— Vous venez tous d'Afghanistan ?

— Oui, mais régions autres. Avoir Tadjiks, Pachtounes…

— Tu peux communiquer avec tous, n'est-ce pas ?

— Oui.

— Alors tu seras mon interprète.

— D'accord… Quoi dire à eux ?

— Rien pour l'instant. On verra plus tard. Je vais revenir.

— Quand nous partir ?

— Je ne sais pas, Rastin.

— Toi, ton nom ?

— Gazâ. »

Il rit, puis il dit :

« Gazâ ? Toi combattant ? »

Il tendit la main en un geste de connivence. Effusions en sous-sol ! Pourquoi pas ? J'allongeai le bras à mon tour et nous nous serrâmes la main comme si la situation était parfaitement normale. J'ajoutai même, sans doute par habitude :

« Très heureux. »

Il rit encore.

« Pas mort, pas bonheur.

— Qu'est-ce que tu dis ?

— Combattant heureux quand lui mourir ! »

Je voulais partir, mais il ne lâchait pas prise. Je n'ai jamais compris ces gens qui vous tiennent la main pendant des heures, comme s'ils avaient attendu ça toute leur vie. Cet homme, sans doute mort de fatigue, me regardait dans les yeux et essayait de me convaincre que ce qu'il disait était drôle. Quand je fis mine de m'éloigner, il me demanda :

« Toi étudiant ?

— Oui. »

Je mentais.

« Moi aussi. Étudier le droit à l'université de Kaboul. »

Ses doigts minces, dont je sentais tous les os, relâchèrent leur pression et je retirai ma main. Un peu vivement. La sienne resta en l'air. Mais je m'en moquais. De toute façon, nous ne serions jamais des amis.

« Je vais te donner des seaux. Tu vas les distribuer.

— Des seaux ?

— Il n'y a pas de toilettes, il y a des seaux, tu as compris ? »

Le sourire qui inondait son visage s'effaça instantanément. Le fait de passer soudain de simples mondanités à ces problèmes de merde avait ouvert dans son amour-propre une brèche de la taille d'un seau. Je pouvais comprendre ce genre de chose et imaginer le malaise de ceux qui étaient encore capables de ressentir de la honte. En quinze ans, je n'avais jamais quitté Kandalı, mais des gens venus d'au moins trois continents avaient échoué sous mes pieds. Ils venaient et repartaient, mais ils n'avaient plus de secrets pour moi. Je connaissais sans exception toutes les variétés de migrants clandestins. Visiblement, ce Rastin était un réfugié politique. Comme l'indiquaient ses lunettes rafistolées. Pour leur ôter le goût de lire, les policiers qui interrogeaient ces gens-là se débrouillaient toujours pour leur casser leurs bésicles. Mais Rastin s'en était quand même tiré à bon compte.

« Les seaux, j'ai compris ! Toi recueillir échantillons pour faire des tests ! » Et il rit encore.

Je ne répondis pas. Je me contentai de hocher la tête et sortis… Je fermai à clef le couvercle du dépôt et m'assis à la table métallique que j'utilisais désormais comme bureau de travail. Elle avait servi d'établi à mon père quand il faisait de la menuiserie. J'avais posé l'écran dessus, j'observais ce qui se passait en bas et je prenais des notes. J'avais même un clavier et un ordinateur qui avait en mémoire des centaines de dossiers avec des informations sur les centaines de personnes qui étaient passées par le dépôt… Je les avais classées, d'emblée, en fonction de leur convoi et de la durée de leur séjour. Il y avait quatre groupes principaux : deux, sept, quatorze et plus de quatorze jours. Le comportement changeait selon le temps passé dans le dépôt. Entre deux et cinq jours, il n'y avait pas de changement notable. Mais au bout de sept jours ils commençaient à se dire qu'ils allaient rester là une semaine de plus et leurs réactions se modifiaient rapidement. La proportion d'hommes et de femmes avait aussi son importance. J'avais trois dossiers complémentaires sous les rubriques « Majorité d'hommes », « Majorité de femmes » et « Nombre égal ». Les convois où les femmes étaient majoritaires étaient plus patients et résistaient mieux aux conditions pénibles. Curieusement, c'était dans les convois majoritairement masculins que la proportion de ceux qui étaient prêts à m'offrir la femme de mon choix était la plus élevée. Le nombre était d'ailleurs un élément clef. J'avais quatre dossiers, sous les rubriques : « cinq », « quinze », « trente » et « plus de trente ». Il était extrêmement difficile de briser la résistance d'un groupe de cinq personnes et de pousser ses membres à se battre. Mais si trente personnes entraient dans le dépôt, il fallait moins de trois heures pour provoquer un lynchage. Et alors qu'un groupe de trente personnes m'envoyait sans hésiter la femme que je voulais, un groupe de cinq était prêt à mourir plutôt que de le faire. J'avais des dossiers intitulés : « Nationalités », « Ethnies », « Âge », « Niveau d'éducation », « Profession », « Alimentation », « Résistance à la soif », et sur toutes les particularités humaines possibles et imaginables. Car je disposais désormais d'une chose essentielle : le temps. Je n'allais plus à l'école. De mes propres mains, avec l'aide de mon père, j'avais étranglé mon éducation. Et c'était fort bien ainsi. Je fréquentais désormais une autre école dont tout l'enseignement portait sur la connaissance de l'homme. Je pouvais lire tous les livres que je voulais. Les romans d'aventure ne m'intéressaient plus. Quand je passais chez le libraire de la ville, je me dirigeais vers les étagères peu fréquentées et je feuilletais des livres que nul n'avait ouverts. Je cherchais les noms des auteurs obscurs qui figuraient dans la bibliothèque de Dordor et Harmin, je dépensais l'argent que me donnait mon père – j'étais désormais salarié –, je me jetais comme un vampire sur tout ce que je trouvais, je suçais le sang de tous ces écrits. Certes, d'autres venaient glaner là des informations sur l'homme, mais j'étais le seul à avoir sous mes pieds un laboratoire plein d'êtres humains. Ce n'est pas du tout la même chose de suivre sur le papier les réactions d'un adulte mêlé à une foule surexcitée ou de les observer *in vivo* en faisant des expériences !

À 15 ans, je n'avais ni conscience ni le moindre ami. Ender était passé devant le conseil de discipline pour avoir rackетté des élèves de sa classe dès la première semaine de son entrée à l'école privée de la ville où son père avait pu l'inscrire grâce aux pots-de-vin qu'il touchait. Un mois plus tard, en allumant une cigarette pendant la classe, il avait provoqué un début d'incendie et au bout d'une quinzaine de jours on l'avait renvoyé de l'école pour avoir frappé un professeur. Je le voyais de temps en temps faire les cent pas dans l'unique avenue de la bourgade en compagnie d'autres voyous. Il ne riait plus tout seul. En fait, il ne riait plus du tout. Il avait toujours les yeux révulsés comme s'il sortait d'une bagarre ou s'apprêtait à se lancer dans une autre. Une cigarette au coin de la bouche, il jouait le premier rôle dans un film imaginaire *La Mafia de Kandalı*. Le piquant de l'affaire, c'est que j'avais entendu Yadigâr dire, au cours d'une conversation avec mon père : « Tout ce que je fais, c'est pour mon fils ! »

J'avais déjà entendu cette phrase quelque part ! Mais Yadigâr parlait sérieusement. C'est vrai qu'il était plongé jusqu'au cou dans les trafics les plus illégaux, mais tout ce qu'il voulait, c'était qu'Ender, quand il serait grand, vive mieux que personne. Il tenait donc absolument à ce qu'il bénéficie, pour y parvenir, de cette sorte d'antibiotique dont lui-même avait été privé et qui s'appelle *la bonne éducation*. Même si la seule idée de ce traitement lui donnait la nausée. Yadigâr, lui aussi, était un rêveur. Le grade de sergent-chef, qu'il n'avait jamais jugé digne d'Ender, n'existait pas seulement dans l'armée. Certains chefs d'État étaient eux-mêmes des sergents-chefs. Et ils se mettaient au service d'autres chefs d'État, parce que théoriquement ils avaient le même grade qu'eux et que leurs ordres ne venaient pas d'en haut. Finalement, en dépit des rêves que faisait son père, les yeux embués par le remords, Ender avait apparemment pour seul plan de carrière de faire partie de la mafia de Kandalı. Il ignorait que la mafia de Kandalı, c'était son père. Et aussi Ahad et moi-même… Il y avait peut-être d'autres personnes, mais cela ne m'intéressait pas. Quand nous nous croisions dans la grand-rue, je saluais vaguement Ender et je me demandais comment mon ancien camarade de classe avait pu, insensiblement, devenir une chemise noire. Cette métamorphose m'inspirait de nouvelles recherches. Si Ender s'habillait de noir, s'il regardait son vis-à-vis en se dandinant comme s'il s'apprêtait à lui arracher les yeux, c'était parce qu'il voulait être le plus fort. Partout, où qu'il aille ! En suscitant la violence et en semant la terreur. Une fois cette force acquise, ses défauts disparaîtraient et il cesserait de se faire horreur et de se sentir impopulaire. Les autres enfants, en le reconnaissant pour chef, le verraient eux aussi d'un autre œil. Et s'il affirmait que c'est le Soleil qui tourne autour de la Terre, personne ne le contredirait. Car pour reconnaître la suprématie d'un autre, il faut avant tout se renier soi-même et renier la réalité. Et surtout occulter les défauts du chef. Pour cet imbécile, la seule façon d'être respecté était de dominer son entourage dérisoire. C'était aussi simple que ça. Mais il y avait autre chose, on touchait à un problème plus vaste : le désir de commander, de dominer les autres, d'exercer un pouvoir… Pourquoi ce désir, tout à fait négligeable chez les uns, était-il si violent chez les autres ? Pourquoi certains, lorsqu'ils n'arrivaient pas à exercer une autorité sur les autres, se sentaient-ils comme de pauvres fils de putes ? La soif de pouvoir était-elle un virus ? Fallait-il, pour qu'elle se manifeste, que le système immunitaire soit défaillant ? La soif du pouvoir créait-elle un état de dépendance ? Et si tel était le cas, qui vendait cette drogue, quel en était le prix, fallait-il augmenter la dose pour maintenir ses effets ? Et enfin comment l'homme, ce pantin, pouvait-il se donner une telle importance, pourquoi se trémoussait-il comme un poisson sorti de l'eau afin d'être reconnu ? La réponse à toutes ces questions se trouvait probablement dans cette peur de la mort dont parlait Harmin. Si la peur de la mort est le sens de la vie, l'une des façons de se sentir immortel est d'exercer une autorité… Le sujet méritait réflexion et justifiait des expériences. En tout cas, il y avait des Ender partout, aussi bien dans les rapports de couple qu'au plus haut niveau de la vie politique. Et il fallait les affronter. On rencontrait tous les jours des tyrans méconnus qui attendaient toute leur vie l'occasion d'exercer un pouvoir. Ils pouvaient être tout proches de nous, dans notre famille, parmi nos amis, partout. Qui aurait pu dire où se cachaient les dictateurs ? On ne pouvait pas le découvrir en marchant dans la rue, ou assis dans un dépôt, la tête entre les mains…

C'est au moment où j'étais plongé dans ces réflexions qu'entra dans ma vie le groupe de trente-trois personnes dans lequel se trouvait Rastin. Ce groupe, en fait, sortait de l'ordinaire. On était en février. S'ils n'avaient pas pu attendre l'été pour fuir leur pays, c'est qu'ils étaient extrêmement pressés. Ils auraient au moins pu attendre le printemps et la baisse des prix. Contrairement au marché du tourisme, la haute saison, pour les clandestins, se situait en automne et en hiver. La neige rendait les montagnes plus infranchissables et les chemins qui mènent tous à la mort étaient bloqués par le gel. Pourtant ils s'étaient mis en route. Ils devaient avoir pour cela une raison si pertinente qu'ils avaient oublié tout le reste.

Mon père était parti en ville pour quatre jours afin de rencontrer les gens d'Aruz. On devait parler des commandants de bateaux qui allaient remplacer Dordor et Harmin. C'étaient des incapables qui ne cessaient pas de créer des problèmes. En réalité, ils étaient normaux. Il n'était pas facile de trouver, dans cet aquarium qu'est la mer Égée, deux nénuphars comme Dordor et Harmin. Enfin…

Ainsi donc, les gens du dépôt et moi-même allions rester seuls, face à face. Qui plus est, mon père m'avait laissé entendre qu'ils ne pourraient pas embarquer avant quinze jours. Je pouvais me lancer dans un véritable travail scientifique ! Il fallait trouver un titre. J'ouvris un dossier informatique auquel je donnai le nom de « La Force du pouvoir ».

Mon projet était très simple. Je considérerais le dépôt comme un État. Le groupe serait le peuple. En jouant sur ses conditions de vie, je pourrais observer les particularités des uns et des autres, et ainsi évaluer les réactions générales. Je me rendais compte que cela ressemblait à des centaines de jeux électroniques. Mais si les autres enfants jouaient à ces jeux-là, c'était, sans qu'ils s'en doutent, parce qu'ils n'avaient pas un dépôt à leur disposition…

Avant tout, ces gens devaient avoir un leader. Dans la vie au-dessus du dépôt, autrement dit la vie réelle, il y avait plusieurs façons de le désigner. Physiquement, par exemple, ce devait être la personne la plus forte. Mais pour l'identifier, il fallait faire couler le sang, il y aurait peut-être des morts. Cette méthode était exclue, car mon père ne m'aurait pas pardonné qu'il y ait perte de marchandise… Le dirigeant pouvait aussi être le plus riche. Mais je n'envisageais pas non plus cette méthode, ayant appris au fil des ans que les clandestins avaient peu d'argent sur eux et possédaient tous à peu près la même somme. Il y avait un autre procédé, le plus intéressant peut-être : faire élire le leader. La démocratie ! C'était le plus logique. Finalement, pour des gens enfermés dans une cage, la relation du groupe à son chef n'était pas très différente de celle qui existe chez les animaux. La dictature aurait ouvert brusquement la porte de la cage pour faire entrer un lion. Tandis que la démocratie donnait à ces gens la liberté de choisir l'animal avec qui ils allaient cohabiter. Serait-ce un carnassier ? Un omnivore ? Un herbivore ? Le représentant d'une espèce en voie de disparition ? Se laisserait-il apprivoiser ? L'élection devait prendre en compte ce genre de questions. Certes, il y avait une cage, un animal et une porte fermée à clef, mais je ne pouvais pas modifier la conjoncture. Toutefois, si dans le cas de la dictature l'animal restait dans la cage jusqu'à sa mort, dans la démocratie son pouvoir ne durait que jusqu'à l'élection suivante. De plus, l'homme était à même de mesurer le nombre de kilos de chair que les dents de la bête avaient prélevés sur lui et c'était en fonction de cela qu'il déciderait s'il devait ou non continuer à partager la cage avec le même animal.

Oui, les gens du dépôt auraient le droit d'élire leur leader. Peut-être même avaient-ils plus de droit à la démocratie que ceux qui vivaient normalement. Le dépôt était une cage et ils voyaient bien qu'ils étaient confinés entre quatre murs. Mais ils étaient complètement coupés de la vie réelle. Et surtout ils ignoraient qu'ils étaient en cage ! Quand ils regardaient une carte, ils ne voyaient que les lignes rouges des frontières. Et dans leur aveuglement ils étaient tellement attachés aux frontières de ce qui, sans qu'ils s'en doutent, était une cage, qu'ils étaient prêts, pour les défendre, à mourir, ressusciter et mourir encore. Pour eux, défendre cette cage à laquelle les enchaînait leur nationalité était une question d'honneur. Peut-être avaient-ils raison. Il restait peu de choses auxquelles on pût être lié par une question d'honneur. Il y avait longtemps, par exemple, que l'honnêteté n'était plus une question d'honneur. Si, par un brusque changement des lois de la biologie, le fait de proférer un mensonge provoquait la mort par hémorragie cérébrale, l'humanité se serait éteinte, laissant la place aux dinosaures. Le partage équitable des ressources n'était plus une question d'honneur. Jamais personne ne se serait avisé de dire : « S'il reste en ce monde un seul être affamé, je me tuerai, car je ne supporterais pas ce déshonneur ! » Rien de ce qui concerne les enfants n'était une question d'honneur. Personne ne serait allé déclarer : « Quand j'ai vu que ce patron faisait travailler un enfant, je l'ai tué, Monsieur le juge ! Chez nous, c'est une question d'honneur ! » La loi prévoyait-elle une réduction de peine pour le meurtre d'un exploiteur d'enfant ? En matière d'honneur, il faut être réaliste. Il était beaucoup plus logique de se préoccuper de la virginité des filles. Ça, oui, c'était une question d'honneur ! Ou de la vengeance du sang ! Ou de la remise en question de la religion qu'on pratique ! Ou de la critique des mœurs ! Ou de la contestation des frontières de la cage où l'on est parqué ! Ça, c'étaient des sujets logiques et ça ne nuisait en rien à l'économie. Ni ce qu'on appelait l'histoire de l'humanité, ni le tas d'immondices gorgé de méthane – dont l'explosion déclencherait la troisième guerre mondiale – ne contenaient quoi que ce soit dont on pût faire une question d'honneur. Les frontières des États ont de quoi rendre claustrophobe un extraterrestre doué de bon sens. Mais on n'y peut rien. On y est enfermé comme dans un ascenseur pour trois personnes. Il est facile de rappeler à l'homme qu'il est dans un ascenseur. Il suffit, par exemple, de le faire monter et descendre.

C'est ce que font constamment les gens prisonniers des frontières. Ils montent et descendent dans l'ascenseur nommé Patrie. En regardant les autres ascenseurs dont les portes s'ouvrent à chaque étage… La situation des gens du dépôt était moins enviable. Ils étaient confinés au sous-sol.

Je regardais attentivement l'écran. Ils restaient assis sans parler. Seul Rastin était encore debout et se tenait droit comme une statue. Alors que j'essayais de comprendre ce qu'il regardait, il leva la tête et nos regards se croisèrent. Il se tourna vers celle des six caméras du dépôt qui était la plus proche de lui et agita la main. Ensuite, il alla s'asseoir à une place restée libre. Il tira de sa poche un morceau de papier, un crayon et se mit à écrire.

« Il me ressemble, n'est-ce pas ?

Je ne sais pas.

Je pense que si… Regarde, il gribouille comme moi. C'est donc que tous les cinq ans un Cuma dans mon genre passe par ce dépôt.

C'est possible… Cuma ?

Oui ?

Pourquoi voulais-tu émigrer ?

Laisse tomber.

Ils t'auraient tué, n'est-ce pas ?

Laisse tomber, je te dis.

L'État t'aurait tué ?

L'État n'est qu'un mot, Gazâ. Ce sont les hommes qui tuent.

Ils voulaient te tuer, n'est-ce pas ?

Tu veux te persuader que je suis mort sur le chemin que j'avais pris pour tenter d'échapper à la mort. Pour te tourmenter davantage. Pour éprouver plus de remords. Tu avais 10 ans, Gazâ ! Tu n'étais qu'un petit enfant. Ne pense plus à tout ça.

Eh bien ! J'y pense, je le ressens…

Je n'aime pas le jeu auquel tu te livres sur ces gens.

Je sais.

Alors, arrête… Regarde comme ils sont fatigués. Ils ont si peur…

Personne ne peut être plus fatigué et plus terrorisé que moi, Cuma ! Personne !

Tu crois ? Pense un peu à ta mère ! As-tu jamais eu peur au point de tuer ton propre enfant ?

Si tu me parles encore de ça, je vais ouvrir la vanne et noyer tous ces gens !

Je me rappelle le temps où tu attachais des morceaux de pain à la queue de ton cerf-volant pour nourrir les oiseaux… Tu en as fait, du chemin… Pas vrai ?

Ne parlons plus de ça, Cuma. C'était avant que je ne te tue. Maintenant tais-toi et regarde ! Regarde et apprends comment on utilise le mot État dans une phrase ! »

« Gazâ ! Nous partir ?

— Non, Rastin. Nous attendons encore qu'on nous prévienne. Mais il y a un autre problème. Vous devez choisir un porte-parole.

— Porte-parole ?

— Oui, il vous faut un leader.

— Pourquoi ?

— Parce que, pendant le voyage, vous aurez à prendre certaines décisions. Vous êtes nombreux. On ne va pas demander l'avis de chacun. Choisissez l'un d'entre vous en qui vous avez confiance pour qu'il parle en votre nom. C'est avec lui qu'on discutera, tu comprends ?

— Mais nous arriver en Turquie. Pas de problème.

— Je sais, mais en fait c'est maintenant que les problèmes vont commencer. Le vrai voyage va commencer quand vous serez à bord des bateaux. Tu sais bien… Moi, je dis ça pour vous. Là où vous allez, vous aurez affaire à des gens qui ne sont pas comme nous, Rastin. Tu sais ce que c'est que le danger ?

— Oui.

— Alors je dirai ceci. C'est très dangereux ! »

Rastin me lança un regard interrogateur. Je le plantai là et sortis du dépôt. Quand je m'installai à ma table, il avait commencé à s'entretenir avec les autres. J'avais bien fait de choisir le mot danger. La meilleure façon de faire bouger les gens, c'est de leur dire qu'un danger les menace. Rastin n'avait probablement rien compris, mais il pensait que la situation était grave. Dans le groupe, il y avait un vieux, le doyen du groupe, visiblement. La plupart des visages se tournèrent vers lui. Ces gens-là venaient de zones tribales et pensaient que le savoir d'un homme se mesure au nombre de ses rides. Moi, je connaissais des enfants plus jeunes que moi, qui travaillaient dans les champs et avaient la nuque fripée comme une peau de crocodile. Le fait d'avoir des rides ne signifie rien. Le vieillissement est la dernière phase de cette maladie qu'est la vie. Le plus souvent, c'est le moment où l'on acquiert la triste certitude qu'on n'a plus toute sa raison et qu'on ne trouvera jamais sa place. Les vieux se rendent compte qu'ils se sont fait avoir et qu'il est trop tard pour tout. S'ils sont à la tête d'un groupe social, celui-ci n'arrête pas de se plaindre et périt avec eux dans la douleur.

Le vieil Afghan parla lentement, sans se lever, et tous les autres l'écoutèrent. Ensuite, Rastin se tourna vers une des caméras et agita la main pour attirer mon attention. S'il avait parlé, je l'aurais entendu. Mais bien sûr, il ne savait pas que les caméras transmettaient le son. Ni qu'il me suffisait de brancher le haut-parleur placé devant moi pour faire entendre ma voix dans le dépôt. Lui et les autres sursautèrent lorsque je lançai : « Qu'est-ce que tu veux ? » Rastin comprit tout de suite et fit un essai :

« Gazâ ? Toi m'entendre ?

— Oui, Rastin… Vous avez choisi quelqu'un ?

— Eux pas comprendre. D'où venir danger ?

— Je ne pourrai le dire qu'à la personne que vous aurez désignée. Bien entendu, tu seras informé toi aussi, puisque tu traduiras. Il est inutile d'effrayer les autres sans nécessité, n'est-ce pas ? »

Quand Rastin eut expliqué ce que j'avais dit, il y eut un moment d'agitation. Ils se mirent à parler tous à la fois sans s'écouter ni se comprendre. Moi, je regardais. Il n'était pas nécessaire de savoir le pachto pour lire l'inquiétude et la peur. Comme il s'agissait d'un secret inquiétant concernant l'avenir de tous, la panique envahit le dépôt en quelques secondes. Bien sûr, cela tenait aux conditions dans lesquelles ils se trouvaient. Dans cette situation aberrante, ils réagissaient beaucoup plus vite que des gens qui évoluent entre leur domicile, leur travail et l'école. Ils faisaient un voyage pénible entre leur pays et un lieu inconnu. Ils avaient tout laissé derrière eux, il ne leur restait que leur corps, leur personne. En pareille situation, les valeurs morales acquises et les mécanismes logiques de décision n'ont plus leur place. Quand le seul désir d'un homme est d'aller à tout prix d'un point à un autre, toutes les théories psychologiques et sociales s'effondrent. Par exemple les peurs sont mille fois plus grandes que les inquiétudes quotidiennes des gens en situation ordinaire. Cela me permettait de contrer immédiatement chacun de leurs mouvements. L'année précédente, comme j'étais champion de l'école, on m'avait envoyé à la ville participer au tournoi de jeu d'échecs rapide. On ne disposait que de trois secondes pour chaque coup. J'étais arrivé en finale. Je jouais contre un élève d'une école privée. Pendant toute la partie, il n'arrêtait pas de se tourner vers son père, qui était au moins aussi excité que lui. Je ne sais pas pourquoi, je l'ai laissé gagner. Son père est venu l'embrasser. Je voulais peut-être seulement voir ça... Mais passons... Les gens du dépôt réagissaient rapidement et je m'efforçais de jouer en trois secondes. Une femme d'une quarantaine d'années qui tenait dans ses bras un enfant de 7 ou 8 ans et que je n'avais pas encore remarquée, fit taire tout le monde en criant de toutes ses forces. Ensuite elle désigna Rastin et prononça quelques mots. Elle voulait probablement qu'il prenne la parole. Il s'exécuta et parla pendant cinq minutes. Puis il se tut et désigna le vieillard. Des mains se levèrent en divers points du dépôt. J'en comptai dix. Le vote avait commencé !

Un homme d'âge moyen assis près du vieux, qui avait accepté de chier dans le même seau que lui et dont je pensais qu'il était son fils, agita les mains, puis dit quelques mots à Rastin. Celui-ci s'avança et prononça une longue phrase. Là-dessus, vingt et une mains se levèrent. Le seul enfant du dépôt n'étant pas encore en âge de voter, sa mère lui fit baisser la main. Lors du second vote, le vieux était resté immobile, le regard fixe. Rastin avait voté pour lui-même. Le fait de voter pour soi-même m'a toujours semblé particulièrement moche. C'est l'une des deux choses les plus laides du monde. La deuxième, c'est un Indien en train de jouer au cricket.

« Gazâ, tu entends ? »

Rastin parlait, tourné vers la caméra. Juste au moment où j'allais répondre, l'Afghan assis à côté du vieux se leva soudain et se mit à vociférer. J'étais sûr, maintenant, que c'était son fils ! Il était aisé de comprendre qu'il s'adressait aux vingt et un qui venaient de voter. Il fit mine de se ruer sur Rastin, mais les autres s'interposèrent. Les partisans du vieux se levèrent et les gens, jusque-là paisibles, qui soutenaient Rastin, se dressèrent à leur tour. En quelques secondes s'engagea dans le dépôt une étrange rixe à l'issue incertaine. C'était d'autant plus singulier que ces gens ne savaient pas au juste pourquoi ils avaient voté. Ils ignoraient même ce que l'élu aurait à faire. On venait d'élire quelqu'un sans savoir pourquoi. Mais les partisans du vaincu s'insurgeaient contre le vainqueur. Ils vivaient la première phase de la démocratie. Ils croyaient aux élections, mais leur candidat ayant été battu, ils contestaient les résultats. Finalement la quadragénaire posa l'enfant qu'elle tenait dans ses bras et se mit à pousser des cris assourdissants. Les autres se calmèrent rapidement. Cette femme avait quelque chose de particulier. Elle commençait par pousser un cri stupéfiant, puis elle se mettait à pleurer. Sa voix se brisait et elle se rasseyait en sanglotant. La technique était efficace. En tout cas, elle disposait d'un précieux accessoire : l'enfant. Elle le posait avant de se lever, le reprenait en s'asseyant et le serrait contre son sein. Le petit, la main dans sa bouche, gardait les yeux fixés sur sa mère, tel un animal repu. C'était peut-être un nain qui se faisait passer pour un enfant. Ou peut-être le mari de cette femme, je ne sais pas. De là où j'étais, ce n'était pas clair. Mais je me moquais de ces détails. Ce qui m'intéressait, dans les images que recevait mon écran divisé en six par les six caméras, c'était que la politique les avait arrachés au calme dans lequel ils baignaient une demi-heure plus tôt. La politique était comme une substance étrangère, une sorte de prothèse qu'on implante dans le corps de l'homme. Elle était, dans la société, le principal obstacle au progrès résultant de la division du travail. Elle était en désaccord avec la nature humaine. Mais comme celle-ci est en désaccord avec la nature, il n'y avait pas grand-chose à faire.

Quand le calme fut revenu, Rastin regarda la caméra. Le vieux était impavide, mais les regards de ceux qui l'entouraient montraient bien qu'ils en voulaient à Rastin. Celui-ci resta plus de trois minutes sans regarder la caméra. Silencieux, il lançait des regards inquiets à ses adversaires, craignant une attaque soudaine. Mais l'opposition se contentait de hocher la tête en grommelant. Rassuré, il dit :

« C'est bon, Gazâ. Moi leader… Toi dire… Quoi être danger ?

— Pour l'instant, Rastin, ne dis rien aux autres. Je vais t'expliquer la situation, nous allons chercher une solution, et ensuite on verra. D'accord ?

— D'accord.

— Ceux qui vont vous faire passer en Grèce demandent beaucoup d'argent. Les contrôles en mer sont beaucoup plus fréquents, tu comprends ? Il y a beaucoup plus de risques et les prix ont augmenté !

— Nous avoir payé à Kaboul. Dire à nous que tout payé.

— Je sais, mais vous devrez encore payer.

— Non, Gazâ. Nous pas avoir d'argent. »

Je ne sais pas pourquoi, j'étais agacé qu'il m'appelle constamment par mon prénom.

« Tu es sûr qu'aucun d'eux n'a de l'argent ?

— Moi sûr ! Dire à nous mieux valoir pas en emporter.

— Alors, vous pouvez faire comme ceci. Vous êtes trente-trois et vous avez payé huit mille dollars par personne, c'est bien ça ? Maintenant, ils demandent deux mille dollars de plus par personne. Cela fera dix mille en tout. Pour l'instant, vous devez soixante-six mille dollars, il manque le prix du passage pour six personnes. Autrement dit, l'argent que vous avez versé suffit pour vingt-sept personnes. Par conséquent, vingt-sept d'entre vous pourront continuer le voyage. Vous n'avez qu'à désigner les six qui resteront ici. En fait, c'est à toi de le faire. Car si tu leur dis tout ça maintenant, ils vont tout comprendre. En revanche, si tu me dis à moi quels sont ceux qui doivent rester, nous leur dirons qu'ils vont embarquer sur un autre bateau, et ensuite nous les renverrons en Afghanistan. Tu as bien compris ? »

J'étais sûr qu'il avait parfaitement compris. Je savais grâce à des étudiants afghans qui étaient passés par le dépôt qu'il y avait à l'université de Kaboul un département de langue et littérature turques. Quel que soit le cursus, on suivait généralement des cours de turc, assez en tout cas pour baragouiner un peu. Mais Rastin savait mieux le turc qu'aucun de ces étudiants. Peut-être était-il déjà venu en Turquie, peut-être même y avait-il vécu. D'ailleurs, je m'en fichais. Je ne m'intéressais qu'à mon passé. J'avais 15 ans et, bien sûr, j'étais le centre de ce monde qui tournait autour de moi comme une mouche et que je voulais attraper et écraser de ma main.

« Moi pas comprendre ! Gazâ ? »

Rastin essayait de me faire croire qu'en quatre minutes il avait oublié le turc, mais la sueur qui perlait à son front et brillait à la lumière du dépôt disait clairement qu'il n'y arrivait pas.

« Tu vas désigner six personnes. Ils resteront ici, puis ils repartiront en Afghanistan. À moins que vous ne payiez soixante-six mille dollars. Tu as compris, maintenant ?

— Oui », dit Rastin.

Il était au bord des larmes.

« Vous ne pouvez pas payer deux mille dollars par personne ?

— Non, non, beaucoup argent. Personne n'a d'argent. Pas d'autre solution ?

— En fait, peut-être… On pourrait peut-être faire comme ceci. Je sais ce que font ces gens. Ils prélèvent des reins. Chaque rein rapporte plus de vingt mille dollars. Tu désignes trois personnes et on règle ça avec trois reins. »

À ces mots, les yeux de Rastin grossirent au point de déborder des montures cassées de ses lunettes.

« Une minute ! Une minute ! Quoi être, un rein ?

— Tu ne sais pas ce que ce mot veut dire ? Tu veux qu'on regarde dans un dictionnaire ou que je te le dise en anglais ?

— Je sais, je sais, un rein ! Mais non, Gazâ !

— Alors j'ai une autre idée : donne deux femmes à ces gens et les autres pourront continuer le voyage. Mais donne des jeunes. Pas celle qui a un enfant. »

Rastin était au bord de l'évanouissement.

« Ça pas possible ! Pas possible ! Non !

— Alors je le dis à mon père et vous repartez tous. D'accord ?

— Gazâ ! Gazâ !

— Oui ?

— Moi donner un rein. Ça suffire ? »

Avait-il réellement dit cela ? Allait-il faire ce sacrifice ? Pour des gens dont un bon tiers avait voulu l'écharper ! Je devais trouver une réponse en trois secondes. Dans l'attente de ma phrase, l'échiquier s'était envolé, il était devenu grand comme le toit du hangar et m'était tombé sur la tête… Mais j'étais toujours vivant.

« D'accord ! Tu donnes un rein, mais il en faut encore deux. »

Tout haletant après son élan d'héroïsme, Rastin était exposé aux regards des autres. Ils se rendaient compte que ce que nous disions les concernait et ils tendaient l'oreille pour tâcher de trouver des mots connus. Mais ils ne comprenaient rien et commençaient à s'impatienter. Le fils du vieux, n'y tenant plus, prit la parole. Il demandait certainement ce que je disais. Gazâ lui répondit sans doute quelque chose comme : « Attends un peu, je t'expliquerai après. » L'autre, estimant que toute sa famille avait été humiliée par le vote défavorable à son père, voulait une réponse immédiate. J'allais la lui donner, sa réponse, et pas en pachto.

« Rastin, écoute-moi ! »

Rastin s'efforçait de maintenir à distance, en le repoussant d'une main, l'homme qui s'était approché et avançait le menton pour lui parler à l'oreille.

« Parle, Gazâ, dit-il.

— Je vais ouvrir le couvercle et lancer une clef. Dans le compartiment arrière, il y a un anneau fixé au mur. Ouvre-le avec la clef, passe-le à la cheville de ce type et enferme-le. »

Tout en tâchant de maintenir l'autre à distance, Rastin, pour couvrir les protestations qui s'élevaient, fut obligé de crier.

« Pas nécessaire ! »

Ma première tentative pour enfermer quelqu'un dans la cellule que j'avais fait spécialement aménager avait échoué. Rastin, en regardant les gens qui l'entouraient, était sans doute en train d'expliquer que ce qu'on disait était très important et qu'il fallait se tenir tranquille. Mais le fils du vieux parlait sans reprendre haleine, comme s'il débitait une histoire apprise par cœur. Soudain, Rastin dit quelque chose qui le laissa bouche bée. Il prononça encore quelques phrases brèves et le dépôt se figea. Il racontait probablement cette histoire de reins et de soixante mille dollars de dette ! Moi, j'aurais craqué, j'aurais tout avoué séance tenante. Mais Rastin avait l'étoffe d'un leader. Il comprenait ce qu'est une crise de pouvoir ! Quand il se tut, l'homme alla se rasseoir à côté de son père. Et Rastin, fixant la caméra la plus proche, déclara :

« D'accord ! Pas de problème.

— Tu leur as tout expliqué ?

— Non.

— Alors pourquoi l'autre s'est-il tu ?

— Je dis : père du gosse mort et lui devenir fou. Nous enfermés ici. Moi lui parler et nous sortir de là. Tu comprends ? »

Je ne m'attendais pas à ça. Rastin n'était pas seulement un chef, c'était aussi un bon avocat ! Je ne sais pas s'il avait terminé ses études, mais il n'avait vraiment pas besoin d'un diplôme. Inventer en quelques secondes que mon père était mort et qu'ils étaient enfermés dans le dépôt à la merci d'un enfant dément, c'était plus difficile que d'écrire une thèse sur le droit romain !

« Gazâ ?

— Oui ?

— N'ouvre pas porte !

— D'accord.

— Si toi ouvrir, eux t'attaquer !

— D'accord, Rastin !

— Maintenant, chante.

— Quoi ?

— Une chanson.

— Une chanson ?

— Toi fou, dois avoir l'air fou ! »

Je ris. Sur le mur qui me faisait face, il y avait un calendrier où figuraient le poème de Mehmet Âkif Ersoy, la *Marche de l'Indépendance.* Après tout, l'hymne national était aussi une chanson. Je me mis à chanter. Tous les visages que je voyais sur l'écran se tournèrent vers moi. Trente-deux personnes, y compris le vieux, regardaient les caméras. J'eus réellement l'impression d'être devenu fou. Le seul à ne pas le croire était Rastin. Il ne fixait pas la caméra. Faisant aller et venir son pied gauche parmi les copeaux qui traînaient sur le sol, il se demandait sans doute à qui on allait prendre les deux autres reins. Quand j'eus fini le deuxième couplet de la marche, il marmonna quelque chose. Peut-être un seul mot. Et tout le monde m'applaudit. Nous étions vraiment en démocratie ! Le leader croyait diriger en mentant, le peuple était persuadé que toutes les lois qu'il avait conçues servaient à son bien-être et le speaker de la radio qui était le seul média du pays voyait tout, mais faisait semblant d'être complètement fou !

Ce jour-là, je ne parlai plus à Rastin. Je me contentai d'observer. Il alla s'entretenir avec les petits groupes disséminés dans plusieurs coins du dépôt, puis il s'approcha de la caméra et répéta à quatre reprises : « Gazâ ? » Je ne répondis pas. Il baissa la tête et s'éloigna. Écrasé par sa responsabilité, il s'accroupit à la première place vacante et s'endormit. Ou il fit semblant de dormir, pour ne pas être dérangé. Les autres, se croyant en état de siège, devaient réfléchir à la façon dont ils allaient se tirer de ce trou. Les femmes pleuraient. Le vieux et les hommes qui l'entouraient regardaient devant eux, les autres s'affrontaient dans des discussions plus ou moins vives. Et le seul enfant qui se trouvait dans le dépôt fredonnait la *Marche de l'Indépendance,* qui lui était restée en mémoire.

Le lendemain, mon premier soin, en pénétrant dans le hangar, fut de m'asseoir à ma table et de brancher le micro.

« Rastin ! »

Rastin, qui était impatient d'entendre ma voix, se leva aussitôt en disant :

« Oui ? »

Les autres, pour éveiller la sympathie du gamin qui tenait leur destin entre ses mains, regardèrent la caméra en souriant.

« Voici ce que nous allons faire. Mon père a parlé avec ces gens. Un seul rein suffira. Tu n'as donc plus besoin de désigner deux autres personnes. Tout va bien. Je ne sais pas où tu vas être opéré, mais ce sera certainement en Grèce. Je pense que tu peux le dire aux autres. Dis-leur que je t'ai menti et que mon père n'est pas mort. Maintenant, je vais parler un moment comme si je te disais ce qu'en fait je t'ai expliqué hier. Toi, fais comme si tu venais d'apprendre ce problème des soixante-six mille dollars… D'accord ? Moi, je continue à parler. Pose-moi des questions. »

Mais Rastin restait silencieux et se contentait de regarder la caméra. Le verre droit de ses lunettes était fendu. Je ne l'avais pas remarqué. Cela s'était peut-être produit au cours de la dernière nuit. Le verre n'avait pas résisté à la fatigue de ses yeux. Ou peut-être était-ce le résultat de la bagarre de la veille. Tandis que je me faisais ces réflexions, Rastin tourna le dos et s'éloigna. Il se rassit à la place qu'il venait de quitter. Le dépôt s'anima et les gens entourèrent Rastin en lui criant dans les oreilles. Il se mit alors à hurler sur un mode tout à fait nouveau. Je ne comprenais pas ce qu'il faisait. Les autres non plus. Il cria si fort qu'ils se turent comme par enchantement. Puis il ferma les yeux et se prit la tête entre les mains. Les autres s'éloignèrent à petits pas et regagnèrent leur place. Je ne comprenais toujours pas où il voulait en venir.

« Rastin ! » dis-je, mais il ne broncha pas.

J'essayai plusieurs fois de lui parler ce jour-là, mais je n'en tirai aucune réponse. Quand les autres déballèrent leurs provisions et se mirent à manger, il refusa tout ce qu'on lui proposait. Il se contentait de regarder ces gens qui mangeaient, bavardaient, faisaient les cent pas ou priaient autour de lui. Il allait donner son rein pour qu'ils arrivent au terme de leur voyage. Tandis qu'ils s'emplissaient le ventre, il avait peut-être l'impression qu'ils étaient en train de dévorer son rein… Il se posait des questions. Le leader regardait le peuple et se demandait : « En valent-ils la peine ? »

Voyant qu'il restait muet et qu'il n'essayait plus de négocier avec le gamin fou, les autres se plantaient tour à tour devant les caméras et tenaient de longs discours éplorés. Quelques-uns avaient entrepris de forcer le couvercle du dépôt. Mais Ahad, en prévision de cette éventualité, avait fait remplacer le couvercle par une porte de coffre-fort. Ils n'avaient donc aucune chance de réussir. La femme brandissait son marmot en jetant les hauts cris devant la caméra pour tâcher de me convaincre. Je crus qu'elle essayait de me dire que si je n'ouvrais pas, elle allait rompre le cou de son enfant. Mais je me trompais. Elle voulait me montrer, en le secouant ainsi, à quel point il était chétif et malade. Le soulevant d'une seule main, elle l'enfouit dans son sein et s'éloigna. Sur ma chaîne de télé personnelle, la série *Supplications* fit place à la série *Menaces*. Le fils du vieux se montrait particulièrement doué. À le voir se démener ainsi, j'en vins à me dire qu'il fallait le tenir enfermé dans ce dépôt jusqu'à la fin de ses jours. Tout son visage tremblait, surtout quand il criait. Ses sourcils, ses joues, sa barbe, tout. Comme il voulait que je le voie de tout près, ses poings menaçants disparaissaient du champ de la caméra. Il tapait probablement sur le mur. Voyant que cette démonstration de force ne donnait rien, il revenait s'asseoir auprès de son père, posait sa main sur l'épaule du vieux et continuait à hurler. Seul Rastin, muré dans son silence, restait éloigné des caméras. Mon rôle à moi, c'était d'observer sans rien faire. J'attendais que Rastin se manifeste.

Vers le soir, il se produisit une chose étrange. Rastin demanda la boîte de conserve que son voisin tenait à la main. L'autre refusa. Il lui arracha la boîte des mains, si vite et avec tant d'autorité, que l'autre ne protesta pas, se contentant de se lever et de s'éloigner. Quand il eut mangé le contenu de la boîte, Rastin s'empara de la bouteille d'eau de sa voisine. Celle-ci n'était pas d'accord, elle regarda la bouteille que Rastin portait à sa bouche, puis les gens qui l'entouraient. Ils lui firent signe de rester tranquille. Après avoir vidé la bouteille, Rastin s'essuya la bouche d'un revers de main et, sans se lever, lança en regardant la caméra qui lui faisait face :

« Gazâ ! Tu es là ?

— Oui !

— C'est toi ? Peut-on éteindre lumières ?

— Tu veux savoir si, de là où je suis, je peux les éteindre ?

— Oui.

— Tu veux que j'éteigne ?

— Non. »

Il se leva et dit quelques mots à ses voisins en montrant la lampe fluorescente du plafond. Puis il se tourna vers la caméra en disant : « Éteins ! Allume ! »

Je me levai, allai vers le dépôt et appuyai deux fois sur l'interrupteur mural. Je me demandais où Rastin voulait en venir. En tout cas, cela faisait passer le temps...

Regagnant ma table, je vis que les gens du dépôt avaient le sourire. Ils tapaient familièrement sur les épaules de Rastin comme pour le féliciter. Je compris tout. Il venait de leur montrer qu'il pouvait me contrôler, qu'il communiquait avec moi... Il leur avait prouvé qu'il était le seul à pouvoir le faire. Je me penchai vers le micro et demandai :

« Tu veux que je fasse autre chose ?

— Non. Parle-moi.

— Que veux-tu que je dise ?

— Parle.

— D'accord. Où as-tu appris le turc ?

— Université de Kaboul. Devais aller université d'Istanbul, pour faire ma maîtrise. Tu comprends ?

— Pourquoi ne l'as-tu pas fait ?

— Le destin ! »

Il s'approcha du fils du vieux, le fit lever et me dit :

« Regarde.

— Je regarde, Rastin. »

Ensuite, il fit lever deux autres hommes et leur dit quelques mots. Ils secouèrent la tête et firent mine de se rasseoir. Il s'adressa alors à tout le dépôt en même temps qu'aux deux hommes. En se regardant, puis en regardant la caméra, ces derniers commencèrent à ôter leur chemise. Rastin cria : « Gazâ, c'est pour toi ! » Les deux hommes, une fois nus, se mirent à lutter... Oui, c'était clair, Rastin avait dit qu'il m'avait pris la fantaisie de les voir lutter et, prêts à tout pour sortir de ce dépôt, ils avaient accepté, sans hésiter, de se plier à cette ineptie. Sous la pression du groupe, il est vrai. Mais pourquoi Rastin faisait-il cela ? C'était bien simple : il avait trouvé la réponse à la question qu'il se posait. Ces gens n'en valaient pas la peine ! Mais il avait déjà accepté de donner son rein pour ces trente-trois personnes, en comptant l'enfant. Et il était temps pour lui de se venger. Ou plus exactement de remplir le vide qu'allait laisser l'ablation de son rein… Les deux hommes luttaient comme s'ils voulaient se mettre en pièces et Rastin les regardait d'un air impavide. Comme si c'était un combat de chiens qui se mordent, mais dont les dents ne trouvent que de la graisse et de la sueur. Les autres regardaient tour à tour les lutteurs et la caméra, applaudissaient et criaient des encouragements.

« Te rends-tu compte à quel point ceci est répugnant ?

Quoi ?

Regarde dans quel état sont ces gens !

Tu ne trouves pas ça comique ?

Ça n'a rien de comique ! Tu ne vois pas à quel point c'est odieux ?

Moi, je n'ai rien fait ! Tout ça est l'œuvre de Rastin !

Tu lui as dit qu'on allait lui prendre un rein.

Soit, mais je ne lui ai pas dit de faire lutter ces hommes. Et puis il est trop tard. Je ne peux plus rien faire tant que Rastin ne leur a pas expliqué la situation. Ils me tueraient.

Alors, qu'il la leur explique ! C'est ça, que tu appelles fonder ton propre pays ?

C'est peut-être exactement ça. Tout le problème est de ne jamais se salir les mains…

Ah, bravo ! C'est un bel exploit de mettre des gens dans cet état en exploitant leur situation ! Bravo !

Cuma !

Quoi ?

Tu sais, quand je n'ai pas branché le ventilateur… En fait, je n'avais pas oublié. J'ai seulement eu la flemme de sortir et d'aller jusqu'au hangar. Je voulais faire enrager mon père ! Il m'avait dit : “Il reste une personne dans la caisse. Lève-toi de bonne heure demain matin et va brancher la ventilation !” Je me suis réveillé, bien sûr, mais je ne me suis pas levé. Je suis resté là à regarder le plafond. Et crois-moi, Cuma, il n'y a rien de plus répugnant que ce plafond. Pas même ce que font ces gens, ni ce que je leur fais faire. Rien n'est plus répugnant que ce plafond.

Il y a une chose qui n'est pas répugnante, Gazâ !

Quelle chose ?

Le fait que Rastin ait accepté de donner son rein !

Et alors ? Il a cru un instant qu'il était bon. Je l'ai cru moi aussi… Il n'y a pas de quoi s'émerveiller. »

Au bout de trois jours Rastin, perdant tout son sang-froid, se mit à donner des ordres extrêmement brutaux qui étaient censés venir de moi. Il choisit au hasard deux personnes, les plaça devant une caméra et leur demanda de se gifler mutuellement. Il les regarda un moment, puis il leur adjoignit une troisième personne. Et au bout de quelques minutes, il en ajouta encore douze, constituant ainsi un groupe de quinze personnes qui commencèrent à se donner des claques.

Bien entendu, certains refusaient de faire une chose aussi stupide, mais Rastin n'avait même pas besoin de les admonester, les autres intervenaient promptement et remplaçaient les récalcitrants par des gens plus dociles. Ceux qui résistaient s'excluaient eux-mêmes du groupe. Jugeant qu'ils manquaient à leurs devoirs, les autres cessaient de leur parler et de partager la nourriture avec eux. Furieux, ils se retiraient dans un coin, mais au bout d'un moment, voyant les joues empourprées de ceux qui avaient accepté de se faire gifler à leur place, ils suppliaient qu'on les laissât participer. Les autres, se piquant au jeu, refusaient.

« Rastin ! »

Debout au milieu de ces gens, il les regardait se souffleter. En entendant prononcer son nom, il leva la tête.

« Quoi ?

— Jusqu'à quand vas-tu faire ça ?

— Quand nous partir ?

— Je ne sais pas, nous n'avons toujours pas d'informations… »

En fait, je n'avais même pas posé la question. Je demandai cependant :

« Rastin, c'est parce que tu te sacrifies pour ces gens que tu te crois obligé de les punir ? »

Il répondit aussitôt, comme s'il attendait ma question :

« Non. Moi donner rein pour eux, mais aussi pour moi. Pour pouvoir partir. Pas de problème. Si leur faire ça, c'est parce que moi quitter mon pays à cause eux. Tu comprends ? Moi quitter Afghanistan à cause des Afghans. Et eux être Afghans. Là-bas, être l'enfer. Moi, me battre pour eux. Faire la guerre. Pour ces gens-là. Mais ça ne sert à rien. Comment dit-on foule ? *People* ? Les gens, la foule d'Afghanistan ?

— Le peuple ?

— Oui, moi me battre pour le peuple, mais quand moi en prison, plus de peuple ! Beaucoup d'amis morts. En prison. Moi en prison ! Tu comprends ? Toujours pour le peuple ! Pour ceux-là ! Mais quand besoin de lui, plus de peuple ! Ne crains rien, c'est petite punition pour eux. Camarades à moi morts. Tu comprends ? »

Bien sûr que je comprenais. Il y avait cependant un point qui restait obscur.

« Ce ne sont tout de même pas ces gens qui ont tué tes camarades et t'ont expédié en prison !

— Eux faire pire ! Eux rien dire ! »

À ce moment-là, l'un des hommes hésita à frapper. Rastin s'approcha et hurla dans son oreille. Il posa sur la joue la main restée en l'air et la chaîne des gifles reprit. Je compris que j'avais fourré mon nez dans une ruche. J'avais sous les yeux un étudiant prêt à tout sacrifier à son peuple, et qui punissait des gens parce qu'à cause d'eux il avait dû quitter son pays alors qu'ils continuaient à vivre sans se rendre compte que lui et ses camarades étaient tués ou jetés en prison. Je quittai la table et le laissai seul avec cette revanche qu'il ne pourrait jamais prendre, parce que personne ne lui avait dit : « Va en prison, fais-toi tuer pour nous ! » Il avait oublié que ce n'est pas le peuple qui dicte aux héros leur conduite. Ce sont eux qui font leur choix et rien ne les autorise à demander des comptes. Les héros sont braves et stupides. Le peuple, lui, est craintif et rusé. Ils ne sont pas faits pour s'entendre. Si Rastin s'était mis en tête de demander des comptes au peuple, c'est qu'il n'était pas si stupide que ça. C'était un vrai leader. À la fois héroïque et proche du peuple. À la fois brave et rusé. Et donc de l'espèce la plus dangereuse.

Le soir du troisième jour, Rastin fit reculer les trente-deux autres jusqu'au point le plus éloigné de l'entrée du dépôt, me passa les seaux pleins et prit les vides. Il avait fait croire aux autres que j'étais armé, que j'avais un revolver. Cela ne l'empêcha pas de prendre les sandwiches que j'avais préparés et de les distribuer. Ils n'avaient plus rien à manger. Ils baisèrent les sandwiches et les portèrent à leur front. Pour finir, Rastin leur annonça qu'il avait demandé au gamin de prendre contact avec les amis de son père ! Cela voulait dire qu'on allait bientôt repartir. Cette nouvelle fit de Rastin le dieu du dépôt. Le vieux, son fils et leur entourage oublièrent tous les malentendus passés et devinrent les supporters les plus convaincus de Rastin. Tout le monde l'adorait. Je vis même, dans le compartiment réservé aux toilettes, tandis que les autres dormaient, une des jeunes femmes s'agenouiller devant Rastin, baisser son pantalon et ouvrir la bouche. Je regardais la jeune femme. Rastin, lui, regardait la caméra. Il riait… On apprit le lendemain qu'une autre femme du groupe était enceinte de quatre mois. Elle déclara que si l'enfant était un garçon, elle l'appellerait Rastin. Mais si Rastin était Dieu, moi, qui étais-je ? La théologie connaît-elle le grade « Dieu de Dieu » ?

Après toutes ces péripéties, Rastin commença à changer. Sa colère des premiers jours semblait s'être évanouie. La relation qu'il avait établie avec le peuple était devenue plus mécanique et les supplices qu'il infligeait en se servant de moi s'étaient espacés. Un matin cependant, il fouetta l'un des hommes à coups de ceinture. Peut-être pour lui rappeler qui était le chef, qui détenait le pouvoir. Dans le dépôt s'était constituée une véritable nation qui vivait, se mouvait et travaillait. Rastin donnait souvent du travail au peuple. Pour commencer, il faisait nettoyer le dépôt au moins trois fois par jour. Ensuite, il faisait faire du sport. Matin et soir. Il autorisait celui qui transpirait le plus à se laver avec l'eau d'un seau que je lui avais donné. Il lisait à haute voix des passages de l'unique livre qu'il possédait et organisait des débats. Après les discussions, il y avait toujours des querelles et Rastin se retirait dans un coin pour les observer en ricanant. Tandis que les gens se querellaient pour des futilités, il emmenait une femme, jamais la même, dans les toilettes et lui expliquait ce qu'elle devait faire avec sa langue. En fait, il s'était contenté de modifier la source de la violence. Celle-ci n'était plus le fait d'un gamin fou, elle émanait du peuple lui-même. Il trouvait toujours un moyen de dresser les gens les uns contre les autres. Il se servait surtout de la lumière et de la chaleur. Prétendant se conformer à mes ordres, il donnait à choisir entre l'éclairage et les ventilateurs. Ceux qui voulaient lire le Coran toute la nuit entraient en conflit avec ceux qui étaient sur le point de périr de chaleur. Il ne faisait plus de différence entre les Tadjiks et les Pachtounes, car il savait bien que si un litige éclatait entre eux, cela risquait de se terminer au mieux par un ou deux meurtres. Il évitait les problèmes ethniques, se concentrait sur les problèmes ordinaires et modifiait sans cesse les sujets de conflit. Il faisait pour la nourriture et la boisson la même chose que pour la lumière et la chaleur. Quand l'une augmentait, l'autre diminuait, mais c'était au peuple de choisir. Ainsi le peuple avait l'illusion d'être responsable de tout et nul ne se méfiait de Rastin. Ceux qui voulaient plus d'eau se démarquaient de ceux qui voulaient plus de nourriture et ils réglaient leurs comptes entre eux. Rastin se contentait de mettre en place un mécanisme qui ne remettait pas en question son autorité. Dans le monde extérieur, on dirigeait des milliards de gens en usant d'une technique similaire. En leur posant des questions. En les invitant à procéder à des élections, à répondre à des enquêtes du genre « Où voudrais-tu être en ce moment ? » ou « Quelle est la plus belle femme de la ville ? » ou « T'alimentes-tu correctement ? » ou encore « Comment faut-il faire cuire la viande ? » Et ces milliards d'individus, à l'instar de ceux du dépôt, ne se doutaient pas que la question signifiait en réalité « Comment faut-il vous faire cuire ? » Tout fiers de leur discernement, ils répondaient : « Bien cuit ! » D'autres disaient : « Saignant ! » Et ils étaient servis. Ça saignait…

Outre cette technique, Rastin avait commencé à recourir à un autre procédé, une vraie trouvaille en matière de science politique. Il avait fait du fils du vieux son auxiliaire, lui qui, au début, avait été son pire ennemi. Il lui chuchotait à l'oreille les ordres que j'étais censé lui donner. Les ordres étaient transmis de bouche à oreille et Rastin ne s'adressait directement à personne. La hiérarchie mise en place dans le dépôt avait la forme d'une spirale.

L'aventure politique du dépôt, qui avait commencé par des élections démocratiques, tourna en quelques jours à la dictature. Mais cette dictature ne fonctionnait pas selon le schéma d'une pyramide. Le leader était placé au centre d'une spirale où chacun n'avait affaire qu'à deux personnes, dont l'une était à un niveau supérieur et l'autre à un niveau inférieur de la hiérarchie. La hiérarchie pyramidale implique des classes puissantes constituées par les personnes qui sont placées au même niveau et qui, selon le cas, peuvent être, par exemple, au nombre de mille ou de trois seulement. En revanche, dans la dynastie en spirale chaque individu constitue une classe distincte. Il serait peut-être opportun de donner à ce système un nom différent. On pourrait, par exemple, l'appeler « ultradictature », parce que chaque individu est le dictateur de son subordonné. À part l'enfant et l'adulte malingre, chacun, à son niveau, était en position de dictateur. Et chacun étant un élément de la spirale, il semblait qu'il n'y eût aucune hiérarchie. C'est probablement pour cette raison que le système inventé par Rastin pouvait se maintenir. Le peuple ne se rendait pas compte qu'il était soumis à une ultradictature. Chacun était sur le même plan que le leader et celui-ci semblait faire partie du peuple ! En prenant un peu de recul, on avait l'impression d'un groupe cohérent dépourvu de toute hiérarchie. Si, par exemple, Rastin m'avait demandé de lui donner un tabouret, cela aurait tout changé. S'il avait été installé trente centimètres plus haut alors que tout le monde était assis par terre, la dictature aurait sauté aux yeux. Mais Rastin tenait à la hiérarchie en spirale qu'il avait inventée et pendant au moins quatre heures par semaine, sans que nul ne s'en rende compte, il testait le fonctionnement de ce nouveau système. Bien entendu, comme tout mécanisme, celui-ci avait ses failles. Par exemple le contenu des demandes formulées par les chaînons extrêmes de la spirale parvenait au centre modifié et déformé. Et les ordres venus du centre se déformaient avant d'atteindre l'autre extrémité de la spirale. Mais malgré tout, c'était bel et bien une ultradictature. Les ordres du leader et les requêtes du peuple, ainsi déformés par leur transmission de bouche à oreille, n'en semblaient que plus naturels et plus acceptables. Seulement, quand on atteignait le niveau de mes relations avec mon père, l'échange d'informations avec les gens du dépôt relevait de la télépathie ! Ahad me demandait parfois :

« Est-ce que tout va bien ?

— Tout va bien », disais-je. Que pouvais-je dire d'autre ? De toute façon, il n'aurait pas compris. Et d'ailleurs je ne pouvais pas lui raconter ce qui se passait…

Le matin où nous célébrions le douzième jour de la nation du dépôt, en m'installant devant l'écran, je vis que les femmes étaient rassemblées dans un coin, les yeux clos, tournées vers le mur. Je ne tardai pas à comprendre pourquoi. Dans un autre coin, les hommes étaient occupés à frapper à coups de poing et de pied le corps dénudé du petit homme qui occupait l'extrémité de la spirale. Tout cela était si soudain que je ne savais que faire. Je regardai Rastin. Comme toujours, il se contentait d'observer ce qui se passait. Je criai plusieurs fois

« Arrête ça ! », mais il ne m'écoutait pas. On aurait dit qu'il était sourd. Moi, je ne voulais pas que la marchandise soit abîmée. Ce n'était pas une de ces démonstrations au cours desquelles ils se battaient jusqu'à l'épuisement. L'homme qui gisait sur le sol était coincé dans l'angle de deux murs et les autres tapaient dessus comme s'ils voulaient le faire disparaître dans le sol. Je devais trouver tout de suite un moyen de les arrêter. La première chose qui me vint à l'esprit fut d'éteindre la lumière. Là-dessus Rastin, reprenant ses esprits, s'écria :

« D'accord, Gazâ, c'est fini ! »

Quand je rallumai, je vis que le petit homme, baignant dans son sang, essayait de reprendre haleine. Je criai :

« Pourquoi as-tu fait ça, Rastin ? »

Mais il semblait tranquille.

« Pas moi, mais eux ! dit-il en désignant les autres.

— Ils ne font rien si tu ne dis rien ! »

Il hocha la tête et dit :

« Si, si, eux faire… »

Et il ordonna aux hommes qui, l'instant d'avant, tapaient à tour de bras, de relever leur victime toute tremblante et de laver le sang dont elle était couverte. Ils exécutèrent posément ses ordres. On aurait dit qu'ils essayaient de rafistoler une machine cassée.

Je criai à Rastin :

« Raconte ! Que s'est-il passé ? »

Il commença par dire :

« Rien du tout ! »

Puis il m'expliqua en quoi consistait ce rien du tout… Tout avait commencé quand le petit homme avait déclaré qu'il allait se faufiler dès qu'on ouvrirait le couvercle du dépôt et me mettre hors d'état de nuire. Il avait voulu me confisquer mon arme et me régler mon compte, pour que leur supplice prenne fin. Mais les autres jugeaient que c'était trop risqué, que Rastin contrôlait la situation, qu'on allait venir les chercher et qu'ils pourraient poursuivre leur voyage. Alors le petit homme les avait traités de poltrons, chose qu'il ne faut jamais faire dans une ultradictature, et il en avait payé le prix!

Je ne savais que dire. Je me contentai de regarder. J'observai ces gens: l'homme qu'on avait abandonné comme un sac dans son coin, les femmes qui semblaient impavides, Rastin assis au milieu du dépôt. Je parcourus du regard toute la spirale. Puis je regardai à nouveau le petit homme. Il semblait me regarder aussi. En fait, je ne voulais pas voir la réalité en face. J'imprimai l'article que j'étais en train d'écrire sur ces gens et je débranchai mon ordinateur. L'écran s'obscurcit et l'ultradictature resta enfouie sous le sol...

Je passai les deux jours suivants, armé d'un crayon, à corriger mon article. Peut-être seulement pour éviter de pénétrer dans le hangar. Mais le troisième jour, quand, à contrecœur, je rebranchai mon ordinateur, la première chose que je vis fut le corps inerte du petit homme. On avait déployé sa veste sur son visage et on l'avait déposé devant une caméra, pour que je le voie. Je branchai le micro et à peine eussé-je commencé à articuler la question: « Est-ce qu'il dort? » que le visage aux lunettes fendues de Rastin occupa l'une des six portions de mon écran et dit:

« Il être mort! »

Je fus sur le point de lui demander: « Tu en es sûr? » mais je m'abstins. J'eus envie de dire: « Va te faire foutre! » mais je n'en fis rien non plus. J'avais envie de dire que j'étais l'un des quarante-trois meilleurs élèves de Turquie ou qu'après m'avoir mis au monde ma mère avait tenté de m'enterrer. Là aussi, je m'abstins. Quand j'eus renoncé à tout cela, je m'approchai du couvercle du dépôt. Je m'agenouillai, tirai la clef de ma poche et ouvris le cadenas. Au lieu de la plus belle fille du monde, ce fut un petit homme qui émergea. Plus exactement ce furent les autres qui le firent passer en suivant les instructions qu'on leur donnait. Je le tirai à moi par l'entrebâillement du couvercle et allai prévenir mon père. Il était en train de boire une bière.

« Qu'est-ce qu'il y a ? » fit-il…

Faute de connaître tous les noms que l'on donne aux divers événements qui se produisent en ce monde, je me contentai de dire :

« Il s'est passé quelque chose. Viens ! »

Il se leva et se dirigea vers le hangar. Un pas devant moi. Je marchais à sa gauche et je regardais sa main gauche qui se balançait. À une certaine époque, dans l'unique avenue de la bourgade, je me livrais au jeu suivant : je m'approchais à un pas des femmes qui marchaient devant moi et faisais en sorte que leurs mains, en se balançant, viennent toucher mon zizi. Il n'y avait rien de plus facile. Cela semblait même si naturel que c'étaient les femmes qui s'excusaient. Troublé par ce contact, je disais : « Ce n'est rien ! » et passais mon chemin. La chose que je voulais faire toucher par mon père, en traversant le jardin, c'était ma main droite. Peut-être que nos mains allaient se heurter et s'attacher l'une à l'autre et que nous entrerions dans le hangar la main dans la main. Sans se demander qui j'étais, ni ce que j'étais, il continuerait à tenir ma main. Mais cela ne se produisit pas.

En entrant dans le hangar, il vit l'homme dont le visage était couvert d'ecchymoses et se mit à jurer. Tout d'abord à l'adresse du cadavre, puis à mon adresse ! Après tout, c'était à moi de veiller sur la marchandise. Et en plus c'était moi qui avais eu l'idée de placer ces caméras dans tous les coins du dépôt ! C'était donc de ma faute. Je lui avais fait faire toutes ces dépenses pour rien ! Soudain je pensai à Dordor :

« Je paierai ! » dis-je.

Ahad se tut. Il respira plusieurs fois profondément et se gratta la tête. Il calculait probablement combien il faudrait retenir sur mon salaire. Ensuite il gratta son menton couvert d'une barbe de huit jours. Il s'arrêta soudain, ayant sans doute fait ses comptes. Nous étions au début du mois de mars. C'est pour cela que sa voix était froide, non parce qu'il était un monstre.

« Va l'enterrer ! » dit-il en me montrant la tonnelle.

Il me fallut deux heures pour enterrer le petit homme. Une pour creuser le trou et une pour le boucher. C'était ainsi qu'un an plus tôt mon père avait enterré Cuma. Je lui avais demandé : « Et s'il venait quelqu'un ? » Mais il avait répondu : « N'aie pas peur, nous n'enterrons pas un mort, nous bouchons un trou ! » Et en effet, creuser et reboucher un trou était l'affaire de deux heures. S'il s'était agi d'enterrer un mort, si j'avais pensé un seul instant que j'étais en train d'enterrer un être humain, cela aurait certainement duré un siècle. Surtout en sachant que c'était moi qui avais causé sa mort... C'est peut-être pour la même raison que mon père avait gardé sa sérénité en enterrant Cuma. Il était responsable de sa mort, mais ce n'était pas vraiment lui qui l'avait tué... C'était la même chose pour moi. Je n'avais pas tué le petit homme. J'étais entièrement responsable de sa mort, mais je n'avais ni participé à son lynchage ni observé en silence son déroulement. Ce qui avait jeté Rastin en prison, en l'empêchant de venir faire sa maîtrise à l'université d'Istanbul, c'était le Destin ! Et le destin, c'était moi ! J'étais la somme des conditions de vie de ces gens. Et le résultat de cette addition était un zéro, un zéro immense, assez grand pour nous contenir tous. Un zéro aussi grand que l'anneau de Saturne ! Et c'est pour cela que ce n'était pas moi qui entendrais jusqu'à la fin de ma vie la voix de ce petit homme. C'était Rastin. Désormais, il avait lui aussi son Cuma, un petit homme qui renaîtrait à chaque instant et le ferait se sentir à l'étroit dans toutes les îles désertes. Parce que ceux qui l'avaient battu à mort étaient sourds. Leurs tympans étaient depuis longtemps aussi percés que leur conscience. La voix du petit homme, ricochant sur les oreilles de tous ces sourds, finirait tôt ou tard par atteindre l'esprit de Rastin. Tout cela, je le savais parce que je me rappelais comment j'avais tué Cuma. Simplement parce que j'en voulais à mon père, je ne m'étais pas levé pour aller brancher la ventilation. C'était la même chose pour Rastin. C'était simplement parce qu'il haïssait le peuple qu'il n'était pas intervenu au moment du lynchage. Il voulait, d'un seul coup, précipiter le peuple dans le puits sans fond de la culpabilité. Mais il s'était trompé : il était le seul dans le dépôt à être capable d'éprouver du remords. Si les autres en avaient été capables, ils ne seraient pas restés muets quand Rastin et ses camarades avaient été jetés en prison ou avaient donné leur vie. Faute de se faire entendre, ils auraient pu au moins ouvrir la bouche pour vomir dans les rues où l'on traînait Rastin enchaîné ! Mais je ne me souviens pas d'avoir jamais vu au journal télé, une histoire de vomissement collectif en Afghanistan. Et la voix d'outre-tombe du petit homme, n'ayant pas d'autre choix, ne poursuivrait que Rastin. En fin de compte, les fantômes savaient tout. Sachant qui était un mur de chair et qui était un être humain, ils s'insinuaient dans les humains et leur chuchotaient à l'oreille tout ce qu'ils savaient.

1 Ébauche

(1)

LA FORCE DU POUVOIR

Une crise source de pouvoir

CRISE : UNE CRISE POLITIQUE ?? Pas du tout scientifique !

AVANT-PROPOS

Pas scientifique ! Trouve un autre mot !

Il y a au monde deux sortes de connaissances : celles qu'il faut aller chercher et celles qui viennent à vous. Si la connaissance vient aux pieds de quelqu'un, c'est pour négocier quelque chose, pour lui faire gober un mensonge politique ou lui vendre un nouveau téléphone. D'ailleurs une connaissance qui vient à toi après un long parcours est sale et sent la merde. La seule connaissance qui ait du prix est celle qu'il faut aller chercher. Elle seule mérite confiance. C'est pour cette raison que les connaissances tirées des expériences réalisées dans le dépôt peuvent être retenues. Le chercheur a fait un effort louable pour les réunir. Cependant certaines d'entre elles sont fluctuantes. On peut qualifier de *fluctuante* une connaissance dont la justesse et l'exactitude varient constamment au fil du temps. C'est le cas de celles qui se rapportent à l'homme et surtout à ses proches : camarades, membres de la famille, etc. Le chercheur doit examiner une à une les connaissances fluctuantes

Un homme pour un autre homme est une connaissance fluctuante.

On a dit qu'il y a 2 sortes de connaissances. C'est donc une sous-espèce.

À retenir, pas scientifique !

Ne te vante pas ! ou fais-le dans les limites scientifiques !

À retenir.

2

Donne-lui la peine de les compter !

qu'il a rassemblées et les confronter à celles qui émanent d'autres sources. En l'occurrence, les *mass médias*. Pour ce travail, on a donc utilisé les médias, principalement le journal *De Kandalı au monde* ainsi que diverses chaînes TV et des sites Web. De plus le chercheur, persuadé qu'un travail scientifique doit être étayé par des observations personnelles, a soin de faire part des idées et des réflexions, concernant le sujet du présent article, qui lui sont venues à l'esprit.

C'est une vraie merde ! Réécris tout l'avant-propos ! Il n'a rien de scientifique !!!!

ARTICLE

Écrit sous forme d'article afin d'être scientifique

À retirer !

1. Confronté à une crise, un leader qui s'est trouvé un certain temps en contact avec le peuple se replie sur lui-même et commence à cacher ses décisions à ceux qu'il dirige, pour ne pas avoir à en répondre ultérieurement. Ce comportement a pour effet secondaire de préserver l'ordre public menacé de panique, et par conséquent son autorité.

2. Un leader qui, dans des circonstances normales, s'intègre à une œuvre fondatrice, en se repliant sur lui-même sous l'effet destructeur de la crise, tend à considérer le pouvoir comme une obligation personnelle et tient pour un sacrifice les efforts et le temps qu'il a dépensés pour le peuple. Si la crise se prolonge, la conscience de ses sacrifices se mue en colère contre le peuple. Et à la moindre contrariété, la colère que

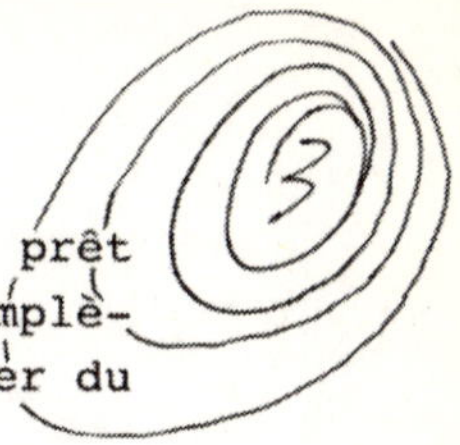

lui inspire ce peuple auquel il était prêt jadis à « donner un rein » l'envahit complètement et le conduit à vouloir se venger du peuple « ingrat ».

3. Si la crise se prolonge, le peuple, qui considère le leader comme son sauveur, fait mine de ne pas le voir devenir autoritaire et ferme les yeux sur ce qui, chez lui, fait penser à une vengeance.

Les cris, les pleurs, les traumatismes du leader sont occultés et l'on assiste à une véritable séance de psychothérapie dont le peuple fait les frais.

5. En temps de crise, la relation que le leader entretient avec le peuple repose sur la satisfaction sexuelle. Celle que le peuple établit avec le leader est axée sur l'image du père, elle a un caractère familial. Ce qui revient à dire qu'en temps de crise la relation entre le peuple et son leader est incestueuse.

6. La crise, en légitimant chez le leader un abus d'autorité, est source d'un pouvoir alternatif. Pour en jouir pleinement, le leader doit maintenir le peuple en situation de crise. Il y parvient en suscitant de petits conflits internes. La ligne qui sépare un conflit interne de la guerre civile est extrêmement ténue. Tant qu'il maintient le pays sur cette ligne, le leader, qui est capable de susciter des centaines de conflits internes sans entraîner la guerre civile dispose d'un pouvoir considérable.

7. Le pouvoir acquis par le leader se mesure au nombre d'aéroports, universités, stades,

4

places, avenues, barrages, ponts et nouveau-nés portant son nom de son vivant.

8. Chez le leader, la peur de mourir est compensée par la certitude que son nom lui survivra et la séance de psychothérapie réussit.

Ni observation ni expérimentation, PAS scientifique!

Note 1:

Il ressort de ce qui précède que le devoir du peuple est d'assurer la thérapie du leader qui lui échoit et de lui permettre de mourir en paix. Appelons cela l'«Hôpital populaire». En compensation, le leader fonde pour le peuple un «Hôpital national». Déclarer ennemi du peuple quiconque ne s'acquitte pas de son devoir d'assurer la thérapie du leader engendre des conflits internes qui sont extrêmement utiles pour prolonger la crise.

Note 2:

Le système de défense d'un pays doit être organisé de telle sorte que le dernier citoyen survivant à l'hécatombe qu'entraînerait une catastrophe planétaire soit le leader. Ainsi, pour assurer la survie de l'espèce humaine, les leaders s'accoupleront entre eux. Un leader ne dira pas: «C'est lui ou moi», mais: «C'est vous tous ou moi!»

Indique le nombre, et n'oublie pas le site de la mairie!

Schéma du système de gouvernement en spirale

Sources:

Le journal *De Kandalı au monde*

Des centaines de sites Web

De nombreuses chaînes TV

Le dépôt

33 citoyens afghans

1 Gazâ ~~âgé de~~ 15 ans

Tu ne peux pas être à la fois le chercheur ET une source !!!!

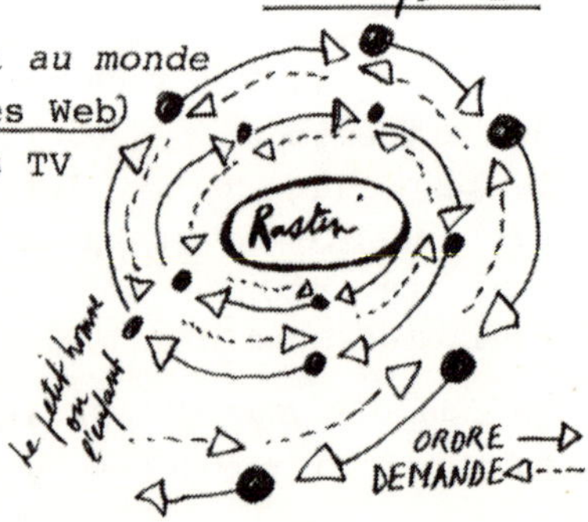

Je réfléchissais, assis sous la tonnelle. Je regardais l'endroit où j'avais enterré le petit homme et je me demandais s'il avait une famille. J'aurais bien voulu le savoir ! Étant donné l'endroit d'où il venait, il devait avoir au moins neuf frères et sœurs, six enfants, trois petits-enfants et quarante-six neveux et nièces. Il était vain de supposer qu'il ne vivait plus avec ses parents. Il avait grandi dans un pays où l'on naît en masse et où l'on meurt par douzaines. Tout ce qu'il voulait, c'était se rendre dans un pays où l'on naît et meurt individuellement. Son voyage s'était terminé à Kandalı. Or à Kandalı on enterrait les gens à leur naissance… Cela avait failli m'arriver. D'autres, comme ce petit homme, naissaient morts. On l'avait enterré dès sa sortie du vagin du dépôt.

« Gazâ ! »

Je tournai la tête et vis mon père qui venait vers la tonnelle.

« Tu m'as parlé, papa ?

— Voilà, c'est fait. Nous paierons et l'affaire sera réglée. »

Que devais-je dire ? Bien sûr, je devais dire merci ! Bien sûr !

« Merci, papa.

— Ce n'est rien… Ça fait deux, mon fils ! Qu'est-ce qu'ils t'ont fait ces Afghans ? » dit-il en riant.

J'avais bien entendu : avec Cuma, cela faisait deux ! Il ne se rendait même pas compte de ce qu'il disait. Le fils de pute ! Je n'avais qu'une chose à faire : ramasser la pelle qui gisait à mes pieds et lui casser la gueule ! Rien n'y personne ne m'arrêterait. Je tendis la main vers la pelle, mais mes oreilles se mirent à bourdonner.

« Ne fais pas ça, Gazâ ! Laisse tomber, ne fais pas ça.

Cuma ?

Ne fais pas ça ! »

J'aurais pu tuer mon père, là, dans le jardin, sous la tonnelle, avec cette pelle qui portait encore sur elle la poussière du mort. Mais je ne l'ai pas fait. Je me suis contenté de regarder son visage, comme je regardais les scènes projetées sur l'écran par la caméra du dépôt. Sans rien ressentir. Parce qu'Ahad était là lui aussi. Sous la terre, au milieu des bestioles qui dévorent les cadavres. Avec tous les Afghans qui avaient lynché le petit homme. Et même avec Rastin ! Avec toutes les femmes que l'on m'avait envoyées ! Je regardai son visage. Pour qu'il comprenne à quelle profondeur il était enfoui ! Mais j'étais loin du compte. Il se contentait de ricaner. En tout cas, il n'était plus en colère. Peut-être avait-il reçu d'Aruz de bonnes nouvelles. Mais comment Aruz aurait-il pu envoyer de bonnes nouvelles ? Azraël, l'ange de la mort, peut-il apporter de bonnes nouvelles ?

« Nous allons à Derç demain matin. Il y aura un arrivage de marchandise. Deux cents têtes ! Allez, tout va bien pour toi ! Tu as de la chance, je n'aurai pas besoin de retenir ton salaire. »

L'affaire était réglée. Il n'y avait plus ni petit homme ni cadavre dans le jardin. Ces deux cents têtes, comme des copeaux, avaient tout effacé. Il y avait de quoi se réjouir, n'est-ce pas ?

« Allez, ne fais pas cette tête ! C'est du passé ! Tu n'en as rien à foutre ! »

Il fit mine de s'éloigner, puis il s'arrêta.

« Ah, je voulais te dire ! Ceux-ci s'en vont ce soir. »

En disant « ceux-ci », il montra l'endroit où le petit homme était enterré, puis il compléta les informations.

« À onze heures au plus tard, charge-les dans le camion. Nous partirons vers minuit.

— Bien, papa », dis-je.

Puis je détournai la tête, pour ne plus voir l'endroit qu'il me montrait…

Ainsi donc Rastin était sur le point de partir… Comment les choses allaient-elles se passer ? Avant de monter dans le camion ou en descendant dans le dépôt, ils avaient certainement aperçu le visage de mon père. Ce soir, en descendant des camions pour monter à bord des bateaux, ils allaient forcément le reconnaître. Je n'y pouvais rien. Qu'allaient-ils faire en me voyant, quand ils sortiraient un à un du dépôt pour monter dans la caisse ? Allaient-ils passer comme si de rien n'était devant le gamin qui, pendant plusieurs jours, avait fait de leur vie un enfer ?

Et Rastin ? Allait-il accepter de partir pour un voyage au terme duquel il lui faudrait donner un rein ? Il était peut-être grand temps que je file. Que je laisse tout tomber et déguerpisse ! Mais bien sûr, j'en étais incapable… Au lieu de cela, j'entrai dans le hangar et branchai le micro. J'observai un moment ces gens, le peuple accroupi en train de discuter et les leaders plongés dans la lecture comme si de rien n'était.

« Rastin ! Vous partez ce soir ! »

Il attendait cette nouvelle depuis quinze jours, mais il ne semblait pas du tout ému. Sans bouger de place, il se contenta de refermer le livre qu'il tenait à la main et de regarder la caméra qui lui faisait face.

« Rastin, vous partez ! Ce soir à dix heures, j'ouvrirai le couvercle. Ensuite vous monterez dans le camion. Et vous partirez dès demain. »

Par simple réflexe, il tourna la tête vers la pendule murale.

« Ne la regarde pas, elle ne marche pas bien.

— Moi savoir.

— Comment le sais-tu ?

— Elle très lente, détraquée. »

Il avait compris… Mais ça n'avait aucune importance.

« Toi mentir !

— Que dis-tu, Rastin ?

— Toi vraiment fou !

— Rastin, ne fais pas l'idiot, je te dis que vous partez ! Qu'est-ce que je dois faire, maintenant ? Ils vont voir que mon père n'est pas mort !

— Toi dire que pendule marcher bien. C'était faux. Toi menteur. »

Où voulait-il en venir, avec cette pendule ? C'est vrai que je leur avais confisqué leurs montres et qu'ils n'avaient plus que la pendule, mais qu'est-ce que ça pouvait bien faire ?

« Bon, d'accord, j'ai menti ! Je l'admets ! La pendule est détraquée ! D'accord ! Mais dis-moi ce que nous allons faire maintenant !

— Viens ce soir. Ouvre le couvercle.

— Qu'est-ce que tu vas leur dire ?

— Le rein !

— Quoi ?

— Moi leur dire que moi pas donner mon rein. C'est tout. Parce que toi avoir menti.

— Qu'est-ce que c'est que cette nouveauté ?

— Moi croire que… Quelqu'un a besoin d'un rein. Ici un homme mourir, personne venir. Toi pas donner nouvelles ! Moi penser personne avoir besoin d'un rein. Personne réclamer deux mille dollars. Toi mentir. Pourquoi ? Pourquoi, Gazâ ? Toi rien dire. Laisse tomber… Moi aussi menteur, Gazâ. Pire que toi. Parce que moi avoir voulu mort de cet homme. Moi vouloir que les autres le tuent. Vous prendre son rein. Et moi garder le mien. Mais personne venir… Toi comprendre ? Ça être notre secret. Secret entre toi et moi. Toi rien dire à personne. Pas en parler, même entre nous. »

Je me mis à pleurer. Tout d'un coup ! Les gens du dépôt se regardèrent, puis ils fixèrent la caméra comme s'ils pouvaient me voir. Mes sanglots devaient se répercuter d'un mur à l'autre. Le dépôt s'emplit de sanglots. Tout avait commencé comme une crise. Une crise cardiaque, qui prit fin avec mes sanglots. Je commençai à me regarder de l'extérieur. Gazâ observait Gazâ en train de pleurer ! Si je l'avais voulu, j'aurais donc pu me calmer. Mais je savais que si je cessais de pleurer, je serais forcé de parler, de donner une réponse à Rastin. Or j'étais frappé de stupeur et incapable de répondre à la moindre question. En faisant un effort, j'aurais pu dire qu'on n'avait pas pu prendre le rein du petit homme parce qu'on avait appris sa mort trop tard, ou invoquer d'autres bonnes raisons d'ordre médical. Mais j'en avais assez de mentir pour avoir raison. J'étais à court de mensonges et je n'avais pas la force de raconter ce qui s'était vraiment passé. Visiblement, Rastin était plus fort que moi. Il était assez fort pour avouer qu'il avait laissé tuer le petit homme et assez faible pour préférer la mort de quelqu'un au fait de donner son rein. Il n'y avait plus rien à dire… Rastin et moi, nous étions finis ! Le dépôt avait eu raison de nous.

« C'est bon, dit Rastin. C'est bon… Toi venir ce soir, ouvrir couvercle et partir. Nous monter dans camion. Toi venir. Pas besoin de ton père. Personne le voir… »

Je pus à peine articuler deux syllabes.

« D'accord… »

Au moment où je me levais pour partir, j'entendis Rastin :

« Toi me dire une chose, Gazâ !

— Quoi ? »

Malgré l'épaisseur du béton qui nous séparait, il me lança au visage les trois questions qui trottaient dans sa tête.

« Ces gens pas demander d'argent, n'est-ce pas ? Moi garder mon rein ? Moi avoir raison ? »

J'ouvris la bouche… mais je vous jure que ce n'est pas moi qui ai parlé. « Non, Rastin. À ton arrivée en Grèce on va te prendre ton rein ! Excuse-moi ! »

« Menteur ! hurla-t-il. Alors pourquoi toi pleurer ? »

Pour toute réponse, je me mis à chantonner :

« *N'aie crainte, ce drapeau carmin flottant aux premières lueurs de l'aube…* »

L'enfant qui se trouvait dans le dépôt essaya de se joindre à moi. Il applaudissait, il riait, tantôt à voix basse, tantôt à grands cris. Puis un autre se joignit à nous. C'était Rastin, le leader. Un seul mot sortait de sa bouche :

« Menteur ! »

Prouvant qu'un seul mot peut en dit plus que de longues phrases, il hurlait, à s'arracher les cordes vocales :

« Menteur ! Menteur ! Menteur ! »

Dans sa colère, il se saisit d'un seau de fer et brisa l'une des caméras. Il était dans une telle fureur qu'il ne lui vint même pas à l'idée que le seau pouvait être plein. Mais il était trop tard. Les clandestins, les murs étaient déjà couverts de merde. Les gens portaient leurs mains souillées à leur visage, mais Rastin ne comprenait pas. Tout haletant, il regardait autour de lui d'un air hébété. Pourtant, tout était évident. Des points marron constellaient ses lunettes ! S'il avait soufflé un peu et retrouvé ses esprits, il aurait vu l'évidence. Où qu'il posât ses regards, elle était là, la merde…

Mais ni l'enfant ni moi ne nous en soucions. Et la nation du dépôt finit comme elle avait commencé, au son de la *Marche de l'Indépendance*.

Le camion roulait dans la nuit, ses phares éclairaient les deux côtés de la large route bordée d'arbres. Leur lumière balayait l'asphalte. Les arbres dont le tronc avait été badigeonné à la chaux à hauteur d'homme surgissaient et disparaissaient tour à tour, tels des spectres tendant leurs mains grises pour nous saisir. Je les entendais distinctement. Le bruit des branches agrippant le dos du camion passait au-dessus de moi comme une vague, puis se fondait dans le silence. Mais aucune de ces branches n'était assez forte pour nous arrêter. Les plus grosses se brisaient comme des allumettes. Nous glissions entre leurs mains dénudées par la chute des feuilles. Nous étions la seule vie présente dans la forêt qui avait rendu en mars son dernier soupir et, dans l'attente de sa résurrection du mois d'avril, n'était plus qu'un immense cadavre. Tout cadavre héberge un ver qui le dévore et là, le ver, c'était la route sur laquelle nous roulions. Elle nous portait sur son dos et progressait en sinuant. Nous étions logés dans un monstre dont les yeux lançaient des flammes et qui avançait en brûlant tout sur son passage. Il rugissait si fort à chaque changement de vitesse que nous n'entendions même plus la radio. Mon père l'éteignit et alluma une cigarette. Puis il se tourna vers moi et me demanda :

« Tu fumes ? »

Mille voix, en moi, crièrent : « Oui ! » Mais je ne les écoutai pas.

« De quoi parles-tu, papa ? Non, je ne fume pas. »

J'avais enterré le matin même un cadavre sous les yeux de mon père, mais je n'avais pas le droit de fumer. Ce n'était pas logique, mais j'avais enterré la logique en même temps que le cadavre. Elle devait être morte depuis belle lurette.

« Allumes-en une ! » dit-il en me tendant le paquet.

Je le regardai. Il souriait. Était-ce un piège ? Allait-il, au lieu de me faire passer le paquet, arrêter le camion et briser ma main tendue ? Voyant que j'hésitais, il dit :

« Je sais que tu fumes. Allez, prends-en une et allume-la. »

Il savait tout ! Tout ! Son boulot, c'était de me connaître. De me suivre, d'être toujours sur mes talons. C'était un service secret nommé AHAD, chargé de m'espionner. Une organisation secrète ! Je n'ai pu m'empêcher de sourire d'un air rêveur en constatant, des années plus tard, que ma théorie paranoïaque n'était pas sans fondement. Au début du XXe siècle, des officiers arabes de l'armée ottomane, en service dans les régions qui sont aujourd'hui la Syrie et l'Irak, constituèrent une société secrète ayant pour objectif de concrétiser leur rêve d'indépendance. Ils voulaient livrer aux Anglais des secrets militaires concernant l'armée ottomane dont ils portaient l'uniforme et initier une révolution arabe. Ils donnèrent le nom d'*El-Ahad* à leur organisation ! Ainsi donc, le soir où je me mis en tête que mon père n'avait rien d'autre à faire que de m'espionner, je n'étais pas si fou que ça !

Je pris une cigarette dans le paquet et l'allumai. Au début, ma main tremblait un peu, mais je me ressaisis. Je m'apprêtais à rendre la paquet après y avoir replacé le briquet, quand mon père me dit: « Garde-le ! » Bien entendu, je m'abstins de dire que j'en avais déjà un. Je le mis dans ma poche. J'attendis mon père pour porter la cigarette à mes lèvres en même temps que lui. Nous aspirâmes la fumée et jetâmes le mégot à l'unisson. Ensuite, j'observai la sarabande des spectres de la route, tout en pensant à ces autres spectres qui se trouvaient dans la caisse.

Rien ne s'était passé comme je le craignais. Le soir, à dix heures précises, j'étais entré dans le hangar. J'avais ouvert l'abattant de la caisse, puis le couvercle du dépôt. J'avais déposé les six montres-bracelets près du couvercle et, selon les prescriptions de Rastin, j'étais sorti du hangar. Puis je m'étais caché derrière le vantail de la porte entrouverte. Sans être vu, j'avais pu regarder les clandestins sortir l'un après l'autre du dépôt, reprendre leurs montres et monter deux par deux dans la caisse du camion. Pour éviter tout malentendu, je les avais comptés. Trente et un clandestins étaient montés dans la caisse et Rastin, arrivé en dernier, avait inspecté les lieux. J'étais sûr qu'il me cherchait, mais je fuyais toute confrontation. Je fus tout de même forcé de l'entendre crier une fois encore: « Menteur ! » Son cri, cette fois, était un peu hésitant. Il pensait qu'il n'aurait pas à donner son rein, mais il doutait encore, sachant comme moi que c'est toujours ce que nous refusons de croire qui se produit. Jadis, par exemple, il ne voulait pas croire que le peuple pour lequel il se battait allait l'abandonner, et il n'avait pas tardé à déchanter. Nous nous rendions compte que l'existence de l'enfer est beaucoup plus probable que celle du paradis. Rastin ne s'était pas fait prier pour cracher dans les copeaux qui recouvraient le sol, rajuster ses lunettes, sauter dans la caisse et tirer les portes. Il ne savait pas que pour la première fois de sa vie, peut-être, ses craintes étaient vaines: son rein resterait là où il était. C'était le seul cadeau que je pouvais lui faire. Lui-même avait fait aux autres un cadeau du même genre. Après leur avoir fait croire pendant plusieurs jours qu'ils étaient prisonniers du dépôt, il leur avait déclaré qu'ils étaient libres. Nous étions dans une situation tellement merdique que nous ne pouvions mieux faire que d'accéder au purgatoire après avoir entrevu l'enfer.

Nous n'avions plus qu'à gagner le quai où allait accoster le bateau, à faire promptement descendre trente-deux personnes de la caisse et à les embarquer. J'avais l'intention de dire à mon père, avant qu'il ne descende du camion : « Je vais m'en occuper et je reviens. » Il commencerait par refuser catégoriquement, puis, considérant que j'étais coupable d'une perte de marchandise, il me laisserait une chance de me racheter. C'est du moins ce que j'espérais. En fait, je ne m'inquiétais pas trop. Si quelqu'un, apercevant mon père lors du transfert, avait des velléités de demander des explications, l'agitation ambiante l'en empêcherait. J'avais souvent assisté à l'embarquement. Lorsqu'ils posaient le pied sur le bateau, les clandestins étaient aussi excités que s'ils s'étaient apprêtés à partir pour la planète Mars. Pour eux, ce voyage était aussi précieux qu'un voyage dans l'espace. À mes yeux ils ressemblaient plus à des singes qu'à des êtres humains. Ils réussiraient peut-être à sortir de l'atmosphère terrestre, mais ils resteraient des singes. Je me disais que dans l'un des moments les plus importants de leur existence, tandis qu'ils monteraient sur le bateau, aussi excités que s'ils prenaient le train de Luna Park, il ne se trouverait pas parmi eux quelqu'un qui saisirait le collet de mon père en disant : « Comment, tu n'es pas mort ? » Rastin, lui, s'en serait tiré en disant que je lui avais menti. J'avais vu de près comme il savait mentir aux gens. Il le faisait avec un parfait sang-froid. Il était si habile que si quelqu'un avait vu mon père, il aurait été capable, en quelques phrases, de le persuader qu'il avait vu un fantôme.

Il restait cependant un petit problème : c'était la première fois que nous nous rendions sur le lieu que le capitaine, au téléphone, avait décrit à mon père. Nous n'avions encore jamais fait de livraison dans ce secteur-là. D'après le croquis de mon père, c'était une petite anse rocheuse en lisière de la forêt, là où les arbres commencent à se raréfier. À chaque virage, mon père examinait le papier qu'il avait posé sur le volant et s'assurait que nous allions dans la bonne direction.

Il était deux heures du matin et je commençais à fermer les yeux pour ne pas fixer l'obscurité, lorsque la pluie se mit à tomber. Pendant quelques minutes, je regardai les gouttes qui, telles des mouches, heurtaient le pare-brise et se morcelaient… Puis je baissai les paupières… Je vis ma mère en rêve. C'était la première fois de ma vie que je rêvais d'elle. Elle portait une robe verte à fleurs violettes, elle était enceinte et se trouvait sur une plage inconnue. Derrière elle, il y avait la mer immense et de petits nuages. Bien raide, tenant ses souliers dans sa main droite, elle me regardait. Elle avait les cuisses serrées et ses pieds étaient enfouis dans le sable jusqu'à la cheville. Elle ressemblait à ces arbres à fleurs violettes qui ne poussent que dans le sable. De sa main gauche elle essayait de rassembler ses longs cheveux noirs dispersés par le vent et, visiblement, elle souriait. Elle était dans mon rêve comme sur l'unique photo d'elle que nous possédions. Pour savoir si elle était heureuse ou non, je scrutai ses yeux. Rien que ses yeux. En vain. Au moment où on l'avait photographiée, son corps n'exprimait pas le moindre sentiment. Elle se contentait d'être là, enceinte, et de fixer l'objectif. C'est sans doute mon père qui avait pris la photo. C'était le matin, il avait le soleil derrière lui et, sans s'en rendre compte, il avait fait entrer son ombre dans le cadrage. Mon père était une ombre qui s'étirait vers ma mère, elle-même dressée sur le sable là où cette ombre prenait fin. Je rêvais. Si je lui parlais, elle me répondrait peut-être. La photo s'animerait et elle bavarderait avec moi.

« Pourquoi, maman ? Pourquoi as-tu voulu me tuer ? Dis-le-moi, s'il te plaît… »

J'attendis… Mais ses lèvres ne bougèrent pas, il n'en sortit aucun son. Mes yeux glissèrent sur l'ombre et je songeai à mon père. Je tâchai de comprendre pourquoi il avait gardé cette photo. Pourquoi la photographie de la femme qui avait tenté de tuer son fils était-elle toujours dans le tiroir de sa table de nuit ? Je me dis que je devais me réveiller au plus tôt pour lui poser la question. Et mes yeux s'ouvrirent…

La pluie redoubla et nous émergeâmes de la forêt. D'un côté, c'était le ravin, de l'autre, des rochers. Nous gravissions lentement le mont Kandağ. Je distinguai vaguement au loin les lumières d'un village. Je me tournai vers mon père et lui demandai :

« Pourquoi gardes-tu la photo de maman ? »

Les essuie-glaces allaient et venaient comme deux marathoniens gavés de drogues, mais mon père ne détachait pas les yeux de la route.

« Pourquoi, papa ? »

Il me regarda pendant une seconde, puis, se tournant à nouveau vers la route, il dit :

« En souvenir.

— En souvenir ? En souvenir de quoi ? Ma mère a voulu me tuer ! Avant de te quitter ! C'est en mémoire d'une telle femme, que tu gardes cette photo ? »

Sans répondre, il négocia un virage difficile. Les roues arrière frôlèrent le vide. Quand nous nous retrouvâmes face à la pente, j'entendis de nouveau la voix de mon père.

« Où veux-tu en venir ? Pourquoi penses-tu à ça maintenant ? »

Je fus sur le point de dire : « J'ai rêvé d'elle », mais je m'abstins. Je déclarai qu'en m'éveillant, j'avais eu un éclair de lucidité.

« Pourquoi garde-t-on la photo de quelqu'un ? Bien sûr, c'est parce que tu penses encore à elle. Pas vrai ? Et même parce que tu l'aimes encore… C'est pour ça que tu caches sa photo. Tu l'aimes tant que tu n'as pu aimer personne d'autre. C'est pour ça que tu ne t'es pas remarié. Pas vrai ? »

Ahad se mit à rire. Il avait l'air d'un imbécile qui rit parce qu'il ne sait pas quoi dire. Prêt à rire jusqu'à la mort pour ne pas avoir à parler ! Mais jusqu'à quand peut-on se gausser de soi-même ? Il finit par renoncer.

« Ne dis pas de bêtises ! »

Oui, j'avais compris Ahad, j'avais tout compris… Dans mon rêve, ma mère ne m'avait pas parlé, et cependant elle m'avait tout dit. Par son attitude, ses yeux, ses pieds enfoncés dans le sable. Sans un mot, elle m'avait tout raconté. Quand la photo avait été prise, quand elle était tombée enceinte de moi, ma mère n'avait rien ressenti. C'est pour cela que son visage et ses mains étaient totalement dénués d'expression. Sur la photo, ma mère était un arbre. Du sable. Le soleil derrière mon père. La mer immense… Ma mère, c'était la nature insensible. Même si elle l'avait voulu, elle n'aurait pas pu aimer mon père. Même si elle l'avait voulu, elle n'aurait pas pu me prendre dans ses bras en disant : « Mon fils ! »

« Alors dis-moi. Qu'est-ce que tu as fait à ma mère pour qu'elle veuille te quitter ? Quel mal lui as-tu fait ? Tu te rends compte ? Elle te haïssait tellement qu'elle a cherché à me tuer ! »

J'étais sûr qu'il avait envie de me frapper. Il allait tenir le volant de la main gauche et me claquer du revers de sa main droite. J'attendais. Mais il n'en fit rien. Et même il me dit :

« Je ne lui ai rien fait ! Je n'ai rien fait à ta mère !

— Alors, pourquoi ? Pourquoi a-t-elle voulu se débarrasser de nous ? Pourquoi a-t-elle voulu me mettre au monde dans un cimetière ? Elle aurait pu divorcer ? N'est-ce pas ? Elle aurait pu divorcer et partir en me laissant avec toi ! Ou en m'emmenant ! Mais pourquoi a-t-elle essayé de faire ça ? »

Les essuie-glaces étaient dépassés par la pluie. À mesure que celle-ci accélérait, mon père ralentissait, mais nous continuions quand même à avancer. Tout d'un coup, Ahad se mit à hurler :

« Mais elle l'a dit ! Elle a dit "Divorçons !" J'ai dit "Qu'est-ce que tu vas faire du bébé ?" Elle a dit "Je vais me faire avorter !" J'ai dit "Pourquoi ?" Elle a dit "Parce que je veux partir ! Je veux aller ailleurs !

Je veux aller partout, je veux tout savoir!" Toi aussi, tu disais ça, hein ? C'est pour ça que tu as passé ce concours ! Tu as compris, maintenant ? »

C'était peut-être la première fois que mon père me parlait sincèrement. Ou peut-être que je rêvais, et qu'Ahad se parlait à lui-même. Les mots sortaient de sa bouche en telle abondance qu'ils risquaient de nous engloutir avant la pluie, qui ne cessait pas de tambouriner. Je tentai encore ma chance. Peut-être m'entendrait-il.

« Et toi, qu'est-ce que tu as fait ? Tu m'as dit "Tu n'iras nulle part, tu resteras là. De gré ou de force !" »

Je songeai au dépôt, au compartiment que j'y avais aménagé et je me dis que j'avais projeté d'enchaîner des gens à cet anneau ! Mon père devait avoir ce genre d'idée !

« C'est ce que tu as fait, n'est-ce pas ? Tu l'as enchaînée pour la forcer à rester ! Et un beau soir elle s'est sauvée ! Tu t'es lancé à sa poursuite ! Tu as enchaîné ta femme comme un animal. Tu as attaché ma mère comme un chien ! C'est bien ça ? »

Il m'a regardé sans rien dire. Il s'est contenté d'accélérer sans cesser de me regarder. Peut-être souriait-il. Comme ma mère sur la photo…

« Regarde la route ! Regarde la route ! »

Mais il ne regardait que moi. Tous deux, père et fils, les yeux dans les yeux, nous tombâmes dans un gouffre vertigineux… Aussi haut que le Kandağ…

Je ne saurai jamais si ce fut un accident ou un suicide.

CANGIANTE

L'une des techniques de base de la peinture de la Renaissance. Elle consiste, dans le traitement des ombres, à utiliser une autre couleur au lieu d'utiliser un ton plus clair ou plus foncé de la même couleur. C'est le passage soudain à une couleur différente.

C'est mon visage qui s'éveilla en premier. Je sentis les gouttes qui frappaient mes paupières, mes tempes et mon front. Ensuite mes oreilles revinrent à la vie. Réveillées par le son de la pluie, elles attendaient que mes yeux s'ouvrent. Mais ma bouche s'ouvrit avant eux. Un cri cherchait à s'en échapper, mais il n'en sortit qu'une chose chaude et silencieuse qui devait être du sang. Ce n'était pas moi qu'il réchauffait, mais le sol sur lequel il tombait et je me mis à trembler. Mes yeux s'ouvrirent par à-coups. Ils tournaient dans leurs orbites en quête de quelque chose à voir. La première chose qu'ils perçurent, ce fut l'obscurité, puis ils commencèrent à s'y habituer. Ils interprétèrent ce qui émergeait des ténèbres et je distinguai une paroi de pierre suspendue au-dessus de moi, tel le plafond bas d'une grotte. Si j'avais pu me servir d'une de mes mains, j'aurais pu la toucher. J'essayai. Je vis mon bras droit et une main qui avait encore ses cinq doigts. Elle s'éleva à grand-peine et s'arrêta. Je compris que ce plafond humide était à une longueur de bras.

Je n'avais pas encore bougé la tête et il était temps de le faire. J'étais gaucher. Je posai tout d'abord la joue gauche sur le sol et vis la nuit. Le dehors, les arbres, les buissons et les gouttes de pluie qui rebondissaient du sol sur mes joues… Ensuite je tournai ma tête vers la droite et vis de nouveau les gouttes. Je levai alors mon bras gauche, le tendis en arrière et ma main toucha une paroi au moins aussi humide que le plafond. Je promenai mes doigts sur cette paroi en tâtant les creux et les bosses. Quand ma main fut dans mon champ visuel, je vis qu'elle était posée sur le plafond que supportait la paroi. Je n'étais pas dans une grotte, mais sous une sorte d'abri de pierre.

Mes paumes m'indiquaient que je gisais dans la boue. J'étais allongé sur le dos à même le sol. De toute évidence, je ne pouvais pas tomber plus bas. J'étais parfaitement conscient. Je revoyais ce qui s'était passé avant que le camion ne bascule dans le vide. Le regard de mon père, moi-même en train de crier « Regarde la route ! » Mais la suite m'échappait. D'ailleurs, je m'en fichais. Je voulais seulement penser à moi et à l'instant présent. Qui sait à quels arbres, à quelles pierres je m'étais heurté en dévalant la pente avant de rouler sous ce rocher ?

Prenant appui sur mes coudes, je détachai mon dos du sol, levai la tête et, pour la première fois de ma vie, je fus heureux de voir mes pieds. Tout à ma joie, je les remuai sans me demander si j'allais avoir mal. Posé à cinquante centimètres au-dessus de moi, le bloc de rocher me recouvrait jusqu'au niveau des genoux. Au-delà, tout était enfoui dans la boue. La nuit et les ombres m'entouraient de trois côtés et me regardaient. La peau de mon visage et de tout mon corps était endolorie comme si on l'avait rabotée. Je parvins à me dresser sur mon séant.

Appuyant mes paumes sur le sol, je ramenai mes genoux vers moi. Je me penchai en avant pour ne pas me cogner au plafond de pierre et appuyai mon dos sur la paroi. Les saillies du rocher devaient se planter dans mon dos, mais je ne les sentais pas. Dans le noir, mes mains, ma chemise et mon pantalon étaient d'un ton si foncé que je ne pouvais pas distinguer le sang de la boue. Je me contentai de passer mes mains sur mon visage, mon ventre et mes épaules. Je me tâtai pour savoir si j'avais quelque chose de cassé ou s'il manquait un morceau de ma personne… Mais tout était à sa place. J'étais tel que ma mère m'avait fait. Mes doigts, mes coudes, mon nez, mes oreilles, mes yeux, tout était bien là. Pour mes dents, je n'étais pas sûr. Je me dis que je m'en rendrais compte en parlant. Il était d'ailleurs grand temps que je me parle à moi-même. Pour m'assurer que j'en étais encore capable.

« Tu es vivant », dis-je, et quelque chose se répandit sur ma poitrine, un liquide fait de sang et de salive, qui colla à ma mâchoire avant de s'étaler sur ma poitrine. Je le dégageai d'une main comme on chasse une mouche. Puis je regardai autour de moi. Je me dis que j'allais peut-être voir mon père. Il pouvait avoir suivi le même chemin que moi et être étendu à proximité. Mais il n'y avait personne en vue. Je devais me relever au plus vite et le trouver. Car si je voulais tuer mon père qui avait tenu ma mère enchaînée tout au long de sa grossesse, je devais le faire tout de suite. Il y a des nuits comme ça… semblables aux copeaux… Des nuits de péché dont on sort innocent… C'était une de ces nuits-là, je pouvais impunément tuer mon père ! Tandis qu'il répandait son sang au pied d'un arbre, je pouvais brandir une lourde pierre et laisser la pesanteur se charger du reste. Je songeai qu'il avait séquestré une femme qui voulait le quitter et j'étais sûr de vouloir lui écraser la tête pour en finir. C'était une façon comme une autre de lui offrir une pierre tombale. Si on me demandait : « Comment est-il mort ? », je pourrais dire qu'une pierre tombale lui était tombée sur la tête. Mais je devais avant tout reprendre mes esprits…

Je levai simultanément mes deux bras et les tendis latéralement. Mes deux mains dépassèrent du bloc de rocher sous lequel je me trouvais et recueillirent un peu d'eau dont je me servis pour ôter le sang mêlé de boue qui maculait mes joues. Je ne sais pas jusqu'à quel point j'y parvins, mais en tout cas je me sentis mieux. J'étais prêt. Je pouvais sortir de dessous ce rocher et me mettre debout. Juste au moment où je penchais la tête en avant, quelque chose de lourd tomba à mes pieds. Quelque chose qui ressemblait à un homme ! Je restai pétrifié. Avant que j'aie repris mon souffle, un autre homme tomba ! Au même endroit, juste devant moi. Sur le premier. Je parvins seulement à ramener mes pieds sous le rocher et je restai là sans bouger. Au bout de quelques secondes, un autre homme tomba.

Je sursautai, car il n'était pas tombé là où je l'attendais, mais à ma gauche. Je levai instinctivement la tête et me cognai au rocher. Tandis que je regardais, terrifié, la main de cet homme qui se tendait vers moi jusqu'à me toucher, un autre corps s'abattit. À droite, cette fois. Puis un autre. Et encore un autre. Il pleuvait des hommes ! Je n'y comprenais rien. Je voulais sortir tout de suite de là et me mettre à courir, mais je n'osais pas. J'avais peur de rester coincé sous le suivant. Je n'avais pas la moindre idée de l'endroit d'où ils tombaient. Mais ce devait être de très haut, car ils se plantaient dans la boue comme des météorites. Comme si quelqu'un, dans le ciel, tirait avec un pistolet géant en essayant de m'atteindre ! Les hommes projectiles se plantaient à ma droite et à ma gauche. Le bruit qu'ils faisaient en heurtant le sol me donnait un coup au cœur. J'avais l'impression que mes os se brisaient et que mes oreilles s'emplissaient de sang. Je ne criais pas, ne bougeais pas, n'essayais pas de me lever. Ils étaient morts et ils tombaient sur moi. Parfois on entendait un bruit sourd, mais je ne voyais rien passer. Ils devaient s'abattre sur le toit au-dessus de ma tête. Les autres tombaient à droite, à gauche ou devant moi… Je m'écartais dans la direction opposée mais, coincé sous mon rocher, je ne pouvais guère bouger. Je ramenais mes genoux sur ma poitrine, serrais mes bras contre moi et me faisais tout petit. Je voyais des mains, des pieds et des visages. Certains m'effleuraient, d'autres gisaient comme des nourrissons emmaillotés à moins d'un mètre de moi. Le bas de leurs jambes se pliait sur le côté, leurs bras disparaissaient sous leur dos. Ils s'entassaient les uns sur les autres comme des pantins désarticulés. Je savais qui ils étaient. C'étaient les Afghans que nous transportions dans la caisse. On aurait dit qu'ils se jetaient l'un après l'autre dans le vide du haut du toit d'un immeuble. Je n'y comprenais rien ! D'où tombaient-ils et pourquoi ? Pourquoi pleuvaient-ils sur moi comme des oiseaux abattus en plein vol ? Sous mes yeux stupéfaits ils continuaient à tomber et s'amoncelaient les uns sur les autres, de plus en plus haut, bras et jambes emmêlés, en un amas fangeux. Ils tombaient du ciel, mêlés à la pluie, et cette chair humaine, se confondant avec la boue, dressa bientôt un mur autour de moi, m'emprisonnant sous mon rocher. J'étais coincé au fond d'un charnier, sous ces ruines humaines, dans une cellule aux parois de chair et de pierre…

J'avais 15 ans. J'étais enterré vivant. Le vœu de ma mère s'était accompli.

Je tremblais de tous mes membres. Je sentais de fines pilosités effleurer mes oreilles. Je ne sais si c'étaient des cheveux ou des cils. Il faisait noir. On n'y voyait rien. Mais tous ces gens étaient là, autour de moi. Je ne bronchais pas, de peur de les toucher. Eux, ils ne se gênaient pas. J'étais coincé entre deux murs de chair. Mes deux mains, collées sur mes genoux joints, étaient toutes suantes. J'entrepris d'allonger les jambes, centimètre après centimètre. Dépliant un peu les genoux, j'entrai en contact avec ces corps. Mes jambes étaient bloquées. Sans lâcher mes genoux, je fis la seule chose que je pouvais faire. Je poussai un cri. Je hurlai : « Papa ! » Je hurlai : « Rastin ! » Mais ma voix restait confinée. Elle ne pouvait que tourner en rond dans la grotte, m'entrant par une oreille et ressortant par l'autre. J'allais devenir sourd ou me casser la voix. Mes cordes vocales déclarèrent forfait. Je n'avais pas mon téléphone. Je ne sais pas, d'ailleurs, si les ondes auraient pu franchir ce mur de chair. Tout ce que j'avais sur moi, c'était une grenouille en papier, deux paquets de cigarettes et deux briquets. C'étaient surtout ces derniers qui pouvaient m'être utiles. Mais je n'osais pas les allumer, de peur de voir les cadavres. Il fallait pourtant faire quelque chose. Je ne pouvais pas éviter le contact de ces corps emmêlés, mais je pouvais toujours les repousser avec mes pieds. Je me dis que je serais sauvé si je pouvais me frayer un passage. Sans détacher les mains de mes genoux, j'entrepris de donner des coups avec mes deux pieds à la fois. Frappant au hasard, je pliais et dépliais les jambes en tâchant de repousser ce sur quoi butaient mes pieds. Mais en vain. Le mur sur lequel je tapais à coups redoublés était mou, mais inébranlable. Je me dis que j'aurais peut-être plus de succès en me penchant un peu et en me servant de mes mains. Mais mes épaules étaient soumises à une énorme pression et j'étais certain que si je me penchais, je perdrais le peu de place dont je disposais. Les kilos de chair qui m'entouraient empliraient aussitôt l'espace libéré par mon corps. Je décidai cependant d'utiliser mes mains. J'inspirai profondément et détachai mes paumes de mes genoux. En m'efforçant de garder les épaules immobiles, j'appuyai à droite et à gauche. Ma main droite palpa du tissu. Ma main gauche, elle, se retira précipitamment, car mes doigts s'étaient posés sur un front et mon pouce était entré dans une orbite. Je cherchais là aussi du tissu, mais où que ma main se posât, elle se heurtait à un nez ou à une bouche. Le pire, c'était la bouche, car mes doigts, passant entre les lèvres, rencontraient des dents et des gencives. En désespoir de cause, je remontai jusqu'au front et poussai de toutes mes forces, mais rien ne se produisit. La tête ne bougeait absolument pas. Je tentai ma chance à droite. Sous le tissu, je sentais distinctement des côtes. Je poussai tant que je pus, mais le mur de droite était aussi inébranlable que celui de gauche. Pourtant, je ne renonçai pas. Après plusieurs tentatives, ma peur fit place à la panique et je me mis à pousser au hasard. Ma main droite entra de nouveau dans cette bouche et en ressortit. En même temps, en me tortillant comme un ver, je continuai à pousser devant moi avec mes pieds, en trépignant à en perdre haleine. En pure perte ! Je me mis à sangloter. Je n'avais pas beaucoup pleuré au cours de ma vie, et là, pour la deuxième fois en une semaine, je hoquetais dans les larmes. Mais cette fois-ci la situation était beaucoup plus grave. Mes sanglots aussi étaient plus violents. La bouche béante, je hurlais comme une bête, d'une voix brisée. Heureusement il n'y avait pas de témoin et les gens qui m'entouraient ne voyaient pas combien j'étais hideux. J'avais mal aux yeux à force de pleurer. J'étais comme un bébé coincé dans le ventre de sa mère, qui pleure non pour prendre son premier souffle, mais pour rendre son dernier soupir…

Au bout de quelques minutes, mes pleurs s'arrêtèrent comme un train qui ralentit peu à peu. Mes larmes, de plus en plus rares, finirent par se tarir. J'étais comme mort. Cadavre assis, immobile, mains sur les genoux. J'étais semblable aux gens qui m'entouraient, sauf que je respirais encore. C'était, sans aucun doute, une erreur de calcul. Or j'étais le seul en ces lieux à pouvoir faire une erreur, car tous les autres avaient cessé de vivre. Tout était donc de ma faute. Tout… Et c'était à moi de réparer mon erreur… J'étais certain que personne ne me trouverait. La route que nous avions prise n'était plus fréquentée depuis plusieurs années. Et le capitaine qui nous attendait dans la crique rocheuse se fichait complètement de nous. Tout comme nous et ces Afghans, c'était un hors-la-loi. Notre existence elle-même était illégale. Je me disais qu'on ne nous rechercherait pas, que personne ne voudrait prendre ce risque. Puis je songeai à Yadigâr, notre complice occupant un poste officiel ! Je me dis qu'il pouvait être au courant, qu'il savait peut-être par où nous passions et où nous allions livrer la marchandise… Mais il s'en fichait lui aussi. Et il était fort improbable qu'il nous découvrît par hasard en patrouillant loin de son itinéraire habituel. Il n'avait aucune raison de se mettre en danger. Donc, personne ne viendrait nous secourir. Moi seul pouvais corriger l'erreur. J'avais l'impression que mille poignards s'étaient plantés en même temps dans mon corps. J'éprouvais une sorte de haine. Pour la première fois de ma vie, l'idée du suicide s'éveilla en moi, comme une espèce de sixième sens !

Puisque tout le monde était mort autour de moi, j'allais mourir moi aussi. Je pouvais utiliser mes briquets pour me détruire par le feu. J'allais nous faire tous brûler, en enflammant ceux qui m'entouraient. J'étais assez aveuglé pour croire que j'y parviendrais. Je tirai le paquet de cigarettes qui se trouvait dans ma poche, mais j'étais trop lâche pour passer à l'acte. Je n'avais pas peur de mourir, j'avais peur de brûler. En fait j'étais tout trempé et cette petite flamme ne risquait pas de déclencher le moindre incendie. Je restais là, le briquet à la main… Il me parut plus logique d'allumer une cigarette que de mettre le feu à mon corps. Cessant un instant de penser au spectacle terrifiant que la lumière allait révéler, j'allumai le briquet. Mais je fus incapable de porter la flamme à la cigarette que j'avais aux lèvres, car je voyais soudain l'enfer ! Et l'unique feu de cet enfer était dans ma main. J'étais le diable, contemplant sa maison. Incapable d'en voir davantage, j'éteignis mon briquet en vomissant dessus. Je fis de mon mieux pour me débarrasser de ces déchets infernaux et, alors que j'essayais d'essuyer mes mains à mon pantalon, je distinguai douze points phosphorescents que je n'avais pas encore remarqués. La grande aiguille, la petite et celle des secondes brillaient à mon poignet. La montre du sous-préfet indiquait trois heures et quart. Comme sur la photo parue dans *De Kandalı au monde,* sauf que maintenant c'était la nuit, la nuit la plus noire. Nul ne brûlait dans mon enfer, il n'y avait pas la moindre flammèche. En fait, ce qui éclaire le monde, ce n'est pas le soleil, c'est le feu de l'enfer. Et aussi, peut-être, le sulfate de morphine.

J'avais détaché la montre de mon poignet et je la tenais à deux mains. Je restais là sans bouger, les coudes posés sur les genoux. Depuis exactement deux heures, je suivais le mouvement de l'aiguille des secondes. Sans m'en douter, je pratiquais l'autohypnose. Je m'efforçais d'oublier, grâce au phosphore de la petite aiguille, l'horreur que j'avais vue à la lumière du briquet. À cinq heures et demie, quelque chose se produisit.

« Encore… Encore… Encore… Encore… »

Qui parlait ? À qui appartenait cette voix ? D'où venait-elle ?

« Encore… Encore… Encore… »

Est-ce que je rêvais ? Non, j'entendais bel et bien cette voix. Elle venait de loin, elle était très assourdie, mais je pouvais l'entendre. Je hurlai :

« Je suis ici ! Ici ! Je suis ici ! Est-ce que tu m'entends ? »

Puis j'attendis en silence.

« Encore ! »

Mais nul ne me répondait. Je me demandai pourquoi il répétait toujours la même chose, mais la réponse jaillit dans mon esprit. C'était parce qu'il ne savait que ce mot de turc ! C'était un des Afghans de la caisse ! Mais où était-il ? J'aurais bien voulu poser la question, mais je ne savais pas le pachto. Au fil des années, des centaines de gens parlant pachto étaient passés par le dépôt, mais je ne m'étais jamais intéressé à ce qu'ils disaient. Il ne me vint pas un seul mot à l'esprit. Mes oreilles avaient entendu des milliers de mots de pachto, mais n'en avaient retenu aucun. Dans ce dépôt, mon ouïe, par ailleurs toujours en éveil comme un chasseur de papillons, était restée passive. J'étais persuadé que le pachto ne me serait d'aucune utilité dans la vie réelle ! Mais la vie réelle, c'est justement ce qui échappe à nos sens ! J'apprenais…

Et j'entendais : « Encore… Encore… »

Je ne comprenais pas d'où venait cette voix. Elle semblait se briser en mille morceaux et m'arriver de tous les côtés à la fois. Elle parvenait jusqu'à moi en s'insinuant dans les milliers d'interstices qui subsistaient entre les cadavres. Elle me parvenait toujours avec la même intensité, ou plutôt toujours aussi faiblement et de façon intermittente. On aurait dit qu'il y avait là un cadavre ventriloque. Quoi qu'il en soit, nous n'arrivions pas à nous rapprocher l'un de l'autre.

Je hurlais : « Je suis ici ! Je suis ici ! » et je prêtais l'oreille.

Il disait : « Encore ! » et les choses en restaient là.

À force d'être répétés, ces mots finirent par former une seule phrase « Je suis ici encore ! »

Ma montre indiqua six heures du matin. Mais je ne décelais pas le moindre mouvement parmi les cadavres qui m'entouraient. Je voulais croire que quelqu'un avait survécu à l'accident et se demandait comment il allait me sortir de ce charnier. Il me fallut beaucoup de temps pour me rendre à l'évidence : celui qui appelait était coincé comme moi. Il s'obstinait lui aussi, espérant que j'allais le tirer du piège où il était tombé. Pendant quarante-cinq minutes, nous attendîmes tous deux en vain. Il était plus embarrassé que moi, ne disposant que d'un seul mot de turc.

Ce que j'avais vomi en voyant les parois de l'enfer avait séché depuis longtemps et je m'étais juré de ne plus allumer mon briquet. Mais je me rendais compte qu'en un tel lieu et dans un tel moment je risquais de rompre mon serment d'une minute à l'autre. Plié en deux sous cette pierre, j'étais littéralement dépourvu de colonne vertébrale et incapable d'être fidèle à mes serments ou à qui que ce fût. Ma seule consolation était de me dire que mon père était mort. « Au moins celui-là est crevé », me disais-je. Mais soudain il me venait à l'esprit qu'il n'était peut-être pas mort, qu'il n'était que blessé. Cela me rendait fou, je hurlais : « Si, si ! Ahad est crevé ! » Et la voix disait : « Encore ! » Je répondais : « Essaie de comprendre ! Je suis coincé comme toi ! Ça ne sert à rien de hurler ! » Mais il répétait toujours : « Encore ! » Quel était cet homme ? Avait-il appris ce mot magique lorsqu'on l'avait informé qu'il devait traverser la Turquie, dans le but de pouvoir demander plus d'eau, plus de nourriture, plus d'air, encore plus d'eau et de je-ne-sais-quoi ? Qui était-il ? Je l'aurais su, s'il avait fait partie d'un autre convoi. Mais cette fois-ci le dénommé Rastin s'était interposé. Au lieu de me regarder avec l'expression d'un enfant mourant de faim en disant : « Encore ! », ces gens-là pouvaient supplier Rastin dans leur propre langue.

La voix était si caverneuse que je n'aurais su dire si elle appartenait à un homme ou à une femme. Ce pouvait aussi bien être l'enfant avec qui j'avais chanté la *Marche de l'Indépendance.* « Peu importe, me dis-je. De toute façon, il ne pourra pas me tirer d'affaire ! » Mais il ne l'entendait pas ainsi et continuait de crier « Encore ! » Pour me changer les idées, je me remis à observer l'aiguille des secondes. Chaque fois qu'elle progressait d'un cran, je me disais que le soleil allait bientôt se lever, qu'il passerait un camion, que quelqu'un verrait le tas de cadavres et viendrait à mon secours. Je pensais cela soixante fois par minute et trois mille six cents fois par heure. Je regardais cette aiguille comme on égrène un chapelet…

Il était sept heures. Le soleil s'était certainement levé, mais personne ne venait. Et j'étais toujours dans le noir. Les cadavres ne laissaient pas passer la lumière. Ils étaient si étroitement entremêlés que rien ne pouvait s'insinuer entre eux. Rien, à part l'eau et l'oxygène. Si j'avais trop soif, je pourrais toujours recueillir dans le creux de ma main et boire l'eau qui dégoulinait sur moi. Mais cette eau qui courait sur des cadavres et s'égouttait du toit rocheux sur mes jambes me faisait horreur. Qui pouvait dire par où elle était passée et de quel sang, de quelle salive elle était mêlée ? J'étais tellement dégoûté que je déplaçais sans cesse mes mains pour éviter son contact. L'oxygène, c'était autre chose. Je ne pouvais pas lui échapper. Il entrait en moi, même si je serrais les lèvres. Franchissant tous les obstacles pour me maintenir en vie dans cet enfer, il s'insinuait dans mes fosses nasales. Lorsque, persuadé que personne ne viendrait, je repensais au suicide, il me faisait crever en me rendant la vie. Je haïssais l'oxygène, ce fils de pute qui me traquait jusque dans ce trou. C'était une vraie malédiction ! Je ne pouvais pas lui échapper. Le petit pharaon du dépôt, en fin de compte, était maudit. Mais il me restait une pyramide de chair humaine dressée au-dessus de moi. Tous ces gens étaient morts pour l'édifier. Je devais mourir le dernier, dûment enfoui dans ma pyramide, maudit par tous ces gens qui me maintenaient en vie malgré moi. Forcé d'inhaler l'oxygène maudit, j'étais un pharaon qui restait vivant dans sa tombe.

À huit heures, je n'y tins plus. Je laissai s'écouler toute l'urine qui s'était accumulée en moi et pesait sur mon bas-ventre. Mon pantalon et l'endroit où j'étais assis s'imprégnèrent d'humidité. Un instant, cette fraîcheur me procura un certain bien-être et je regrettai de m'être retenu si longtemps. Qu'importait l'aspect que j'aurais en sortant de ce piège ! Il est vrai que je n'étais là que depuis cinq heures. C'était trop peu pour renoncer aux comportements civilisés. Encore quelques heures et peut-être… Peut-être qu'au bout de dix ou quinze heures j'allais devenir un animal souterrain et me mettre à manger mes excréments. Mais en cinq heures il ne se passait rien. Au pire on se pissait dessus, on trouvait cela honteux et on finissait par se dire : « Laisse tomber ! Qui le saura ? » En fait, tout était une question d'espoir. Si je restais civilisé, c'était parce que je pensais que j'allais bientôt me retrouver parmi les hommes. Même si je n'y voyais rien, l'envie de me suicider disparaissait à mesure que le soleil s'élevait dans le ciel. Je me remis à rêver qu'on allait me trouver et me sauver en enlevant tous ces cadavres. Dans ce trou, pessimisme et optimisme se succédaient à toute vitesse et bousculaient mes sentiments. Par exemple, à l'instant où je m'étais retrouvé prisonnier, la pensée de la délivrance avait pris le pas sur tout le reste. J'étais dans le noir, mais mon esprit était illuminé. J'étais enfoui au plus profond, mais je voulais vivre. Même s'il me fallait pour cela me déchirer la bouche et ouvrir mes narines comme des cratères. L'oxygène n'était plus une malédiction, mais un héros doué de pouvoirs extraordinaires ! Un super-héros capable de franchir ce mur de chair pour arriver jusqu'à moi. Je voulais rester en vie. Je criais même que je voulais « vivre jusqu'à ce que tout le monde crève ! » Que « si ce monde a un volet, je l'ouvrirai ! ». La voix, qui s'était tue pendant une demi-heure, m'approuvait en disant : « Encore ! » Je disais : « Je vais vivre » et l'écho ajoutait : « Encore ! » Je riais. Tout cela allait finir. Une fois sorti de là, je retournerais à l'école. Tout allait changer ! Ahad serait mort. J'allais commencer une autre vie. Je n'avais que 15 ans. Il n'était pas trop tard. En quelque sorte, j'étais venu au monde après avoir passé quinze ans dans le ventre de ma mère et j'étais un autre Gazâ. Je ne referais aucune de mes erreurs. Tout ce que j'avais fait jusque-là n'était qu'un temps de probation, une sorte de test, de mise à l'épreuve qui, en me montrant les pièges dans lesquels je risquais de tomber et les erreurs que je pouvais faire, me mettait à même de prendre mes dispositions quand commencerait la véritable vie. Ma tête explosait comme un volcan et des torrents d'optimisme incandescent se déversaient de toutes parts. C'était très chaud, mais je ne brûlais pas. Je me réchauffais à cet optimisme. Mon crâne éclaté s'épanouissait comme une fleur parmi ma chevelure. On aurait dit la couronne d'un roi, une couronne d'or plantée au-dessus de mes oreilles et de mon front. Avec, en son milieu, un cerveau de velours ! Nul ne le savait, mais j'étais le roi du monde. Je n'avais qu'à attendre tranquillement de chuchoter que j'étais roi à l'oreille de mes sauveteurs. J'avais hâte de naître. De renaître. On avait enterré un bouffon, on allait déterrer un roi. Il suffisait de patienter. Et, bien entendu, de rester en vie ! Pour cela, je devais boire de l'eau. Faute de mieux, celle qui dégouttait sur moi. Je n'avais qu'à tendre la main. C'est ce que je fis. La seconde goutte tomba treize secondes après la première. En fixant ma montre, accrochée à mon autre poignet, je vis qu'il m'avait fallu deux minutes et vingt-neuf secondes pour remplir le creux de ma main. Portant cette eau à mes lèvres, j'en versai la moitié sur mon menton et la moitié dans ma bouche. Mais à l'instant où je l'avalais, les morceaux de mon crâne se rassemblèrent, ma tête se referma et ma couronne tomba. Le visage du petit homme que j'avais enterré dans le jardin m'était revenu en mémoire. Après l'avoir battu et jeté dans un coin, on ne lui avait pas donné à boire. Il avait, à grand-peine, tendu la main vers le mur. Trouvant là un filet d'eau créé par l'humidité, il avait humecté ses doigts, puis ses lèvres. Nous nous ressemblions tellement, en cet instant, que j'avais tout de suite pensé à lui. Mais, non content de voir son visage, je songeais à l'expression qu'il avait une fois mort. Tous les visages morts qui m'entouraient m'assaillirent en même temps et m'arrachèrent l'insigne de ma royauté. La chaleur de l'optimisme m'abandonna aussitôt et fit place au froid du mois de mars. Je tremblais. Je tenais mon menton pour empêcher mes mâchoires de s'entrechoquer. Mais ma main tremblait elle aussi. De peur autant que de froid. Car je savais que si on ne venait pas rapidement me tirer de ce trou, j'allais voir se décomposer tous ces visages. À part le morceau de rocher auquel j'étais adossé et qui m'abritait, tout ce qui m'entourait allait pourrir tôt ou tard. Tout mon univers allait se putréfier. Qui sait combien de régiments de bestioles qui attendaient sur les versants du Kandağ s'étaient déjà mis en route pour venir déguster un morceau de cet énorme gâteau ?

Peut-être attendaient-elles dans le sol. Juste au-dessous de moi ! Elles allaient sortir entre mes jambes et dévorer toute la charogne qui se présenterait devant elles. Qu'allais-je faire ? Les manger pour survivre ? J'ignorais tout de la façon dont on pourrit une fois mort. Ce n'était pas de mon ressort. Ma spécialité à moi, c'était un autre type de pourrissement. La pourriture que j'identifiais au premier coup d'œil se trouvait au-dessus du sol. Je connaissais bien la décomposition qui s'infiltre dans le cœur ou le cerveau de l'homme quand il respire encore. J'avais bien appris les leçons que la vie m'avait assénées. Je ne savais rien d'autre. Lors de ma dernière leçon, j'avais appris à enterrer un mort. Tout ce que je savais, c'était enterrer et continuer à vivre. J'ignorais la suite. Elle était pour moi un mystère. Mais n'était-ce pas notre lot à tous ? Qui se souciait de savoir ce que devenaient sa mère, son père, sa bien-aimée, son frère, une fois enterrés ? Qui se souciait de savoir ce qu'il advenait de ces corps qu'ils avaient aimés ou même adorés ? Comme tous les gens ordinaires, je ne connaissais que la partie qui précède l'inhumation. C'est vrai, on disait parfois : « Ensuite, ils sont dévorés par les vers. » En fait, on devrait incinérer tous les cadavres. C'est ça qu'on devrait faire ! Ainsi du moins on saurait ce qui arrive après la mort. On dirait : « L'homme devient cendres et se disperse » et personne ne dirait le contraire. Mais ce qui se passe sous le sol est au moins aussi compliqué que ce qui se passe dessus. C'est un tout aussi grand mystère. Je haïssais la nature où tout se nourrit de tout ! Je haïssais ce cercle dans lequel tout survit en dévorant tout. N'aurait-il pas pu en être autrement ? N'y avait-il pas d'autre choix ? Était-ce là cette bienveillante nature dont on nous rebat les oreilles ? Quel qu'il fût, le créateur devait être un fameux sadique, pour pouvoir dire : « Dans l'univers que je vais créer, les êtres s'entre-tueront à seule fin de survivre ! » Les animaux qui s'entre-dévorent, les hommes qui bouffent n'importe quoi, les bestioles qui se repaissent de cadavres, les autres bestioles qui mangent les premières… Je hurlais : « Qu'ils aillent tous se faire foutre ! Celui qui a conçu une telle nature et ceux qui s'émerveillent que l'on mange la chair et boive le sang, et remercient pour ce bienfait ! » J'étais si excité que si j'avais eu sous la main du papier et un crayon, j'aurais rédigé séance tenante une pétition. Si l'on avait écrit tant de livres dans tant de langues, c'était certainement la technique de communication qu'il fallait utiliser. J'écrirais une lettre de protestation et je la jetterais au ciel, à Allah, ou à Dieu, ou à qui de droit ! Et puisque le Coran commençait par « Lis ! », j'écrirais en tête de ma missive « Lis donc toi-même ceci. » Oui, je le ferais, si je sortais de ce trou. En réponse, j'entendais toujours cette voix « Encore ! », mais cela sonnait comme « Et après ? » et je répondais en pleurant : « Après, il n'y a rien ! C'est tout, putain, et va te faire foutre ! » Et je regardais ma montre.

Tout mon être s'était assoupi. Mes jambes, mes bras, tous mes muscles et même ma langue et mes lèvres. La montre indiquait à nouveau trois heures et quart et cela faisait exactement douze heures que j'étais là. J'étais sûr que la chose qui pesait sur mon épaule gauche était une tête. Quelques heures plus tôt, en m'efforçant de repousser un corps, j'avais posé la main sur des côtes. Peut-être que ceci était en fait un thorax. Je ne savais pas. Sur mon épaule droite, il y avait probablement une mâchoire aux dents serrées. Ou du moins je l'imaginais. Tout de suite après, il y avait le visage dans la bouche duquel j'avais, dans le noir, glissé mes doigts. J'ignorais totalement où se trouvait le reste du visage, car je n'arrivais pas à me rappeler le tableau que j'avais entrevu à la lumière de mon briquet. En fait, si je n'avais pas eu ma montre, je ne me serais pas souvenu de grand-chose. Tout se mélangeait. Pour commencer, il me semblait qu'il y avait des années que l'accident s'était produit. En même temps, j'avais l'impression que l'instant où j'avais bu l'eau de pluie était tout récent. J'avais très peur d'être en train de devenir fou. Il ne suffisait pas que je sois sauvé, il fallait aussi que j'échappe à la démence. J'avais tellement peur de rester fou toute ma vie que je priais de me protéger de la folie toutes les forces divines dont je connaissais le nom et que j'avais blasphémées quelques heures plus tôt. Je ne souhaitais qu'une chose : mourir avant d'avoir perdu la raison. J'avais beau ne pas quitter des yeux l'aiguille des secondes et compter les minutes à haute voix et même en hurlant, je ne parvenais pas à me rappeler dans quel ordre s'étaient déroulés les événements. Au bout d'un moment, je me mis à tout mélanger. Je confondais cinq heures et dix-sept heures et j'avais beau regarder la montre, j'étais pris de panique en me rendant soudain compte que je ne savais plus combien de temps s'était écoulé. Je retenais ma respiration, fermais les yeux et tentais de me rappeler une montre dont le cadran indiquait trois heures et quart. Pour moi, tout avait commencé à trois heures et quart. C'était le début d'une ère nouvelle et si je l'oubliais, tout allait s'envoler, s'éparpiller, je ne pourrais plus calculer le temps passé dans ce trou et je deviendrais fou. Car là où j'étais, le temps n'existait pas. Ou s'il existait, il échappait à mon entendement. Je n'avais pas fréquenté les écoles où l'on apprend à comprendre cela et à déterminer, au vu d'un cadavre, depuis combien de temps il est mort. Je n'avais que l'heure de départ. Elle représentait mon passé et tout ce que je possédais. Si je l'oubliais, je serais perdu. Je ne serais plus qu'un grain de sable voletant d'un vide à un autre. Or si j'étais un grain de sable, ce ne pouvait être que dans un sablier. Je m'efforçais donc de graver dans mon esprit ce cadran indiquant trois heures et quart en retenant ma respiration jusqu'à ce qu'il apparaisse avec netteté devant mes yeux clos. Mon cœur battait fort, j'avais un mal fou, mais je ne respirais pas tant que je ne voyais pas apparaître le cadran. Tout en m'apaisant, cela me permettait de me rappeler l'heure fatidique. Cela m'apaisait, parce que je pensais qu'en retenant mon souffle je rompais tout contact avec le monde et faisais cesser tout échange avec lui. Mon corps était toujours là, j'y étais installé, mais en un certain sens je m'évaporais, je disparaissais et me sentais immunisé contre tout. C'était une façon de guérir mes excès de panique. Cela dit, je devais trouver le moyen de noter l'instant où le cadran indiquait trois heures et quart. Je devais, toutes les douze heures, inscrire un signe, creuser une encoche. Bien entendu ces réflexions augmentaient mon désarroi, car tous ces préparatifs impliquaient que j'admettais que je ne serais pas délivré ce jour-là. Je retenais de nouveau ma respiration et attendais que cesse ma panique. Le pire, c'était que pour inscrire un signe, il me fallait rallumer mon briquet. Mais au fait, où et comment allais-je inscrire tous ces signes ? Si je les gravais dans la boue, ils risquaient de s'effacer. Je regardai autour de moi dans le vague espoir de trouver la solution. On n'y voyait rien, cependant quand je levai la tête, une solution m'apparut. Je pouvais écrire sur le rocher avec la suie de mon briquet. Seulement je serais bientôt à court d'essence. Il me fallait faire un choix : soit je serais prématurément privé de briquet, soit je finirais par perdre toute notion du temps et deviendrais fou. Il n'y avait pas de dilemme. De toute façon la peur me dissuadait d'allumer mon briquet et je disposais d'un second briquet, qui se trouvait dans le paquet de cigarettes que m'avait donné mon père. C'était décidé. J'inscrirais la date et l'heure sur le rocher au-dessus de moi. Je me mis alors à réfléchir à la façon dont j'allais éviter de voir ce que révélerait la flamme. Était-il possible de faire semblant de ne pas voir l'enfer ? Y avait-il un moyen ? Oui, bien sûr ! Il fallait penser à tous les maîtres de l'autopsie que le monde a connus ! Au moment où j'avais peur de voir tous ces cadavres entassés, qui sait combien de personnes étaient en train de disséquer des corps d'une main qui ne tremblait jamais et de considérer ce spectacle sanglant d'un œil impavide ? S'ils le pouvaient, je le pouvais aussi. Ou en tout cas, quand j'allumerais mon briquet, je pourrais accomplir ma tâche sans m'occuper de ces cadavres. Je n'avais qu'à lever la tête et regarder seulement le rocher. Finalement, tout le monde était fait de chair. Je ne faisais pas exception. Des bouchers venus d'une autre planète auraient pu nous vendre au kilo. Comme un parachutiste faisant son premier saut, je me jetai dans le vide. Je levai la tête et allumai le briquet. Bien sûr, je sentais la présence de tous ces cadavres, mes yeux savaient qu'ils étaient là, mais je fixais obstinément le rocher. J'avais beau maintenir le briquet à la même place dans l'espoir de voir apparaître une trace de suie, je ne percevais aucun changement de couleur. La pierre était humide et je perdais ma peine. Ma main chauffait, et j'étais sur le point d'éteindre le briquet lorsque, malgré moi, je baissai la tête et vis une paire de seins. Des seins de femme… Je relâchai la pression de mon pouce sur le levier du briquet. J'étais de nouveau dans le noir, mais les seins étaient toujours devant mes yeux. Le cou et la tête de la femme, coincés entre les jambes d'un cadavre, n'étaient pas visibles. Le bas de son corps, posé sur les jambes d'un autre corps, se perdait dans le noir. La femme se dressait, telle une figure de proue. Son dos était tendu comme un arc, ses seins et ses côtes projetés en avant. On entrevoyait, au-dessous de la taille, le milieu du ventre un peu saillant. Le reste de son corps était dissimulé. Son corsage avait perdu ses boutons et s'ouvrait largement, laissant apparaître les seins qui débordaient d'un soutien-gorge blanc. Je ne l'avais vu que pendant une seconde, mais j'étais très excité et avais envie de rallumer le briquet, de jouir du spectacle et même d'essayer de toucher ces seins. Mais ils étaient hors de portée. Pour les atteindre, il m'aurait fallu me pencher en avant et cela aurait eu pour effet de faire choir le tas de chair qui m'entourait et d'emplir l'espace qui séparait mon dos du rocher. À la rigueur, je pouvais peut-être, en ôtant mes souliers, les toucher avec mes orteils. Ou m'avancer brusquement sans laisser le temps de s'écrouler à ce qui reposait sur mes épaules. Qu'avais-je à perdre, après tout ? Tout au plus un espace de trente centimètres. D'ailleurs, j'étais persuadé que le corps qui se trouvait à ma gauche ne bougerait pas. Il était coincé, comme désossé, entre le rocher et les autres corps. J'étais sûr, en revanche, que la tête du cadavre qui se trouvait à ma gauche allait s'affaisser. Je dirigeai mon regard dans la bonne direction et, soudain insouciant, j'allumai la lampe et braquai mes yeux sur les seins. Juste à leur gauche, il y avait un visage. Je parvins à ne pas le regarder. Je me penchai en avant et tirai sur le ruban qui reliait les deux bonnets du soutien-gorge. Libérés, les deux globes jaillirent. Glissant entre eux, le soutien-gorge vint se loger à l'endroit où se perdait le cou de la femme. Derrière moi, ce fut un véritable séisme. Le corps qui se trouvait à ma gauche tomba d'un seul bloc et emplit l'espace qui me séparait du rocher. Mes genoux se retrouvèrent si près de moi que je pouvais y poser mes coudes. J'avais perdu non pas trente mais au moins cinquante centimètres. Il m'était désormais impossible d'allonger les jambes. J'imaginai que je pourrais m'asseoir sur le cadavre tombé derrière moi et gagner ainsi un peu de place pour mes jambes. Mais le rocher qui se trouvait au-dessus de moi m'en empêchait. Il était trop bas. Qu'avais-je gagné ? J'allais tout de suite le savoir. Je posai mon briquet et entrepris de dégrafer mon pantalon. Mais mes mains tremblaient d'impatience et la fermeture résistait. Finalement, posant les pieds sur le cadavre de devant et arc-boutant mon dos sur celui de derrière, je parvins à ouvrir la fermeture éclair et à faire glisser mon pantalon. Ensuite, dans le noir, je posai une main là où se trouvaient les seins, l'autre dans mon caleçon et commençai à me caresser. Tout était très froid. Plus froid que mes mains. Et rien ne se produisait. Le sang n'affluait pas là où il aurait dû et, en touchant les seins qui, tout à l'heure, m'avaient excité, je n'arrivais pas à me convaincre qu'ils étaient charnels. Tout semblait irréel : ma présence en ce lieu, le fait que je caressais un cadavre et ce que je me faisais à moi-même. Les yeux pleins de larmes, je n'arrivais à rien. C'était fini, tout mon désir avait irrémédiablement disparu dans un trou noir. J'étais là, assis sur le sol glacé, en train de pétrir une boue qui ne durcirait jamais. Sans rien ressentir, je caressais des seins morts. Mais j'étais bien résolu à ne pas sombrer dans la prostration. Il y avait eu assez de morts, moi, j'étais encore vivant ! À grand-peine je repliai mes jambes sous moi et, à genoux, m'avançai en me tenant aux seins. Je posai ma tête sur celui que je tenais dans ma main gauche, puis, lentement, j'y promenai mon visage. Mes sourcils, mes yeux, mes pommettes, mon nez et mes joues. Je voulais que toutes les parties de mon visage touchent ce sein froid et dur comme du marbre. Puis je posai un baiser à l'endroit où j'imaginais la veine verte du marbre. Entrouvrant les lèvres, je plaçai le bout de ma langue sur le mamelon. Tout cela avec une telle lenteur que chacun de mes gestes semblait durer des heures. Je me mis alors à téter, à genoux et les yeux clos. Une main sur l'autre sein, l'autre main sur moi. Je me caressais exactement à la même vitesse que je tétais ce mamelon. Mon poing allait et venait comme s'il aiguisait un couteau et ce qu'il tenait se réchauffait, l'emplissait de plus en plus, me forçant à écarter les doigts. Je pensais à la plus belle fille du monde. Et aux autres… J'avais complètement oublié où je me trouvais et qui j'étais. Les yeux clos, j'attendais l'instant. Tout allait finir et une telle jouissance allait envahir mon corps et mon esprit que plus rien n'aurait d'importance. Douleur et plaisir s'équilibreraient, la vie allait se tendre entre eux comme une corde sur laquelle, tel un saltimbanque, je ferais des pirouettes. Je le sentais. Je sentais la dernière goutte déborder du vase et rouler en moi. Je savais qu'un fleuve allait couler soudain dans mon bas-ventre. Retenant mon souffle, je m'apprêtais à me laisser emporter par ce flot, lorsqu'un liquide amer emplit soudain ma bouche. Je crus tout d'abord que c'était du sang ! Qu'est-ce que cela pouvait être d'autre, dans ce charnier ? C'était du sang, bien sûr ! Comment était-il venu au sein de cette femme ? Qui sait combien j'en avais tété, avalé peut-être ? Je me rejetai en arrière, rebondissant sur mes genoux comme un jouet à ressort. Je me cognai la tête au rocher et retombai sur le cadavre qui gisait derrière moi. Je poussai un cri, me redressai, et dès que je fus assis sur mes talons, je m'essuyai la bouche du revers de la main et me mis à cracher. Mais il était trop tard, j'avais déjà avalé quelques gouttes ! Incapable de retrouver le briquet que j'avais laissé par terre, je sortis le paquet de cigarettes de ma poche et en tirai l'autre briquet. J'examinai mes mains, mais il n'y avait rien sur elles qui ressemblât à du sang. Rien qu'un liquide jaunâtre et transparent qui collait à mes doigts. Il était de la même couleur que celui que j'essayais de faire jaillir, mais il ne venait pas de moi. Levant la tête, je regardai le sein de la femme. Oui, c'était bien cela ! Une sorte de grosse larme coulait du mamelon et tombait sur le sol. Sans doute la dernière goutte. Il n'en vint aucune autre, le sein était à sec. Je n'y comprenais rien. D'où cela venait-il ? Qu'est-ce que c'était ? Comment était-ce possible ? Était-ce une maladie ? Une inflammation ? Qu'est-ce qui pouvait bien sortir du sein de cette femme ? Stoppé soudain dans mon élan, je demeurai pétrifié. J'avais compris, j'étais accablé. Le sein que je venais de téter appartenait à la femme enceinte qui projetait, si son bébé était un garçon, de lui donner le nom de Rastin. Elle se disait enceinte de quatre mois. Son corps avait depuis longtemps commencé à se préparer à la venue du bébé, elle ne se doutait pas qu'elle était sur le point de mourir. Ce que j'avais tété s'était accumulé dans son sein à l'intention d'un être qui ne verrait jamais le jour. Pour la première fois de ma vie, je venais de goûter à un lait maternel. Ma mère ne m'avait pas allaité, mais j'avais fini par trouver une nourrice. Je ne savais que penser. Je ne savais pas ce que je devais ressentir. Je n'étais pas même certain d'avoir honte. Le briquet, tel un flambeau, était toujours dans ma main, mais je baissais la tête et ne voyais plus rien. Mon pantalon était rabattu sur mes chevilles et j'étais assis dessus. J'éteignis le briquet et le plaçai entre mes dents, puis, non sans peine, je me redressai un peu, repliai mes jambes et m'adossai au cadavre qui s'était glissé derrière moi. J'allongeai les jambes autant que je pus, remis mon pantalon, tirai la fermeture éclair et refermai le bouton. Je me redressai, repliai mes jambes sous moi et m'assis sur mes talons. Je repris le briquet que je tenais entre les dents, le mis dans ma poche, fermai les yeux et respirai. Puis j'attendis qu'apparaisse le cadran de la montre… En vain. Mon esprit restait enfoui dans le noir. J'avais beau retenir mon souffle, le cadran demeurait invisible. Je m'enfonçai un peu plus dans les profondeurs de l'enfer : j'avais oublié l'heure de mon arrivée. J'étais si ébranlé par ce qui venait de se produire qu'il ne me restait plus que la douleur. Elle avait tout envahi et je n'avais plus où me réfugier. Tout était dans l'heure initiale, et elle était partie, en emportant tout.

Je pouvais désormais devenir fou, et c'est ce que je fis. Je commençai par me donner des gifles ! Puis je tapai sur les cadavres, sur tout ce qui était à ma portée. Sur leurs jambes, leur ventre, leur dos, leur poitrine, sur toutes les parties de leur corps que j'identifiais vaguement. J'étais hors de moi. Je jurais, je jouais du tambour sur toute la peau qui m'entourait. En me soulevant alternativement sur mes talons, je tapais sur mes jambes, mes genoux repliés et mon bas-ventre. Je tapais sur ce morceau de chair dont j'avais cru, dans mon désarroi, qu'il calmerait ma douleur en me donnant du plaisir. Dans ce lieu confiné, je frappais de mes poings sur tout ce qu'il me restait encore du monde. Je n'étais plus sûr de rien, pas même du temps qui passait. Je me mis à hurler : « Tu es peut-être ici depuis plusieurs jours ! Comment le savoir ? » Qui aurait pu me le dire en effet ? J'étais peut-être là depuis une semaine. Cela expliquait tout. Si je n'étais pas là depuis huit jours, je ne me serais jamais avili au point de songer à faire l'amour avec un cadavre ! Oui, mais alors tout devait être pourri. Je tirai si vivement mon briquet que ma poche se déchira. J'ignore ce que j'espérais voir. Valait-il mieux que tous ces cadavres soient décomposés ou que je sois devenu fou au point de vouloir copuler avec une morte ? J'allais tirer cela au clair : soit ils s'étaient décomposés, soit je serais forcé d'admettre que c'était moi qui étais pourri à l'intérieur. Je respirai un bon coup, allumai le briquet et ouvris grand les yeux. Je considérai les regards ternis, les lèvres bleuies, les nez sanglants, les peaux déchirées, les os saillants, tout ce que la vie voulait bien me monter. Mais aucun cadavre n'était décomposé. C'était donc que j'étais pourri. J'étais enseveli depuis plus longtemps qu'eux. J'avais commencé à me putréfier le jour où ma mère avait voulu m'enterrer. Je pourrissais depuis quinze ans ! J'éprouvai alors une telle haine pour ma mère que j'approchai la flamme de mon briquet du bout du sein que je venais de téter et attendis qu'il prît feu. Ma haine grandissant, je couvris les seins de brûlures. N'ayant plus d'heure initiale à inscrire à la suie, j'inhalai toute la fumée.

Au moment où elle ressortait par mes narines après s'être insinuée dans tous les recoins de mon être qui lui étaient accessibles, je vis en face de moi un des hommes du dépôt. Puis je pensai à d'autres, qui avaient transité par la rue de la Poussière… Dans la fumée qui sortait de mon nez, je vis la plus belle fille du monde, puis d'autres filles, toutes celles que j'avais violées sans en avoir l'air. « Voilà, me dis-je, elles se vengent. » Tout était clair. C'étaient elles qui m'avaient piégé en plaçant devant moi ces seins qui avaient rétréci mon cercueil et m'avaient fait oublier ce dont je devais à tout prix me souvenir. Elles tenaient leur revanche. « Tu as vu ? disaient-elles, tu as porté la main sur nous, mais nous avons dominé notre peur et assumé notre mort. Finalement, c'est toi qui es devenu fou ! » Je répondais : « Ce n'est pas assez ! Ma douleur est insuffisante ! Donnez-m'en encore ! Encore ! » Mais mes mots restaient sans réponse. Mon interlocuteur s'était tu, il avait cessé de dire « Encore ! » Peut-être avait-il, par quelque étroit interstice, vu ce que je faisais. Voyant quel monstre j'étais, il ne voulait plus me parler. Il ne voulait plus prononcer le seul mot qu'il savait. Ou peut-être était-il mort. Il s'était noyé dans son propre sang et n'était plus qu'une brique dans l'édifice de chair où j'étais enseveli. Mais ce n'était pas mon problème. Je me fichais qu'il fût mort ou vivant. Je pouvais crier à sa place. En regardant ces visages inertes qui s'animaient au feu de mon briquet, je pouvais, tant que je voulais, répéter « Encore ! » à m'en rompre le gosier. « Encore ! Allez, encore ! Comment, c'est tout ? Allez, encore ! Allez-y, ne lésinons pas ! Encore ! Encore ! Encore ! »

« Gazâ ! Calme-toi et éteins ce briquet. Ferme les yeux et retiens ton souffle. Les nombres que tu cherches sont trois et quinze. Quand tu es tombé, il était trois heures et quart du matin. C'est la dernière fois que je t'aide. Tu n'entendras plus ma voix. Tu ne le mérites pas. Maintenant, respire. Au revoir.

C'est donc ça ? Tu vas me laisser seul ? D'accord. Va-t'en. Fais comme tu voudras ! Ainsi, je ne mérite pas ta voix ! Soit. Laisse-moi là. Fiche le camp ! Je deviendrai peut-être fou, mais je vivrai ! Je ne vais pas crever comme toi ! Je vais vivre encore, Cuma… Cuma ? C'était toi ? C'était toi, qui disais "Encore !" depuis le début ? Cuma… Cuma ! »

Je pensais à Dordor et Harmin, qui ne débarquaient jamais. Ou bien je rêvais. Ou je dormais et suivais les rêves qui, à la queue leu leu, tournaient dans ma tête. Je ne savais pas si j'étais éveillé ou non. Toutes les douze heures, avec mon briquet, je laissais une trace de brûlure sur une jambe anonyme, cela me permettait de mesurer le temps. Toujours avec mon briquet, en brûlant la peau, j'avais inscrit « 03:15 » sur un dos. Je n'avais plus de problème d'heure et de date. De temps en temps, au cas où quelqu'un pourrait m'entendre, je criais à tue-tête pendant un bon quart d'heure. J'avais trouvé un paquet de biscuits non entamé dans la poche d'un clandestin. Toutes les quatre heures, j'en mettais un dans ma bouche et, en un rituel qui durait au moins cinq minutes, je le faisais fondre du bout de ma langue et imaginais être rassasié. Je continuais à boire l'eau de pluie distillée dans la chair humaine. Je faisais tout cela sans trop savoir si je dormais ou étais éveillé, mais ma vie était bien réglée. Le marchand d'esclaves, échoué sur une île déserte, avait fini par s'habituer. Mais lorsqu'il me fallait allumer mon briquet, je voyais une chose à laquelle nul ne s'habituera jamais. Évoquer les maîtres de la dissection m'avait rassuré au début, mais cela ne m'était plus d'aucun secours. Nul médecin légiste ne va s'étendre dans la glace avec les cadavres. Moi, j'étais parmi eux et je pouvais les voir gonfler. Les visages et surtout les ventres se boursouflaient, la peau se tendait et de petites mouches voletaient autour de moi. Un peu déçues que je ne sois pas mort comme les autres, elles finissaient par s'éloigner et disparaissaient dans le noir. Moi aussi, je vivais dans le noir. N'ayant pas où me réfugier, je me cachais dans les ténèbres.

L'odeur étant pestilentielle, je serrais contre mes narines deux morceaux de tissu que j'humectais constamment. Cela ne posait pas de problème. Le problème, c'était que lorsque j'étais endormi, les mouches, habituées à s'introduire dans les bouches ouvertes, venaient inspecter mes amygdales. Je vivais donc avec un châle qui m'entourait le visage et couvrait ma bouche et mon nez. Je ne sais pas si cela arrêtait vraiment l'odeur épouvantable, mais je m'en persuadais. Pour ce qui est du tissu, c'était très facile, il y avait des vêtements partout. Des chaussures, des chemises et même un manteau. Tout était une question de tissu. Si j'avais voulu, j'aurais pu prendre tous ces vêtements, mais trois chandails me suffisaient. J'avais étalé sous moi une veste et un épais gilet de laine. Il était clair que je ne mourrais pas de froid. En revanche, il pouvait être mortel de regarder changer de couleur les corps de ces gens que j'avais dénudés ! Et je gardais le plus souvent les yeux fermés. La vie, de toute façon, pour effacer la faute qu'elle avait commise en nous créant, nous maintenait plongés dans d'épaisses ténèbres…

J'étais là depuis cent sept heures. Mes jambes étaient comme des morceaux de bois. Le sang n'y circulait plus, il y croupissait et devenait épais comme de la boue. Elles s'enfonçaient dans ce marécage et ma chair s'appesantissait. J'avais beau me frotter, me taper, mon sang restait figé. Si le lac le plus laid du monde est un fleuve immobilisé, les jambes les plus mortes de ce trou étaient les miennes. Mon dernier recours était de prendre appui sur le corps prostré derrière moi, de lever les jambes en l'air et d'actionner les pédales d'une bicyclette invisible. Cet exercice portait ses fruits et mes jambes m'étaient rendues pendant quelques instants. Dans ce réduit exigu, tout ce qui m'appartenait était tellement enclin à m'abandonner, qu'il me fallait me battre vaillamment pour en garder l'usage. Mon intelligence, mes jambes, ma vie, tout ce que je possédais attendait la moindre occasion de me planter là ! Je le savais. Ils attendaient que je sois trop faible pour lutter. Comme si nous n'avions pas vécu ensemble, toutes ces années, en partageant tout. Ils guettaient le moment de me trahir et hurlaient : « Nous n'avons pas à t'être fidèles ! » Si même notre intelligence est prête à nous trahir, à quoi peut-on se fier ? À l'intelligence des autres ? Cela, jamais ! Celui qui était derrière moi avait vécu dans le dépôt en se fiant à l'intelligence d'autrui. Tout en l'emmaillotant dans du tissu comme une momie, j'avais vu son visage : c'était le fils du vieux. En faisant confiance à son père, puis à Rastin, il était devenu un véritable chien. J'avais vu avec quel empressement il se soumettait aux autres, changeant de camp et de maître. À quoi cela lui avait-il servi ? Avait-il moins d'ennemis ? Non, assurément. Il est vrai qu'en n'assumant pas ses fautes il ne se sentait jamais responsable de rien. L'étrange sérénité de son visage emmitouflé dans un fin gilet était éloquente. Il avait l'expression des gens qui, durant toute leur vie, n'ont jamais vraiment fait un choix. Ses muscles faciaux n'avaient jamais connu les crispations du libre arbitre. Voilà ce qu'il avait gagné ! En s'en remettant aux autres, il s'était affranchi de tous les dilemmes que nous impose la vie, il s'était libéré. Comme tous les humains, il avait été confronté à la nécessité de faire des choix, mais, quitte à n'être plus qu'une machine, il avait échappé à ce traquenard en osant renoncer à faire usage de sa volonté. Plus de responsabilité ! En se fiant à l'intelligence des autres plutôt qu'à la sienne, il n'avait pas été souillé par la vie. Il avait toujours obéi et nul ne pouvait lui demander des comptes. Surtout pas sa conscience ! Le fait d'obéir et de se soumettre permettait de commettre en toute sérénité tous les péchés, tous les crimes du monde sans être l'auteur de ses propres actions. L'obéissance était un vrai miracle. On pouvait lancer une bombe atomique et afficher ensuite son innocence. Plus de responsabilité, plus de remords. Tout le monde aurait dû obéir, pour rejeter ses fautes sur autrui. Que l'on dirigeât une nation ou une bande de gamins, c'était l'unique moyen de rester sain d'esprit. Même un empereur, à qui personne n'était en position de donner des ordres, devait trouver quelqu'un à qui se soumettre. Dieu était là pour ça, pour que les rois, les empereurs, les dictateurs, les chefs d'État fussent en position d'obéir, de laver leur conscience à la lessive de l'obéissance et de nous endormir en disant : « Tout vient de Dieu ! » Seuls les leaders n'obéissaient qu'à Dieu. Les autres hommes étaient assujettis à la fois aux ordres du leader et aux commandements de Dieu. Le seul problème était de choisir une fois pour toutes à qui obéir. Et, comme aux courses de chevaux, il ne fallait pas se tromper. En cas de crise, le leader ne devait pas incriminer le peuple. Il devait dépenser toute la volonté dont il était le dépositaire et remettre sa propre volonté entre les mains d'un Dieu qui ne demanderait jamais de comptes. Ainsi, la responsabilité de toutes les fautes commises dans son pays se dissolvait dans l'espace. L'obéissance inconditionnelle permettait d'échapper aux tourments du remords en se réfugiant dans l'innocence collective. J'avais moi-même obéi à mon père, j'avais fait confiance à son jugement et renoncé à faire usage du mien. Mais à la longue cette saleté qui a pour nom « libre arbitre » m'avait conduit à prendre certaines décisions. À quoi cela m'avait-il servi ? Avais-je commis moins de fautes ? Certainement pas ! J'avais fini par me sentir responsable de ma propre respiration. En prenant la barre, j'étais descendu plus bas que le reste de l'humanité, j'avais été étouffé par toutes les intelligences auxquelles je ne me fiais pas. C'est le libre arbitre qui m'avait emprisonné dans ce cachot de chair. J'étais sûr que sous le gilet qui cachait son visage, le fils du vieux se moquait de moi. Peut-être aussi avait-il pitié. C'est pour cela qu'il ne m'en voulait pas de m'adosser à lui. Moi non plus, je ne lui en voulais pas. Je n'avais nulle colère. En fait, je ne ressentais rien, j'étais inexistant. Parti dans les rêves et les souvenirs… J'essayais de me rappeler les bons moments. Ils n'étaient pas bien nombreux, mais ils se manifestaient. La plupart se détachaient, telles des feuilles mortes, du temps passé avec Dordor et Harmin. Je songeais aussi à Maxime, je revoyais son rire.

Un jour, Harmin avait trouvé une caméra cachée sur un des clandestins qu'il transportait. Il avait tout d'abord soupçonné l'homme de travailler pour un réseau concurrent et avait été rassuré d'apprendre que c'était en fait un journaliste français nommé Maxime qui enquêtait sur les réseaux de migrants clandestins en essayant de comprendre comment, en entrant à l'est par un trou, on ressortait à l'ouest par un autre trou. Venu de Paris à Bagdad en avion privé, il avait renvoyé son passeport à Paris et s'était présenté au premier passeur venu comme un Géorgien désireux de se rendre en France. L'autre imbécile, à la vue de la liasse de billets qu'on agitait devant ses yeux, était tombé d'accord sans le moindre soupçon. Et Maxime s'était mis en route en se figurant qu'il allait tirer au clair l'un des grands mystères du monde. Il faisait partie d'un groupe de cinq et, avant de nous échoir, avait pris un bateau direct. Le regard fureteur d'Harmin avait décelé l'anomalie qui se cachait dans les bretelles de son sac à dos. Se voyant démasqué, Maxime avait eu si peur, qu'échappant un instant à Harmin, il s'était jeté à la mer. Tandis qu'il nageait au hasard, Harmin s'était roulé un joint et l'avait allumé en observant le Français qui se débattait dans les flots. Il l'avait repêché *in extremis*. Maxime, qui craignait pour sa vie, s'en tira avec deux cocards bien mérités et une proposition inattendue. « Bon, avait dit Harmin, je te comprends. Tu essaies de voir clair dans ce trafic… Mais pas question de se servir d'une caméra cachée ! Voici ce que nous allons faire… Pour commencer, tu vas nous payer. Ensuite, tu pourras réaliser ton reportage. Tu poseras tes questions et nous te répondrons. Et tu n'auras pas à te demander où planquer ta fichue caméra ! » Tout d'abord incrédule, Maxime déclara qu'il lui fallait un cameraman, un ingénieur du son et exprima le désir de proposer à une chaîne de télévision française d'acheter le reportage. « Pas la peine, dit Harmin, trouve l'argent, nous allons nous occuper de ça. » Et il enferma Maxime en fond de cale. Quelques jours plus tard, un gang de voleurs dûment soudoyés vint livrer une caméra de professionnel et un micro fixé à une perche et ressemblant à un chat mort. Maxime, accompagné de Dordor, se rendit en ville pour retirer l'argent et l'on termina les préparatifs. Bien entendu, le but de Maxime n'était pas seulement de découvrir les subtilités du trafic de clandestins. Il était surtout en quête d'un drame humain qui lui vaudrait plusieurs prix et, tout en lui remplissant les poches, soulagerait la conscience de l'Europe. Il était au bon endroit pour réaliser le reportage de ses rêves. Nous avions tout ce qu'il fallait. Les personnages, le drame, tout ! Des enfants affamés jetés sur les routes, des femmes violées, des vieillards morts d'une crise cardiaque et balancés par-dessus bord… Le grand cirque de l'humanité ! Oui, il était au bon endroit, mais il n'était pas venu au bon moment. C'était mon anniversaire et, sans s'en douter, Maxime faisait partie de mon cadeau. Bien entendu, je n'étais pas au courant. Ce n'est que bien plus tard que j'ai su ce qui s'était passé. Dordor et Harmin se contentèrent de me dire : « Viens demain matin à la baie du Renard et surtout ne ris pas. »

Le lendemain matin, en arrivant à ladite baie, j'assistai à la scène suivante : Dordor et Harmin, masqués, étaient assis sur les rochers et un homme blond, dont j'appris plus tard que c'était Maxime, se tenait devant eux, une caméra sur l'épaule. Il y avait aussi deux hommes bruns. J'appris ultérieurement que c'étaient eux qui avaient apporté le matériel volé. L'un tenait un micro, l'autre braquait un réflecteur. Quand ils m'aperçurent, Dordor et Harmin se levèrent, accoururent à ma rencontre et, ployant leur haute taille, se mirent à me baiser les mains en disant : « Ne ris pas, prends un air très grave ! Invective-nous ! » Je m'exécutai sans comprendre. Maxime nous regardait en écarquillant les yeux. Harmin l'appela et il nous rejoignit en courant. Ils dirent quelques mots en anglais. Je ne sais pas ce que lui dit Harmin, mais Maxime s'inclina devant moi et me baisa la main. Plus tard, quand ils me racontèrent la scène, je ris tellement que je faillis tomber de ma chaise. En fait, tout était très simple : j'avais 12 ans et j'étais un jeune chaman, gourou de tous les clandestins des bords de la mer Égée ! Tous ces délinquants voyaient en moi un demi-dieu et nul ne prenait la mer sans que je lui eusse souhaité un bon voyage. « Comment a-t-il fait pour vous trouver dans cette baie ? » demandait Maxime, et Harmin répondait : « Il sait tout ! Il a un œil partout ! » À ces mots, Maxime, se croyant entouré de *criminels déments*, s'inclinait devant moi avec un grand respect et me baisait la main. Il n'y avait qu'un problème : le jeune chaman ne donnait pas l'autorisation de filmer. On ne pouvait donc rien faire. Maxime, désappointé, demandait s'il n'y avait pas un moyen de me convaincre. Dordor me dit alors :

« Tu te souviens de l'histoire que tu as écrite ? »

Bien sûr que je m'en souvenais, c'était la seule que j'eusse jamais écrite !

« Oui, et alors ?

— Eh bien ! nous allons la filmer.

— Comment ?

— Nous allons faire un film. Le film de ton histoire. Et en plus tu vas tenir un rôle. »

Dans mon trou ténébreux, les larmes aux yeux, j'entendais, toute proche, la voix de Dordor. Les souvenirs s'enchaînaient.

« C'est ton anniversaire, fiston ! disait Harmin, ce film sera ton cadeau. Ça te fait plaisir ? »

Bien sûr, que ça me faisait plaisir ! J'étais au septième ciel !

« Ne le montre pas, ne souris pas ! » dit Harmin.

Je fronçai le sourcil, mais je ne tenais pas en place. La seule façon d'obtenir du petit chaman l'autorisation de réaliser le reportage était de tourner un film ! Maxime était perplexe, mais il dut imaginer une grande salle où on lui remettait un prix aux applaudissements du public et il dit : « D'accord. »

C'est en observant Maxime que Harmin avait eu l'idée de me faire ce cadeau. En le regardant, tout en fumant tranquillement son joint, se trémousser dans les flots avec l'espoir de sauver sa peau, il s'était dit : « Puisque Gazâ aime tant les histoires, nous allons lui en offrir une. Nous allons faire un film et c'est ce type qui va le réaliser. À condition, bien sûr, qu'il sache, comme il le prétend, se servir d'une caméra. » C'est alors qu'il avait imaginé cette histoire de documentaire. Maxime, apprenant qu'il aurait tout l'équipement nécessaire, avait accepté. Le temps de fumer un joint, non seulement Harmin avait conçu l'idée de ce cadeau, mais il avait trouvé son metteur en scène ! Vous voyez, l'air marin rend l'esprit vif !

Mon histoire posait un problème de lieu. Au demeurant elle était d'une telle simplicité qu'on aurait pu commencer le tournage séance tenante. De plus elle était tellement débile que Maxime, l'assimilant à l'art contemporain, devait se dire qu'on la placerait comme un pur produit du *video art*. Malheureusement l'action se passait en Cappadoce. Et dans le ciel, par-dessus le marché ! Tout commençait par l'arrivée d'un gamin qui, en bon touriste, louait un ballon pour survoler la région. Mais soudain il posait un couteau sur la gorge du pilote en disant : « Nous partons ! » Il volait le ballon. « Où allons-nous ? » demandait le pilote. Le gamin scrutait l'horizon : « Je ne sais pas, là où le vent nous pousse ! » L'histoire s'arrêtait là. Je n'avais vu de la Cappadoce qu'une photo publiée dans un journal et représentant des ballons survolant les cheminées de fées… Mais nous n'étions pas en Cappadoce et il était impossible de trouver un ballon. Harmin me dit alors :

« Réfléchis et écris la suite.

— Bon, voilà ce que nous allons faire… Disons que le gamin est venu ici et qu'un ballon est tombé dans le secteur ! Toi, tu seras le pilote. Disons qu'au cours du voyage le gamin et le pilote sont devenus amis.

— D'accord, et après ? »

Je réfléchis un moment, la main sur le menton, et débitai toutes les inepties qui me passaient par la tête.

« Disons que Dordor survient alors. C'est le propriétaire du ballon ! Il est flanqué d'un autre homme. Ils sont sur nos traces et veulent reprendre le ballon. Ils nous cherchent dans la forêt et un jour… »

J'étais à court d'idées…

« Un jour ? dit Harmin. Qu'est-ce qui se passe, un jour ?

— Un jour, ils se rencontrent dans la forêt et, assis face à face, engagent la conversation Le propriétaire comprend que son ballon est hors d'usage et qu'il a subi un préjudice. Il est très contrarié. Le gamin déclare qu'il n'y a rien à regretter et que s'ils poursuivent le voyage tous ensemble, ils oublieront tout et verront la fin de leurs soucis. L'homme est très impressionné. Ils embarquent tous quatre sur un bateau et prennent la mer. Comment trouves-tu ça ?

— Magnifique ! dit Harmin. Splendide ! »

Mais je n'avais pas fini.

« Ensuite ils rencontrent d'autres hommes et leur proposent de se joindre à eux. Ils partent tous ensemble et volent un avion. Puis d'autres viennent les rejoindre, finalement tous ceux qu'ils rencontrent se joignent à eux, ils sont des millions à cheminer ensemble. Personne ne s'arrête. L'humanité tout entière les accompagne, ils sont maintenant des milliards, et comme ils avancent dans la même direction, il n'y a aucun problème. Chacun ne songe qu'à aller de l'avant et il n'y a ni querelle ni guerre. Imagine ça ! »

Harmin, très intéressé, demanda :

« Bon, mais où vont-ils ?

— Chacun va en un endroit différent.

— Comme ça, côte à côte, et dans la même direction ?

— Justement ! Ils cheminent côte à côte, mais, après avoir marché toute leur vie, ils finissent par mourir. Ils vont tous en un lieu différent, parce qu'ils vont là où ils meurent ! »

Harmin sourit et me serra dans ses bras. Puis il me dit :

« C'est entendu. Pour l'instant, nous allons tourner la séquence jusqu'au bateau. Tu feras le reste quand tu seras plus grand. »

Et il appela Maxime.

Nous avons tourné en un jour la rencontre dans la forêt et le départ en bateau et quand ce fut fini Maxime me remit une cassette en prononçant les seuls mots turcs qu'il avait appris dans la journée :

« Ça va ?

— Ça va ! »

Maxime se tourna alors vers Harmin. Il était temps de commencer le documentaire. Harmin me regarda en hochant la tête.

« Allez, tu rentres tout de suite chez toi. Dordor va te déposer. Bon anniversaire ! »

J'eus beau questionner Dordor en chemin, je n'obtins aucun éclaircissement sur ce qui attendait Maxime. Ce n'est que quelques mois plus tard, en regardant les étoiles, que j'appris d'Harmin que Maxime avait été renvoyé là d'où il venait. Pas en France, mais en Irak. On l'avait ficelé, jeté dans un camion, et on n'avait plus entendu parler de lui. Je demandai si on l'avait tué…

« Non, dit Harmin, il a servi de monnaie d'échange.

— Qu'est-ce que ça veut dire ? »

Et Harmin m'avait expliqué.

Ceux qui, comme Maxime, avaient une nationalité et une profession *de prix élevé* étaient expédiés au Moyen-Orient pour être vendus sur le marché des otages. L'échange des otages se faisait dans un endroit secret, probablement dans un dépôt comme le nôtre. On trouvait là des représentants de tous les pays possibles, venus rôder dans la région. Bien entendu, c'étaient les Allemands, Anglais, Français et Américains qui étaient les plus cotés. Pour pouvoir faire du chantage, diverses organisations venaient acheter des ressortissants des pays avec lesquels elles avaient des différends. Par exemple, une organisation en conflit avec la France déclarait qu'elle détenait un journaliste français et le marchandage commençait. Dans le marché créé pour ce genre de troc, les journalistes étaient particulièrement appréciés. En fait, à la bourse des otages, les prix variaient au gré de la politique mondiale, mais jamais à la baisse pour certaines nationalités. Les Américains, par exemple… Pourtant il y avait un article capable de bouleverser le marché, c'était l'otage israélien, monnaie d'échange inestimable. Un vrai diamant ! Un seul citoyen d'Israël – soldat, de préférence – pouvait être échangé contre mille cinq cents détenus palestiniens. Une vie contre quinze cents ! Ensuite, c'était le problème dudit Israélien de savoir ce qu'il allait faire de sa vie. Quelqu'un dont l'existence a une telle valeur ne saurait en aucun cas tomber en dépression ou céder au pacifisme ! Tout comme un enfant pour qui une ville entière s'est cotisée afin de l'envoyer, pleine d'espoir, étudier dans une métropole – j'aurais bien pu être cet enfant-là – n'a pas le droit de faire des bêtises, notre Israélien ne pouvait pas s'offrir le luxe d'être alcoolique, de tomber malade si on le regardait de travers, de faire la moindre entorse à la loi ou de gaspiller sa vie ! Et si votre vie a autant de valeur que quinze cents autres, il est hors de question que vous vous suicidiez ! Sans être un soldat israélien, Maxime, journaliste français, avait toutefois une grande valeur. Qui sait ce qu'il était devenu ? Peut-être était-il toujours, faute d'acquéreur, en souffrance sur le marché des otages. Peut-être que l'État français, négociant en sous-main, l'avait fait revenir à Paris… Je ne le saurai jamais. J'espère, me dis-je, que tout va bien pour lui. Puis j'ouvris les yeux pour regarder mon film. Pas celui de la cassette. Au début, j'étais mort de curiosité, mais finalement je ne l'ai jamais regardé, car j'aurais dû aller en ville et faire appel à l'aide d'un tiers. Dordor et Harmin ne pouvaient plus m'aider : ils étaient partis en Grèce et tardaient à en revenir. Mais j'avais découvert qu'il y avait un autre film : chaque fois que je touchais à la cassette, tout ce qui s'était passé le jour du tournage défilait devant mes yeux. Je pouvais voir, seconde après seconde, tout ce que nous avions fait, et même arrêter le film et revenir en arrière. Au bout de quelque temps, je n'eus même plus besoin de toucher la cassette ou de la regarder. Je n'avais qu'à abaisser les deux petits écrans de mes paupières. Je finis par me désintéresser de la cassette, car le film qui passait dans ma tête était parfait et c'était ce souvenir-là que je voulais conserver. J'étais plein de reconnaissance pour tous les protagonistes, Dordor, Harmin, Maxime et même les voleurs… Ni le film de la cassette ni celui que je portais dans ma tête n'avaient de nom. Mon histoire n'avait même pas de commencement. Il était grand temps que je trouve un titre ! Mais je sentis soudain une chose qui rampait sur ma main gauche.

J'eus si peur que j'arrachai le châle qui couvrait mon visage et allumai un briquet pour comprendre quelle était cette chose. Et je les vis… Des centaines d'asticots emplissaient la cavité qu'ils avaient creusée dans le dos nu qui se trouvait juste à ma gauche ! Entassés les uns sur les autres, ils mettaient ce dos en charpie. Certains tombaient et venaient rouler sur moi. Je regardai à droite et vis la même scène sur une jambe. Je me mis à hurler. Je tentai de soulever le cadavre qui se trouvait derrière moi et de le déplacer sur ma gauche. Mais ses jambes étaient coincées entre le rocher et les autres corps et il ne bougea pas. Je ne pouvais rien faire ! Je me mis à rassembler tout le tissu possible. Sous chaque morceau de tissu, les asticots grouillaient, se tortillaient, dévorant tout ce qu'ils pouvaient. J'entrepris de me couvrir complètement. Mes pieds, mes jambes, mon buste, mes bras, mon cou… Je pensais que c'était la seule façon de me protéger. Peut-être ne m'auraient-ils rien fait, peut-être même m'auraient-ils ouvert un passage parmi ces corps décomposés ! Mais je n'étais pas en état de faire ce genre de réflexion. J'étais horrifié et je me disais que la seule façon de me protéger était de me plâtrer dans des vêtements. Sans cesser de hurler. Seuls mon visage et mes mains restaient dégagés. Je serrai mon visage dans le châle en laissant un peu de place devant mes yeux et ma bouche. Mais je devais trouver une solution pour mes mains. Rien ne devait me toucher ! Ni ces asticots, ni quoi que ce fût ! Si j'avais pu, je me serais coupé les mains pour la seule raison qu'elles restaient découvertes. J'étais à court de tissu. Je pleurais. À l'idée que, mort ou vif, quelque chose pût me toucher, mon cœur voulait sortir par ma bouche. N'y parvenant pas, il se coinçait dans mon gosier et m'empêchait de respirer. Je pouvais seulement agiter les mains, pour qu'aucune mouche ne vînt s'y poser et que rien ne les effleurât. Je ne pouvais plus rester dans le noir. Pour pouvoir me protéger, je devais tout voir. Mais c'était impossible. Il m'aurait fallu cesser de bouger les mains et allumer mon briquet. Je n'en fis rien. Au bout d'un moment, je me rendis compte que je pouvais y voir dans ces ténèbres, car je savais tout. Je savais où et dans quels cadavres les asticots creusaient leurs trous, je pouvais entendre le bruit qu'ils faisaient. Rien ne m'échappait ! Ni l'obscurité ni les tissus qui me bouchaient le nez ne servaient à rien. Je sentais les odeurs. Mes cinq sens en éveil percevaient tout ! Je voyais mes mains se trémousser au niveau de ma poitrine. Je ne pouvais plus fuir. L'obscurité elle-même n'était plus sûre, car, tel un animal nocturne, je distinguais nettement ce que je ne voulais pas voir ! Je voyais, même les yeux fermés ! Mes paupières semblaient devenues folles. Je retins ma respiration avec l'espoir de me calmer. En vain. J'essayai de nouveau. Peut-être devais-je retenir mon souffle plus longtemps ? Je comptai les secondes. Je respirais brièvement quand j'étais au bord de la suffocation, puis je bloquais à nouveau ma respiration. Je comptais. Je fis cela pendant peut-être une heure, tout en continuant à agiter les mains. Finalement un point blanc apparut devant mes yeux. Et le processus s'enclencha. Le point grandit jusqu'à former un rideau d'un blanc immaculé qui m'enveloppa tout entier. Mon pouls ralentit et j'ouvris les yeux. J'étais dans un tunnel aux parois brun rosé. J'étais dans mon intestin ! Puis tout redevint blanc et quand j'ouvris les yeux je vis des millions de lignes semblables aux traits aveuglants qui apparaissent dans le ciel quand jaillit la foudre, partant d'un même point, par milliers, et se dispersant vers mille nœuds d'où partaient à leur tour, vers d'autres nœuds, des milliers d'autres traits. Je regardais cette immense et multiple toile d'araignée, ce réseau à trois dimensions. J'étais dans mon cerveau. Dans un neurone. Je n'avais pas besoin de mots pour m'expliquer ce phénomène. Je savais seulement que j'étais là. Je pouvais cheminer dans mon corps. En fait, étant dans mon propre corps, je n'avais pas besoin de me déplacer. Je n'avais qu'à me concentrer sur un point et ouvrir les yeux, et la partie de mon corps que je voulais voir apparaissait devant moi. Je n'éprouvais aucun étonnement. Cela me semblait tout naturel, comme si toutes les créatures pouvaient, à leur gré, observer le flux de leur propre sang…

Ce jour-là, j'avais une telle envie de fuir ce charnier et ces asticots que, faute de mieux, je m'étais réfugié dans mon propre corps. Je ne savais rien des organes qui surgissaient devant mes yeux, je ne pouvais même pas les imaginer. Pourtant je pouvais les voir. Et lorsque, quelques années plus tard, je me suis intéressé à l'anatomie humaine, ils m'étaient tout à fait familiers. À l'époque, j'avais fermé les yeux sur le monde extérieur pour les ouvrir sur l'intérieur de moi-même. J'étais la preuve vivante que l'on peut percevoir, sans exception, toutes les parties de son corps. C'est une question de respiration. Mon jeu respiratoire s'était révélé gratifiant : je pouvais voir et sentir la moindre cellule de mes organes… Je n'avais plus besoin de regarder ma montre. Je percevais, comme une deuxième pulsation, la course des secondes, je comptais sans efforts les minutes et les heures. Je n'avais plus à me donner un nom, à trouver un titre pour mon histoire et pour mon film. J'étais le temps…

Pendant près de deux cents heures, je demeurai à l'intérieur de mon corps. Pendant ces milliers de minutes j'inspectai tout ce qu'il y avait dans mes poumons, mes os, mes sucs digestifs et sous ma peau. Je circulais avec mon sang, battais avec mon cœur. Comme je ne mangeais rien, je commençais à fondre, tout d'abord les graisses, puis les muscles. Après trois cent dix-sept heures passées sous les cadavres, je sentis des mains se poser sur moi. C'est alors seulement que je sortis de ma peau. Quand on dégagea ma tête du châle qui l'enveloppait, j'étais allongé sur une civière. Après treize jours et cinq heures, je revis la lumière du soleil. Je parvins à grand-peine à balbutier qu'il y avait peut-être encore quelqu'un de vivant enfoui sous les corps. Je n'avais plus entendu sa voix depuis des heures, des jours peut-être, mais j'essayais d'expliquer que quelqu'un criait « Encore ! » « Sauvez-le lui aussi, disais-je, sauvez Encore ! » Mais personne ne m'écoutait. Ces gens dont la lumière cristalline du soleil m'empêchait de voir les visages ne me répondaient pas. Ils se contentèrent de me transporter. J'eus beau répéter « Encore ! » en chuchotant et en hurlant jusqu'à l'épuisement, ce fut inutile, ils ne répondaient pas. Je prononçai le mot *daha* (encore) de toutes les façons possibles. Et dans mon émoi, je finis sans doute par le prononcer à l'envers : « Ahad ! »

J'entendais des voix. L'une était claire, l'autre chevrotante. C'étaient la voix d'un homme jeune et celle d'un vieillard. Le jeune demandait :

« Qu'allons-nous faire avec le chef de la sécurité ?

— Nous avons besoin de lui. Laisse-le en dehors de ça. Mais tu peux démolir le maire. Implique aussi le gendarme. Dis au procureur de ne citer aucun autre nom.

— Les journalistes arrivent de partout. La cour est pleine de caméras… Il faut faire une déclaration.

— Tu n'as qu'à dire que les interrogatoires ont commencé. Et surtout parle du gamin. Ça les occupera. Il est resté tout ce temps sans boire ni manger… C'est un miracle… Dis-leur ça ! Un miracle de Dieu. Ça ravivera leur foi… »

J'avais du mal à ouvrir les yeux, mais pour autant que je pusse voir à travers mes cils, j'étais dans une chambre d'hôpital. On m'avait mis sous perfusion. Je comptai quatre grosses gouttes qui, sortant du flacon de verre, tombaient dans une pochette transparente et parcouraient un fin tuyau avant de pénétrer dans mon sang. Puis je tournai la tête du côté d'où venaient les voix et, par la porte ouverte, je vis l'intérieur de la pièce voisine. L'homme à la voix sénile était assis sur le lit, le jeune était debout. Mes cils se soulevèrent complètement et je pus voir leurs visages. Ils m'étaient vaguement familiers. À l'instant où celui qui était debout tourna la tête vers moi, je refermai les yeux. Baissant les paupières, je considérai la photo qui se dessinait dans le noir. Je compris qui étaient ces gens. C'étaient le sous-préfet et l'huissier. J'étais certain d'avoir l'air incapable d'entendre quoi que ce fût. Pourtant ils baissèrent le ton et se mirent à chuchoter. Je ne pouvais plus les entendre.

Je rouvris les yeux, je les écarquillais et, en observant, je me rendis compte qu'il y avait une anomalie. Le jeune et le vieux semblaient avoir échangé leur rôle. L'huissier tenait la place du sous-préfet qui, à la manière d'un huissier, recevait ses ordres… Je me souvenais fort bien de l'un et de l'autre, de leur position sur la photo parue dans *De Kandalı au monde* et de l'orientation de leur regard. Mais la scène que je voyais de mon lit d'hôpital était paradoxale. Je n'avais tout de même pas perdu la tête à ce point-là. Ce que je voyais remettait tout en question. Le jeune, penché respectueusement vers le vieux, l'écoutait en hochant la tête. C'était le monde à l'envers. Si les huissiers étaient sous-préfets, Ender pouvait être le père de Yadigâr et je pouvais aussi bien être Ahad. Mon pouls s'accéléra et je me mis à transpirer. « C'est impossible, me disais-je. Je ne suis pas devenu complètement fou ! » Peut-être que si ? Mais non, mais non ! Mes souvenirs étaient parfaitement clairs. Là-dessus le jeune homme qui, je le savais, était le sous-préfet, baisa la main du vieux et la porta à son front. Or j'en étais sûr, ce n'était pas le jour du Bayram[7]. Il n'y avait plus de doute. Ces trois cent dix-sept heures passées en enfer m'avaient ôté la raison ! Je me mis à pleurer, à hurler, à me taper la tête sur les montants du lit. Une infirmière accourut, suivie d'un aide-soignant. L'un me prit par les épaules, l'autre me fit une piqûre. Tout s'obscurcit et ma voix se brisa. Dans les ténèbres où j'avais sombré, je continuais à hurler et à me cogner la tête contre les murs, mais tout le monde me croyait endormi.

Quand je rouvris les yeux, Ender, ou quelqu'un que je pris pour lui, était auprès de moi. Je tendis la main, saisis son bras et criai :

« Ender ! C'est toi ? Tu es bien Ender, n'est-ce pas ? »

Il répondit en riant :

« Tu es fou, ou quoi ? Bien sûr que c'est moi !

— Mais le sous-préfet…

— Quoi, le sous-préfet ? »

Je lui racontai ce que j'avais vu et entendu. Je fis toutefois l'impasse sur ce qui concernait son père (« Tu peux démolir le maire… »). Il m'écouta en riant, puis il me dit : « Ça n'a rien d'extraordinaire ! » Et quand il m'eut expliqué, ce fut mon tour de rire. Je riais surtout de ne pas être fou. C'était bien simple. Ender tenait tout cela de son père. Le sous-préfet et l'huissier appartenaient à la même secte, créée par d'anciens membres de la secte des Sages et dénommée l'Ordre. L'huissier était à Kandalı le vénérable de l'Ordre, autrement dit le responsable régional. Partout où l'Ordre exerce son influence, chaque ville, chaque bourgade a son vénérable. Et il était donc tout à fait naturel que le sous-préfet, en tant que simple membre de la secte, obéît à son vénérable. C'était de lui qu'il prenait ses ordres, bien plus que du préfet ou de qui que ce fût. Tout s'expliquait ! Je comprenais pourquoi le vieil huissier était demeuré impassible durant la cérémonie. Le vénérable de l'Ordre n'allait tout de même pas passer un plumeau ou servir le thé ! Dans son uniforme de simple soldat, il avait rang de général. Tout était limpide. Et surtout, je n'étais pas fou ! J'étais tout de même bien surpris d'apprendre que la population de Kandalı était soumise à un huissier ! J'aurais voulu me lever pour serrer Ender dans mes bras. Là-dessus une infirmière vint contrôler ma perfusion et me demanda : « Comment vous sentez-vous ? » Je faillis répondre : « À merveille ! » Mais je me contentai de : « Je ne sais pas… Je crois que ça va… » Elle sourit et sortit de la chambre. J'eus le sentiment qu'elle était pressée et devait s'occuper d'autres patients. Y avait-il des survivants ? Étais-je encore en train de rêver ? Je songeai soudain à Ahad. Ou plus exactement, comme tous ces corps, il tomba sur ma tête, écrasant tout le reste. Avait-il survécu ? Je devais le savoir au plus tôt ! Je devais être absolument sûr de ne jamais revoir son visage.

« Ender… Mon père ?

— Hélas… On l’a retrouvé dans le camion. »

Je fermai les yeux et mes pommettes se mouillèrent. Deux grosses larmes, se glissant entre mes cheveux et mes oreilles, coulèrent sur l’oreiller. Pour la première fois de ma vie, je pleurais de joie. Je me dis que, dès que j’aurais 18 ans, j’irais à l’état civil faire modifier ma date de naissance. Cette nouvelle m’avait fait renaître. Ender, copiant sa conduite sur les scènes de ce genre qu’il avait vues au cinéma, me prit par le bras.

Quand je rouvris les yeux, je me posais tant de questions que je ne savais pas par où commencer. Avant tout, qu’allait-il advenir de moi ? Allait-on m’emprisonner pour avoir fait passer des clandestins ? Comment ces cadavres étaient-ils tombés sur moi et comment m’en étais-je sorti ? J’allais ouvrir la bouche pour formuler ma première question, lorsque le sous-préfet et le maire, suivis par Yadigâr, entrèrent dans ma chambre. Les deux premiers souriaient. Yadigâr, lui, montrait ses dents serrées pour avoir l’air de sourire. Le sous-préfet me posa la main sur l’épaule en disant : « Bonne guérison ! Allah t’a rendu à nous. »

Je n’étais pas tout à fait d’accord avec la formule, mais je dis : « Merci. »

Je remarquai alors qu’Ender et Yadigâr se regardaient d’un air entendu. Yadigâr avait peut-être tout raconté à son fils avec l’espoir qu’il me tirerait les vers du nez. Quoi qu’il en soit, de tous les gens que je connaissais, Ender était celui qui ressemblait le plus à un ami. C’est à ce titre qu’on l’avait laissé entrer dans ma chambre et il était resté à mon chevet pour voir ce que je savais. J’étais le fils d’Ahad et j’avais peut-être des informations dangereuses, surtout pour Yadigâr. Mais j’avais d’autres priorités. Et je n’avais pas intérêt à évoquer la prison. D’ailleurs personne ne me regardait comme un détenu potentiel. On me considérait plutôt comme la victime d’un tremblement de terre, tirée des décombres au bout de deux semaines. Pour l’instant, j’allais donc me contenter de m’enquérir des circonstances de mon sauvetage. Le sous-préfet se mit en devoir de tout me raconter.

C'était un berger qui avait découvert le monceau de cadavres au bas du versant. Il avait tout de suite alerté la gendarmerie. Je pouvais imaginer la suite. Informé par Aruz qu'on n'avait pas livré la marchandise, Yadigâr, après plusieurs jours de vaines recherches, s'était précipité sur les lieux de l'accident. Le scandale étant inévitable, il avait été forcé de répandre la nouvelle. Tout Kandalı, du procureur au sous-préfet, s'était bientôt retrouvé autour des cadavres. Bon, mais comment cette pluie de corps sans vie m'était-elle tombée dessus ? Le sous-préfet lança un regard à Yadigâr, mais, finalement, il prit sur lui de m'expliquer. En fait, il n'y avait pas grand-chose à raconter. D'après les traces laissées sur le versant, ces messieurs avaient établi, avec le procureur, une chaîne de suppositions qui avaient été consignées dans le procès-verbal : le camion, quittant la route, était tombé dans le ravin et avait heurté le pierrier. Ma porte s'était ouverte et j'avais été projeté au dehors. Tandis que le camion dévalait la pente, j'avais roulé d'un arbre à un autre et étais venu me loger sous une pierre, là où on m'avait retrouvé, à près de cinquante mètres de la route. Par chance j'avais glissé non sur les rochers, mais sur la boue entre les arbres et au lieu de me rompre les os, je m'en étais tiré avec des centaines d'égratignures. Cependant le camion, renversé sur le dos comme une tortue, avait été arrêté par les arbres et les rochers à vingt mètres au-dessus de l'endroit où j'étais tombé. Selon Yadigâr, l'avant était tourné vers la route qu'il venait de quitter, autrement dit vers le sommet du mont Kandağ. Mon père avait eu la cage thoracique écrasée par le volant et était mort sur le coup. Il n'était pas bien difficile d'imaginer la suite. Les clandestins entassés dans la caisse du camion avaient péri en se cognant les uns aux autres et aux parois du camion. Lorsque celui-ci s'était immobilisé parallèlement à la pente, c'est-à-dire selon un angle de quarante-cinq degrés, ils s'étaient entassés contre les deux portes de la caisse. Le cadenas qui les tenait ensemble avait cédé. Les corps s'étaient mis à pleuvoir sur moi d'une hauteur de vingt mètres et m'avaient emprisonné. Il y avait un dernier détail : on n'avait pas trouvé de traces de freinage. « C'est la pluie qui a dû les effacer », disait Yadigâr. Et moi, je pensais : « À condition qu'il ait freiné… »

Le procureur entra et annonça au sous-préfet qu'il venait prendre ma déposition. Mais le sous-préfet s'y opposa. « C'est trop tôt, laissons l'enfant se reposer un peu. Vous ferez cela plus tard. Maintenant, allons-nous-en. » Il poussa tout le monde dehors et me fit un clin d'œil avant de fermer la porte. Voulait-il me dire quelque chose ? Certainement ! Pouvais-je comprendre ce qu'il voulait me dire ? Non. Mais un clin d'œil n'est jamais de mauvais augure. C'est fini, me dis-je. On va en rester là. Personne ne m'accuse ! Ahad est le seul coupable. Avec, peut-être, Yadigâr. J'avais 15 ans, j'étais l'enfant malheureux d'un criminel brutal. À vrai dire, depuis le jour où Yadigâr m'avait mis en cellule, ma ligne de défense n'avait guère changé. J'étais une victime et personne ne pouvait le nier. J'étais innocent au point que j'aurais pu tuer toute personne affirmant le contraire !

Les choses suivaient leur cours. J'avais même la télévision. On avait dû me donner la meilleure chambre de l'hôpital ! Je saisis la commande sur la table de nuit et allumai la télé. Je me mis à zapper. Tout allait pour le mieux. Soudain je vis une énorme explosion. Deux statues géantes, de couleur jaune, qui se dressaient comme un mur vertical, se brisaient dans un nuage de poussière. Je connaissais bien ces statues. Je les reconnus au premier regard. Je les portais dans ma poche depuis plusieurs années. Sur le dos d'une grenouille en papier… J'augmentai le son et écoutai.

« La semaine dernière, en Afghanistan, les talibans qui se sont emparés de la région du Hazaradjat ont fait sauter à la dynamite les statues connues sous le nom de Bouddhas de Bâmiyân, et les Nations Unies… »

Je ne sais pas pourquoi, j'eus l'impression que ce que je voyais et entendais m'étouffait. Mon pouce chercha le bouton sur la télécommande et, des deux mains, j'appuyai sur tous les boutons à la fois. La télé s'éteignit. Tout s'arrêta, même le goutte-à-goutte. Je songeai tout d'abord à Cuma. Je me dis que j'avais été très injuste lorsque, persuadé qu'il se moquait de moi, j'avais refusé de croire ce qu'il m'expliquait avec ce dessin. C'est sans doute pour cela que j'avais arrêté la télé. Pour ne pas voir la réalité en face… Parce que j'avais honte… Or les statues étaient bien réelles et semblables au dessin de Cuma. Elles avaient bel et bien existé et la maison de Cuma se trouvait dans leur voisinage. Mais je ne les verrais jamais. Elles avaient volé en éclats et disparu dans un nuage de poussière ; elles appartenaient désormais au passé. J'arrivais trop tard ! Avaient-ils détruit aussi la maison de Cuma ? Je me dis alors que, lorsque les deux statues avaient explosé, j'étais enseveli sous ces corps. Les Bouddhas et moi avions été détruits en même temps. À une grande distance, mais au même moment. Moi, j'étais toujours debout, mais la maison de Cuma… Je dis : « Pardonne-moi ! » Peut-être m'entendrait-il. « Pardonne-moi de ne pas t'avoir cru ! » Mais Cuma ne répondit pas. Dans ma tête, là où j'aurais dû entendre sa voix, une douleur se leva comme un soleil noir. Elle envahit mon crâne comme une cataracte, dévala de mon cou et se répandit dans mes épaules, puis dans ma poitrine. Je payais le prix d'être resté en vie. C'était le premier accès d'une souffrance qui n'allait plus me lâcher. Au lieu de la voix de Cuma, ce fut la mienne qui retentit. Je me mis à hurler. L'infirmière accourut et me trouva tout tremblant. L'ampoule qu'elle cassa pour me faire sa piqûre portait l'inscription Diazem. Ce n'était pas de cela que j'avais besoin ! C'était autre chose qui pouvait calmer la douleur qui me submergeait, emplir la place laissée vide par le silence de Cuma et me permettre de respirer. Cette chose était la seule qui pût faire disparaître ma douleur comme la dynamite avait anéanti les deux statues. Je ne la connaissais pas encore, mais nous n'allions pas tarder à nous rencontrer… Cette chose, c'était le sulfate de morphine. Nous étions nés tous deux de la souffrance. Ce n'était pas ma mère, qui m'avait mis au monde, c'étaient les douleurs de l'enfantement. Je n'étais pas né du désir, mais de la souffrance. J'avais trouvé mon premier souffle en me frayant un chemin entre des contractions qui s'étaient imprimées sur moi comme une tache de naissance. Je n'étais qu'une vaste tache de naissance. À l'instant même où je sentirais le sulfate de morphine couler dans mes veines, je comprendrais tout. Je n'étais pas né d'une femme, j'étais l'enfant du sulfate de morphine qui absorbait ma douleur. J'allais bientôt être adopté par l'ange qu'on délivrait en échange d'une ordonnance rouge. J'allais bientôt avoir une famille. Une merveilleuse famille :

Deux statues de Bouddha disparues ;

Les ombres de Dordor et Harmin morts bien avant elles ;

Un opioïde nommé sulfate de morphine ;

La voix de Cuma, dont j'ignorais quand je l'entendrais de nouveau ;

Le vide laissé par Felat, entré dans ma vie comme une cinquième saison et disparu à tout jamais…

Et moi !

Une famille extraordinaire ! Une famille merveilleuse ! Nous avions même un animal domestique. Une grenouille en papier.

Le lendemain, le procureur vint prendre ma déposition. Il approcha une chaise, s'assit à mon chevet et dit en manière d'introduction :

« Que Dieu te garde, nous avons enterré ton père. »

Puis il enchaîna :

« Ces clandestins qui sont morts… Nous essayons d'établir leur identité… Tu dois bien avoir un registre… Je veux dire… Ton père avait sûrement une liste…

— Je ne sais pas. Je ne suis au courant de rien. Mon père ne me disait jamais rien. Plusieurs pièces de la maison m'étaient interdites.

Par exemple, je n'avais pas le droit d'entrer dans le hangar. S'il y a quelque chose, c'est sûrement là que ça se trouve.

— Oui, nous avons regardé. Nous avons contrôlé. Et nous avons trouvé le dépôt… C'est sûrement là qu'il gardait ces gens… Nous avons trouvé l'ordinateur. »

Ma gorge se noua.

« L'ordinateur ?

— Oui… C'est là que ton père notait tout. Il avait placé des caméras dans le dépôt. Et il prenait des notes. »

Ma gorge se noua encore plus. J'avalai ma salive, mais cela n'arrangea rien. Le procureur s'arrêta soudain comme s'il venait de se rappeler quelque chose.

« Ce garçon qui devait entrer au lycée, est-ce que ce n'est pas toi, par hasard ? C'est bien toi, n'est-ce pas ? »

Après tout, il n'était pas de Kandalı, il n'avait aucune raison d'occulter ses souvenirs.

« Oui, mais mon père n'a pas voulu me laisser partir. Il a exigé que je quitte l'école. Alors j'ai renoncé. Vous dites qu'il avait un ordinateur ? »

Le procureur eut un sourire, il s'approcha et murmura :

« Tu es un garçon très intelligent, mais tu as un défaut. Tu prends les gens pour des imbéciles ! »

Au moment où j'ouvris la bouche, il posa son index sur mon front et poursuivit en chuchotant :

« Tu te rends compte que tu étais dans un camion plein à craquer de clandestins ? Alors ne viens pas me dire que tu n'étais au courant de rien. Je sais que le dénommé Yadigâr, ce maquereau, était dans le coup… Quelqu'un va venir prendre ta déposition. Tu sais ce que tu vas dire ? Tu vas dire : "Mon père était associé au sergent de gendarmerie Yadigâr." Tu vas dire : "Le maire aussi venait chez nous. Mon père leur versait des pots-de-vin." Tu m'as bien compris ? »

Ma gorge se dénoua. J'étais prêt à vendre n'importe qui.

« Je dirai ce que vous voulez ! »

Le procureur sourit de nouveau et ajouta :

« Bien sûr que tu vas le faire. Je n'en doute pas. Mais ce qui m'intéresse vraiment, c'est ce que tu vas dire d'autre ! »

Avait-il compris que j'étais l'auteur de ces dossiers et se jouait-il de moi ? Ces documents étaient pleins de preuves des tortures que j'infligeais aux gens du dépôt. Je ne savais que dire. Peut-être aurait-il été opportun de raconter que mon père éteignait des cigarettes sur moi ? Ou de parler d'Aruz ?

« Oui, poursuivit le procureur. Y a-t-il une chose que tu as envie de me dire ? Quelque chose que je ne sais pas ? »

Je n'y tins plus. Il fallait que je pleure. Je pleurai.

« Mon père a tué quelqu'un… En fait, il a tué deux hommes. Il en a enterré un dans le jardin et l'autre à Derçisu, dans la forêt. Il m'a dit qu'il me tuerait aussi si j'en parlais ! Je n'ai rien dit à personne. Je ne pouvais pas ! »

Le procureur ne s'attendait pas à ça ! J'étais passé maître dans l'art de la manipulation. Je me fichais de tout et j'étais le véritable champion du tournoi d'échecs rapide. De plus, je venais de sortir de l'enfer. Aucun procureur n'avait la moindre chance contre moi. Je n'étais pas l'avocat du diable, j'étais mon propre avocat !

Tout en essayant de me calmer, le procureur appela l'infirmière. Il faut dire que je tremblais de tous mes membres, que je sanglotais et criais « Papa ! » en suffoquant. Le héros du jour avait une crise de nerfs. J'étais sûr que mes cris, par la fenêtre de ma chambre, parvenaient aux journalistes assemblés dans le jardin. J'étais le meilleur fait divers depuis la fondation de Kandalı ! Et même une nouvelle digne des plus grandes agences de presse du monde. Un enfant sorti vivant d'un monceau de cadavres ! Quel procureur aurait pu me mettre à sa merci en me chuchotant des sornettes ? Je sortais d'un lieu pire que cet Auschwitz dont parlaient les livres ! Que je fusse coupable ou innocent, cela n'avait plus la moindre importance ! Et si j'étais coupable, j'avais expié tous mes péchés en brûlant treize jours en enfer. J'étais intouchable. Comme disait le vieux, j'étais un miracle ! Dans le cas de mon père, on avait occulté la disparition de ma mère. Moi, je n'allais pas me laisser faire. Tant que je vivrais, je gérerais moi-même les situations !

On déterra en premier le cadavre du petit homme chétif. Cela me laissa indifférent. Je ne pensais qu'à Rastin et à ce qu'il avait fait. Ensuite on alla à Derçisu et ils se mirent à creuser à l'endroit que je leur indiquai en sanglotant. Je me rappelais parfaitement l'emplacement où mon père, des années plus tôt, avait creusé la tombe. Fallait-il que cela m'eût bouleversé, pour que je me souvienne de l'emplacement de cette sépulture dépourvue de pierre tombale ! Existait-il un sentiment particulier lié à ce genre de circonstances ? Ou fallait-il l'inventer ? Je ne sentais pas le parfum de la lavande, je ne voyais pas les arbres qui m'entouraient. J'attendais là, comme si on eût ouvert ma propre tombe pour en extraire mon cadavre. J'étais comme dématérialisé. Et bien résolu à le rester… On exhuma un à un les restes de Cuma et on les mit dans un sac spécial. Le bruit de la fermeture éclair qui se refermait se planta dans mon ventre comme un couteau. L'étape suivante était l'autopsie des deux corps. Il était hors de question d'alerter l'ambassadeur à Istanbul d'un Afghanistan en proie à ce cancer qu'est la guerre civile. Cuma serait donc enterré dans ma ville natale. Qu'est-ce que cela voulait dire ? Ces choses-là ont-elles un sens ? Ou fallait-il l'inventer ?

Pendant ces opérations, le procureur me regardait en se grattant la tête. Il ne trouvait rien à dire. Il se rendait compte qu'il était confronté à des actes de barbarie. Et surtout il comprenait que cette barbarie faisait partie de mon quotidien et il commençait à avoir pitié de moi. L'homme qui m'interrogeait dans ma chambre d'hôpital en me regardant comme s'il allait me mordre avait disparu, cédant la place à une personne que je qualifierais d'aimable. Quand il me questionnait, il terminait par : « Laisse tomber, tu ne te rappelles pas. » Mais je me rappelais !

« Il l'a battu à mort quand il est sorti du jardin. Et l'autre, il l'a étouffé en lui mettant la tête dans un sac. »

À la question : « Sais-tu pourquoi il a fait ça ? »

Je répondais : « Pour les femmes. Quand une femme lui plaisait, il la séparait du groupe et la violait. Mais bien sûr certains s'insurgeaient. C'est pour ça qu'il a tué ces deux-là… Du moins d'après moi… »

Je racontais tout ce que j'avais fait à ces gens pendant des années en l'attribuant à mon père. En un certain sens, je n'avais pas tort. Du point de vue génétique, j'étais assez proche d'Ahad, n'est-ce pas ? En m'écoutant, le procureur ouvrait de grands yeux et son ventre haletait. « On peut s'arrêter, si tu es fatigué », disait-il. Mais je savais bien que c'était lui qui n'en pouvait plus. J'étais sorti de l'hôpital pour la journée. Je semblais rétabli. Cette mystérieuse douleur n'était pas revenue et je ne me sentais pas mal du tout.

Dans la voiture du procureur qui me ramenait à l'hôpital, je vis le dernier numéro de *De Kandalı au monde* et je souris malgré moi. Il y avait à la une la photo de la cérémonie chez le sous-préfet. On l'avait légèrement modifiée. On m'avait mis un bandeau sur les yeux. Mon prénom et mon nom étaient écrits en lettres capitales. La photo portait le titre « Des gens sans conscience ». Pour qu'il n'y ait pas de confusion, la tête des gens sans conscience était cerclée de blanc. Bien qu'ils n'eussent pas encore été jugés, mon père, le maire, le sergent-chef de gendarmerie et ancien héros Yadigâr étaient, selon le journal, clairement coupables. Les cercles qui entouraient leurs têtes ressemblaient à des auréoles. Ce n'est pas pour rien que cette photo me faisait penser à la Cène ! Dans l'univers bureaucratique et politique de Kandalı, ce fut un véritable séisme. Ne trouvant pas dans les archives du journal d'autres photos où nous fussions tous réunis, on avait, faute de mieux, utilisé celle-là. À part l'huissier, l'article consacrait un paragraphe à toutes les personnes figurant sur le cliché. Il y avait là les déclarations du sous-préfet, le point de vue du commandant de gendarmerie de l'arrondissement, les propos rassurants du chef de la Sécurité (« Les coupables seront punis, que personne n'en doute ! »), les mauvais traitements que les gendarmes reprochaient à Yadigâr, des phrases pathétiques à mon sujet, des malédictions à l'adresse de mon père et les preuves que le maire était le pire édile du monde ! En fait, c'est en lisant ces lignes que je compris pourquoi on avait impliqué le maire. C'était tout simplement parce que son parti ne soutenait pas la secte de l'Ordre. Rien ne s'opposait donc à sa déchéance. Mais avait-il réellement fauté ? Peut-être... D'après moi, tous les gens qui figuraient sur la photo étaient au courant. Les uns étaient coupables de n'avoir rien dit, les autres étaient personnellement impliqués. Finalement, aucune des personnes photographiées n'était innocente. La photo avait été prise après que nous eussions mangé Jésus ! Les chiens, microphone à la main, se pressaient dans le jardin de l'hôpital, impatients de curer les os.

La voiture du procureur s'arrêta devant le bâtiment et l'un des chiens se jeta sur la vitre contre laquelle j'appuyais ma tête. Un infirmier vint ouvrir la porte et je descendis de voiture. À ce moment-là une douleur aussi pesante que le mont Kandağ s'abattit sur ma nuque et je tombai sur une main et sur les genoux. Les caméras m'entourèrent et un mot jaillit de ma bouche en même temps que la salive : « Bave ! » C'était assez pour qu'ils comprennent. J'étais comme un enfant élevé par des loups et devenu loup à son tour. J'avais passé treize jours avec des cadavres et j'étais devenu cadavre. Il faut dire que ces corps inertes avaient réellement veillé sur moi ! Ils m'avaient protégé du gel, un sein mort m'avait même allaité. Maintenant, regardant autour de moi, j'étais comme l'un d'entre eux. Voyant mon regard, les chiens s'éloignaient en baissant leurs têtes et leurs caméras. Car, contrairement aux gens en place, je n'avais pas peur de la *page trois*. Je ne ressemblais à rien de ce qu'ils connaissaient. Les agences de presse, les journaux et les chaînes de télévision n'avaient pas envoyé dans ce jardin d'hôpital les gens qu'il fallait. Seul un correspondant de guerre aurait pu s'entretenir avec moi ! J'étais moi-même une guerre et ce qui sortait de moi, c'était la mort ! *Introduction à la physique de la vie...* Ce qu'il aurait fallu, ce n'était même pas un correspondant de guerre, mais un correspondant de guerre civile ! Lui seul aurait pu résister à la destruction des Bouddhas géants et à mes récits. Les autres n'auraient pas supporté. Ils ne supportaient pas ! Leurs caméras et leurs yeux se fermaient. Car ils savaient que je connaissais les détails de l'enfer. Le lecteur aurait tourné la page, le téléspectateur aurait changé de chaîne. Je devais rester un titre ! L'enfer se bornait à un mot et il fallait en rester là. Le diable ne se cachait pas dans les détails, il y vivait. Les détails étaient sa maison, à l'adresse « Enfer ». Et nul ne souhaitait passer par là. C'est pour cela qu'on taisait les détails. Comme nous tous, toutes les nouvelles étaient de simples résumés. Un jour viendra où, pour n'importuner personne avec des détails inutiles, nous nous résumerons les uns les autres et résumerons le monde.

« Chers téléspectateurs, selon les informations dont nous disposons, sur une planète nommée Terre, des hommes sont nés, ont vécu et sont morts. Nous passons maintenant aux actualités. »

Je serais logé à Istanbul dans un internat et pourrais poursuivre mes études. Tel était le plan du sous-préfet. Personne, ni à Kandalı ni dans les environs, ne souhaitait la présence de ce gamin sans famille qui avait indûment échappé à la mort. Le sous-préfet estimait qu'on devait m'éloigner, afin que j'emporte avec moi toutes les peurs que ma présence faisait surgir. Il fallait effacer tout cela ! Ça ne posait aucun problème. Le sous-préfet regardait le procureur, puis se tournait vers moi :

« Oublie tout ça ! disait-il, tu vas commencer une nouvelle vie… Travaille bien à l'école. Nous avons confiance en toi. Tu seras quelqu'un d'important, Gazâ… Si tu as besoin de quoi que ce soit, nous serons toujours là… »

Nous étions dans la salle d'audience. Le procureur, assis en face de moi, hochait la tête et approuvait tout ce que je disais. J'avais, selon son désir, témoigné contre Yadigâr et le maire. Ender me tuerait, s'il venait à l'apprendre, mais quand je lui avais dit que je craignais des représailles, le procureur m'avait promis de ne pas évoquer mon nom. En fait, je m'en moquais. Tout ce que je voulais, c'était prendre au plus tôt mes cliques et mes claques, et sauter dans le bus pour Istanbul. Le sous-préfet se leva, suivi du procureur. J'en fis autant… Nous en avions fini. Nous n'avions plus rien à attendre les uns des autres. Je leur tendis la main, mais ils préférèrent me donner une accolade. C'est ainsi que nous prîmes congé, l'État et moi. En nous frottant les joues dans des relents d'odeur de marchandage…

En sortant de la salle, je vis le vénérable de Kandalı assis dans un vieux fauteuil. Une fois de plus, il avait les yeux fermés. Visiblement, il les tenait clos non seulement sur les photos, mais aussi dans la vie… On me présenta ensuite un homme entre deux âges. C'était un des chauffeurs du sous-préfet.

« Voici Faik bey. C'est lui qui va t'accompagner à Istanbul. »

Faik ne savait que dire. Il se contenta d'un : « Bon rétablissement. » Il ne semblait pas particulièrement ravi de faire une longue route en compagnie d'un gamin rescapé d'un charnier. Mais j'étais sûr qu'il allait toucher des frais de voyage et que la perspective de cet argent lui rendrait sa sérénité. De toute façon, le métier de fonctionnaire consiste à survivre. Les fonctionnaires ne mourront jamais et ce sont eux qui donneront à la fin du monde son caractère officiel. Le seul problème, c'est qu'ils n'ont pas la moindre idée de ce qu'ils doivent faire d'une existence à laquelle ils se cramponnent avec tous leurs ongles et leurs bordereaux : ils n'ont pas encore reçu de circulaire à ce sujet…

Il restait quatre heures avant le départ de l'autobus. Nous sortîmes de l'édifice et je montai dans la voiture blanche que m'indiquait Faik. J'ouvris la fenêtre et jetai un dernier regard au Palais de justice de Kandalı. Je repensai au jour où j'avais monté cet escalier en compagnie de mon père et où j'étais ressorti une montre au poignet. Toute cette longue journée tenait maintenant en quelques secondes. Avant de pénétrer dans la rue de la Poussière, j'eus le temps de voir défiler toute ma vie. J'avais l'impression d'avoir quitté cette maison depuis cent ans. Pourtant je n'avais passé que huit nuits à l'hôpital. Les docteurs m'avaient libéré ce matin-là en me disant : « Tu vas bien, maintenant ! Tu n'as plus rien ! » Je n'avais donc passé que vingt et un jours loin de cette rue dont j'avais moi-même planté le panneau.

Nous nous arrêtâmes devant la maison.

« Je t'attends ici », dit Faik.

Je descendis de voiture, tirai de ma poche la clef que m'avait remise le procureur et m'élançai en courant. J'ouvris la porte et entrai. Je savais que l'unique valise se trouvait sous le lit de mon père. Je m'en emparai et allai la poser sur le lit de ma chambre. J'ouvris l'armoire, en retirai mes vêtements et entrepris de les ranger dans la valise. Enfin, je partais ! Je fichais le camp de là ! Tout cela était fini ! Plus d'Ahad, plus de clandestins, plus de Kandalı ! C'était la première fois de ma vie que je faisais une valise. C'était moins difficile que je ne le croyais. Rien n'était difficile ! Ni partir, ni se sauver, ni disparaître, rien…

Ma valise était prête. Je retournai dans la chambre d'Ahad et ouvris le tiroir de la table de nuit. Je trouvai sans peine la photo de ma mère et son collier. Il y avait aussi un peu d'argent… Je pris le tout et le mis dans ma poche.

Je ne voulais pas rester là une minute de plus. Je pris la valise, sortis de la chambre et gagnai la sortie. Je respirai une dernière fois l'air de la maison et, en ouvrant la porte, je vis Ender. Debout près de la voiture, il parlait avec Faik. Il se tut en m'apercevant et se dirigea vers moi. Je fermai la porte à clef. Je tâchai de me rassurer et me disant que s'il avait su que j'avais témoigné contre son père, il serait venu vers moi en courant.

Il s'arrêta juste devant moi et il se produisit une chose inattendue. Sans rien dire, il me serra dans ses bras. Je n'avais pas l'habitude que l'on m'embrasse. Je ne savais que faire. Je croisai le regard de Faik qui nous observait. J'essayai de regarder ailleurs, mais, dans ma position, je ne pouvais pas tourner la tête. Je demeurai coi, le menton appuyé sur cette épaule étrangère. Bon gré mal gré, je dus poser ma valise et étreindre Ender. Mais notre attitude et notre silence me semblaient absurdes et j'avais hâte d'en finir. À vrai dire, j'avais peur de me trahir. Je craignais que Faik ne se rende compte que je ne ressentais rien, alors qu'on me témoignait tant d'amitié. Je ne sais pourquoi, j'avais peur. Honte, aussi, peut-être.

Que faisait Ender à ce moment-là ? Où regardait-il ? Si seulement j'avais pu voir son visage ! Faute de mieux, j'aurais pu l'imiter ! Je croisai de nouveau le regard de Faik et fus contraint de fermer les yeux pour m'y dérober. Oui, c'était mieux ainsi ! Fermer les yeux en serrant quelqu'un dans ses bras, cela donnait sans doute l'air sincère. Je me dis aussi que les yeux fermés je devais sembler avoir perdu connaissance. C'était encore plus pathétique… Cette étreinte s'éternisait ! Finalement Ender desserra les bras et me prit par les épaules en disant :

« Mon père est en garde à vue… Il va être jugé. »

Que devais-je dire ?

« Je sais… Le procureur m'a menacé, il voulait que je témoigne contre tout le monde…

— Fils de pute !

— Mais je n'ai rien dit. Ils m'auraient coffré moi aussi !

— Fils de pute !

— Oui, c'est un vrai fils de pute ! »

Ender me serra de nouveau dans ses bras en murmurant :

« C'est toi, le fils de pute, crétin ! Je sais que c'est toi qui as tout raconté ! Mais je t'aurai ! »

J'essayais de me dégager, mais il ne me lâchait pas et continuait à me parler à l'oreille :

« Tu es fini ! Je te crèverai ! »

Il baissa les bras et se recula.

« Ender, je te jure que je n'ai rien dit ! »

On entendit alors la voix de Faik :

« Allez, les enfants !

— Une minute », criai-je.

Je regardai Ender, qui était tout haletant, en murmurant :

« Crois ce que tu veux, mais je n'ai rien dit à personne ! »

Il lécha ses lèvres desséchées et dit :

« Bon, d'accord… Mais ne reviens jamais par ici. Je vais mettre le feu à cette maison !

— Mets-y le feu, putain ! » dis-je à mon tour.

Puis je m'éloignai. Je savais qu'il me suivait des yeux. Je sentais sur ma nuque et mes épaules le poids de son regard. Faik ouvrit le coffre de la voiture et j'y déposai ma valise. Je montai dans la voiture.

« On peut déposer ton ami, si tu veux, dit Faik.

— Non, il a à faire… »

La voiture démarra et s'engagea dans la rue de la Poussière, sur le chemin poudreux que mon père n'avait pas voulu goudronner. Je vis Ender dans le rétroviseur. Il avait l'air d'un épouvantail et serrait les poings comme s'il s'apprêtait à faire exploser la voiture. Il pouvait à sa guise mettre le feu à la maison ! De toute façon, je ne reviendrais pas à Kandalı. Jamais ! Dans le rétroviseur, il n'y avait plus qu'un arbre et un pan de ciel. Ender avait disparu, emportant avec lui le visage de l'ami d'enfance, de cette enfance dont j'avais été privé. Ender disparut à 19 ans. Parti faire son service militaire, il ne revint jamais. Sur le plateau de Süphan, non loin du village de Felat, il avait sauté sur une mine posée par le PKK. Pourtant, on peut dire qu'il s'est vengé de moi. Une semaine à peine après cette étreinte interminable, le procureur me téléphona de Kandalı pour me dire qu'on avait mis le feu à ma maison.

Il me demanda : « Qui a fait ça, d'après toi ? »

Je répondis : « Je ne sais pas. »

J'avais pour principe de ne pas dénoncer deux membres d'une même famille. C'était peut-être le seul principe auquel je me tenais.

Je me doutais bien qu'Ender ne me pardonnerait jamais. Il m'a haï jusqu'à son dernier souffle. Il savait bien que j'avais contribué à l'incarcération de son père. C'était cela, Kandalı ! Tout se passait en douce, ce qui semblait être une décision de justice cachait en réalité toute une histoire. Et j'étais sûr que toute sa vie Ender rêverait de me tuer à la première occasion. Mais une autre histoire vint interférer. Et dans cette histoire-là Felat, livré par son père au PKK, posait des mines sur le passage d'Ender pour me sauver la vie… J'avais dit à Ender : « Crois ce que tu veux ! » Ainsi, il ne pouvait être trompé que par lui-même. Et au XXIe siècle, ce n'est déjà pas si mal, n'est-ce pas ?

J'avais 16 ans et Istanbul était merveilleuse. Mon école était merveilleuse. Le foyer où je logeais était merveilleux. Les cours étaient merveilleux. Le temps était merveilleux. La vie était merveilleuse. Le seul problème, c'est que ce mot ne suffisait pas à exprimer mon bien-être. À part cela, tout était merveilleux.

Je m'étais si bien habitué au foyer où Faik m'avait installé un an plus tôt, que j'avais l'impression d'y avoir passé toute ma vie. C'était un bâtiment à trois étages. Deux des étages étaient aménagés en dortoirs, les deux autres étaient les lieux de vie. En fait, toute pièce dans laquelle il n'y avait pas de lit était appelée « espace de vie commune ». C'étaient la salle des ordinateurs, la salle de télévision, la salle d'étude, la salle des hobbies, etc. Chacune portait son nom inscrit sur un écriteau cloué au mur à côté de la porte. Dans ce bâtiment, chaque local portait un nom. Istanbul aussi avait son vocable. On disait : semaine, école, fin de semaine, marché. Cet ordre strict m'émerveillait. Il était impossible de s'égarer dans ce bâtiment. Même les toilettes et les douches portaient des numéros. L'espace était maîtrisé et réparti équitablement. Je découvrais la vie en collectivité. Avant, c'était moi qui distribuais et les autres qui partageaient. Désormais, c'était Azim, le chef du foyer, qui assurait la répartition et je partageais avec les autres ce que l'on me donnait. Même si j'avais toujours été du côté des fournisseurs, ce système ne m'était pas étranger. Il suffisait d'entretenir de bonnes relations avec ceux qui distribuaient les biens. Meilleures étaient ces relations, mieux on était servi ! Finalement, le foyer n'était pas tellement différent du dépôt. Il fallait être en bons termes avec celui qui dirigeait…

Le temps était divisé avec la même minutie et l'emploi du temps hebdomadaire était partagé en unités distinctes et précisait l'heure du début et de la fin de chaque activité. Un panneau, dans la salle d'entrée, indiquait l'heure du petit déjeuner, de l'étude, le temps d'utilisation des salles communes, l'heure du dîner, de l'extinction des feux, du réveil, de la sortie, du retour, de la toilette et de tout le reste, et nous portions tous au poignet la montre à bracelet de plastique noir que nous avait offerte Azim. J'avais quitté le fuseau horaire du sous-préfet pour entrer dans celui d'Azim. Ici, le temps était comme un fleuve domestiqué. Nous le maîtrisions, c'était merveilleux ! Il n'y avait pas la moindre fissure, la moindre lacune ni dans l'espace ni dans le temps. Nous ne perdions pas une seule goutte, ni de l'un ni de l'autre. Tout était calculé pour en profiter au mieux. Nous avions entre 13 et 18 ans et étions changés en machines à vivre. Notre existence, parfaitement organisée, avait la précision d'une bombe à retardement.

Azim fut très impressionné par mon dossier scolaire, que lui avait fait parvenir l'école de Kandalı. Dès que Faik fut parti, il me dit : « Toi et moi allons faire de grandes choses ! » Sur le coup, je compris mal ce propos. Un peu par habitude, peut-être. Jusque-là, la plupart des gens que je connaissais étaient des charlatans. Je crus un moment qu'Azim, comme mon père, était en quête d'un complice. En fait, il faisait allusion à mes études universitaires. De toute évidence, je passerais mon bac avec mention. Tout le problème était de savoir dans quelle université j'entrerais et quelles études j'y ferais. J'étais en parfait accord avec Azim. Il était comme un entraîneur qui vient de trouver le champion qu'il a cherché toute sa vie. Ce fut un vrai coup de foudre !

Malheureusement, comme j'étais arrivé au milieu du semestre, je ne pouvais pas m'intégrer à une classe. Mais en même temps, je ne pouvais pas rester désœuvré. Azim trouva tout de suite la solution. Comme j'avais manqué les cours de langues, il décida que j'allais apprendre l'anglais. Il m'inscrivit également à un club d'échecs et me dit : « Je compte bien que tu sois au moins troisième lors du prochain tournoi ! » Moi, je m'exécutais. Tout cela me convenait à merveille et m'occupait tellement que je n'avais pas le temps de penser aux ténèbres d'où j'étais sorti. Ni à ces cadavres. En fait, ils ne me venaient même plus à l'esprit. Ils étaient oubliés. Ils s'étaient évanouis à l'instant où j'avais franchi le seuil du foyer. Même en rêve, je ne voyais plus ces visages morts. Je faisais d'autres rêves, en rapport avec l'avenir. Des rêves sur les échecs, l'université, les livres, le Gazâ que j'allais devenir…

Une nuit, cependant, je rêvai que je toussais et qu'une clef sortait de ma bouche. Une petite clef noire. Je la tenais dans ma main et je la reconnaissais. Je disais : « C'est la clef d'une caisse qui est dans mon esprit. Tout mon passé se trouve dans cette caisse fermée à clef. C'est pour cela que je ne me souviens de rien. Comme il n'y a pas en moi une mer où je puisse jeter cette clef, je l'ai recrachée… Cela n'a rien d'effrayant… Continuons à dormir… »

En fait, ce rêve était logique. Il s'efforçait de donner un semblant de cohérence au fait que je ne pensais pas cent fois par jour à tous les enfers que j'avais traversés. Je n'y pensais pas, parce que je ne voulais pas y penser et que j'en avais la force. Grâce à cette force, mon passé et mes souvenirs n'obéissaient qu'à moi. Mais surtout la terrible douleur qui, à l'hôpital, m'avait terrassé à plusieurs reprises, semblait m'avoir quitté. Apparemment, elle m'obéissait elle aussi. Je l'avais congédiée et elle était partie sans demander son reste. Comme il se doit ! De la même manière, j'allais soumettre l'avenir et je ferais de moi ce qu'il me plairait ! Avec l'aide d'Azim, bien sûr. Sans lui, je n'aurais pu rien faire. Il était mon seul lien avec le monde extérieur. C'était lui qui tenait la barre du navire qui allait me conduire vers l'avenir.

En attendant la rentrée, il me fit tant travailler et enrichir mes connaissances que ma renaissance, suscitée par la mort de mon père, se paracheva de façon harmonieuse. Je ne me jetais plus, comme autrefois, sur tous les livres qui me tombaient sous la main. Soucieux de ne pas perdre de temps, je ne m'intéressais qu'à ceux dont la lecture s'imposait. Azim me chargea de m'occuper de la bibliothèque. Tandis que les autres enfants allaient en classe, je restais seul dans le bâtiment. J'étais, en fait, responsable de tout. Je passais mes journées à faire le ménage, à mettre de l'ordre, à suivre les cours d'anglais et à faire les devoirs que me donnait Azim. Par exemple, je nettoyais les toilettes et lavais les douches pendant une heure, puis j'étudiais les maths pendant une heure. Ou bien je classais et étiquetais les livres donnés à la bibliothèque, puis j'étudiais l'histoire et la philosophie. Azim estimait que je devais m'intéresser particulièrement à Platon. Je lisais les *Dialogues* dont il m'avait fait cadeau. Je devais lire au moins deux romans par semaine et en faire un résumé que je déposais sur le bureau d'Azim. Jamais inactif, je travaillais sans arrêt. Soit je lisais ou écrivais, soit je vaquais aux travaux domestiques. L'un des rares moments où je pouvais me détendre était la pause après le repas de midi. J'apportais le café à Azim dans sa chambre et m'asseyais en face de lui, ou bien nous faisions une partie d'échecs. Mais il était moins fort que moi, et en attendant qu'il prépare ses coups, je pensais à autre chose ou examinais les lieux. Les photos de sa femme et de ses enfants, les prix rangés dans des vitrines, les diplômes accrochés aux murs à côté d'autres photos de ses enfants. Il avait deux filles. Toutes deux étudiaient à l'université. Pourtant il ne parlait jamais de sa famille. C'était à croire qu'il avait acheté ces photos encadrées pour donner le change. Nous parlions de tout autre chose. De mon avenir, de la science, des romans que je lisais, de la vie, de la discipline, dont il faisait grand cas. C'était, si l'on peut dire, un « disciplinomètre »… J'avais parfois l'impression qu'il allait jusqu'à compter les mots qu'il prononçait. Ce qui le faisait tenir debout, ce n'était pas sa colonne vertébrale, c'était la discipline. La discipline, des mots choisis et surtout le silence… Nous étions à la fois très éloignés et très proches l'un de l'autre… Parfois nous n'échangions pas un seul mot et je ne faisais qu'entrer et sortir. Parfois il me rappelait au moment où je sortais :

« Gazâ ?

— Oui ?

— Tu vas bien ?

— Je vais bien…

— Tu en es sûr ?

— Oui.

— C'est bien. »

Environ sept mois après mon arrivée, je commençai à suivre les cours. L'école était médiocre, les professeurs étaient faibles et les élèves étaient un vrai troupeau de demeurés. C'était excellent pour moi, il fut évident dès le premier jour que je serais le meilleur élève. Azim me dit : « Patiente un an, ensuite nous t'obtiendrons une bourse. » Et il tint parole. On m'inscrivit dans une école spéciale où j'étais le seul boursier. On me versait de quoi transporter huit clandestins de Douchanbé à Londres.

C'est ainsi qu'à 17 ans je me retrouvai dans une école fréquentée par les rejetons des familles les plus riches de mon pays. Là aussi les élèves étaient de vrais débiles mentaux. Il me fut facile de me distinguer et de devenir la fierté de l'école dont je portais le blason sur mon uniforme. Qui plus est, en tant qu'orphelin, je suscitais l'attendrissement de mes professeurs. Je n'avais en poche que les quelques sous que me donnait Azim et ma grenouille en papier. Je n'étais pas comme les autres gamins qui, l'hiver, allaient faire du ski et que leurs familles forçaient, l'été, à aller visiter le Metropolitan Museum de New York. Mais il était indiscutable que je relevais le niveau intellectuel et affectif de l'établissement. Moi-même et tous les autres attendions beaucoup de Gazâ. Azim, surtout.

Au cours de la deuxième année de mon séjour au foyer, je le vis moins souvent. Nous ne jouions plus aux échecs qu'une fois par semaine. Le vendredi soir, avant de rentrer chez lui, il passait dans ma chambre et nous réglions en une heure toutes les affaires en suspens. La plupart des pensionnaires étaient jaloux de moi, mais ils me laissaient tranquille. Moi, je ne pouvais pas faire grand-chose pour eux. Je m'efforçais seulement de payer le prix de ma situation privilégiée en les aidant, une ou deux fois par semaine, à comprendre les cours qu'ils trouvaient trop ardus. Ils se demandaient tous ce qu'ils allaient faire quand ils auraient 18 ans et quelle serait leur vie lorsqu'ils auraient quitté le foyer. Ils pouvaient demander à y rester en tant qu'étudiants jusqu'à l'âge de 25 ans. Mais aucun d'eux ne l'envisageait. Tout ce qu'ils voulaient, c'était continuer indéfiniment à mener une existence figée comme un bloc de glace. Ils en perdaient le sommeil et parfois, la nuit, ils pleuraient en secret.

Depuis mon arrivée au foyer, j'avais une place dans une chambre de quatre. Pendant deux ans, j'eus les mêmes compagnons de chambre : Rauf, Derman et Ömer. Comme tous les gamins de leur âge, ils ne s'intéressaient qu'aux filles. Avant de s'endormir, ils se perdaient dans des rêves érotiques. Ils n'avaient jamais touché une femme. Ils attendaient avec impatience le jour où ils seraient déniaisés, mais en même temps ils auraient voulu ne jamais grandir, car pour eux, c'était comme tomber dans un sac plein de catastrophes. Bien entendu, je ne faisais jamais la moindre allusion à mon passé. Je m'abstenais soigneusement d'évoquer les expériences sexuelles que j'avais eues avec des mortes et des vivantes. À leurs yeux je n'étais rien de plus qu'un compagnon en qui ils avaient confiance parce qu'il ne leur volait pas leur argent et ne trahissait pas leurs secrets. Je n'en demandais pas plus.

Les relations que j'avais avec toutes les personnes que je connaissais au foyer et à l'école étaient comparables au jeu des engrenages qui font tourner une horloge. Tout, dans ma vie, était fonctionnel. Ces gens que je saluais et qui savaient mon nom n'étaient pas plus importants que les lacets de mes chaussures. Simplement, ils avaient tous leur utilité. La plupart d'entre eux servaient d'ailleurs à la même chose. Nous échangions quelques mots et ils me laissaient tranquille. J'avais soin de ne pas me lier à eux et je savais qu'ils ne me compliqueraient pas la vie. Ce qui m'intéressait, c'était l'avenir. Contrairement à mes compagnons de chambre, ce qui me faisait peur, ce n'était pas ce qui m'attendait, mais ce que contenait mon passé. À peu de chose près, je les traitais comme mes autres condisciples.

Quant aux filles, j'avais beau avoir les manières et les yeux bleus de mon père, je me rendais compte qu'elles me tenaient pour un fils de pute. J'étais sûr que chaque fois qu'elles rentraient à la maison avec de mauvaises notes, leurs parents me citaient en exemple. « Toi, tu ne manques de rien, mais regarde Gazâ ! Il a beau être orphelin, il réussit en tout ! » En entendant cela, elles devaient se dire, en regardant leurs père et mère d'un air soumis : « Puissiez-vous crever, que je reste orpheline comme Gazâ ! »

Je me disais qu'à strictement parler elles étaient, elles aussi, des filles de putes. Je voyais parfois leurs mères, ainsi que leurs pères, lorsqu'ils venaient à l'école. Qu'est-ce qui permettait à l'animal le plus hideux de la forêt de s'accoupler avec le plus beau, si ce n'était l'argent ? La richesse servait, entre autres, à embellir la race. Les mères de la plupart des élèves de l'école s'étaient vendues au moins une fois. La beauté est contagieuse, je le voyais bien, je n'étais pas si bête.

Grâce à la bourse qu'Azim avait réussi à m'obtenir, tout se déroulait sans anicroche. Mais Azim se mit à changer. Il pensait que je ne passais pas assez de temps avec lui et insistait pour que je fasse mes études à l'université d'Istanbul. Moi, j'avais fait mes propres recherches. À l'époque, on commençait à bien se servir d'Internet. Après avoir passé en revue toutes les universités possibles, j'avais pris ma décision. J'irais en Angleterre, à l'université de Cambridge. Azim estimait que je devais entrer au département des Relations internationales de l'université du Bosphore, mais moi, je voulais étudier l'anthropologie. Je n'étais pas attiré par un département qui rabâchait les règles et techniques de l'exploitation de l'homme, je voulais être là où ces règles étaient découvertes et consignées. J'avais passé une bonne partie de ma vie à observer sous tous les angles les relations qui existent entre l'individu et la société. Ni Cambridge ni aucune autre école ne pourraient trouver un élève qui connût l'homme comme je le connaissais. Quel élève ou futur élève du département d'Anthropologie sociale de Cambridge avait fait autant d'expériences sur la sociologie humaine ? Si l'on avait voulu écrire un manuel d'utilisation de la créature humaine, qui, mieux que moi, aurait pu s'en charger ? Les rêves mesquins que faisait Azim, coincé entre les murs du foyer, ne m'intéressaient pas. Je voyais plus grand. Et si Azim ne pouvait pas m'aider à entrer à Cambridge, je n'avais plus besoin de lui. Il avait rempli son rôle. Mais il ne s'en doutait pas, il était toujours persuadé que, tel un nouveau Socrate, il m'avait apporté la lumière. Il était comme une braise refroidie qui ne sert plus à rien. Et je me rendais compte qu'il ferait tout son possible pour m'empêcher d'aller à Cambridge. Je lui avais confié ma liberté comme on place de l'argent, il était temps que je la reprenne.

Un vendredi soir, vers la fin de l'année, nous étions dans sa chambre, comme d'habitude, en train de jouer aux échecs. D'ordinaire, les yeux rivés sur l'échiquier, il calculait son prochain coup. Mais cette fois, tout comme moi, il regardait à droite et à gauche et ne s'intéressait guère à la partie. Nos regards se croisèrent. Il inspira profondément et dit :

« T'ai-je jamais dit que je suis fier de toi ? »

Il me l'avait dit. Mais ce n'était pas nécessaire.

« Merci.

— C'est vrai ! Réussir si brillamment après ce que tu as vécu… Et puis tu m'as beaucoup aidé… »

Je remerciai encore.

« Comment fais-tu ?

— Pardon ?

— Comment réussis-tu à faire ça ?

— Je ne sais pas.

— Moi, je n'y arrive pas… »

Nous ne jouions plus aux échecs. Nous étions passés à un autre jeu. Je restai silencieux, mais Azim poursuivit :

« J'ai cinquante et un ans. J'ai passé toute ma vie avec des enfants comme toi. Bien sûr, aucun ne te valait, mais la question n'est pas là. J'ai toujours été entouré d'enfants, tu comprends ? Et j'ai fait pour eux tout ce que j'ai pu… Mais pour quel résultat ? À quoi cela a-t-il servi ? À rien, tu comprends, à rien du tout !

— Jamais de la vie ! Qui sait de combien d'enfants vous avez changé la vie ?

— C'est vrai, j'ai changé leur vie… »

Il s'appuya au dossier de son siège et tira une enveloppe de la poche intérieure de sa veste.

« Ce matin, j'ai trouvé ceci sur ma table. C'est une lettre. Regarde… Il y a même un timbre… C'est bizarre. Il y a des années que je n'ai pas reçu de lettre. Sais-tu ce qu'elle dit ? Elle dit que je te harcèle. Que j'ai des rapports avec toi… Et que si je ne démissionne pas tu vas te plaindre à la direction. »

Je ris.

« Qui a écrit cette ineptie ?

— Je ne sais pas. Il n'y a pas de signature.

— C'est sûrement quelqu'un d'ici. Je connais toutes les écritures. Montrez-moi ça… »

Je tendis la main, mais Azim remit la lettre dans sa poche en disant :

« Elle a été tapée sur un ordinateur. »

Puis il enchaîna en hochant la tête :

« Je suis très affecté, Gazâ… Très…

— Ne vous en faites pas. Nous savons ce qu'il en est. Vous ne m'avez jamais harcelé et il n'y a jamais rien eu d'équivoque entre nous… Nous avons été amoureux l'un de l'autre, voilà tout !

— Mais tu n'étais pas comme moi. C'est moi qui t'ai forcé.

— Non, personne ne m'a jamais forcé à faire quoi que ce soit ! Et cessez de penser à ça ! D'ailleurs, c'est à vous de jouer. Si vous ne faites pas quelque chose, vous allez être mat en quatre coups. »

Toutes les relations que j'entretenais avaient une fonction et je n'étais pas très différent des mères de mes condisciples. Azim avait fait pour moi tout ce qu'il pouvait et ne me servait plus qu'à jouer aux échecs. Mais il était nul et, ce qui est plus grave, il ne concevait pas de vivre sans moi. Je le laissai entre les murs de sa chambre et me dirigeai vers l'escalier. Tout en gravissant lentement les marches, je feuilletais un livre de poèmes que je venais d'acheter. L'auteur était un certain Rimbaud. Je ne sais pourquoi, chaque vers me semblait familier. J'avais beau n'avoir jamais écrit de poème, j'avais l'impression de connaître les histoires que racontaient ces mots… Je me disais : « Le dalaï-lama est-il le seul à se réincarner ? Rimbaud revient-il sans cesse parce qu'il n'a pas terminé sa tâche en ce monde ? » Tout à ces réflexions, je riais en entrant dans ma chambre. Je me fichais éperdument d'Azim et de ce Verlaine dont j'avais lu les œuvres quelques mois plus tôt. Ce qu'il écrivait était détestable, je n'avais pas aimé un seul mot. Il m'avait seulement permis de connaître Rimbaud. Et peut-être aussi de me connaître moi-même.

Azim partit et fut remplacé par un certain Bedri, un fonctionnaire dans le genre de Faik, le chauffeur du sous-préfet. Il avait, lui aussi, grandi dans des internats. Il commençait ses propos par : « Je suis comme toi. » Je l'observais en riant sous cape. Il comprit tout de suite que j'étais un vrai filon. Pour un petit employé comme lui, c'était une chance de coudoyer quelqu'un à qui tout réussissait. Il pouvait fanfaronner, m'amener avec lui dans les ministères, me promener comme un animal de cirque. Je lui semblais digne de figurer sur le logo des services sociaux ou du service de protection de l'enfance ! J'étais la preuve vivante que le système fonctionnait bien. Quand je lui confiais que je rêvais d'aller à Cambridge, il disait : « Mais bien sûr ! Nous allons faire ça ! Tu seras un homme de science ! Ne t'inquiète pas, je vais faire tout ce qui est en mon pouvoir ! »

Je n'avais nul besoin de recourir, comme avec Azim, à de petits subterfuges pour m'assurer sa protection. Pour lui, il suffisait que je fusse une étoile capable d'éblouir le ministre chargé de la politique sociale. Je pouvais le catapulter dans des sphères auxquelles, normalement, il n'aurait jamais pu accéder. Il suffisait que je termine le lycée comme meilleur élève. Arrivé en terminale, j'allais avoir 18 ans, et Bedri me disait de ne pas m'inquiéter. « Bien entendu, tu vas rester chez nous, je vais arranger ça. » Et il tint parole.

Entre-temps, je vis tous mes camarades partir vers une nouvelle vie. Le premier fut Rauf, bientôt suivi d'Ömer. Derman fut le dernier à me quitter. Qui sait où ils sont maintenant ? Qui sait ce qu'ils font ? Ils m'ont toujours bien traité. Qui sait en quel point du monde ont échoué ces êtres qui, d'emblée, m'ont traité en ami ?

Rauf n'avait connu ni son père ni sa mère. Ömer, lui, avait été admis au foyer parce que sa mère avait tué son père. Pour Derman, c'était une autre histoire, il était bosniaque… Il était tout petit lorsque ses parents avaient été massacrés sous ses yeux. Par miracle, il avait survécu. On lui avait expliqué que les Serbes qui étaient entrés dans sa maison en tirant sur tout ce qui bougeait, le voyant glacé de terreur, l'avaient cru mort et étaient repartis. C'était sa grand-mère qui l'avait trouvé. Il était parti avec elle pour un long voyage qui les avait amenés à Istanbul. À la mort de sa grand-mère, on l'avait placé dans le foyer, dans le bâtiment d'Azim. Je suis sûr que celui-ci n'avait avec aucun autre enfant les relations particulières qu'il entretenait avec moi. J'ai pourtant des doutes au sujet de Derman. Il faisait tout son possible pour éviter Azim. Quand il le rencontrait, il restait comme pétrifié. Azim, lui, affectait de l'ignorer. Lorsqu'il nous fit son *speech* d'adieu, j'eus l'impression que Derman était le seul à vraiment se réjouir. Moi, je ne ressentais rien, je n'étais nullement surpris par son départ, car j'étais l'auteur de la lettre de menace. Les seuls yeux qui brillaient ce jour-là étaient les miens et ceux de Derman, qui étaient au moins aussi bleus. Ou peut-être l'ai-je rêvé…

Finalement ces trois gamins sortirent de ma vie et trois autres voix emplirent notre chambre à quatre lits.

Si je n'avais pas été si occupé à construire ma vie, j'aurais sans doute prêté attention à ces enfants dont j'ai partagé la chambre pendant trois ans et je leur aurais rendu leur amitié. Mais je n'en ai rien fait. J'avais le cœur trop sec pour éprouver de vrais sentiments à l'égard de ces jeunes êtres qui m'acceptaient tel que j'étais. Sans m'attacher à rien, sans me lier à personne, j'ai tiré profit de tous les pensionnaires du foyer, puis, comme Azim, je les ai jetés à la poubelle. Ils me parlaient, mais je ne les écoutais pas. Si je ne trahissais pas leurs secrets, c'était parce que je les oubliais aussitôt. Ils m'aimaient bien, mais ils ne me connaissaient pas. Je ne leur en ai pas fourni l'occasion. Toute l'affection qu'ils me donnaient me traversait sans me toucher… Ils ont tenté, bien des fois, d'entrer en contact avec moi, mais je ne répondais jamais à leur appel. Je n'y prêtais pas attention. Chacun d'eux était comme un des pavés du sol sur lequel je marchais. Je me bornais à les fouler aux pieds… J'espère que tout va bien pour eux, qu'ils ont trouvé quelqu'un qui a répondu à leurs sentiments sincères et leur a rendu leur amour. Et qu'ils m'ont oublié. J'espère qu'ils n'ont pas, par ma faute, cessé de croire à l'amitié. Qu'Azim ne s'est pas suicidé. Et que je ne le reverrai jamais ! Car même si, avec le temps, j'ai beaucoup changé, je ne suis pas meilleur. Mes défauts n'ont fait que s'aggraver. Je suis plus impitoyable, plus criminel, plus menteur, plus monstrueux, pire en toute chose… Aujourd'hui je suis un cadavre pur-sang. Rien d'autre. Sauf, toutefois, un peu de sulfate de morphine.

En descendant de l'autobus, Bedri me demanda :
« Tu vas bien ?
— Oui.
— Tu en es sûr ?
— Oui
— Bon... »

Après un voyage de huit heures, il ne nous restait plus qu'un petit parcours à travers Ankara. Nous montâmes dans un taxi. Bedri abaissa le pare-soleil qui se trouvait devant lui, arrangea sa cravate devant le miroir et indiqua l'adresse. J'étais assis à l'arrière. Nous sortîmes de la gare routière et passâmes par des rues qui se ressemblaient toutes. Je portais l'uniforme de l'école. Bedri estimait que c'était mieux, cela me donnait l'air plus studieux.

Je regardais les voitures qui passaient, emportant des hommes et des femmes à l'air somnolent, qui semblaient fort contrariés qu'Ankara fût déjà éveillée. À tous les feux rouges où nous nous arrêtions, je regardais la foule qui se pressait sur les trottoirs. Les visages étaient pâles et inexpressifs. Ankara était un ventre vide dans lequel nous circulions.

Arrivés devant le ministère, nous descendîmes du taxi et Bedri regarda sa montre. Notre rendez-vous était dans une heure et demie. Bedri inspecta les lieux et sembla avoir trouvé ce qu'il cherchait. « Viens, on va grignoter quelque chose, dit-il, ensuite, je dois passer à la banque. »

Nous prîmes le petit déjeuner parmi des gens en uniforme comme moi ou en complet comme Bedri. Celui-ci pria le garçon de rafraîchir son thé et me demanda :

« Tu as le trac ?

— Pas du tout ! », dis-je.

Pourtant je n'avais pas dormi depuis deux jours. Je n'arrêtais pas de penser à mon entretien avec le ministre, qui durerait peut-être quelques minutes, peut-être une heure. Quand je sortirais du bâtiment devant lequel nous nous étions arrêtés tout à l'heure, ma vie aurait complètement changé. Chaque pas que je ferais ensuite me rapprocherait un peu plus de l'Angleterre. Je vivais l'un des moments les plus importants depuis ma nouvelle naissance. J'aurais dû avoir le trac, mais je ne l'avais pas. Je ne ressentais rien. J'étais dans une étrange indifférence… J'attribuai cela à notre voyage nocturne et n'y attachai pas d'importance. Toutes ces heures passées dans l'obscurité du car m'avaient rappelé d'autres ténèbres. Il avait plu, par intermittence, toute la nuit et, la tête contre la vitre, j'avais regardé les gouttes se briser… Mais ce n'était pas le moment d'y penser…

« Allez, viens, maintenant », dit Bedri.

Nous nous levâmes…

Nous longeâmes une longue avenue et entrâmes dans une banque.

« Assieds-toi en attendant », dit Bedri.

Malgré l'heure matinale, c'était plein de monde, des vieux surtout. En fait c'était l'heure des vieux qui avaient perdu le sommeil en travaillant toute leur vie. Même désœuvrés, ils n'arrivaient plus à dormir. Les banques, ainsi que d'autres bâtiments, étaient assaillies par des gens qui connaissaient bien les heures d'ouverture. Comme il ne leur restait que peu de temps à vivre, ils ne voulaient pas être en retard. On aurait dit une volée de papillons matinaux… Tenant à la main le ticket qu'ils avaient retiré au distributeur automatique placé à l'entrée, enfouis dans les fauteuils d'attente, ils regardaient silencieusement autour d'eux. De là où j'étais, je pouvais voir que les fauteuils étaient neufs. En arrachant le revêtement de plastique, on avait laissé des lambeaux de nylon transparent que personne ne s'était donné la peine d'enlever. Peut-être que personne ne s'en était aperçu. De toute façon les gens qui y prenaient place avaient depuis longtemps la vue basse.

« Tout le monde se fiche de tout ! » murmurai-je. Puis je fis quelques pas et m'assis sur le seul fauteuil de la salle d'attente encore disponible. Je regardai mes genoux, puis ceux de mon voisin. Levant la tête, je vis le propriétaire desdits genoux. Je n'aurais su dire son âge, mais il était tout ridé. Il portait des lunettes à monture marron. Comme Rastin, il avait réparé avec de la bande adhésive la partie qui chevauchait son nez. Je hochai la tête en murmurant : « Tout le monde se fiche de tout ! »

Sans se douter que je l'observais, le vieux gardait les yeux fixés sur le cadran digital indiquant le numéro des guichets. Le petit morceau de papier blanc qu'il tenait à la main portait le numéro 82. Je me dis que ce nombre pouvait correspondre à son âge. Il portait un vieux manteau. Il regardait tantôt le cadran où s'affichaient les numéros, tantôt le nombre inscrit dans sa main. Le moment qu'il attendait arriva. Il regarda à droite, puis à gauche. Nos yeux se croisèrent, mais il détourna le regard et, d'une main tremblante, glissa son ticket dans sa poche. Il était persuadé que personne ne s'était aperçu que c'était son tour. Le caissier répéta deux fois : « 82 ! », mais le vieux ne broncha pas. Quand le 83 s'afficha, il se leva et gagna lentement la sortie.

Tandis que je me demandais pourquoi il avait renoncé, je vis qu'il prenait un nouveau ticket. Il revint du même pas lent et reprit sa place. Il examina le ticket qu'il tenait à la main, se tourna vers moi en souriant et dit :

« Je n'avais pas pris le bon numéro. »

Je ne répondis pas à ce mensonge et m'abstins de sourire.

Mais il poursuivit :

« J'ai un petit-fils comme toi… Quel âge as-tu ? »

J'aurais pu répondre au moins à cette question, dire quelque chose d'insignifiant, mais je ne sais pourquoi, j'étais inquiet. J'avais envie de transmettre mon malaise. Je me penchai et lui murmurai à l'oreille :

« Tu es tellement seul que ça me donne la nausée ! »

Le bureau du ministre de l'Éducation nationale était aussi grand que notre hangar. Nous fûmes introduits après une longue attente et trouvâmes le ministre en train de téléphoner, assis dans un fauteuil plus grand que lui. Son secrétaire nous indiqua d'autres fauteuils, mais nous jugeâmes convenable de rester debout jusqu'à la fin de la communication. Il raccrocha enfin son téléphone, nous serra la main et nous dit : « Asseyez-vous. » Nous nous exécutâmes et Bedri commença son exposé.

En bon fonctionnaire, il présentait les faits avec les mots appropriés et réussit en quelques minutes à dire que, comme il l'avait indiqué dans son courrier, j'étais en terminale du lycée et que, depuis la sixième, j'avais toujours eu la note maximum à tous les examens et contrôles.

Tandis qu'il expliquait tout cela en détail sous les approbations du ministre, j'observais attentivement le cendrier de cristal posé devant nous sur une table basse… C'était le temps béni où l'on pouvait encore fumer dans les espaces clos…

Bedri débitait : « Monsieur le ministre, nous avons recours à votre haute bienveillance », mais le ministre lui coupa la parole, me regarda en souriant et en disant : « Nous ferons de toi un docteur ! » Je crois qu'il ressemblait un peu à Yadigâr. Ne sachant que dire, je me contentai de sourire. Bedri, voyant que je ne répondais pas, termina sa phrase et dit que pour pouvoir étudier l'anthropologie sociale à Cambridge, j'avais besoin d'une bourse annuelle d'un montant de vingt-cinq mille livres sterling. Après un temps de silence, il ajouta que le lycée était prêt à prendre à sa charge la moitié de la somme.

Pendant ce temps, j'avais à nouveau jeté les yeux sur le cendrier. J'observais un rayon de soleil qui se réfractait dans le cristal et s'éteignait comme un mégot. Moi aussi, j'avais songé à être médecin. J'aurais pu faire des recherches sur le syndrome de Korsakoff qui frappe les personnes ayant enduré de longues souffrances. Mais je m'étais dit ensuite que la santé des gens ne méritait pas un tel intérêt. J'avais songé aussi à être biologiste, spécialisé en entomologie. J'aurais pu élucider l'apparition des bactéries et autres bestioles sur les cadavres. Mais j'y avais promptement renoncé en me disant : « Qu'est-ce que j'en ai à foutre ! Quand on est crevé, on est crevé ! » J'étais néanmoins attiré par la biologie, qui permettait de connaître la composition de ce liquide dit « colostrum » qui se forme dans le sein des femmes pendant la grossesse. Après plusieurs années, j'avais encore sur mon palais le goût de ce lait. J'avais beau avaler ma salive, cela ne passait pas.

« Tu reviendras, n'est-ce pas, Gazâ ? Ne t'occupe pas des cendriers, on les changera plus tard ! »

Était-ce à moi qu'il s'adressait ? Je levai la tête et regardai Bedri.

« Ne reste pas en Angleterre, notre pays a besoin de gens comme toi, mon petit ! »

Les lèvres de Bedri ne bougeaient pas et j'en déduisis que c'était le ministre qui parlait. Je me tournai vers lui et me contentai de sourire.

Bedri intervint :

« Ne faites pas attention, il est un peu ému… »

Mais mon pouls était parfaitement calme. J'en étais sûr, car je pouvais voir mon cœur. Je pulsais en même temps que lui et n'écoutais que ses battements rythmiques. C'est peut-être pour cela que je n'entendais pas ce qu'on me disait. J'écoutais les battements de mon cœur, amplifiés comme s'il y avait eu quatre haut-parleurs géants dans la vaste salle et je regardais remuer les bouches de ces deux hommes. Elles s'ouvraient de plus en plus, mais les battements de mon cœur étouffaient leurs voix.

« Tu vas bien, mon petit ? »

C'était le ministre qui parlait. Je me souvins que j'avais moi aussi la faculté de parler.

« Oui, je vais bien. Et vous ? »

Le ministre se mit à rire. Mais Bedri, lui, ne riait pas.

« Gazâ est peut-être un peu surmené ? » demanda le ministre sans me quitter des yeux.

« Monsieur le ministre, dit Bedri, vous devez penser…

— Bon, coupa le ministre, nous réglerons cela plus tard. Maintenant excusez-moi, j'ai une réunion. Je vais donner des instructions à mon secrétaire. Il vous téléphonera… Allez, Gazâ, bonne chance, mon petit. Travaille bien et reviens me voir. C'est entendu ? »

En terminant sa dernière phrase, il se leva et me tendit la main. Bedri se leva également, mais je restai assis. Bedri saisit au vol la main tendue par le ministre et dit en me regardant : « Merci, Monsieur le ministre, soyez certain que Gazâ ne vous décevra pas. » C'est alors seulement que je me levai. Bedri retira sa main, c'était mon tour de tendre la mienne. Mais il y avait un gros problème. Je ne voulais pas toucher le ministre. Il me suffisait de lever un peu ma main pour couronner ma nouvelle naissance. J'en étais conscient, mais ni mon corps ni mon esprit ne m'obéissaient. En regardant de l'extérieur, on pouvait croire qu'il y avait là quelqu'un qui ressemblait à Gazâ. Mais ce n'était pas moi. Moi, j'étais perdu en moi-même.

Je laissai en suspens la main du ministre, tournai le dos et m'éloignai. Bedri et le ministre disaient sûrement quelque chose, peut-être hurlaient-ils, mais je n'entendais que les battements de mon cœur. Et j'avais grand plaisir à régler mon pas sur leur rythme. Malheureusement, j'étais devenu fou au mauvais moment. Mais je ne m'en rendais pas compte, car cette salle ressemblait vraiment à notre hangar.

« La semaine dernière, ma mère a acheté un gâteau pour mon anniversaire. Un gâteau au chocolat. Mais je ne l'ai pas mangé. Tu sais ce que j'ai fait ? J'ai mangé les bougies ! »

Intarissable comme l'était jadis Ender, celui qui parlait ainsi, dans le dortoir de trente-quatre lits, était Şeref, mon voisin. Coincé entre lui et le mur, j'avais beau enfoncer ma tête dans l'oreiller, j'étais forcé d'entendre sa voix éraillée.

Voyant qu'après le scandale chez le ministre j'avançais comme un spectre sans réagir à rien, Bedri avait renoncé à me tuer sur-le-champ et appelé un taxi pour me conduire à l'hôpital. Mais je poussais des hurlements chaque fois que l'on me touchait et il eut bien du mal à me faire monter dans la voiture.

Le médecin du service des urgences, voyant que je ne répondais pas à ses questions et que je criais au moindre contact, déclara, après s'être gratté la tête, qu'il fallait me conduire au service de psychiatrie, trois étages plus haut. Mais il y avait un problème. Le premier ascenseur était vide, et pourtant je refusais d'y pénétrer seul avec Bedri. Après quelques vaines tentatives, on réussit à me faire monter dans un ascenseur où se trouvaient déjà deux personnes.

En fait, je voyais et entendais tout ce qui se passait. J'étais conscient de tout, mais je n'étais maître ni de mon corps ni de mes réactions. Ils refusaient tout bonnement de m'obéir. Par exemple je savais que seul Bedri et moi devions monter dans l'ascenseur vide, mais j'étais incapable de faire un pas en avant pour y pénétrer. La partie de mon cerveau qui se rendait compte de tout était emprisonnée dans un lieu obscur d'où elle observait ce qui se passait. Installée aux premières loges, elle assistait au spectacle sans pouvoir intervenir. Et elle apprenait diverses choses, par exemple que je ne pouvais pas monter dans un ascenseur s'il n'y avait pas au moins trois personnes. Elle ne s'en étonnait pas. Elle acceptait ce fait comme un phénomène physique fraîchement découvert.

Quand nous descendîmes au troisième étage, les gens, malgré mes protestations, s'obstinaient à vouloir me toucher. Le couloir retentissait de mes clameurs. Finalement, ils décidèrent de m'endormir. Ce ne fut pas facile. Il fallut quatre infirmiers pour me saisir, me jeter à plat ventre sur mon lit et baisser mon pantalon.

Quand je revins à moi, Bedri était à mes côtés. Je le voyais, mais je ne pouvais pas lui parler. J'avais la bouche pleine… D'ailleurs il n'avait pas l'air de vouloir parler. Il me regardait, l'air accablé, comme si le ciel lui était tombé sur la tête. Le petit génie sur lequel il avait tellement investi l'avait lâché. J'étais une machine dont le fonctionnement lui échappait et qui s'était détraquée au moment où il avait le plus besoin d'elle. Je suis sûr qu'il avait hâte de s'éloigner, pour ne pas céder inopinément à la colère et, dans le meilleur des cas, me casser un bras. Si l'on considère l'humiliation que je lui avais infligée, on peut dire qu'il s'est montré magnanime. Il aurait aussi bien pu m'abandonner dans la cour du ministère et se disculper en disant : « Il m'a attaqué et il s'est enfui ! » Il ne l'avait pas fait. Il gardait peut-être espoir. Il pouvait s'agir d'une simple crise de nerfs. Le Gazâ qu'il connaissait allait peut-être revenir et nous pourrions tenter d'aller présenter nos excuses au ministre. Tout recommencerait et nous repartirions vers le succès. Mais pour cela, il aurait fallu que je retire ma main de ma bouche. J'y avais fourré mes doigts dès mon réveil. Pour qu'ils ne touchent à rien. Une voix me disait : « C'est bien, c'est ce qu'il faut faire ! »

Ainsi donc Bedri et moi étions dans une impasse. J'étais comme un animal qui n'est plus bon à rien et il était comme le propriétaire d'un cheval de course, forcé d'abattre l'animal estropié…

Nous ne pouvions rien faire. Bedri se leva lentement et voulut me poser la main sur l'épaule. Mais se rappelant comment j'avais réagi, toute la journée, chaque fois que quelqu'un s'apprêtait à me toucher, il retira sa main et sortit de la chambre.

Je vis, de mon lit, qu'il s'entretenait dans le couloir avec un médecin, sans cesser de me regarder. Ensuite il ôta sa cravate et la fourra dans sa poche. Il fit mine de revenir vers moi, mais le docteur l'arrêta en lui prenant le bras. Il me lança un dernier regard et disparut dans le couloir. Il devait s'occuper d'autres enfants, il avait un internat à gérer.

C'est la dernière fois que je l'ai vu. Ce fut la fin de notre collaboration. Tout ce qu'il put faire ensuite fut de s'enquérir à distance de ma santé et de s'assurer que je suivais un traitement. Le docteur s'approcha en disant : « Ne t'en fais pas, tu guériras. Nous te renverrons à Istanbul. Je l'ai promis à monsieur Bedri. »

Mais il ne tint pas parole. Je ne revins pas à Istanbul et je ne guéris pas. Quand on n'a pas de famille, votre lieu de résidence officiel est sans importance. Les services sociaux sont présents partout et il ne venait à l'idée de personne que je dusse revenir où que ce soit. Malheureusement, j'étais toujours vivant et j'atteignis mes 18 ans. Je les fêtai tout seul, car il n'y avait plus personne dans ma vie.

Quelques jours plus tard, on me fit monter dans un autobus avec la valise contenant mes affaires, qu'on m'avait envoyée d'Istanbul. Je savais que j'allais dans un hôpital de Gölbaşı. Dans un dortoir de trente-quatre patients, près du lit de Şeref… J'étais là depuis quatre mois et Şeref parlait toujours.

« Il n'y a aucune différence entre un préjudice et un avantage. Ils sont interchangeables. Un désagrément peut causer un certain plaisir. Tu n'es pas de mon avis ? »

CHIAROSCURO

Technique propre à la peinture de la Renaissance. Elle exprime le volume en accusant le contraste ente l'ombre et la lumière.

J'étais enfermé en moi-même, toutes portes verrouillées de l'intérieur. Les trois cent dix-sept heures que j'avais passées en enfer, après s'être fait oublier pendant trois ans, avaient resurgi dans le bureau du ministre et m'avaient englouti. Curieusement, les virgules qui ponctuent mon existence se mettent en place dans les salles d'audience. Peut-être suis-je allergique aux bâtiments officiels. Je ne sais pas. En tout cas, j'avais commis l'erreur de croire que j'étais bel et bien sorti de ce trou ténébreux et que j'allais pouvoir vivre comme si de rien n'était. Je ne me rendais pas compte que ma vie avait pris fin au contact de ces corps en putréfaction. J'avais seulement continué à respirer comme tout le monde. Mais j'étais prisonnier de mon passé et dans l'incapacité d'œuvrer à mon avenir. Les êtres humains m'inspiraient un insurmontable dégoût et j'en étais réduit à voler les capsules de sulfate de morphine de Şeref.

Pour lui, contrairement à moi, la folie n'était pas le seul problème. Il était atteint d'un cancer du cerveau qu'il qualifiait d'« impôt de Dieu ». Il avait trois énormes tumeurs reliées par des métastases. Elles jetaient des lueurs dans son cerveau, obscurcissaient sa vue et, bien sûr, elles allaient le tuer. Mais avant qu'il ne meure, les médecins voulaient être bien certains qu'il aurait une dose suffisante de souffrances. Dans tout le corps de Şeref, qui avait 25 ans, se répandaient des douleurs intolérables. Il s'enfonçait dans son lit comme dans les profondeurs de la mer. Pour le maintenir à la surface, on lui administrait toutes les douze heures trente milligrammes de sulfate de morphine. Et c'est là que j'intervenais. J'avais vu l'effet que ces petites capsules blêmes produisaient sur lui et j'avais envie de ressentir la même chose.

D'emblée la drogue créa entre nous une interdépendance. Sans quitter mon lit, il suffisait que je regarde Şeref dans les yeux comme si je l'écoutais. En peu de temps, notre petite transaction devint une simple routine. L'infirmière qui apportait la capsule ne regardait pas sous la langue de Şeref et, dès qu'elle avait tourné les talons, je pouvais prendre la part qui me revenait. Elle était enduite de salive, mais cela ne diminuait pas son effet. Il nous fallut un certain temps pour comprendre que Şeref, pour me faire passer la capsule, devait la déposer sur la table de nuit qui se trouvait entre nous. Nous étions encore des débutants. Şeref apprit comment il fallait se comporter avec moi. Il me parlait, mais il avait soin de ne pas me toucher. En échange de la capsule qu'il posait sur la table de nuit, il avait un auditeur attentif qui gardait les yeux sur lui. C'était plus important pour lui que de soulager ses maux de tête. Finalement, chacun de nous y trouvait son compte. Nous n'étions pas si fous que ça.

Si Emre, le jeune psychiatre qui m'avait pris en charge, ne voyait pas la nécessité de me donner un peu de cette drogue que l'on fabrique en quantités industrielles, c'était parce qu'il était convaincu que je n'avais mal nulle part. Il ne se doutait absolument pas que je ressentais une douleur chronique. Tout, d'ailleurs, chez moi, était chronique!

Passionné d'archives, Emre, grâce à mon dossier de l'hôpital de Kandalı qu'Azim avait scrupuleusement transmis à Bedri, était fort bien informé de mon cas. Bedri, dépité comme un amoureux trahi, avait sans doute jeté mes affaires par la fenêtre de ma chambre du troisième étage, mais il avait immédiatement expédié à l'hôpital tous les documents me concernant. Emre et ses jeunes confrères étaient donc au courant de la petite aventure que j'avais vécue avec les cadavres, mais nul ne pensait qu'une telle expérience fût assez douloureuse pour vous ôter la raison. C'était bien naturel, ils n'avaient jamais rencontré personne qui fût sorti vivant d'un tel charnier. Pour eux, j'étais comme quelqu'un qui est sorti des décombres après un tremblement de terre.

À titre d'exemple, voici le diagnostic d'Emre :

« Sans aucun doute, stress post-traumatique. »

C'est ce qu'il disait à ses confrères. En ma présence, par-dessus le marché !

Ils commençaient par hocher la tête, puis, l'index sur le menton, ils faisaient mine de réfléchir. Le plus impétueux se lançait dans le fameux numéro qui s'appelle *Pour le simple plaisir de contredire* :

« Il présente cependant des aspects aigus, n'est-ce pas ? Le fait remonte à des années, mais il semble être encore en état de crise... »

Un autre partait dans des divagations :

« Selon moi, on peut envisager une sous-espèce d'anxiété sociale liée au traumatisme... »

Cette thèse était rejetée à l'unisson d'un « Humm » réprobateur.

Suivait un nouveau solo, sur un autre ton :

« Je vous informe qu'en sortant d'ici nous allons chez *Le Bof* ! Emre est amoureux de la serveuse, et c'est lui qui invite ! »

Emre reprenait :

« Je n'en suis pas amoureux, mais j'aime bien quand elle m'installe la serviette sur les genoux.

— Humm ! » faisait le chœur.

L'autre reprenait ses divagations :

« Vous souffrez d'une perturbation sociale de la virilité ! »

Mais la plaisanterie tombait à plat, personne ne riait et ces messieurs se dispersaient aux quatre coins du dortoir en un ballet bien synchronisé. Les vrais fous, eux, attendaient l'occasion de se taper la tête contre les murs au risque de se fracasser le crâne. C'est dire à quel point, même si mon cas était jugé intéressant, il ne méritait pas qu'on s'y attarde.

Les symptômes de mon mal étaient évidents. Je ne pouvais pas toucher les autres, je ne supportais pas qu'on me touche et je ne pouvais pas rester en tête à tête avec une seule personne. Il fallait que je sois seul ou entouré de beaucoup de monde, faute de quoi je me mettais à trembler de tous mes membres, à crier, et j'étais submergé par une douleur intolérable. Encore un détail important : je ne parlais pas.

En fait, c'était un choix. Si je l'avais voulu, j'aurais pu parler, et même de façon intarissable. Mais je n'avais nulle envie de me confier, de ressasser la même chose comme un politicien qui va de *meeting* en *meeting* ou un enfant qui réclame une faveur en répétant mille fois la même phrase.

Pendant trois ans j'avais dit tout ce qui me passait par la tête et cela m'avait mené dans un asile d'aliénés. Le bavardage ne me valait rien, c'était une fatigue inutile. De plus, en m'abstenant de parler, j'évitais les querelles. Chaque mot porte en lui la discorde. Il est juste de dire « Au commencement était le Verbe ! » J'étais sûr que la discorde était la première chose qui était apparue dans notre univers. Autant de mots, autant de querelles ! Le dortoir était plein de boxeurs furieux couchés dans leurs lits, mais avides de s'injurier et de se taper dessus. Leur cerveau était partagé en deux hémisphères dont l'un commandait la main gauche et l'autre la main droite. Cette bande de dingues se réveillaient, faisaient semblant de vivre, et dormaient sur le même ring.

Pourtant notre situation n'était pas si mauvaise. Ces jeunes psychiatres qui, du fait de leur âge, n'étaient pas inscrits au budget de l'établissement, s'efforçaient, dans leurs prescriptions, de se montrer créatifs, et faisaient de leur mieux pour nous faire sortir le plus vite possible de l'hôpital. C'est ainsi que mon médecin finit par me prescrire d'assister à des naissances. Il en était resté à sa théorie du stress post-traumatique. Le plus naturellement du monde, il passa à la phase expérimentale. Mais il y avait un problème : il n'était pas facile de trouver une femme enceinte qui se prêterait bénévolement à l'expérience. Ces dames n'avaient nulle envie de mettre leur enfant au monde en présence d'aliénés et je devais me contenter de regarder des enregistrements. Cela valait probablement mieux pour tout le monde, car j'étais certain que j'aurais éprouvé une envie irrépressible de remettre le nouveau-né à l'endroit d'où il sortait.

Mais Emre n'en démordait pas. Persuadé que pour que la méthode soit efficace je devais voir les choses en vrai, il poussa le zèle jusqu'à présenter son affaire à la direction du jardin zoologique d'Ankara en sollicitant son aide. Ce fut le début d'une série de visites au zoo, pour voir naître tantôt un marcassin, tantôt un lama. Afin, pour reprendre les termes d'Emre, de me réconcilier avec la vie, qui m'était devenue odieuse. Même s'il n'y avait pas de réconciliation, je trouverais le point de rupture et reprendrais contact avec la vie…

Bien entendu, je prenais aussi des médicaments. De puissants antidépresseurs qui endormaient mon cerveau et faisaient de moi un bébé vaudou noyé dans une douce torpeur. Naturellement, quand on me faisait une piqûre, c'était bien moi qui la sentais. Le malheur était que si, par exemple, j'avais mal à une main pendant la journée, je pouvais être sûr que le soir venu il lui arriverait quelque chose de fâcheux. Si elle ne se blessait pas en heurtant le mur, je l'écorchais avec mes dents. Si j'avais mal à la nuque, le soir une mouche me piquait à cet endroit-là ou un fils de pute me tapait dessus en se rendant aux toilettes. Grâce aux médicaments que je prenais, mon corps voyait l'avenir et m'envoyait des signaux douloureux. Mais Emre ne se contentait pas de la chimiothérapie, je voyais bien qu'il était en quête d'un traitement efficace. D'ailleurs je voyais tout. Emre, lui aussi, commençait à y voir clair. Lorsqu'une analyse de sang révéla la trace des capsules de Şeref, il se dit que je n'étais pas si malade que j'en avais l'air. On changea Şeref de place et on l'installa le plus loin possible. Mais il trouva quand même le moyen de remercier son plus fidèle auditeur. Mon vol de médicament ne resta pas impuni. Emre, passant à la phase suivante du traitement, exigea que je prenne mes excréments dans mes mains pour les regarder. Leur odeur n'était pas très différente de celle des cadavres. Je ne comprenais pas avec quoi pourrait bien me réconcilier la contemplation de mes selles, mais je m'efforçais de faire ce qu'on me disait. Je m'exécutais discrètement dans les toilettes, puis je me lavais les mains et allais à la bibliothèque.

J'y passais une grande partie de la journée. Je lisais sans arrêt. Ma vue était bonne, et je n'en avais jamais assez. La bibliothèque était constituée des dons des praticiens de l'établissement. La plupart des ouvrages traitaient d'art, de politique et de philosophie. Les psychiatres, apparemment, avaient renoncé à leurs rêves d'être artistes, politiciens ou philosophes, pour venir se livrer à des fouilles archéologiques dans cette fosse qu'est l'être humain.

C'est dans un de ces livres que je vis la *Cène* de Léonard de Vinci. Je lus toute l'histoire. Dans ma folie, cela me rappela la photo parue dans *De Kandalı au monde*. En fait, la démence est un privilège. Pour les sains d'esprit, ce qui se passe sous leurs yeux ne suggère rien du tout. Ils se contentent de croire à ce qu'ils voient. Et leur vie est à cette mesure. Alors que…

Un beau jour, en feuilletant un livre, je les ai vus, là, devant moi, les Bouddhas de Bâmiyân. Le livre parlait de sculpture, de bouddhisme et de ces deux statues. J'étais sûr qu'aucun de ceux qui l'avaient lu n'avait pleuré comme moi en tournant les pages. Je portais ces deux statues dans ma poche, Dordor et Harmin dans mes rêves et Cuma s'était logé dans ma moelle…

J'admets que je suis allé un peu loin dans ma relation avec ce livre. J'arrachai plusieurs pages, les étalai sous ma couverture et passai plusieurs nuits à penser à Cuma en compagnie des deux statues… Malheureusement, en changeant les draps, l'aide-soignant découvrit le pot aux roses. Il alla tout raconter à Emre qui m'ordonna de manger les pages où figuraient les photos des statues. Je ne pouvais pas lui désobéir. Je mangeai donc les deux pages et, au cours d'une séance ultérieure de contemplation de mes excréments, je pus mesurer de ma main la hauteur des statues.

Comme vous voyez, ma vie n'était pas vraiment fastidieuse. Par exemple, la chambre où, tous les vendredis, je passais quarante minutes avec Emre, contenait un pot à crayons dans lequel se trouvait un compas. C'était pour moi du plus grand intérêt. Les premiers mois, pour ne pas me laisser seul avec le médecin, un aide-soignant assistait à la consultation et la porte restait ouverte. Je pouvais voir les gens qui passaient dans le couloir, j'avais l'impression d'être dans la foule et cela me rassurait. Mais ce qui m'intéressait vraiment, c'était ce compas dont la présence me semblait insolite. Emre cachait-il en lui un enfant qui, dans ses moments libres, s'amusait à tracer des cercles sur des feuilles de papier ? Ou s'était-il lancé dans une théorie psychiatrique sur la signification des cercles ? Je n'en ai pas la moindre idée. En tout cas le compas était là et attendait de servir.

Un vendredi, sitôt installé devant Emre, d'un geste rapide, je m'emparai du compas. Craignant que je ne me blesse ou ne l'attaque, Emre se leva d'un bond. Mais avant qu'il n'ait fait le tour de la table, j'avais trouvé un morceau de papier et m'étais mis à faire le dessin que j'avais imaginé la première fois que j'avais vu cet objet. Comprenant que je n'avais nulle intention de planter le compas ailleurs que dans la feuille de papier, Emre s'immobilisa et se mit à m'observer.

Je commençai par fermer le compas au maximum et traçai un tout petit cercle. Puis, sans déplacer la pointe, qui était plantée au milieu de la page, j'ouvris un peu plus le compas et traçai un cercle en pointillés irréguliers. Ensuite j'ouvris encore un peu plus l'instrument et traçai un troisième cercle, suivi d'un quatrième et d'un cinquième, de plus en plus grands, faits de lignes de longueur égale séparées par des intervalles. Comprenant que je dessinais un labyrinthe, Emre se cala dans son fauteuil en hochant la tête d'un air incrédule. Nos regards se croisèrent et nous échangeâmes un sourire. Je traçai enfin un sixième cercle et laissai dans le septième une ouverture qui était la porte d'entrée. Pour finir, je traçai de petits traits reliant les segments de courbes de façon à délimiter les couloirs. Alors seulement je relevai la pointe du compas et considérai fièrement mon œuvre. Je n'étais pas égoïste. Pour donner à Emre sa part de fierté, je parlai pour la première fois depuis mon arrivée à l'hôpital :

« S'il vous plaît, trouvez la solution ! »

Il feignit de ne pas être étonné de m'entendre articuler des sons cohérents, prit le papier que je lui tendais et, à l'aide du stylo qu'il portait dans sa poche intérieure, entra par la porte du labyrinthe et s'efforça d'arriver au petit cercle central. Moi, je pensais déjà à autre chose. Je parcourais la chambre du regard et partout, je voyais Rastin. Et le schéma de la hiérarchie en spirale…

« Ça y est ! » dit Emre en me montrant la feuille de papier. Non sans mal, il avait fini par trouver le bon parcours. Je le félicitai, pour ne pas le démoraliser. Tout heureux de pouvoir enfin communiquer avec moi, il me remercia et fit mine de me serrer la main. Malgré tous mes efforts, je ne pus m'empêcher de planter le compas dans cette main tendue. Ensuite, comme il convenait, je présentai mes excuses. Tenant sa main ensanglantée, il dit que c'était sans importance, mais il me fit enfermer pendant deux jours en salle d'isolement. Cela me permit de comprendre que la cellule de Yadigâr avait sa place dans la science psychiatrique ! Quarante-huit heures d'isolement, voilà la panacée !

Pour moi, c'était un lieu essentiel, car une fois enfermé, je pus fermer les yeux et me retirer dans mon corps. C'était merveilleux de me promener en moi comme un astronaute parcourant non pas l'espace, mais mes propres tissus. En sortant, je remerciai Emre en ces termes :

« Merci de m'avoir envoyé là-bas. Il m'est venu une idée : au lieu d'installer des toilettes publiques, on devrait dresser dans les rues des réduits où l'on pourrait s'isoler. Comme pour les toilettes, la couleur rouge indiquerait qu'il y a quelqu'un à l'intérieur. Pour aider la personne désireuse de rester seule, on ferait passer de la nourriture et des boissons par une ouverture pratiquée dans la porte. Ce serait bien, n'est-ce pas ? Ce serait magnifique ! »

Emre ne prit pas mon idée au sérieux, mais il était si heureux que j'aie retrouvé l'usage de la parole, qu'il me tendit de nouveau sa main bandée. « Avez-vous des gants ? » demandai-je. On trouva rapidement une paire de gants de cuir. Je les enfilai et pus lui serrer la main. C'était vraiment un grand jour ! Le cinquième mois de mon traitement, on nota un progrès majeur. J'avais pu – avec des gants, il est vrai – toucher un être humain.

J'entrai tout sourire dans le dortoir, mais mon visage se pétrifia quand on m'apprit que Şeref, mon dealer, était décédé. La première chose qui me vint à l'esprit, c'est que malheureusement il n'y avait dans le dortoir aucun autre cancéreux. Il était le seul à utiliser le sulfate de morphine ! Quand je fis le seizième pas – sauf erreur de ma part – en direction de mon lit, ma décision était prise : je devais sortir au plus vite de cet hôpital. J'irais dévaliser la première pharmacie venue et ne serais pas obligé de repartir de zéro.

Repartir de zéro ! C'était le leitmotiv de cet hôpital ! Mais je n'avais nulle intention de m'y conformer. Tout ce que je voulais, c'était reprendre où je l'avais laissée ma relation avec la morphine. Je ne pouvais pas vivre à l'extérieur de ma peau. Un autre, à ma place, se serait sans doute demandé : « Où vais-je trouver une cellule ? » Mais j'avais de la chance. Parmi les milliards d'êtres humains qui peuplent ce monde, j'étais le seul à avoir dit « Papa ! » à Ahad. Et il m'avait laissé une cellule en héritage. J'avais à Kandalı un local où m'isoler. Je m'imaginais allongé dans l'obscurité du dépôt parmi les capsules de drogue. Et je souriais. Si j'avais été un compas, j'aurais pu planter ma pointe dans une feuille de papier et dessiner le paradis ! Je savais à quoi il ressemblait. Je l'avais équipé aux frais de mon père avec l'intention d'en faire un enfer pour d'autres humains… En fait, pour moi en tout cas, c'était un éden. J'étais le plus grand pécheur du monde et mon plan de sauvetage était clair : entrer au paradis, et ensuite y mourir. Mais pas en me suicidant. En laissant faire le temps.

Je devais soit quitter l'hôpital selon les règles, soit m'évader. Mais on n'était pas dans un roman d'aventures et je devais commencer par essayer la première solution. La question était de savoir si je serais capable de simuler ma guérison. Ma démence, en tout cas, ne pouvait être décelée ni par la radiographie, ni par la tomographie, ni par l'analyse du sang. J'étais porteur d'un mal qui échappe aux rayons X. J'aurais pu parcourir le monde sans que nul ne le détecte. Mais avant tout, je devais sortir de cet hôpital. Malheureusement, pour y parvenir, j'allais être forcé de toucher des gens avec mes mains nues. Et qui plus est, sans crier ni laisser paraître sur mon visage la douleur qui me submergeait. Je me dis qu'il fallait commencer par quelques exercices d'entraînement.

J'allais écrire une nouvelle page de l'histoire de la médecine. Comme tout homme de science consciencieux, je ferais mes premières expériences sur des animaux. Je commencerais par toucher des bêtes, le reste viendrait naturellement. Toucher un chimpanzé ou un homme, était-ce si différent ? Tous deux ne descendaient-ils pas du même primate dénommé Adam ? Bon, d'accord, l'un des deux avait fait preuve de plus de bon sens. Se fiant à son instinct, il avait préféré être chimpanzé et rester en harmonie avec la nature. L'autre, cet imbécile, enfreignant l'ordre naturel, s'était condamné pour toujours à crever d'insatisfaction. Mais ce n'était pas mon problème. Peu m'importait que la chair que je voulais toucher fût ou non celle qui allait provoquer la fin du monde. C'était de la chair, un point c'est tout. Elle était répugnante, mais il fallait que je la touche. Pour me consoler, je me disais que si j'avais vécu à une autre époque, au XVIIe siècle, par exemple, dans une tribu de cannibales, j'aurais été forcé, pour prouver ma santé mentale, de manger de la chair humaine. Ces gens-là, eux aussi, avaient leur culture et les subtiles lois du hasard auraient pu aussi bien me faire naître parmi eux. Une culture avait produit les Bouddhas de Bâmiyân. Une autre, celle des talibans, les avait fait exploser. Les hommes qui, il y avait mille quatre cents ans, avaient érigé ces statues, appartenaient à la même culture bouddhiste que les Birmans qui, aujourd'hui, massacraient les musulmans. Ce concept de culture, il ne fallait pas le monter en épingle. C'était l'affaire de quelques maniaques, de quelques obsédés qui, sans la moindre concession, transmettaient d'une génération à l'autre des comportements ritualisés et faisaient du monde un véritable dépotoir ! Ce type de mémoire collective portait en lui la maladie d'Alzheimer ! Si l'on avait présenté aux gens toutes les cultures en leur disant : « Allez-y, faites votre choix ! Vous serez transportés gratuitement dans la culture que vous préférez et vous pourrez y vivre à votre gré », certaines aires culturelles n'auraient-elles pas été désertées sur-le-champ ? Mais tout cela ne menait à rien.

Quand je lui déclarai que j'allais commencer par toucher des animaux et progresser par étapes, Emre marqua un temps d'hésitation. Après tout, l'idée n'était pas de lui et l'homme a besoin d'un certain temps pour accepter ce qui a été conçu pas un autre : il lui faut tout d'abord y apporter quelques modifications afin de pouvoir se l'approprier. Emre eut besoin de près de quatre heures pour se donner le change. Quand ce fut fait, il vint me voir au dortoir et, appuyé sur le montant du lit de fer, il me déclara :

« C'est d'accord… Nous allons faire ce que tu dis… Mais pour commencer, tu vas aider un animal à naître ! »

À naître ? Ce type m'exaspérait avec son obsession de la naissance ! En fait, tout ce qu'il voulait, c'était s'octroyer mon idée en y ajoutant quelque chose de son cru. Mais j'étais pressé, je n'avais pas le choix.

« Quand commençons-nous ?

— Je vais contacter le zoo, je te tiendrai au courant. Nous trouverons peut-être une ferme… On verra… »

Et il repartit… Dès qu'il eut tourné les talons, je fus pris de maux de ventre… À chaque battement de paupière j'avais l'impression de voir surgir des bêtes, je sentais dans mes mains des placentas qui ressemblaient à des méduses. En proie à des douleurs violentes, je tremblais comme une feuille. Assis sur le lit, je regardais autour de moi. C'est alors que je songeai à l'animal le plus inoffensif que je connusse. Je le sortis de ma poche et me mis à le palper. Je le passai sur mon visage et sur mon cou… comme un baume, partout où j'avais mal… J'avoue que ce jour-là c'est la grenouille de papier de Cuma qui m'a sauvé.

Trois jours plus tard, un chauffeur nous conduisit, Emre et moi, à une ferme des environs de Polatlı où je m'agenouillai devant une vache en proie aux douleurs de l'enfantement. Tandis que le fermier saisissait et tirait vers lui les deux sabots qui sortaient de la bête, je lui demandai : « Qu'est-ce que je peux faire ? » Il me répondit : « Aime, contente-toi d'aimer… »

Après avoir considéré Emre, puis le gros animal appuyé contre le mur de l'étable, j'inspirai profondément et touchai ce dos tout chaud. Je retirai mes mains comme si elles risquaient de prendre feu, puis je touchai encore. La bête se tourna vers moi en disant : « N'aie pas peur ! » Ou plutôt c'était Emre qui parlait, mais peu importe… Je caressai … caressai…

Tout d'abord les deux sabots furent suivis par deux pattes et on vit enfin apparaître la tête du veau. Quand il fut complètement séparé de sa mère, je me mis à pleurer. Mes tempes, au lieu d'être endolories, se mouillèrent de larmes. Je pleurais comme si c'était moi qui venais de naître. Je pris les mains du fermier en disant : « Je vous remercie. »

Sur le chemin du retour Emre, tout rayonnant, répéta à plusieurs reprises : « Je suis fier de toi. » J'avais fait d'une pierre deux coups.

J'avais réussi à toucher à la fois l'animal et le fermier… J'allai plus loin. En réponse à Emre, je lui touchai le bras et l'épaule à plusieurs reprises. Nous nous regardions en souriant et contrefaisions la voix du fermier : « Aime, contente-toi d'aimer… »

De retour à l'hôpital, dès qu'Emre se fut éloigné, j'allai aux toilettes et ouvris le robinet d'un lavabo pour débarrasser mes mains du blanc d'œuf séché qui me faisait une seconde peau. Je n'étais tout de même pas si bête ! Le meilleur moyen de ne pas toucher au placenta, c'était d'enduire mes doigts d'un autre placenta. Je devais cette idée à Ahad, qui m'avait fait si mal en pressant sur mes brûlures de cigarette le jour où Yadigâr m'avait laissé sortir de cellule. Après sa harangue, il avait posé sa main sur mon poignet en disant : « Va casser deux œufs, sépare les blancs, bats-les avec soin et étale-les là-dessus ! C'est bon pour les brûlures. » J'avais suivi ses conseils, mais ça n'avait servi à rien. J'avais seulement remarqué que les blancs d'œufs me faisaient deux gants transparents.

Ainsi, pour faire mon numéro, je n'avais besoin que de deux œufs. Il y en avait des tas à la cuisine de l'hôpital. Le reste n'était que du théâtre, j'y étais rompu depuis ma naissance. Gazâ, en fait, n'était qu'un rôle, un personnage. Et c'était mieux ainsi, car s'il avait vraiment existé je l'aurais haï et j'aurais cherché à me supprimer. Gazâ était un figurant. Doublant magistralement les scènes dangereuses, il n'avait eu aucun mal à répéter plusieurs fois : « Contente-toi d'aimer » sur le ton le plus naturel… « Aime la vache, aime-toi toi-même, aime les hommes, aime la vie. Contente-toi d'aimer… » Tu parles ! As-tu jamais connu un Gazâ ? Si c'est le cas, essaie donc de m'aimer, putain ! J'étais peut-être fou pour de bon. Mais pas au point de toucher des êtres humains !

Debout devant la porte du bâtiment, nous regardions les flocons qui voletaient autour de nous et venaient fondre sur nos épaules. Ou peut-être étais-je seul à le faire. Emre fit mine de me serrer la main. Je regardai sa main, je lui souris et brusquement, je l'étreignis comme Ender m'avait serré dans ses bras quelques années plus tôt. Cette fois-ci, c'était au tour d'Emre d'être pris au dépourvu et de ne savoir où porter le regard. Pour qu'il ne se rende pas compte que je préférais toucher ses vêtements que sa main, je faisais traîner les choses. J'allai jusqu'à lui murmurer à l'oreille : « Merci pour tout ! » Ensuite je m'écartai vivement. Surpris de ces effusions, Emre ne savait que dire. Il sortit de sa poche la feuille de papier sur laquelle j'avais tracé le labyrinthe et me la montra en disant : « Tu vois, je la garde en souvenir… » Et il ajouta : « Tu es une personne très intelligente, Gazâ ! »

Cette phrase me rappelait quelque chose. Était-ce le procureur, qui l'avait prononcée ? Je crois qu'il avait dit « un enfant », mais depuis, j'avais grandi. Du moins en apparence… Je m'efforçai vainement de ne pas voir la trace de sang séché sur la feuille de papier. Je levai la tête en disant :

« Encore toutes mes excuses. »

Emre protesta :

« Laisse tomber ça ! C'était de ma faute ! »

Avant qu'il n'ait remis le papier dans sa poche, j'ajoutai :

« Seulement, pour le labyrinthe, ce n'était pas la véritable solution…

— Vraiment ? » dit-il en regardant le papier qu'il tenait à la main.

Je souris.

« Réfléchissez encore.

— D'accord, je vais réfléchir. Bonne chance, Gazâ. »

Je quittai l'hôpital de Gölbaşı dans un minibus semblable à celui qui m'y avait amené. J'étais entré fou dans ce bâtiment, j'en ressortais fou et drogué. Je n'avais en poche que la grenouille de Cuma et l'argent qu'Emre avait collecté pour moi auprès de ses confrères. Il faisait froid. Le paysage était misérable. Mais les pneus et moi-même étions revêtus de chaînes ; ni le froid ni la misère ne pouvaient nous arrêter. Nous partîmes sans nous retourner.

En descendant du minibus de l'hôpital, j'allai prendre le bus d'Ankara en traversant la foule en coup de vent pour n'effleurer personne. C'était inutile, le bus était tellement bondé que je me heurtais tantôt à une épaule, tantôt à un coude. J'étais cerné par la chair humaine et le voyage était long. Ma seule ressource était de fermer les yeux et de serrer les dents. En progressant dans ce frotti-frotta de chairs et de tissus, je ressemblais à la vraie solution du labyrinthe. Pour la trouver, il fallait prendre une gomme et tout effacer en ne laissant subsister que le parcours tracé au stylo. Le secret était là. Une fois le labyrinthe effacé, il restait la lettre G qui, bien entendu, n'était pas à prendre comme l'initiale de Gazâ, mais comme celle de *gat*. Dans cet autobus, comme partout ailleurs, j'avais l'impression qu'on me mâchonnait et qu'on pouvait me cracher par la fenêtre.

Arrivé à la gare routière d'Ankara, je me mis en quête de sulfate de morphine. En attendant le départ du bus de Kandalı, je passai à plusieurs reprises devant les deux pharmacies installées dans le bâtiment. Mais il y avait des flics partout. Ou peut-être je le rêvais. En tout cas, je n'allais pas entrer dans une officine en disant : « Donnez-moi du sulfate de morphine ou je vous tue avec mon revolver invisible ! »

Comment pouvais-je, sans arme, accomplir mon forfait ? Je compris que je devais me contenter pour l'instant du Tolvon qui se trouvait dans ma valise et tâcher de dormir.

Je montai dans l'autobus, qui s'était rangé le long du trottoir une heure avant le départ, pris la dose maximale de Tolvon et fermai les yeux en me promettant de ne pas les rouvrir avant d'être arrivé à Kandalı. Par miracle, je pus tenir parole. Je dormis d'une seule traite pendant tout le voyage, qui dura plusieurs heures. S'il en avait été autrement, il est fort probable qu'au bout de moins de cent kilomètres je me serais levé de mon siège pour arracher le volant des mains du chauffeur. L'autobus aurait quitté la route et j'aurais été le premier à passer à travers le pare-brise… Mais je dormais !

J'avais quitté Kandalı à 15 ans en me promettant de ne jamais y revenir. À 19 ans, j'étais de retour. Un autre aurait sans doute éprouvé toutes sortes d'émotions. Moi, j'étais totalement impavide. Je me contentais de fouler aux pieds les copeaux qui jonchaient le sol. Je dépassai la gendarmerie, puis les restaurants où j'avais acheté mes cadeaux pour la plus belle fille du monde. Tout cela me laissait de marbre. Ma maison à moi, ce n'était pas Kandalı, c'était le dépôt au bout de la rue de la Poussière.

Après avoir marché une demi-heure, je dépassai le panneau « Bon voyage » et vis celui que j'avais installé. Il était toujours là. Mais il avait un peu changé… Il portait quatre traces de balles et avait légèrement rouillé. Je tapai dessus… Il était mort debout. J'entrai dans la rue de la Poussière…

Je pressai le pas sans m'en rendre compte et me trouvai face à une ruine noircie. J'éclatai de rire. Ender était vraiment un parfait incendiaire ! On aurait dit qu'au lieu d'essence il avait utilisé la foudre. Il ne restait que le squelette de la maison sans étage. Les murs ressemblaient à une carapace de dinosaure. La moitié du toit s'était écroulée et la résidence d'Ahad ressemblait à une dent cariée qui attend d'être extraite. Ender n'aurait pas pu me rendre un plus grand service ! Malgré toute la haine qui s'était accumulée en moi, j'aurais été incapable de réaliser un incendie aussi parfait.

La tonnelle et le hangar n'avaient pas bougé. Il y avait même encore la fosse d'où l'on avait retiré le cadavre du petit homme… J'ouvris la porte du hangar et vis que tout ce qui s'y trouvait jadis avait disparu. Les pillards de Kandalı avaient tout raflé. Ils auraient pu aussi bien démonter le hangar et l'emporter, je m'en fichais éperdument ! La seule chose qui m'intéressait, c'était le dépôt. Le cadenas avait été forcé, probablement par les flics, mais le couvercle d'égout était toujours là. Curieusement, les pillards ne l'avaient pas emporté pour le vendre. Peut-être avaient-ils eu peur. Ils s'étaient tenus à l'écart du dépôt par crainte de la malédiction d'Ahad.

Je soulevai le couvercle à deux mains et m'engageai sur l'échelle. Je descendis lentement et allumai un briquet. Je m'étais trompé au sujet des pillards. Ils avaient également vidé le dépôt. Ils avaient pris les ventilateurs, les caméras et même la pendule murale. Bien entendu, ils ne pouvaient pas se douter que j'avais trafiqué le mécanisme. Qui sait sur quel mur elle était en train de ralentir le temps ?

Je souris. J'étais enfin chez moi… J'éteignis le briquet et m'accroupis. Puis je me mis à plat ventre sur le sol froid. Ne sachant plus de quel côté j'avais reçu ma première gifle, je posai ma joue gauche par terre. J'écartai les bras et posai mes mains sur les copeaux. J'étais transi, mais je m'en moquais. Je tenais ma maison dans mes bras ! J'étais en larmes, mais je riais. Je me retournai et m'allongeai sur le dos. Pour toucher les ténèbres qui m'entouraient de toutes parts, je levai les mains et les promenai dans le vide. Je riais aux éclats. Je caressais l'air de mon paradis, je l'emplissais de mon rire sonore qui se répercutait sur les quatre murs. Je hurlai : « Je suis arrivé ! Ça y est, je suis arrivé ! Je suis revenu vers toi ! Je n'ai pas d'autre endroit où aller ! Tu es la seule maison, la seule chose que je connaisse ! »

Je pleurai tout mon soûl ! C'est cela, la véritable liberté de l'homme. Pleurer tout son soûl. Et aussi, peut-être, pleurer pour ce qu'il veut…

J'avais si peu d'argent qu'il me fallait faire certains choix, comme ceux que Rastin, jadis, imposait au peuple… Manger ou boire… Se chauffer ou s'éclairer… J'optai pour les bouteilles et les bougies. J'en vins alors à un autre choix qui n'avait aucun rapport avec la somme d'argent que j'avais en poche. Cela concernait la santé de mes cellules : soit j'irais dévaliser une pharmacie, soit je m'enfermerais dans le dépôt et tâcherais d'oublier complètement le sulfate de morphine. Dans les deux cas, c'était très difficile. Mais le plus dur était de dévaliser une pharmacie ! Je n'avais aucune chance de me retrouver seul avec le pharmacien dans une officine minuscule. Et s'il y avait un client, je serais bientôt pris. Je ne savais que faire. Or, si j'étais sorti de l'hôpital, c'était uniquement pour pouvoir accéder à la drogue. Je le croyais, du moins, avant d'entrer dans le dépôt. En fait, tout ce à quoi j'aspirais, c'était peut-être au dépôt lui-même. La morphine n'était qu'un élément décoratif agrémentant mon paradis. « Je tiendrai le coup, me dis-je, je vais m'enfermer et laisser la drogue dehors ».

J'essayai… Mais ni les antidépresseurs que j'avais dans mon sac ni tous mes efforts pour retenir ma respiration et me retirer sous ma peau ne servirent à rien. À l'évidence, la privation de drogue fait de nous des esclaves. J'avais beau fermer les yeux, il restait toujours une lumière aveuglante. Il ne faisait pas assez noir ! Je n'étais pas assez seul ! Qui aurait pu dire quels microbes voletaient dans l'air ? Quels monstres microscopiques pleuvaient sur moi ? Je ne les voyais pas, mais j'étais sûr d'en avaler des milliers chaque fois que j'ouvrais la bouche. Même si je mettais mes mains sur mes lèvres serrées, je savais qu'ils s'introduisaient dans mon nez avec l'air que je respirais !

J'étais dans le dépôt depuis moins d'une semaine et je me sentais de plus en plus accablé. Je n'étais sorti que deux fois, pour acheter quelques bouteilles, un peu de pain et des bougies. Au début, il n'y avait pas eu de problème, mais je n'avais pas tardé à regretter d'être venu à Kandalı. Une fois, alors que j'étais planté devant la pharmacie, quelqu'un était venu se placer devant moi. C'était un des gamins qui, autrefois, faisait le berger pour Ender. Il m'avait identifié. Je fis semblant de ne pas le connaître, mais cela ne marcha pas. Il me dit : « Tu es au courant ? », puis il me raconta une histoire dont le héros, Ender, finissait par mourir. Il était parti faire son service militaire en devançant l'appel et, lors d'une sortie sur les plateaux de Süphan, il avait sauté sur une mine. Sans dire un mot, je plantai là le gamin et retournai précipitamment dans mon antre. « Je suis perdu ! » me disais-je en faisant les cent pas. J'étais sûr que le gamin allait raconter à tout le monde que j'étais de retour. On allait venir me voir, me parler, me toucher ! Je ne pourrais pas le supporter. Personne ne peut supporter une chose pareille !

Nuit et jour, je restais blotti, tout tremblant, dans un coin du dépôt, attendant que tout Kandalı rapplique. Ils allaient venir me mettre en pièces ! Ce n'était plus qu'une question de temps ! J'avais perdu le sommeil. Je laissais ouvert le couvercle du dépôt et guettais le bruit des pas. Je ne mettais pas le nez dehors, mais je me rendais compte que j'étais comme une souris prise au piège. Le lieu où je me cachais était l'endroit idéal pour me capturer. Tous les habitants de la bourgade allaient m'assaillir et me transpercer du regard ! Je pouvais seulement retenir mon souffle, mais cela ne servait à rien. J'avais trop peur pour être capable de rentrer sous ma peau, de me retirer en moi. J'essayai pendant des heures, en pure perte. Je ne pouvais ni battre avec mon cœur, ni couler avec mon sang. Je me mis à pleurer. C'était tout ce que je pouvais faire, recroquevillé dans mon coin. Finalement, je portai mes mains à mon visage, essuyai mes larmes et, levant la tête, je le vis…

Je vis mon passé dans le noir. Tel un animal difforme, il se dressait devant moi et me regardait. Il avait des sabots, comme le veau que j'avais vu naître. Il était dressé sur ses pattes de derrière et une boue transparente, comme un placenta, coulait sur lui. Son corps était fait de terre. Et dans cette terre je discernais les mains, les nez, les dents d'une multitude de corps inertes. Il n'avait pas de visage. À la place des yeux il y avait deux points brillants semblables à ceux que l'on pouvait voir sur le panneau digital de la banque d'Ankara. Il n'avait ni nez ni bouche, et chaque fois qu'il respirait, son haleine se condensait sous ses yeux rouges. Les battements de son cœur putréfié rompaient le silence comme la pendule que j'avais réglée pour qu'elle retarde. N'y tenant plus, je hurlai : « Non ! »

« Non ! Tu n'es pas mon passé ! Il est différent, il n'est pas si horrible ! Je ne te crois pas, tu comprends ? Je sais bien, moi, ce que j'ai vécu ! Je ne suis pas fou à ce point-là ! Je me souviens de tout ! Et même je suis le seul à me souvenir ! Tu veux que je te raconte ? Mais non ! C'est fini ! Je ne te dirai plus rien. Tu sais pourquoi ? Je ne veux plus t'entendre, ni toi ni personne d'autre ! La seule histoire crédible, c'est celle que je vais raconter ! Tu as compris ? »

Je me levai et m'avançai résolument vers le monstre qui prétendait être mon passé. Hors de moi, à grands cris, je me lançai dans mon récit. Je ne savais pas par où commencer.

« Je ne serais pas né si mon père n'avait pas été un assassin… »

Dans cette obscurité, il me fallut des heures, des jours peut-être pour raconter mon passé… Je parlais jusqu'à m'écrouler, je me relevais, ma voix se brisait, mais je poursuivais. Je racontai tout ce que je savais. C'était fini, il ne restait plus que l'avenir.

Je sortis du dépôt et allai ouvrir la porte du hangar. Je respirai par la bouche un air glacé qui se réchauffa dans mes poumons et que j'expirai par le nez. Je parlai :

« C'est toi qui décides ! Tu as peur que les gens viennent ? Bon ! Tu ne te sens pas en sécurité ? D'accord. Nous allons faire en sorte que personne ne mette les pieds ici. Tu te rappelles tes lectures d'enfant ? Il y était question de châteaux forts entourés de douves ! C'est ça qu'il nous faut. Nous n'avons pas de crocodile, mais ce n'est pas grave, le fossé suffira ! »

J'avais besoin d'une pelle. En quête d'un chantier, je me dirigeai vers le bourg. Mais Kandalı s'était juré de ne pas changer et je dus marcher des heures pour trouver ce que je cherchais. J'aperçus enfin, à la sortie de l'agglomération, un chantier de construction où des ouvriers s'affairaient. J'y pénétrai sans façon. À l'entrée, un panneau indiquait qu'on bâtissait une prison. C'est exactement ce dont Kandalı a besoin, me dis-je. Ça, c'était dans le champ de mes compétences. J'aurais pu aller offrir mes services à l'architecte. Mais je n'avais pas le temps. Les ouvriers passaient à droite et à gauche sans me poser de question. Mes vêtements étaient si sales que j'étais peut-être invisible. Je fis le tour du futur pénitencier, qui n'avait encore que son rez-de-chaussée, et je trouvai ce que je cherchais. À côté de la pelle, il y avait même une pioche. Je pris les deux outils et gagnai la sortie. J'entendis une voix :

« Où vas-tu avec ça ? »

Je me gardai bien de m'arrêter. Je connaissais la musique. Quelques années plus tôt, Yadigâr avait arrêté sa voiture à ma hauteur pour me poser des questions, et ensuite il m'avait enfermé dans ce trou. Je ne voulais pas revivre cette expérience. Je passai outre. Mais la voix était bien résolue à ne pas me lâcher :

« Hé, toi, là-bas, c'est à toi que je parle ! »

Je m'arrêtai et me retournai. J'étais à une cinquantaine de mètres de l'homme. Je criai :

« Nous avons un enterrement ! Je rapporterai les outils ! »

L'autre fut pris de court. C'était exactement ce que je voulais. Je repartis. Il criait toujours, mais je ne comprenais plus ce qu'il disait. Il pouvait aussi bien me souhaiter bon courage qu'être en train de m'injurier. Ça ne changeait rien à l'affaire.

En traversant le quartier commerçant, je sentis comme un poids dont je compris tout de suite la cause. Tout le monde me regardait. C'étaient surtout mes vêtements et mes cheveux qui attiraient l'attention. Qui sait depuis combien de jours je ne m'étais pas lavé ? Les gens devaient se demander d'où je sortais. Ils devaient dire : « Qui est-ce encore, celui-là ? » Ou s'affliger de la marche du monde : « Putain, on est envahis par les clochards ! Regarde ce type ! » J'avançais sans leur prêter attention. Je ralentis cependant en passant devant une pharmacie. Mais je songeai qu'on ne dévalise pas une pharmacie avec une pelle et une pioche et pressai à nouveau le pas. Je traversai Kandalı, entrai dans la rue de la Poussière et m'arrêtai.

Je regardai autour de moi et imaginai un cercle entourant le hangar. Puis je me dis qu'il devait être assez grand pour contenir aussi la maison. Je savais que tout avait été pillé, mais les ruines attirent toujours les enfants. De plus, au printemps, les putes de toute la région affluaient à Kandalı et cherchaient un endroit où se vendre à la sauvette. J'étais sûr qu'elles utilisaient les abords de la maison et le hangar. J'y avais trouvé des bouteilles vides et des préservatifs. Pour être certain d'être seul, je devais tracer un cercle assez grand. Le fossé qui me protégerait des humains passerait par l'endroit où je me trouvais et entourerait la maison et le jardin. Il allait me falloir des mois pour le creuser, mais je m'en moquais. Qu'était-ce que quelques mois, au regard de toutes ces années de nausée ?

Je jetai la pelle sur le sol, empoignai la pioche, l'élevai au-dessus de ma tête et frappai… Au cinquième coup je me rappelai le trou que j'avais creusé pour enterrer le petit homme. Pour chasser cette pensée, j'accélérai la cadence. Je ne voyais rien d'autre que la terre qui s'émiettait. Le petit homme disparut, la douleur aussi…

Ce jour-là, je travaillai comme un bulldozer et défonçai la moitié de la rue de la Poussière. Le fossé aurait deux mètres de large et autant de profondeur. Quand il serait terminé, j'empierrerais le fond et trouverais de l'eau pour le remplir. Je me dis qu'il serait bon de voler une voiture de pompiers, mais je me rappelai que je n'avais pas même été capable de dévaliser une pharmacie. « Tant pis, me dis-je, je trouverai de l'eau ! Et de la toile cirée. J'en tapisserai le fond du fossé, au lieu de mettre de la pierre… Mais pour l'instant, tu dois te reposer ! Va te coucher dans ta maison… Tu as faim ? Alors viens ! » Je me rappelais fort bien le jour où j'avais fait les cent pas devant les restaurants en me demandant quel pouvait être le plat préféré de la plus belle fille du monde. Je me rappelais aussi le restaurant dont le garçon, pris de compassion, m'avait dit : « Viens, je vais te donner de la soupe. » Je m'y rendis en courant et entrai. J'aperçus tout de suite le garçon. Avant que j'aie ouvert la bouche, il s'avança en disant :

« Fiche le camp ! Allez, dehors ! »

Je battis en retraite pour éviter le contact de sa main tendue et sortis du restaurant. Le garçon resta dans l'embrasure de la porte. Nous étions toujours face à face.

« Qu'est-ce qu'il y a, dit-il, qu'est-ce que tu veux ?

— J'ai faim !

— Tu as de l'argent ?

— Non !

— Alors fiche le camp, et en vitesse ! »

Je commençai par le regarder dans les yeux. Puis je tournai les talons, traversai la rue et m'assis sur le trottoir d'en face. Le garçon qui, visiblement, n'avait de compassion que pour les enfants, était toujours sur le seuil. Il me regardait. Si j'avais eu de la terre sous la main, j'en aurais mangé. À défaut, il y avait des copeaux. J'en ramassai une poignée sur le trottoir et la portai à ma bouche sous les yeux du garçon. Il sembla se réveiller soudain et entra dans le restaurant. Ma démonstration était terminée, je pouvais cracher.

Deux minutes plus tard, un demi-pain dans une main, une cuillère dans l'autre, je mangeais ma soupe, assis sur le trottoir. Si j'avais eu un peu de constance, ma vie serait certainement rentrée dans l'ordre. Je me rendais compte que je n'avais pas grand-chose à faire pour devenir l'innocent de Kandalı. Apparemment, la place était vacante et, avec un peu de bonne volonté, je pouvais l'occuper. Dans une bourgade, nourrir un innocent, c'est comme nourrir les pigeons dans une grande ville. Et puis Kandalı avait une dette envers moi. Ils me devaient l'argent qu'ils s'étaient engagés à verser pour contribuer à mon éducation ! Mais pour l'instant, la soupe me suffisait… J'en étais là de mes réflexions, lorsque j'entendis les propos de deux femmes qui passaient derrière moi. L'une demandait à l'autre :

« Est-ce que ce n'est pas le fils d'Ahad ? »

Malheureusement, j'étais trop connu pour qu'on m'oublie !

L'autre répondit par une question :

« Qui est Ahad ? »

C'est moi qui répondis en regardant le garçon venu ramasser le couvert :

« Encore ! »

J'eus droit à une deuxième soupe. Je rendis l'assiette et secouai mon pantalon. Je me fichais totalement que les gens me regardent tandis que se répandaient les copeaux qui s'étaient collés à moi. Il y avait un fossé entre nous et il me suffisait d'y penser.

Il était temps que je me procure certaines choses que les habitants de Kandalı n'auraient certainement pas données à un innocent. Les mains dans les poches, je m'avançai sur le trottoir. Voyant que deux gamins me suivaient, je me retournai et leur dis : « Attention, vous allez tomber ! » Et en effet, s'ils avaient fait un pas de plus, ils se seraient noyés dans les douves qui m'entouraient. Mais ils étaient aveugles et ne comprirent pas. Ils cessèrent pourtant de me suivre.

Un peu plus loin, j'entrai chez un bijoutier, vendis le collier de ma mère et allai m'acheter un carton de cigarettes.

J'entrai ensuite dans une pharmacie et demandai des pansements. À manier pelle et pioche, j'avais attrapé des ampoules. « Autre chose ? » demanda le potard. La chose en question, je la cherchais des yeux derrière lui dans les placards vitrés. Le mot me vint sur le bout de la langue, mais je ne dis rien.

Je sortis. Après quelques pas, je tombai… Je me relevai et repartis. Je tombai à nouveau. L'argent qu'il me restait partit ainsi, tandis que je tombais et me relevais, une bouteille de vodka à la main… C'est l'ange de ma mère qui m'avait procuré tout ça : le tabac, les soins et l'ivresse. Ma mère servait encore à quelque chose !

Je fis quelques pas de plus et entrai dans le cimetière. Sans grand espoir, je cherchai la tombe de Cuma. Je lui en voulais de ne plus me parler. J'en avais fini pour ce soir-là. Je retournai m'enfermer dans le dépôt. Ou peut-être ce fut l'inverse. J'enfermai le dépôt en moi.

C'était le deuxième jour de l'aménagement du fossé. Je m'employais à défoncer la rue de la Poussière. J'en avais fini avec la pioche et il était temps de repousser à la pelle les mottes de terre. Mes mains tremblaient. De fatigue ou de froid… J'avais du mal à tenir la pelle, mais ce n'était pas le moment de m'arrêter. Quand j'aurai fini de creuser le fossé, je pourrai me reposer jusqu'à la fin de mes jours. J'essuyai d'un revers de main la sueur qui coulait sur mon front et regardai le ciel. Mais je ne vis rien de beau. J'inspirai profondément et plantai la pelle dans le sol. En m'arc-boutant sur mes genoux, je soulevai une épaisse couche de terre et la jetai hors du trou dans lequel je me trouvais. Je me dis que j'avais grand besoin d'une brouette. Avant de planter à nouveau la pelle dans le sol, en penchant la tête, j'aperçus à mes pieds une bouteille bouchée à demi enfouie. Je me penchai, mais il me vint à l'esprit que cela pouvait être un piège. Je me redressai et regardai autour de moi. Tandis que j'étais dans le dépôt, des gens de Kandalı avaient pu venir enterrer cette bouteille. Si c'était le cas, ils devaient être là, en train de m'observer. Et la bouteille cachait certainement quelque chose de dangereux. Je songeai à Ender, à la mine sur laquelle il avait sauté. Ceci était peut-être ma mine, placée là par Ender quelques années plus tôt ! Quand je saisirais la bouteille, elle exploserait ! Et puis, je ne sais pourquoi, je me dis que c'était un bon moment pour mourir. L'instant d'avant, en regardant le ciel, je n'y avais rien vu de beau…

Je saisis le goulot et tirai. Il n'y eut pas d'explosion. J'étais toujours là, la bouteille à la main. Je remarquai qu'elle contenait un morceau de papier. Je la plaçai au soleil. Le papier portait une inscription. Si on avait été au bord de la mer, j'aurais probablement trouvé là l'appel à l'aide d'un naufragé. Comme dans les romans… Mais nous étions sur la terre ferme. En un lieu où les naufragés n'avaient aucune chance… Je débouchai la bouteille et tentai vainement d'en extraire le bout de papier. Je sortis du fossé, jetai la bouteille par terre et la cassai d'un coup de pelle. Je ramassai le papier parmi les débris de verre et reconnus l'écriture d'Ahad.

Allah… Je n'arrive pas à oublier. Pardonne-moi. Si tu ne me pardonnes pas, je t'en supplie, fais que quelqu'un trouve ce message.

C'était tout. J'étais perplexe. Tout le monde savait qu'Ahad buvait, mais je ne l'aurais jamais cru capable de se repentir. Je retournai le papier. De l'autre côté il y avait un croquis. Ahad avait grossièrement dessiné un plan du terrain et marqué d'une croix un point de la rue de la Poussière. À côté, il avait écrit *l'Arbre*. Je ris. Il devait être vraiment saoul quand il avait fait ce croquis. Lui et moi étions seuls à savoir quel était cet arbre. Parmi les platanes qui bordaient la rue de la Poussière, il y avait un olivier. C'était lui et lui seul, que nous appelions l'arbre. Ahad avait obéi à ce réflexe et nul autre que moi n'aurait pu déchiffrer ce croquis. Moi, malheureusement, je le pouvais. J'étais le seul être au monde à pouvoir le faire… Pourtant, une chose m'échappait. Quel sens cela avait-il d'écrire un billet, de le glisser dans une bouteille et de l'enfouir dans le sol ? Ahad n'aurait jamais fait une chose pareille. « Jamais, me dis-je, c'est impensable ! » Non, c'était impossible, je devais rêver. Quoique… Je revis soudain une scène. C'était quelques années plus tôt. Je m'étais levé de bonne heure afin d'aller acheter des petits plats pour la plus belle fille du monde. Ahad était assis à l'endroit où je me trouvais en ce moment et semblait avoir passé la nuit à observer le chemin poudreux. Je fermai les yeux et m'efforçai de reconstituer la scène dans tous ses détails. Je ne trouvais pas ce que je cherchais. Il n'y avait pas de bouteille. Il était ivre, mais il n'y avait pas la moindre bouteille dans les environs. Après avoir bu jusqu'au matin, il avait sans doute glissé ce papier dans la bouteille que je venais de briser. Ce message et ce croquis étaient bien l'œuvre d'Ahad. Et moi, je ne connaissais pas mon père.

Je devais prendre une décision. Soit Ahad reprenait place dans ma vie, soit je froissais ce papier et le jetais. Que devais-je faire ? Ma décision fut bientôt prise. Il faut dire que j'avais passé mon enfance en compagnie de ces deux corsaires qu'étaient Dordor et Harmin.

Les yeux fixés sur le papier que je tenais à la main, j'allai jusqu'à l'olivier. Sur le croquis, l'endroit marqué d'une croix se trouvait au bord du chemin, tout près de l'arbre. J'étais exactement à l'emplacement indiqué. Je regardai autour de moi. Il n'y avait rien de particulier. La chose que mon père ne pouvait pas oublier et pour laquelle il demandait pardon devait donc se trouver là, enfouie dans le sol…

Je mis le papier dans ma poche avec la grenouille de Cuma et commençai à creuser en me demandant ce que j'allais découvrir. Si Ahad avait trouvé un trou où se cacher, il y aurait enfoui le monde entier. Prêt à tout, je creusais sans reprendre haleine… J'avais bien assez respiré durant toute ma vie. Je transpirais abondamment en songeant à toutes ces phrases dont chaque lettre suscite des remords. Je me demandais si le hasard qui m'avait fait trouver cette bouteille avait un sens. Je pensais au fossé et me disais que je m'étais donné bien du mal pour rien. Mais quelle pouvait bien être cette chose qu'Ahad ne parvenait pas à oublier ? Une telle chose pouvait-elle exister ? L'Ahad que je connaissais n'avait aucune conscience. Abasourdi, je me contentais de manier ma pelle… Je perçus soudain un bruit métallique.

Je m'agenouillai et fouillai le sol avec les mains. Je vis alors un petit bahut métallique à deux portes, posé à plat, enfoui dans le sol. C'était une sorte de classeur à dossiers haut d'au moins un mètre. J'essayai de l'ouvrir en tirant sur les poignées métalliques, mais il était fermé à clef. Je me relevai, saisis la pelle et tapai de toutes mes forces. En vain. Je tapai encore et l'une des portes ploya. J'introduisis la pelle dans l'interstice qui était apparu et poussai fort. Il y eut comme un bruit d'os brisés. Je lâchai la pelle.

Je m'agenouillai de nouveau, pesai de tout mon poids et les deux portes cédèrent soudain. Je me mis à rire. C'était la première fois que je trouvais un trésor. Il y avait là tout l'argent que le trafic des clandestins avait rapporté à mon père. Des liasses de billets dans des sacs transparents. Je saisis un des sacs et l'élevai en l'air. En riant, j'apostrophai Ahad :

« C'est ça que tu ne pouvais pas oublier ? L'argent que tu as gagné sur le dos de tous ces malheureux ? C'est pour ça que tu suppliais Allah de te pardonner ? »

Je sentis soudain mon visage changer. Mes lèvres se serrèrent et mes yeux se mouillèrent de larmes. Je ne riais plus. Je pensais à Ahad. Peut-être avait-il éprouvé vraiment du remords. Peut-être avait-il honte de la vie qu'il menait. Sans y toucher, il avait caché l'argent que lui avait rapporté la détresse de ces malheureux. Il n'avait pas voulu le dépenser. Et un soir, alors qu'il était ivre, pour se libérer d'un trop lourd fardeau, il avait voulu que quelqu'un d'autre le trouve. En fait, je ne connaissais pas cet homme. Et cet argent, allais-je y toucher ? Ah, ça oui ! Car moi, j'étais toujours Gazâ !

Je commençai à sortir les sacs un à un. Mais il y en avait tant que je me dis qu'il valait mieux déterrer le bahut et le tirer jusqu'au hangar avec tout son contenu. Je repris la pelle pour le dégager.

Au bout d'une demi-heure, j'avais réussi à dresser une petite rampe sur l'un des côtés de la fosse. J'entrepris d'extraire le bahut de son trou. Je me penchai en avant et le saisis à deux mains. Je parvins à l'ébranler. En reculant à petits pas, j'essayai de le hisser sur la rampe, les yeux fixés sur les paquets de billets qui frémissaient à chacun de mes efforts. Mon regard se porta alors sur la cavité d'où se dégageait peu à peu le bahut et que je commençais à entrevoir. Mais je m'interrompis brusquement et levai la tête. Je regardai le ciel. Des nuages passaient. Je n'avais pas lâché le bahut, je sentais son poids dans tout mon corps, mais je ne bougeais pas. Je restais là à regarder passer les nuages. Je refusais de voir autre chose. Mais leur image même s'effaçait, car j'avais les yeux pleins de larmes. Le ciel tremblait.

« Bien sûr…, murmurai-je, bien sûr… Qu'est-ce que tu croyais ? »

Baissant la tête malgré moi, je vis de nouveau le trou et les os qui s'y trouvaient. Des os brisés, entremêlés comme les nuages dans le ciel. Je me mis à hurler : « Aaaaa ! »

Je tirai le bahut sur la rampe.

« Aaaaa ! »

Quand j'eus hissé le bahut sur le chemin, je cessai de crier. Je retournai vers le trou et je vis tout. Je reculai précipitamment et fermai les yeux. Malheureusement, j'étais un joueur d'échecs et tout ce que je voyais se gravait dans mon esprit. Je me dis que tout cet argent était peut-être le prix à payer pour ce qui se trouvait en dessous.

Il y avait là deux corps, dont il ne restait que les os… Deux squelettes recroquevillés l'un contre l'autre. Leurs vêtements, rongés par le temps, étaient souillés de terre. Les poignets et les chevilles étaient enchaînés. Apparemment, on les avait entravés avant de les tuer et de les enterrer. C'était l'œuvre d'Ahad ! Je ne ressentais rien. Les yeux clos, je hochais la tête en disant : « Bien sûr ! À quoi t'attendais-tu ? À voir quelque chose de beau ? Y avait-il, tout à l'heure, quelque chose de beau dans le ciel ? Tu croyais qu'il était tourmenté par l'argent gagné sur le dos de ces malheureux ? Imbécile ! C'est ceci qu'il ne pouvait pas oublier ! Ouvre donc enfin les yeux ! »

Je m'accroupis et les ouvris en effet. J'étais couvert de poussière. Tout en regardant l'armoire et la fosse, j'entendis Ahad disant qu'il n'était pas nécessaire de goudronner la rue de la Poussière… Moi, je me contentais de hocher la tête. « C'est vrai, papa, tu as raison, à quoi bon ? » Je me rendis compte que j'étais à nouveau en train de hocher la tête. Après tout ce temps, rien n'avait changé. C'était moi qui avais planté l'olivier que nous appelions l'arbre. Et c'est ce fils de pute qui m'avait indiqué l'endroit. « Plante-le là », avait-il dit. Je revoyais la scène et j'entendais mon père. Je nous revoyais assis sur le sol poudreux, je voyais un enfant en train de planter un olivier et son père posant la main sur son épaule.

À cette époque-là j'aimais Ahad ! Je n'avais que lui ! Il disait lui aussi : « Nous n'avons que nous ! » Je hochais la tête. Comme maintenant. Je pleurais, peut-être, mais pas beaucoup ! Il me disait : « Ne pleure pas ! Il ne faut pas pleurer ! » C'est peut-être pour cela qu'il me semblait que la liberté, c'était de pleurer tout son soûl. Mes mains tremblaient, mais je suis sûr que ce n'était ni de froid ni de fatigue. Ainsi, toutes ces années, j'avais couru et joué sur ces cadavres ! Et ma mère ? Était-elle au courant ? C'était peut-être pour cela qu'elle cherchait à se sauver. Découvrant que son mari était un criminel, elle avait voulu le fuir. Mais elle voulait me fuir moi aussi, elle était donc au moins aussi implacable que lui. C'était elle, peut-être, qui avait tué ces gens. Et pourquoi pas ? Quelqu'un qui songe à enterrer vivant son propre enfant peut facilement tuer un étranger.

Je hurlais : « Non ! Non ! Je ne serai pas comme eux ! » Il fallait tirer ça au clair ! Les familles de ces gens avaient sans doute fait des recherches. Il fallait qu'elles sachent. Je hurlai : « Assez ! Ça suffit ! » J'irais à la police, à la gendarmerie ! Chez le procureur ! Pour qu'on découvre qui étaient ces gens et qu'on informe leurs familles. Je dirais que je ne voulais plus voir de cadavres, que je voulais sortir de ces ténèbres ! J'irais voir le sous-préfet ! Il m'avait dit : « Si tu as besoin de quelque chose, nous sommes là. » Eh bien ! oui. Maintenant, j'avais besoin de quelque chose ! Je voulais lever ce secret et savoir ce qui s'était réellement passé. Je toucherais des gens si c'était nécessaire, je les supplierais de m'aider. Je dirais : « Voilà les cadavres ! Expliquez-moi ce qui s'est passé, ce qu'il est arrivé à ma vie ! »

Je me relevai et marchai vers la fosse. « Attendez-moi ! J'arrive ! Je vais vous sortir de là ! Tout cela va finir. » Mais je me tus soudain, pris de nausée, médusé devant une chose que je n'aurais jamais dû voir. Trop tard ! Je m'étais trop approché du trou et j'avais vu le morceau de tissu qui recouvrait l'un des squelettes. Il était vert… Avec des fleurs bleues… C'était la robe que portait ma mère sur la seule photo que j'avais d'elle !

« À quoi ça te servirait ? disait Ahad. Pourquoi veux-tu savoir où elle est enterrée ? » Si j'insistais, il disait : « C'est dans un village… Je serais incapable de le retrouver ! » La nuit de ma naissance, il avait surpris ma mère dans le cimetière et il avait couru jusqu'à l'hôpital en me serrant dans ses bras. Ensuite il avait dit au médecin que sa femme était au cimetière, en train de mourir. On avait envoyé une ambulance et Ahad avait dit : « Sauvez mon fils ! » en regardant le cadavre de ma mère. Avant le lever du jour, il l'avait emmenée pour l'enterrer. Souhaitant éviter la mosquée et le cimetière de Kandalı, dans un état second, il avait roulé des heures dans son camion. Arrivé dans un village, il avait dit la prière des morts et enterré ma mère. Voilà ce qu'il me racontait ! Il disait : « Personne n'est au courant. Personne ne sait que ta mère a essayé de te tuer. Ne le dis surtout pas ! C'est notre secret. Tu as compris, il suffit que toi, tu le saches ! »

Il suffisait que je le sache ! Personne ne devait savoir que ma mère avait essayé de me tuer ! Je hurlais :

« C'est bien ça, Ahad ? Personne d'autre ne doit le savoir ? Mais alors, qui est cette femme ? Ce n'est pas ma mère ? »

Mes cris faisaient frémir les arbres dont les rameaux desséchés laissaient choir leurs dernières feuilles. En voletant, elles venaient se poser sur la robe verte.

« Comment as-tu pu croire cette histoire ? Comment as-tu pu la croire ? »

Les larmes s'insinuaient dans ma bouche et je les avalais comme autant de capsules de sulfate de morphine. Je ne voulais plus rien savoir, plus rien voir. Je m'agenouillai et commençai à repousser de mes mains la terre accumulée au bord du trou. En criant et en pleurant. « On n'enterre pas les morts, on enterre les trous ! Maman ! Ahad ! » Je secouais la tête. Je regardais le squelette enterré avec ma mère et je demandais : « Et toi, qui es-tu ? » Je regardais son pantalon, sa chemise… Je voyais bien que c'était un homme, mais j'essayais de ne pas y penser. Je secouais la tête, refusant de comprendre. Je sortis de ma poche la photo de ma mère, la jetai dans le trou et la recouvris de terre. Je voulais tout enterrer et tout oublier. Recouvrir tout d'un tapis de terre et passer à autre chose. Je ne les voyais plus… Ni les chaînes à leurs poignets, ni les lambeaux de vêtements, ni la photo de ma mère, ni leurs os, ni leurs crânes ! Dans ma hâte à entasser les mottes, je perdais l'équilibre et tombais face contre terre. J'étais tout couvert de terre. J'en avais sous les ongles, à la racine de mes cheveux, entre les dents, partout !

Je continuai à combler les trous jusqu'à ce que la rue de la Poussière ait retrouvé son aspect initial. Il ne me restait plus qu'une chose à faire. Je tirai de ma poche le papier d'Ahad, le mis dans ma bouche et, tout en pleurant, je le mastiquai tant que je pus. En haletant…

J'essuyais d'un revers de main la sueur de mon front et regardai le ciel. Je n'y vis rien de beau… À vrai dire, je n'y vis rien de laid non plus.

Assis dans la banque, j'attendais mon tour, les yeux fixés sur le bout de papier portant le numéro que j'avais tiré. J'avais posé à côté de moi les deux grands sacs contenant l'argent d'Ahad. Je m'étais dit que le plus sage était d'ouvrir un compte et d'y déposer le magot. Pour tâcher d'oublier ce que j'avais vu rue de la Poussière, j'essayais constamment de penser à autre chose. Je refusais d'être confronté au fait que mon père avait tué ma mère et un inconnu, car cela m'aurait inéluctablement conduit à supposer que l'homme qui gisait auprès de ma mère était son amant et que mon père l'avait assassiné. Cette hypothèse expliquait la façon incohérente dont mon père me traitait. Quand il me regardait, de ses yeux bleu clair comme les miens, il avait toujours l'air de se demander s'il devait m'aimer ou me tuer. Ma mère avait fort bien pu trouver une autre paire d'yeux bleus et en tomber amoureuse… Malgré moi, je m'étais mis à gamberger. Je croyais avoir dans le sang assez de sulfate de morphine pour abolir en moi toute pensée, mais il faut croire que je me trompais.

J'avais transporté tout cet argent dans le hangar, puis j'avais filé en quatrième vitesse à Kandalı, où j'avais acheté les deux grands sacs. Après les avoir remplis, je les avais traînés à grand-peine jusqu'au bourg et, au bout d'une demi-heure d'attente, j'avais arrêté le premier taxi. Le chauffeur m'avait demandé où je voulais aller et avait fait les yeux ronds en m'entendant répondre : « À Izmir ! »

Après avoir fait deux heures et demie de route et donné au chauffeur le plus gros pourboire de toute sa vie, j'étais descendu de voiture devant le plus grand hôtel de cette ville où je n'avais jamais mis les pieds. Le portier, chamarré comme un général d'opérette, avait tout d'abord refusé de me laisser entrer, mais la liasse de billets que je lui avais tendue l'avait rendu plus complaisant. Il faut dire que mon aspect n'était pas seul en cause. Je sentais si mauvais que pendant tout le voyage le chauffeur avait dû laisser les fenêtres ouvertes. Après avoir parlementé avec le réceptionniste, j'étais parvenu à le convaincre de m'accueillir et, ayant versé une avance, j'avais pu occuper une chambre. Seule la perspective d'avoir bientôt mon sulfate de morphine m'avait donné la force de rester seul dans le taxi avec le chauffeur pendant deux heures et demie et de faire toutes ces démarches. J'avais pris une douche rapide et j'étais ressorti avec mes deux sacs. En montant dans le taxi, j'avais lancé : « Je cherche une pharmacie, et ajouté, c'est assez urgent ! » Cela l'était, en effet, je n'en pouvais plus de penser à ce qui s'était passé rue de la Poussière et de rester en tête à tête avec une seule personne. Je tremblais. J'avais mal partout, même aux yeux…

Répétant au chauffeur : « Ils n'ont pas le médicament que je cherche », j'avais tenté ma chance dans sept pharmacies. Personne n'acceptait de me délivrer ma drogue sans ordonnance. Finalement, dans la huitième officine, on m'avait dit : « Nous n'avons pas de M-Eslon, mais nous avons du Skenan-LP, qui est l'équivalent. Un client nous l'a commandé sur Internet, mais il n'est pas venu le chercher. Bien sûr, c'est un peu plus cher… » J'avais eu un rire nerveux en écoutant les circonlocutions du pharmacien pour justifier son acte illégal et j'avais acheté huit boîtes de Skenan-LP, une pour chaque pharmacie visitée… Pour trois fois le prix indiqué sur l'étiquette du M-Eslon…

Sur le court espace de trottoir qui séparait la pharmacie du taxi, au premier pas j'avais ouvert précipitamment une boîte, au deuxième j'avais sorti une capsule de son emballage et au troisième j'avais avalé sans eau ladite capsule. Au quatrième pas, quand j'étais monté dans le taxi, j'étais un autre homme.

Je me demandais cependant si cette capsule allait suffire. Je m'apprêtais à rouvrir la boîte, lorsqu'on appela mon numéro. Je me rappelai alors le vieil homme de la banque où j'étais allé avec Bedri. Je fis la même chose que lui. Je restai coi. Je n'avais envie de parler à personne. Quand le numéro qui suivait le mien apparut sur l'écran digital, je me levai, allai tirer un autre numéro et me rassis.

Le vieux avait fait cela pour pouvoir rester au milieu des gens. Tout ce qu'il voulait, c'était retarder autant que possible le moment de son retour chez lui, où il mourait à petit feu de solitude et, si possible, bavarder un peu en attendant. Moi, j'étais trop malade pour parler à quiconque. Contrairement au vieux, je ne voulais entendre personne. Je savais que j'allais devoir beaucoup parler quand je me présenterais à la caisse avec mes deux sacs. Certes, si j'étais retourné m'enfermer dans le dépôt, j'aurais pu attendre la mort sans parler à personne. Mais ce n'était plus possible ! Je ne pouvais pas retourner là-bas tant qu'il y avait ces restes humains. Ce lieu n'existait plus pour moi. J'étais peut-être le seul être au monde à ne plus pouvoir vivre sur ce sol profané…

L'agent de sécurité, voyant le numéro que je tenais à la main, me dit : « On vous a appelé, c'est votre tour. » Je ne pouvais plus me dérober.

La suite se déroula comme un scénario écrit à l'avance. En entendant la somme que je voulais déposer, l'employé me conduisit directement chez le directeur. Celui-ci, persuadé d'avoir mis la main sur une mine d'or, improvisa un exposé sur l'usage que l'on pouvait faire de son argent. Mais voyant que je ne manifestais aucun intérêt, il conclut brièvement : « Ne vous inquiétez pas, nous ferons le nécessaire. » Je fis un tas de signatures toutes différentes. Le directeur s'en aperçut et me dit : « Vous n'avez qu'à parapher, cela ira plus vite. » J'étais bien aise de vivre à une époque et dans un pays où l'on ne posait pas de question sur l'argent déposé en banque. Je remerciais *in petto* tous les politiciens qui faisaient de leur mieux pour accueillir l'argent sale.

À ma sortie de la banque, il ne me restait plus qu'à aller m'enfermer à double tour dans ma chambre. La vie dans les rues était décidément trop relationnelle. Pour un oui, pour un non, il fallait adresser la parole à des gens en les regardant dans les yeux. Le monde tournerait aussi bien sans moi. Je sautai dans le premier taxi.

Je n'eus aucun mal à faire de ma chambre une cellule d'ermite. Il fut convenu que l'on déposerait les repas sur un plateau devant la porte et que je n'aurais aucun contact avec les employés. Après usage, je sortirais les plateaux et la vaisselle et refermerais la porte sans voir personne. Le seul problème, c'était le garçon d'étage chargé de faire le ménage. J'attendrais dans le couloir qu'il ait fini son travail.

Au début, la télévision restait éteinte et les rideaux tirés. Mais je me ravisai bientôt et me mis à observer la vie, impunément, derrière les vitres, sans y être aucunement mêlé.

Au bout de treize jours de claustration, je me dis qu'il me fallait des livres et un ordinateur. Mon corps pouvait rester inactif, pas mon esprit. Mon cerveau avait toujours été plus prompt que mon cœur et exigeait une constante activité, faute de quoi il se mettait à crier et à s'agiter comme un enfant qui a trouvé le cadavre de sa mère et ne me laissait pas un instant de répit. Je rêvais d'une existence où tout se réglerait par téléphone. Je devais avant tout résoudre ce problème de pharmacie. J'avais le numéro de téléphone dans le petit sac contenant le sulfate de morphine. J'appelai pour passer ma commande. J'eus beau tenter d'expliquer qui j'étais, on me raccrocha au nez. Je compris que je serais forcé de sortir au moins une fois.

Je décidai donc de régler toutes mes affaires le même jour. Je pris ma dose quotidienne de drogue, mis dans ma poche la somme requise et descendis à la réception. J'annonçai à la dame qui portait son prénom agrafé sur sa poitrine que je resterais à l'hôtel une semaine de plus. Elle dit : « Bien sûr. » Mais ensuite, curieuse de savoir pourquoi je restais si longtemps dans un hôtel aussi cher, elle bredouilla quelques questions sournoises. Elle en fut pour ses frais, car je répondis par autant de questions. Voici un aperçu de notre dialogue :

« Vous n'avez sans doute pas terminé votre travail ?

— Où se trouve la librairie la plus proche ?

— Dans cette rue-ci, à deux cents mètres à gauche. C'est la première fois que vous venez à Izmir ?

— Où puis-je acheter un ordinateur ? »

Fort dépitée de n'avoir rien appris à mon sujet, cette aimable personne, les yeux fixés sur l'écran de son ordinateur, n'avait plus qu'à dire : « C'est bon pour la chambre » en prenant l'argent que je lui tendais et à me souhaiter une bonne journée.

Tandis que je sortais de l'hôtel, je vis qu'elle ne quittait pas mes vêtements des yeux. Je me dis que je devais me changer si je ne voulais pas attirer l'attention et que la journée allait être longue… Elle le fut en effet.

Mais à mon retour dans ma chambre, j'avais tout ce qu'il me fallait. Et j'allais pouvoir gérer mon existence à l'aide du téléphone. Et surtout, comme j'avais réglé d'avance ma commande, le pharmacien avait compris qu'il ne devait plus me raccrocher le téléphone au nez. À ma grande satisfaction, j'avais réduit au strict minimum les contacts humains qui me permettaient d'assurer ma vie quotidienne. Je me disais, en fermant les yeux, que je ferais peut-être bien de m'acheter une maison. Une fois chez moi, je fermerais ma porte et personne n'entrerait. Mais ce n'était pas si simple. Pour acheter ma maison je serais forcé d'affronter encore des tas de gens. Plus tard, peut-être…

Quand j'aurais un peu augmenté la dose de morphine. Ou quand je ne pourrais plus me contenter d'avaler des capsules et serais forcé de me piquer. Ou quand mes veines seraient devenues inutilisables.

Quand j'en serais là, j'irais m'acheter une maison. Et j'y mourrais d'une overdose ! J'éviterais ainsi la honte d'être trouvé, le corps déjà putréfié, dans un hôtel. Des mains étrangères ne se promèneraient pas effrontément sur moi. Je devais mourir dans un lieu où nul ne viendrait me toucher. Quelque chose comme le phare du bout du monde de Jules Verne, où l'on ne constaterait mon décès qu'une fois que je serais complètement décomposé ! Que ma seule vue donne la nausée. Qu'elle fasse peur. Alors, nous serions quittes…

J'étais logé dans cet hôtel depuis sept mois et je m'imposais une stricte discipline. J'avais ma dose exacte de solitude. Il y avait Internet, les livres et moi… Peut-être aussi les miroirs… Le directeur de l'hôtel et tous les employés s'étaient habitués à ma présence. Elle restait insolite, mais on ne venait pas me déranger. Je payais le prix de ma chambre, cela seul comptait. Tant que cela durerait, je pourrais jouir tranquillement de ma merveilleuse solitude.

Je ressentais pourtant, rarement il est vrai, le besoin d'une présence humaine. Il m'arrivait même parfois d'imaginer ce que serait ma vie si je pouvais nouer des relations avec les autres. Mais j'étais soudain saisi d'une telle épouvante que je devais m'administrer précipitamment une dose de morphine. Comme une paroi blindée, cela me mettait à l'abri de cette panique dévastatrice qui ressemblait à un boulet de canon hérissé de pointes et me laissait en sang et en lambeaux. Les effets du Skenan-LP commençaient à se modifier. J'avais de courtes pertes de mémoire. Je faisais ma piqûre assis sur mon lit, et quand j'ouvrais les yeux je constatais que j'étais dans les toilettes et n'avais pas la moindre idée du temps que j'y avais passé ni de la façon dont j'y étais venu. Tel un somnambule, j'étais inconscient de mes actes.

Cela m'inquiétait. Je craignais en particulier de sortir de ma chambre sans m'en apercevoir. Mais je ne pouvais pas me passer de ma drogue. Je me rendais compte que j'étais entré dans un cercle vicieux. Pour résoudre ce problème, je comptais uniquement sur la discipline. Si cercle vicieux il y avait, c'était à moi de l'assumer. Je devais régler mon comportement, faire tous les jours les mêmes gestes à la même heure et maîtriser la situation. Je n'admettais pas la moindre perte de temps. C'était peut-être une habitude qui me restait de l'internat… Une habitude que je devais à Azim…

Pour fatiguer mon corps, je faisais de l'exercice. À l'étroit dans ma chambre, j'avais commandé un tapis de course et l'avais fait installer dans la salle de sport de l'hôtel. Je pensais que la fatigue m'empêcherait de sortir de ma chambre sous l'effet de la drogue. Je m'étais rendu compte qu'il ne suffisait pas que je ferme la porte à clef. Une fois, je m'étais retrouvé dans le couloir. Dressé là comme une statue et, ce qui est plus grave, tourné vers le bout du couloir où se trouvait l'ascenseur. Qu'aurais-je fait si je m'étais réveillé dans la rue ? Je ne voulais même pas y penser, car je n'étais pas sorti depuis des mois et n'avais nulle intention de le faire. J'allais seulement à la sauvette retirer de l'argent au distributeur qui se trouvait non loin de l'hôtel. Mais cela ne s'appelait pas sortir, car je ne croisais aucun regard et ne touchais personne. Pourtant il y avait en moi certaines choses qui attendaient, pour se manifester, que je fusse sous l'effet de la drogue. Je ne sais pas qui surveillait qui. Je sentais seulement que les deux parties étaient aux aguets. Moi, en tout cas, je l'étais, je voulais garder sous mon contrôle mon double noir qui cherchait à entraîner mon corps dans la rue, au milieu des humains et je courais sur le tapis des heures entières, jusqu'à l'épuisement… À part ça, ma vie était splendide ! Ou peut-être je rêvais, comme toujours…

Le neuvième mois de mon séjour dans cet hôtel, je décidai de ne plus lutter contre les effets aliénants de la drogue. Je décidai d'aller tous les matins faire une promenade. J'allais marcher au bord de la mer au milieu des gens. C'était une grande décision. J'étais contraint de laisser les autres me frôler et de répondre à leurs formules de politesse. Le véritable but de ces sorties était de limiter les effets du sulfate de morphine, qui pouvaient être catastrophiques. On pouvait s'attendre à tout. J'aurais pu, par exemple, me retrouver en train de faire l'amour avec une prostituée. Si j'avais la moindre velléité d'améliorer mon état, je ne pouvais compter que sur moi-même, car *moi*, je n'étais pas drogué.

Je commençai par de petits tests. J'allais m'asseoir dans un café et j'écoutais les propos tenus à la table voisine. Ils étaient sans danger. Ce n'était pas à moi que l'on s'adressait, on ne s'intéressait pas à ma personne, mais d'une certaine manière j'étais concerné. Je m'étais remis à étudier les gens…

Au bout d'un certain temps, je sus de quoi l'on parlait dans tel café ou dans tel bar et j'organisais en conséquence mes sorties quotidiennes. Je changeais de lieu selon que je voulais écouter des dames âgées, des filles de mon âge ou des hommes de n'importe quel âge parlant des femmes. Écouter les propos tenus à la table voisine, c'était comme regarder le feu dans une cheminée. C'était la façon la moins dangereuse de communiquer, car je restais en dehors. De la même façon, quand j'étais écolier, j'aimais bien quitter ma place pour aller tailler mon crayon dans le coin où se trouvait la caisse à papier. Je suivais la classe, mais j'avais l'impression d'être invisible. Malheureusement, je ne pouvais pas tailler mon crayon indéfiniment et les conversations des tables voisines ne pouvaient pas durer toujours…

Je pensai faire un pas de plus en accédant à un réseau Internet où l'on pouvait nouer des relations. Mais ce fut une totale déception. Je me rendis compte tout de suite que je m'étais fourvoyé. Je pouvais toujours délirer et aborder les sujets les plus divers avec les autres internautes, cela ne m'avançait à rien. Je compris qu'Internet n'était qu'une drogue parmi d'autres. C'était un peu comme lire dans les pensées des gens que je croisais dans la rue. Ce n'était pas ce dont j'avais besoin. Il y avait bien assez de voix à l'intérieur de mon propre cerveau…

Je me joignis ensuite à quelques excursions guidées. J'allai ainsi visiter des ruines et faire des randonnées dans la nature. Mais je ne tardai pas à y renoncer, parce que lors des pauses-repas il y avait toujours quelqu'un qui m'adressait la parole. Cela me paralysait. Quand on s'adressait à moi, la tête me tournait, mon cœur se serrait, je perdais contenance et me mettais à bégayer comme un innocent. Je commençais à croire que mon allergie au genre humain n'était pas seulement psychologique, qu'elle était biologique. Dès que je m'approchais d'un être humain, le cou me démangeait, j'avais le visage en feu, mes mains transpiraient et mes tempes se serraient.

Je songeais à la formule du jeune psychiatre de l'hôpital de Gölbaşı qu'Emre et ses confrères ne prenaient pas au sérieux : « Une sorte d'anxiété sociale post-traumatique. » C'était lui qui avait raison. Mon état insolite justifiait un diagnostic du genre : phobie sociale, anxiété, angoisse ou quelque chose comme ça. J'avais franchi une étape en assumant, par la fraude, il est vrai, la réconciliation avec la vie imaginée par Emre. Il était temps de passer à la banalisation en m'acquittant des actes à caractère social que les gens ordinaires accomplissent tous les jours sans s'en rendre compte. Mais malgré tous mes efforts je ne me sentais jamais en sécurité parmi mes semblables, je ne leur faisais pas confiance. J'avais l'impression qu'ils allaient me faire mal, me cerner et m'étouffer. J'avais peur d'être enseveli, d'être dominé par leurs sentiments, écrasé par leurs pensées, peur que mes os ne soient brisés par le poids de leurs corps. Leurs bouches qui s'ouvraient et se refermaient sans cesse, leurs mains qui ne tenaient pas en place, leurs dents qui surgissaient soudain avant de disparaître me menaçaient constamment. J'avais l'impression que ces treize jours et cinq heures passés en enfer m'avaient anéanti et que mon mal était incurable. J'étais persuadé que même en multipliant les étapes, je n'arriverais jamais à établir une vraie relation avec les hommes.

Quand j'étais petit, je disais souvent : « Quand je serai grand, je resterai seul ! » C'était chose faite, j'étais seul, enfin ! Mais j'étais prisonnier de ma solitude. Tout ce que je voulais, c'était un lieu isolé où je pourrais à tout moment me réfugier. Pour être loin d'Ahad et de ses clandestins… Un local pourvu d'une porte et d'où l'on pouvait sortir à sa guise. Mais la porte était condamnée, bloquée par le charnier. J'étais enfermé, tout haletant. J'avais beau être sorti du dépôt de Kandalı, mes yeux restaient rivés sur les parois de ce réduit ténébreux. Le fossé dont j'avais voulu m'entourer et le dépôt me suivaient partout, ma solitude était un traquenard. La vie m'avait pris au piège, le chasseur allait bientôt venir me prendre. Comme la drogue, la solitude doit être mesurée, mais moi, j'étais toujours en overdose… L'homme qui était en moi avait survécu à toutes ces horreurs et il cherchait un moyen d'aller vers ses semblables. J'étais comme une meule de paille où l'on a perdu une aiguille. Quand je n'étais pas submergé par des flots de morphine, je passais mon temps à transpirer sur mon tapis de course. Je lisais des livres qui parlaient du monde que je fuyais, du temps et des hommes. C'était tout ce que je pouvais faire. J'aurais pu me tuer, mais il était trop tard. Je dormais du sommeil du pendu.

Je vécus dix mois dans cet hôtel. Mais mon argent fondait à vue d'œil et je fus forcé de déménager. Non dans une maison, mais dans un autre hôtel. Il s'appelait Le Bateau. C'est pour cela que je l'avais choisi. En souvenir de Dordor et Harmin. L'une de ses deux étoiles avait été gravée, avec une clef probablement, sur la paroi de l'ascenseur.

Je passai au Bateau des mois, puis des années et, au lieu de guérir, je me renfermais de plus en plus en moi-même. J'étais emporté dans un tourbillon, je plongeais dans un gouffre où tout s'entremêlait. Mon passé resurgit, plus horrible encore que dans le dépôt. En fait, je ne le voyais pas. J'entendais seulement sa voix. Elle ressemblait à celle d'Ahad. Ella était rauque et semblait sortir du sol. J'essayais de m'arracher à ce tourbillon et de faire émerger la suite.

« Tu n'es pas mon passé, mon passé n'est pas comme ça ! Je vais te le raconter ! Écoute bien, c'est la dernière fois ! Et je ne tiendrai pour vrai que ce que je vais te narrer maintenant ! »

Je savais parfaitement par où commencer.

« Si mon père n'avait pas été un assassin, je ne serais pas venu au monde… »

Quand j'eus terminé mon récit, je n'étais plus un tourbillon, j'étais une eau dormante. Je repris ma vie là où je l'avais laissée.

Ma vie solitaire était soumise à une discipline implacable. Chacun de mes gestes était calculé au millimètre près. Je savais exactement par quels actes et jusqu'à quel point j'allais salir le dessous de mes ongles au cours de la journée et donc combien de fois je devais les brosser, je savais combien de mots j'allais apprendre en une séance de lecture, combien de temps j'allais pouvoir rester debout sur le pied gauche puis sur le pied droit. Je savais le nombre exact de dates de naissance et de décès que je pouvais citer et combien de peintres de la Renaissance je pouvais nommer dans le temps d'une cabriole.

Ma mémoire était un règlement et moi, j'étais la discipline. De toute façon, n'ayant rien d'autre sous la main, je ne pouvais m'occuper que de moi. Et au fil des années je faisais de moi-même un article de haute technologie. Je voulais acquérir toutes les connaissances requises pour édifier les murs de mon laboratoire, mais bien entendu je n'y arrivais pas, et j'étais condamné à laisser mon œuvre inachevée.

Quand je sortais pour me mêler à la foule, j'étais pris de malaise et incapable d'assurer mon contrôle de qualité. J'étais incapable de refaire en présence de quelqu'un les gestes que j'exécutais sans la moindre erreur lorsque j'étais seul. En laboratoire, j'étais hautement performant, mais la réaction chimique au gaz carbonique émis par une créature étrangère me disqualifiait.

J'étais aussi stupide quand j'étais environné de chair humaine que j'étais intelligent lorsque j'étais seul. Dans la rue, j'étais le seul mortel dans un monde de dieux, mais entre quatre murs, j'étais le dieu suprême… En fait, tout n'est qu'une question de travail et moi, j'avais le temps. Les autres hommes étaient soumis à tous les effets d'une vie en communauté qui absorbait l'essentiel de leurs forces. Mais, persuadés qu'ils devaient vivre ensemble, ils ne s'en doutaient même pas.

J'aurais bien voulu me leurrer moi aussi, mais quand je sortais dans la rue, tout tremblant, je me heurtais aux clôtures électriques de la réalité. Je me parlais sans arrêt. Assis sur un banc au bord de la mer, je débitais tout ce qui me passait par la tête. Les gens me regardaient d'un air inquiet et s'éloignaient, mais je n'arrivais pas à rester silencieux.

Il me vint alors l'idée d'écrire. Je me dis que si j'écrivais, je ne parlerais pas. Quand j'allais sur le rivage, j'emportais un cahier et un crayon. Pour éviter de parler, je notais sur mon cahier tout ce qui me venait à l'esprit. Mais au bout d'un certain temps, je me pris à écrire des lettres aux gens qui m'entouraient. En fait, c'étaient des appels au secours. Comme ceux que je lançais lorsque j'étais enfoui sous les cadavres… Je ne touchais pas à ces gens, je ne leur parlais pas, mais je leur écrivais.

Un vieil homme était assis à côté de moi sur un banc, j'inscrivais dans mon cahier :

Bonjour… Je m'appelle Gazâ.

Mais personne ne m'entendait. Je me mettais alors à écrire en majuscules. En lettres hurlantes ! Mais je restais inaudible ! Le vieil homme s'éloignait, une jeune femme prenait sa place. Je tournais la page et essayais encore.

Bonjour… Je m'appelle Gazâ.

Je passai mes trois premières années au Bateau à tâcher de m'améliorer, à chercher un moyen de sortir de la solitude de ma prison. Je dressai des centaines de plans d'évasion et les mis tous en œuvre. J'étais toujours repris, mais je persistais. Il est bien difficile de s'évader d'une prison dont on est le gardien ! Mais je ne perdais pas espoir.

La quatrième année de mon séjour dans cet hôtel, je faisais tous les jours de longues sorties. J'étais entouré de gens. Je prenais l'ascenseur avec eux, j'appuyais sur les mêmes boutons, je ramassais les bouteilles qu'ils avaient jetées à la poubelle et les portais à mes lèvres. Comme dans mon enfance, je m'approchais par-derrière des femmes qui arpentaient le trottoir d'un pas rapide et m'arrangeais pour que leurs mains m'effleurent. Je prenais les bus aux heures de pointe et laissais les gens me toucher. Si Emre m'avait vu, il aurait été fier ! J'inventais mille tours pour m'approcher des gens. Je faisais vraiment de mon mieux !

Et soudain, la quatrième année, un miracle se produisit. Après tant de tentatives infructueuses, je vécus enfin cette expérience merveilleuse, je me sentis proche des autres. Mes longs efforts portaient enfin leur fruit. Et tout changea soudain.

On était au mois d'octobre. Le soleil brillait comme pour saluer le miracle imminent. Cela se produisit inopinément, en fin d'après-midi.

En compagnie d'inconnus, je pris part à un lynchage.

J'avais les yeux rivés sur le soleil, qui me regardait lui aussi, faisant, avant de sombrer, une pause sur la tour de l'horloge, le plus bel édifice de la place. Un gong qu'ils étaient seuls à entendre invita les touristes à rentrer à l'hôtel. Cessant leurs marchandages, ils désertaient la place et regagnaient leurs chambres avant d'aller dîner. Quelques-uns, traînant encore, s'arrêtaient tous les trois pas pour scruter les sacs en plastique où s'entassaient les souvenirs qu'ils avaient achetés, et se demandaient s'ils ne s'étaient pas fait avoir. Lorsqu'ils s'arrêtaient, les rayons solaires leur faisaient comme un manteau d'or.

Moi aussi, j'avais entendu le gong, mais je ne pouvais pas me résoudre à quitter l'endroit où je me trouvais. De là où j'étais, je ne voyais que des silhouettes, je ne distinguais ni les bouches qui s'ouvraient pour parler, ni les sourcils qui se fronçaient, ni les yeux qui passaient sans me voir. Le contre-jour estompait les visages, je ne pouvais pas lire dans les pensées des gens, j'étais à la fête. En s'allongeant démesurément sur le sol, des ombres aussi noires que les silhouettes des passants créaient un pays de géants.

Je regardais défiler sous mes pieds ces colosses dont je pouvais, presque sans bouger, écraser la tête. Ils offraient à ma vindicte leurs bras, leurs jambes et leurs corps. Ne pouvant écraser les hommes, je m'étais perché sur leurs ombres. C'était déjà beaucoup, car j'étais conscient qu'il aurait fallu au moins une transplantation d'organes pour me rapprocher des humains…

J'entendis alors un grondement et le sol se mit à trembler. Les géants regagnèrent précipitamment leurs pénates. Je levai la tête et regardai autour de moi.

La foule s'était dispersée. De sa main tenant un cornet de glace, un enfant que sa mère tirait par le bras montrait je ne sais quoi qui se trouvait derrière moi. Au moment où j'allais me retourner, quelque chose passa près de moi, si vite que je dus cligner par deux fois pour voir que c'était un homme. Je pensai tout d'abord que c'était un voleur. Mais il ne semblait pas fuir la police, on aurait dit qu'il fuyait un tsunami. Qu'il y allait non de sa liberté, mais de sa vie. Me retournant, je vis le tsunami. Tous ces corps qui déferlaient vers moi comme la lave d'un volcan en éruption étaient bel et bien composés d'eau pour les deux tiers. Cette eau débordait de leur bouche écumante et leurs bras, agités pour courir plus vite, allaient et venaient comme les dents d'une moissonneuse-batteuse qui déchiquettent tout ce qui se présente. Sous peine d'être piétiné, je devais me mettre à courir ou lever les bras en criant « Stop ! »

En réalité, je n'avais pas le choix. N'étant assez intrépide ni pour me laisser écraser ni pour élever la voix, il ne me restait qu'à courir. Mais à quelle vitesse ? Si je traînais, je risquais d'être piétiné par la foule et si je me rapprochais trop du fuyard, je risquais d'être pris pour lui et de payer à sa place. Je devais donc courir de façon à me mêler à la foule sans être blessé. N'étant pas en état de décider, j'abandonnai à la peur tyrannique la gestion de mon corps et de mes pensées. Elle fit de moi un vrai coureur de relais et je démarrai à l'instant précis où je sentis sur ma nuque le souffle de la ruée. La synchronisation fut si parfaite qu'elle aurait fait envie aux trapézistes qui se jettent dans le vide en confiant leur vie aux deux mains qui doivent les attraper au vol. Mais en fait de filet, j'avais au-dessous de moi le béton poli par les pieds des marcheurs et prêt à m'écorcher.

Je me fondis si bien dans la foule que j'avais l'impression d'avoir démarré avec elle, d'en faire partie depuis toujours. Je n'étais plus en tête, mais au milieu des gens. La peur m'avait pris dans ses bras comme un bébé, j'étais emmailloté de foule. Elle n'était plus un tyran, elle était mon dieu. En tant que divinité, elle exigeait un sacrifice.

Or il n'y avait pas à chercher bien loin, la victime était là, courant devant nous et jetant des cris. En quelques enjambées nos voix atteignirent ses oreilles, puis nos mains saisirent ses épaules. Il fit un ultime effort pour se dégager, avant d'être happé par la foule comme par une tronçonneuse : le doigt, la main, le bras, puis son corps tout entier. Dépassant deux nuques, je m'avançai pour mieux voir, lorsque quelque chose vint frapper mon œil gauche.

Je crus tout d'abord que c'était un petit caillou ou un doigt qui traînait, mais tandis que je courais encore, mon œil se ferma. Mes paupières adhéraient l'une à l'autre, comme scellées par de la cire. Je vis que c'était rouge en regardant le bout de mon doigt après m'être machinalement frotté l'œil. Ce n'était pas de la cire, mais du sang qui collait mes paupières. Jetée en l'air comme on lance une ligne, la première goutte de sang de la victime était venue, tel un hameçon, se planter au coin de mon œil.

Je constatai alors que ce n'était plus la peur qui commandait à mes gestes. Divinisée, elle était montée au ciel et c'était désormais l'émotion qui dirigeait mon corps et mon esprit. L'émotion d'être à nouveau, après tant d'années, parmi des êtres humains et de marcher avec eux dans la même direction. L'émotion de pouvoir sans effort non seulement toucher des gens, mais les regarder dans les yeux et courir avec eux vers un même but. Alors que quelques minutes plus tôt je prenais plaisir à piétiner leurs ombres, ils me prenaient maintenant par la main et m'invitaient à piétiner quelqu'un.

Je me sentais libre comme jamais… Les murs de mon cachot étaient tombés ! Nul ne me condamnait ou ne me croyait fou ! Je ne faisais qu'un avec la foule, j'étais comme ivre. C'était magnifique. Nous étions semblables à une raie géante qui ondoie dans la mer immense. Un parfait Léviathan. Nos pieds effleuraient le sol, nos mains s'entremêlaient. Nous nous entrechoquions, nous trébuchions, nous nous accrochions les uns aux autres, nous montions et descendions, tombions et nous relevions, nous courions sans nous retourner. Tout haletants, au coude à coude, nous passions entre des murs poussiéreux, répandant notre sueur sur les épaules les uns des autres. Nos yeux ne cillaient pas, nous hurlions à notre aise. Nos propos, notre cheminement étaient sans importance. Une seule chose comptait : atteindre ce corps ensanglanté, de plus en plus dénudé, qui laissait du sang sur les mains et sombrait au creux de la foule. S'il l'avait pu, il nous aurait, par ses narines déchiquetées, aspirés dans ses poumons en guise d'oxygène. S'il lui était resté une paupière, il l'aurait fermée en se frottant à nous. Nous l'enserrions de toutes parts. Nous étions cent, peut-être mille ! Qui sait combien nous avions de dents, combien d'ongles ? Combien d'entre nous étaient rassasiés, combien portaient le même nom ? Nous n'en avions cure, nous ne faisions qu'un. Il était notre âme, nous étions sa chair. Or l'âme précède le corps. À l'instant où nous empoignions ses cheveux, sa tête était projetée au loin, quand nous nous apprêtions à piétiner son corps, il était déjà entraîné ailleurs. Il nous échappait constamment, voletant d'une main à l'autre, comme un papillon qui déploie des ailes suppliantes. Nous ne pouvions pas l'atteindre. Son corps disloqué flottait au-dessus de nous comme un drapeau ou ricochait sur nos mains comme un ballon crevé. Il était un tronc d'arbre charrié par les flots, nous étions les flots. Il apparaissait et disparaissait tour à tour parmi les vagues. Nous n'aspirions qu'à une chose : l'atteindre avant de mourir. Pour purifier nos oreilles à son dernier cri, nos visages à son dernier souffle. J'aurais voulu que cela durât toujours, que cet instant ne finît jamais, car je ne savais pas ce que je deviendrais ensuite. Cela prit fin pourtant.

Tout d'abord nous fûmes enveloppés d'une sorte de brouillard qui nous faisait tousser. Ensuite nos yeux se mirent à larmoyer et les coups de matraque commencèrent à pleuvoir. L'eau entrait en nous par la nuque et ressortait par la bouche, au coin des lèvres, en nous cassant les dents. Sous les coups de matraque et les trombes, nous nous dispersâmes comme un nuage de fumée. En courant, ou pliés en deux, les gens disparurent dans la brume frémissante et retournèrent à leurs occupations. Léviathan était mort.

Je vis la suite à la télévision. Au journal du soir. Sur la place où avait eu lieu le lynchage, la police avait retrouvé, baignant dans son sang, la créature que nous avions laissée là. Le speaker révéla son nom. C'était un certain B. F., ex-professeur de littérature. Il avait violé une élève de quatorze ans en lui administrant non des poèmes, mais sa propre personne. Il avait passé huit ans dans une cellule où on l'avait enfermé pour le protéger des autres détenus. Le jour de sa sortie de prison, il avait été agressé tout d'abord par une personne, puis par une multitude.

« C'est incroyable ! disait le speaker, incroyable qu'il ait pu survivre à l'assaut d'une telle foule ! Oui, chers téléspectateurs, comme vous l'avez vu… »

Il y eut alors une coupure de courant et je me retrouvai en train de contempler mon reflet sur l'écran noir du téléviseur. Assis sur mon lit, dans ma petite chambre du Bateau. Dans l'obscurité, le seul objet de valeur était la lumière qui entrait par la fenêtre et s'étalait sur le mur. Elle provenait d'un réverbère qui ressemblait à une girafe sacrée dont la tête est entourée d'une auréole. Le bruit incessant de la clim, toujours poussée à fond malgré les protestations des clients, s'était interrompu. Depuis que le temps avait fraîchi, j'avais l'impression que ce bruit me réchauffait.

Ce fut le temps qui revint en premier. Puis le froid se déversa en cascade dans la chambre et je me mis à trembler de tous mes membres, jusqu'à avoir la nausée. Je ne pouvais arrêter ni mes mâchoires ni mes mains. Je crois bien que mes yeux eux-mêmes tremblaient. Si on m'avait photographié à ce moment-là, le cliché aurait été flou. La chambre était si exiguë que je ne pouvais vomir que sur moi-même. Les dents serrées, je ravalai les restes de mon dernier repas. J'étais bien ennuyé, je ne pouvais pas m'offrir le luxe de tomber malade. Pourtant…

J'avais peut-être attrapé un microbe au milieu de cette foule. Toute cette haine m'avait forcément perturbé. J'avais une maladie insolite dont je devrais ensuite faire répéter au moins trois fois le nom par le médecin pour être sûr de bien l'avoir entendu ! Les bras le long du corps, comme enserré dans une camisole de force, j'essayais de comprendre ce qui me faisait trembler si violemment. Mais cela ne dura guère, car la Peur me trouva. Elle me frappa au front comme un marteau tombé du ciel. Je tombai à la renverse. Étendu sur le lit, drapé tout vif dans un linceul, je vis la chambre se transformer peu à peu. Soudain terrifiants, les chevaux à crinière blanche de l'affreux tableau accroché au mur me piétinèrent sous leurs sabots. Puis le mur d'en face, horrible lui aussi, tomba sur mes jambes tandis que le plafond s'abattait sur moi. Et pour finir l'électricité revint, porteuse d'une nouvelle épouvante.

Je me levai si vite que j'en eus le vertige et je dis : « Tout de suite ! Je dois partir tout de suite ! Je dois me sauver ! Ils vont m'attraper ! Ils vont comprendre ce que j'ai fait, là, dans cette foule ! L'ai-je frappé ? Ai-je pu frapper cet homme ? Mais peu importe, j'étais parmi eux ! On va me jeter en prison ! Je suis perdu ! »

Ma voix, s'amplifiant peu à peu, retentit tout d'abord en moi, puis dans la chambre. Quelqu'un tapa à deux reprises sur le mur auquel je m'appuyais pour ne pas tomber. Je me tus et retins mon souffle. Qui occupait la chambre voisine ? Allait-il me dénoncer ? M'avait-il entendu crier ? Allait-il appeler la police ? Il tapa de nouveau sur le mur. Encore et encore. Puis j'entendis un gémissement : des accents de violon succédèrent au concert de percussion. Et à ma panique. Les tremblements, la peur, c'était fini.

Qui s'intéressait à moi ? Personne n'appellerait la police ! Tout le monde s'en fichait ! Ceux de la chambre d'à côté, leurs voisins, ceux des autres étages et même ces gens qui se bousculaient pour tuer, sans même y parvenir. Tous étaient en train de faire l'amour ou venaient de le faire. Ils sombraient dans le sommeil et se creusaient un tunnel vers les rêves. La vie continuait. J'eus honte de ma frayeur. Je me mis à rire. Si tu es à Rome, conduis-toi en Romain ! Moi, à Rome, j'étais un Spartiate ! C'est pour cela que je ne faisais l'amour ni seul ni à deux ! Je préférais vider dans un bout de papier deux capsules de sulfate de morphine, écraser avec le talon de mon briquet les minuscules boulettes, verser dans un peu d'eau froide la poudre ainsi obtenue, agiter soigneusement et emplir une seringue. Ensuite je m'injectais ce liquide et je baisais le monde entier.

Deux jours passèrent, mais personne ne frappa à ma porte. On ne vint ni m'arrêter ni me demander des comptes. Je songeai au vers de Baudelaire : *Ne cherchez plus mon cœur, les bêtes l'ont mangé*[8]. J'étais désormais l'une de ces bêtes. Si elles sont assez nombreuses, elles peuvent dévorer un cœur en toute impunité. S'il en était autrement, Baudelaire aurait ajouté : « Oui, mais le jour venu, on leur trouera la peau. » Mais ce vers ne figure dans aucun poème. Voici donc la recette du lynchage : souille-toi tant que tu voudras, tu sortiras toujours blanc de la cuisine. Je fis ma toilette et sortis de ma chambre. Je savais exactement où j'allais.

Je retournai sur la place où tout avait commencé. Là aussi, tout était bien propre. Il n'y avait nulle trace de sang, nul débris de dent. Le champ de bataille, lavé avec soin par les pompiers, était rayé de l'histoire, les touristes avaient pris la place des tueurs et des victimes. Mais peut-on comparer le lynchage à la guerre ? J'étais en train de me poser cette question, lorsque j'aperçus un couple qui, à tour de rôle, prenait des photos. Cela me ramena aux devoirs que je m'imposais à cette époque-là. Je m'assignais des tâches simples et m'efforçais de m'en acquitter. Laissant de côté cahier et crayon, j'étais passé à des exercices vocaux. Je réussissais à parler un peu avec les gens.

L'homme, en allongeant le bras tant qu'il pouvait, essayait de se photographier avec sa compagne, avec la tour de l'horloge en arrière-plan. L'œil fixé sur l'appareil, il faisait des gestes maladroits. Je m'approchai et proposai de prendre la photo. Ils étaient si absorbés qu'il leur fallut plusieurs minutes pour comprendre ce que je disais. La jeune femme réagit la première en souriant :

« Merci beaucoup, s'il vous plaît, tâchez de prendre aussi la tour. »

Son compagnon était pris de court. Il n'avait pas eu le temps de se rendre compte si j'étais du genre à détaler avec l'appareil. Il lui aurait fallu quelques minutes pour se convaincre qu'on pouvait me faire confiance. Mais il n'allait pas dire à un inconnu : « Je ne suis pas rassuré. Pouvez-vous me jurer que vous n'êtes pas un voleur ? » Il ne lui restait plus qu'à me montrer sur quel bouton je devais appuyer. Je pris l'appareil, reculai de quatre pas et fermai un œil pour mieux regarder dans le viseur. Tout d'abord l'homme posa sa main sur l'épaule de la femme. Puis celle-ci se serra contre lui et posa sa main sur sa poitrine. Tous deux découvrirent leurs dents en même temps. L'instant était venu. Sur la plupart des photos qu'ils avaient prises ce jour-là, ils devaient avoir l'air de deux imbéciles. Ils s'obstinaient à loger dans le cadre un bâtiment, une statue, une calèche ou un crottin de cheval et il manquait toujours soit le front de l'un soit la moitié du nez de l'autre. À vrai dire, je m'en fichais éperdument. Prendre cette photo faisait partie du traitement que je suivais et, en offrant mes services, je m'étais bien tiré de la phase numéro un.

La deuxième était plus difficile. Ils commençaient à se montrer nerveux, mais je devais tenir au moins trente secondes. Or je n'avais pu compter mentalement que jusqu'à six.

La femme fut la première à se manifester. Il faut dire que c'était elle qui avait accepté mon offre. Sans cesser de sourire, elle demanda : « Ça ne marche pas ? »

Je ne répondis pas. Je faisais ma cure, je me purifiais. Presser le bouton avant trente secondes, c'était comme retomber sous la dépendance de l'héroïne. J'avais beaucoup de mal à résister. La présence en face de moi de ces deux êtres qui me regardaient comme deux animaux domestiques inquiets m'était extrêmement pesante. J'avais l'impression que leurs regards me tranchaient la gorge, que leurs dents, dépassant de leurs lèvres qui commençaient à s'engourdir, me lacéraient les oreilles. En fait, ils considéraient l'appareil d'un regard torve. L'homme demanda à son tour :

« Ça ne marche pas ? »

Je m'enfermais dans mon silence. Pourtant, les questions étaient bienveillantes. Ils auraient pu dire aussi bien : « Qu'est-ce que tu attends ? » Mais ils préféraient rejeter la faute sur l'appareil. Il m'était pénible de les maltraiter ainsi, mais je devais tenir bon. Au moment où l'homme allait retirer sa main de l'épaule de sa femme pour venir vers moi, je criai :

« Voilà, je prends la photo ! »

C'était un vrai cri de triomphe. L'homme reprit la pose et je pressai le bouton. J'avais tenu exactement trente-trois secondes ! C'était une magnifique performance ! Eux et moi, nous avions réussi le test de patience ! Ils avaient fait preuve d'une excellente éducation et je m'étais prouvé que je n'avais pas peur d'eux. Nous nous rapprochâmes, ils examinèrent le cliché sur l'écran et me regardèrent. Nous étions tout sourire.

« C'est très réussi, merci beaucoup », dit la femme.

Mais il était temps de passer à la phase trois.

« Avec plaisir, ce sera deux livres. »

Leurs sourires se figèrent.

« Pardon ? fit l'homme.

— Deux livres, dis-je, c'est le prix. »

La femme dit à son tour :

« Vous faites ça pour l'argent ?

— Bien sûr.

— Vous auriez pu nous le dire, dit l'homme.

— Vous ne me l'avez pas demandé. Je pensais que vous le saviez… »

Il insista :

« Comment pouvais-je le savoir ? »

Mais la femme, pour éviter de se gâcher la journée avec des bêtises, glissa la main dans son sac et mit fin aux récriminations de son compagnon :

« Bon, bon, ça va ! »

Ma séance de thérapie touchait à sa fin, mais la femme cherchait toujours son porte-monnaie dans son sac informe. Le temps me semblait interminable, je ne savais plus où me mettre. L'homme devait avoir envie de me tuer sur place. Il maudissait sans doute tout ce qui l'en empêchait : son crédit immobilier, son assurance-santé, sa longue carrière professionnelle et son amour pour son épouse. Il se contentait de hocher la tête. S'il me haïssait, ce n'était évidemment pas à cause de ces deux livres, mais parce qu'en piétinant les règles de la civilité, je venais de lui rappeler brutalement que l'on ne peut faire confiance à personne. Il se disait probablement qu'il ne serait plus jamais tranquille et que le monde entier attendait le moment de l'escroquer. Nous avions tous trois les yeux rivés sur le sac à main d'où rien ne sortait. Soudain la femme leva la tête et regarda l'homme. Je fis de même.

« Tu n'as pas d'argent ?

— Non », fit l'homme, faute de pouvoir dire : « Mais non, putain ! »

Nous considérâmes de nouveau le sac. J'étais mort de honte, j'avais envie de détaler, mais je devais tenir bon. J'avais fui pendant des années. Cette fois, je resterais là. Je devais me calmer. Penser à autre chose. Le lynchage me revint à l'esprit. Je me sentais si bien au milieu de cette cohue. Je n'avais pas peur de toucher les gens…

« Tenez ! »

D'un geste sec, la femme mit deux livres dans ma main, prit le bras de son compagnon et dit : « Allons-nous-en ! » Ils s'éloignèrent d'un pas rapide, puis de plus en plus lentement. Je les regardais et je me sentais bien. Mais cela ne dura guère, mon ventre se mit à tourner comme la tête d'une perceuse. Cette fois, la place ne manquait pas, je ne risquais pas de me vomir dessus. Pourtant, par habitude, j'ouvris les mains. Je vomis un peu sur les deux livres, un peu entre mes doigts et un peu sur le sol poussiéreux. Je regardai autour de moi, j'avais envie de hurler, mais je me contentai de murmurer : « Il faut appeler les pompiers ! »

Je rentrai à l'hôtel et m'enfermai dans ma chambre. Mais cela ne servit à rien. Je n'étais pas en sécurité. Je venais de croiser dans le couloir le garçon d'étage qui m'avait salué d'un air de dire : « J'entrerai dans votre chambre quand je voudrai ! » Je calai contre la porte une chaise qui, comme le tabouret du hangar de Kandalı, avait un pied plus court que les autres et se dérobait chaque fois que je m'asseyais dessus. Mais cela non plus ne servit à rien. Je me rappelai à ce moment-là que la porte s'ouvrait vers l'extérieur. Je n'avais qu'une solution : m'enfermer dans les toilettes.

C'était la première fois depuis que j'étais dans cet hôtel que ces toilettes, dont je déplorais l'exiguïté sans oser en parler au réceptionniste, allaient me servir à quelque chose. Elles étaient de la taille d'une cabine téléphonique, et quand on était dedans on pouvait toucher sans bouger les trois murs et la porte. Je remarquai pour la première fois que celle-ci n'avait pas de clef. Mais je n'avais pas le choix et il fallait absolument que mon pouls se calme. J'entrai donc et posai ma main sur la poignée de porte. Quelqu'un pouvait, à tout moment, essayer d'entrer. D'une main, je bloquai la poignée et, ne sachant que faire de mon autre main, je la posai sur le miroir placé en face de moi. Après dix respirations, un peu calmé, je pus enfin lever la tête et me trouvai nez à nez avec mon image. Comme toujours en pareil cas, je me mis à parler tout seul.

« Tu veux guérir ? Tu veux vraiment guérir ? C'est quoi ta maladie ? Tu ne peux pas te mêler aux gens, c'est ça ? Avoir une vie sociale, comme ils disent ? Tu ne peux pas y arriver ? Les bêtises que tu viens de faire ne t'ont pas convaincu que ton mal était passager ? Tu sais quel est le bon traitement ? Je vais te le dire : il faut que tu te socialises de façon excessive ! C'est ta seule chance de guérir. Il faut pousser les choses à l'extrême. Si ton mal consiste à te tortiller sous le sol comme un ver de terre, il faut apprendre à voler, pour trouver un moyen terme. Pour équilibrer ton mal ! Le seul traitement qui te convienne, c'est le lynchage, il n'y a pas en ce monde de vie sociale plus intense ! Tu m'entends ? Ne le dis à personne. Sors dans la rue et trouve-toi une femme ! Mais non, idiot, je plaisantais. Il faut tenter le coup. Mais en attendant, brosse-toi les dents et tiens bien cette porte ! »

Je n'arrêtais pas de penser au lynchage et je lisais les livres où il en était question. Je découvrais que ce n'était pas un comportement violent. Le lynchage, ce ne sont pas des gens qui se rassemblent en grand nombre en serrant les poings. C'est un phénomène social, un processus qui a sa place dans l'anthropologie sociale. Et même un processus structurant qui régit les relations entre la masse et l'individu, entre la majorité et la minorité. C'est un droit collectif. Quelque chose comme « la vraie démocratie » de Rousseau. Rien de plus. L'Américain Charles Lynch, qui a donné son nom à ce phénomène, était un vrai génie. Il passe peut-être aujourd'hui pour un barbare, mais c'est conformément à la loi de Lynch que les États-Unis d'Amérique dirigent le monde.

Quand j'étais fatigué de lire, je levais les yeux au plafond et réfléchissais… Ma chambre et moi étions enfermés dans une petite boule de verre que le lynchage avait agitée en soulevant les brins de pensée qui jonchaient le sol : je les regardais voleter autour de moi comme des flocons de neige. Au bout d'un moment, j'étais tout blanc et ce que je voyais était au moins aussi scientifique que mon article « La Force du pouvoir ».

Quand le primate qui est l'ancêtre de l'homme s'était dressé pour la première fois sur ses deux jambes, il s'était cogné à une grosse branche d'arbre et avait subi un traumatisme cérébral qui, transmis par voie génétique d'une génération à l'autre, avait eu deux conséquences sur l'histoire de l'humanité.

Pour commencer, une grande partie du cerveau était devenue inutilisable et l'homme, descendant de ce primate, avait dû se contenter d'utiliser le reste de son cerveau. La deuxième conséquence est que la peur de l'environnement suscitée par le contact brutal avec la branche constitue l'axe principal de la vie de l'homme.

Bien sûr, tout aurait été différent si le primate avait continué à marcher à quatre pattes comme les autres animaux. Mais cette position l'exposait de plus en plus à être violé et il fut forcé de se redresser. Il n'empêche qu'avant de le faire il aurait été bien avisé de jeter un regard au-dessus de lui. Quoi qu'il en soit, grâce à la négligence de notre ancêtre, nous naissons tous débiles et poltrons. Mais ce n'est pas de notre faute. Et en un certain sens on peut dire que nous avons beaucoup progressé. Nous avons fini par circonscrire cette peur qui fait partie intégrante de notre personne.

Cette peur, en fait, n'était rien de plus qu'un scénario catastrophe issu de notre expérience. On lui avait trouvé un nom latin : *Bellum omnium contra omnes*. La guerre de tous contre tous ! La pire des hypothèses ! La véritable cause de notre peur se trouvait là. Nous étions en quête d'armes pour protéger notre vie, de vêtements pour protéger notre vertu, nous dressions des murs pour protéger nos biens… Nous nous efforcions même, dans la mesure du possible, de naître et de vivre sans attirer l'attention de personne. Car nous savions que dans cette guerre désastreuse de tous contre tous, nul n'était en sécurité.

Qui arrêterait notre voisin s'il convoitait notre femme et notre argent ? Qu'est-ce qui l'empêcherait de venir nous attaquer ? Et nous-mêmes, serions-nous capables de rester sourds aux propositions de la femme du voisin et indifférents à l'attrait de son argent ? Qui ferait cesser notre concupiscence et nous dissuaderait de faire la guerre ?

L'homme avait beau s'être dressé sur ses deux jambes, le fait qu'il se posât ces questions prouvait qu'il n'avait rien perdu de sa bestialité. Pourtant, il avait reçu un signe sacré : la notion d'unicité.

À vrai dire, ce signe n'était pas vraiment sacré. Il était lié au nombre des étoiles qui nous donnent la vie. Le jour où nous avons compris que le Soleil et la Lune sont deux astres distincts et que cette chose jaune qui apporte le printemps est unique, étant donné que nous étions au moins aussi aptes que le chimpanzé à imiter ce que nous percevions autour de nous, la notion d'unicité a envahi notre cerveau. Ensuite, nous avons tenté de tout ramener à ce concept. Un seul dieu, un seul leader, un seul État, un seul pays… Il n'y a que ça de vrai ! Et surtout, un seul ennemi !

Le concept d'unicité était une vraie trouvaille, un vrai miracle. Nous avons pu écarter définitivement l'hypothèse de la guerre de tous contre tous en affirmant que tout le monde doit combattre une seule personne.

Oui, le lynchage est une sorte de guerre. La guerre de la majorité contre la minorité. La guerre contre celui qui est isolé. Et bien sûr, comme toute chose, cela porte un nom latin : *Bellum omnium contra unum*.

La guerre contre l'ennemi unique fut tout d'abord le fait des familles, puis des tribus et enfin des sociétés. On avait fini par inventer la société, qui vint à point nommé combler un vide embarrassant.

Mais qui était donc cet ennemi unique dont les hommes avaient besoin pour se rassembler ? Cela n'avait aucune importance et nul ne s'en souciait ! Dans les guerres, l'ennemi n'avait pas de nom. C'était l'ennemi, un point c'est tout ! Si l'on s'était avisé qu'il portait un nom, on n'aurait pas pu guerroyer avec un tel sang-froid. L'histoire regorge de soldats qui ignorent le nom des gens, des organisations ou des pays qu'ils combattent ! Et finalement le nom de l'ennemi unique est sans importance. Ce qui compte, ce sont les effets du lynchage de l'ennemi unique

S'il y avait lynchage, il y avait rassemblement et il n'y avait point de chaos. En l'absence de chaos, le commerce était possible. Et le commerce appelait le progrès. Le progrès, favorisant le commerce, se développait lui-même. On pouvait progresser indéfiniment. Ce n'était pas en vain que nous nous étions dressés sur nos jambes. Nous étions prêts à marcher vers l'avenir à pas de géant, c'était merveilleux !

Dans une société qui pourchassait l'ennemi unique, il n'y avait ni querelles, ni conflits, ni troubles. C'était très rassurant de haïr la même personne que son voisin, le voisin du voisin, son voisin à lui et le pays tout entier. Cela donnait confiance et les hommes pouvaient répandre le sang dans une nouvelle harmonie. Or répandre le sang dans l'harmonie, c'est ce qui fait une société. C'est la preuve que ladite société progresse avec sérénité.

De nos jours, les États développés sont ceux qui ont su à temps mettre fin aux dissensions et rassembler le peuple en réduisant à un seul le nombre de leurs ennemis. Ils ont en outre fait tout leur possible pour empêcher les pays colonisés, affaiblis par la guerre de tous contre tous, d'opérer la même mutation.

Dans les pays du Moyen-Orient où le lynchage n'avait pas été discipliné par un effort d'unification, il y avait des lynchages à tous les coins de rue, et tous les peuples de la région étaient condamnés à l'impuissance. S'ils avaient été un peu plus clairvoyants, ils se seraient rendu compte que le lynchage peut contribuer à rassembler les gens, surtout dans les pays de culture religieuse. Je n'en veux pour preuve que le rassemblement à La Mecque de milliers de pèlerins venus lapider Satan. Peu importe qui tu es, viens lapider le démon ! Ces peuples n'ont qu'une chose à faire : cesser de se faire la guerre et se rassembler contre un ennemi commun. Mettre fin aux malentendus qui les divisent et se rassembler pour un grand lynchage ! Comme le font les États développés. Il faut cependant reconnaître que les pays du Moyen-Orient font de leur mieux, en lynchant leurs dictateurs quand ils le peuvent et les diplomates occidentaux quand ils réussissent à les capturer. Ils s'efforcent, à leur échelle, de semer les germes d'une société contemporaine.

Finalement, l'homme a le lynchage dans le sang. Le lynchage, en tant que nécessité naturelle, a sa place partout : dans la famille, à l'école, dans les quartiers, dans la société, dans les relations internationales, partout ! Tous les jours divers États se mettent d'accord pour désigner un ennemi commun. Cela leur permet de s'entendre sur un point et facilite leurs marchandages quotidiens.

Plus j'y songeais, plus tout devenait clair. Je comprenais pourquoi lors d'une exécution douze hommes s'alignent pour faire feu sur un seul. Comme Martin Luther King, j'aurais pu dire : « J'ai fait un rêve ! »

Dans ce rêve, des créatures venues de l'espace débarquaient sur notre planète. Tous les États du monde se rassemblaient pour les lyncher et vivaient enfin dans la paix et la fraternité. Et si le lynchage était capable d'apporter la paix au monde, il pouvait sans aucun doute me guérir. Il suffisait que je change de camp. Pendant des années, je m'étais senti comme quelqu'un que l'on va lyncher. J'allais cesser d'être la victime, pour me mêler à la foule. Au lieu d'être l'ennemi unique, je serais un élément de la populace, enragé, bavant de haine mais respectable, lancé bravement dans sa course de mort.

Tout excité par ces pensées, je me dressai brusquement sur mon lit et me cognai la tête au tableau accroché au mur. Cela me fit mal, mais je m'en fichais. Je n'avais rien d'autre à perdre que la petite portion de ma cervelle dont j'avais l'usage, et aussi ma couardise.

Cependant, j'avais encore un gros problème à résoudre. Mon salut, assurément, était dans le lynchage. Mais où était le lynchage ?

Selon le speaker, à qui ses cheveux d'un blond artificiel faisaient une tête impossible, une telle agression ne s'était pas produite dans cette ville depuis de nombreuses années. Je n'avais donc aucune raison de rester là à attendre le jour lointain où le phénomène se reproduirait. La chance m'avait souri une fois, il n'y aurait pas de récidive. Le lynchage ne viendrait pas à moi, c'était moi qui devais aller à lui. Mais comment le repérer avant qu'il ne se produise ? Ce n'était programmé nulle part... Ou qui sait ? Peut-être que si !

Toute ma vie, j'avais entendu répéter à la télévision qu'on avait affaire à des mouvements suscités par des foyers de violence. Cela voulait dire que des gens organisaient le lynchage comme un concert et planifiaient ces manifestations. Mais comment accéder à ces foyers de violence ? Pouvais-je espérer être un jour l'un d'entre eux ?

Avant tout, je devais dresser une liste des lynchages potentiels. Déployer une mappemonde et y marquer les lieux où le phénomène risquait de se produire. Il me faudrait pour cela étudier l'histoire des lynchages pays par pays, ville par ville et m'assurer que les conflits sociaux qui les avaient suscités existaient toujours.

Le fait qui, trois jours plus tôt, avait transformé Izmir en une cité du Moyen-Orient, était exceptionnel. Il était impossible de calculer à l'avance la probabilité de voir la foule agresser un ancien détenu. Et comme il était hors de question que je recense la sortie de prison de tous les violeurs d'enfants, je devais m'intéresser aux lynchages à caractère politique. Toutes les informations dont j'avais besoin se trouvaient là où les ignorants vont chercher la lumière, à savoir sur Internet.

Je passai la semaine suivante à étudier les conflits qui couvaient à travers le monde. Il était impossible de prévoir lequel, en éclatant, provoquerait un lynchage, mais il se produisit une chose intéressante. J'entendis la télévision diffuser cette information : Quelques centaines d'Américains rassemblés dans la grand-rue d'une petite ville pour accueillir les soldats de retour d'Afghanistan ont tenté de lyncher quatre Afghans qui protestaient contre cette manifestation. Cela me donna une idée.

La personne ou le groupe menacé de lynchage est toujours un objet de haine. Il suffit d'un rien pour tout déclencher. Tous ces Américains, chaque jour, dans les rues ou au marché, jetaient à ces Afghans des regards chargés de haine et attendaient le moment favorable. C'était donc sur la haine que je devais concentrer mon attention.

Si je pouvais déterminer qui haïssait qui, je saurais où aller attendre. Mais la haine devait être telle que la seule existence de l'autre fût ressentie comme un outrage. Or quels étaient ceux qui haïssaient l'autre uniquement parce qu'il existait ? Les racistes et les sectaires.

Je cherchai les régions où cette sorte de haine atteint son paroxysme et mis au point un magnifique tour du monde. J'avais trouvé le filon. Je n'avais besoin que d'un passeport et de quelques visas. Je serais à la fois la première agence et le premier client du tourisme du lynchage, le premier *lynch-tourist* du monde ! Ce n'était pas si mal pour quelqu'un qui n'avait jamais été quoi que ce soit. Finalement, comme dix jours auparavant, pour me sentir mieux, si peu que ce fût, je foulais aux pieds les ombres des hommes. Et comme vingt-quatre ans cinq mois et treize jours plus tôt, si je pleurais, c'était uniquement parce que j'étais venu au monde.

Un mois avait passé et je ne me sentais pas bien du tout. J'étais dans un tel état que j'étais forcé de préparer les phrases que j'aurais à prononcer, en les notant sur des bouts de papier et en les apprenant par cœur. Ainsi, quand je disais à l'employé qui m'apportait le petit déjeuner : « Je voudrais un autre jus de pêche », ou au garçon d'étage : « Ce n'est pas la peine de faire la chambre aujourd'hui », je n'étais pas forcé de communiquer, je me contentais de débiter machinalement mon texte. Cela me dispensait de prendre à ce moment-là la moindre décision. Ce n'était pas moi qui parlais, c'étaient ma mémoire et mes cordes vocales. J'avais l'impression d'être ailleurs et d'échapper à la pression. Cela m'épargnait l'angoisse de réfléchir à ce que j'allais dire et me permettait de passer inaperçu.

J'étais un peu comme un soldat qui rampe sous le feu de l'ennemi. À vrai dire, à part à la télé, je n'avais jamais vu ramper un soldat. Un jour, à la suite d'une conversation entre le patron de l'hôtel et le conseiller municipal responsable du quartier, un représentant des Forces armées turques était venu frapper à ma porte, persuadé que ma putréfaction était contagieuse. Convaincu que j'étais capable de disqualifier une armée entière, il avait rédigé un rapport venimeux et m'avait dit : « Va-t'en pourrir seul dans ton coin ! » Mais moi, j'étais sûr de pouvoir ramper plus bas que n'importe quel soldat de n'importe quelle armée. Dans tous les sens du terme…

La vie n'est jamais tout à fait routinière, elle sait nous réserver des surprises. Quelque chose venait toujours remettre en question le dialogue que j'avais préparé et perturber mon plan de communication.

Personne ne s'intéressait à ce que j'avais tenté de formuler à l'avance. Les gens s'arrangeaient toujours pour embrouiller les dialogues les plus simples en posant des questions inattendues et rivalisaient de zèle pour me prendre au dépourvu. Les phrases que j'avais apprises par cœur ne me servaient à rien.

En ne prêtant aucune attention à l'identité des personnes que je rencontrais, j'étais en parfait accord avec le droit, qui tient pour égaux tous les citoyens. Quand les phrases que j'avais apprises par cœur ne convenaient pas aux circonstances, ou quand je ne me sentais pas bien, je tirais de ma poche le Code pénal de Turquie. Les articles constituant ce livre ne faisaient aucune allusion au nom ou au prénom des gens. Constamment victime de catastrophes, l'individu dont il était question était appelé *la personne*. On ne se demandait pas s'il avait quelque chose à dire, s'il était muet ou aveugle, unijambiste ou affublé de cinq oreilles. La personne, un point c'est tout!

Bien sûr, cette créature anonyme n'était qu'un rêve, une fiction juridique. Rien n'est anonyme en ce bas monde. Jamais un roi et un mendiant n'ont été, ne sont ni ne seront jugés de la même façon. Mais quand je me sentais opprimé par l'identité des gens qui se pressaient autour de moi, je trouvais un certain soulagement à penser en termes juridiques.

Parmi ces termes, je retiendrai celui de *vis major*, force majeure! Cela désignait une raison acceptable dispensant la personne de s'acquitter d'une obligation. Cela pouvait être un tremblement de terre ou une crise cardiaque. Moi, c'est ma vie tout entière qui était une force majeure. Je vivais dans un séisme permanent, avec une perpétuelle crise cardiaque. Je tâchais donc de me rassurer en supposant que j'étais dispensé de toute forme d'action. Mais cela non plus ne servait à rien...

Je me rendais compte que, sans me connaître, les gens portaient sur moi un jugement impitoyable. Ma situation était pire que celle des mendiants qui se débattaient dans les filets de la justice. Eux, du moins, ils pouvaient parler. Et sur un trottoir envahi par la foule ils avaient le don de repérer en quelques secondes la seule personne incapable de leur dire non, et de s'avancer vers moi en tendant la main. Leurs radars devaient être réglés sur la compassion et repérer la faiblesse, car ils me décelaient même dans la cohue.

Je n'avais pas ce pouvoir et le seul gibier que je trouvais sur mes écrans radar, c'était moi-même. Incapable de prouver mon innocence devant les tribunaux qui s'érigent constamment dans la vie quotidienne, je ne pouvais échapper aux plus injustes châtiments.

Au service des passeports, le policier agitait devant mon nez le formulaire où j'avais laissé en blanc la case « profession ». Il répétait : « Ton métier, quel est ton métier ? » et n'obtenant pas de réponse, il s'occupait de la personne suivante. Les gardes postés à l'entrée du consulat, voyant la sueur perler à mon front, me fouillaient comme si j'avais été une bombe vivante. Quant aux employés chargés des visas, ils ne croyaient rien de ce que je disais, vérifiaient à plusieurs reprises mes assertions et me faisaient attendre deux heures pour une démarche qui prend normalement cinq minutes.

Ma vie tout entière était une force majeure, mais le seul système de défense auquel je pouvais recourir était, pour l'instant, de débiter des phrases apprises par cœur. De retour dans ma chambre, pour rapiécer mon bouclier tout percé, j'écrivais divers scénarios de dialogues, en implorant les gens que je devais rencontrer le lendemain de faire en sorte qu'ils soient conformes à la réalité. Mais bien entendu ces gens-là ne m'entendaient pas davantage que lorsque j'allais leur demander quand je pourrais retirer mon visa.

Alors que je commençais à douter sérieusement de l'efficacité du traitement que je m'imposais, il se produisit une chose qui me rendit espoir. Je vis des gens attroupés devant le consulat où je me rendais pour obtenir le dernier visa nécessaire à mon tour du monde. Ils brandissaient des pancartes, criaient des slogans et donnaient des coups de pied dans le mur du bâtiment. Après un instant d'hésitation, je me rappelai le lynchage qui avait eu lieu sur la place et la facilité avec laquelle j'avais pu me mêler à la foule. Pour un lynchage, on n'envoie pas d'invitation, tout le monde est convié. Tandis que je m'approchais à petits pas de ces gens furieux, l'un d'eux, sans me connaître, me regarda dans les yeux en criant :

« Allah est grand ! »

J'ouvris la bouche pour répondre, mais j'étais si ému qu'il n'en sortit aucun son. Personne ne s'en aperçut, car à ce moment-là les autres se mirent à hurler tous en chœur en faisant vibrer leurs entrailles. Agissant aussi vite que la cocaïne, ce hurlement me porta à un niveau d'excitation auquel la cocaïne ne permet pas d'accéder. En un instant, je fus libéré. J'étais moi-même !

La police intervint, mais avant qu'elle n'ait mis fin à ces débordements, j'eus le temps de lancer contre le mur du consulat quatre pavés, deux poubelles et la hampe d'une pancarte en poussant des cris inarticulés. Je me sentis si humain pendant ces courts instants que le lendemain, en venant prendre mon tour devant le même bâtiment, j'étais beaucoup plus décontracté. Je n'avais même pas besoin de répéter en moi-même le texte appris par cœur. Ce jour-là, pendant mes démarches, je n'eus aucun problème de communication. Les mots venaient tout seuls. J'avais eu ma dose ! Un succédané de lynchage coulait dans mon sang en quantité infime. Quelque chose qu'on aurait pu qualifier de phénomène social, une substance qui, à défaut du vrai stupéfiant, produisait un effet similaire. Mais j'avais tâté en premier d'un excitant plus puissant, le lynchage lui-même, et je savais bien que c'était lui que requérait mon traitement. Protestations et autre manifs similaires n'étaient pas ce qu'il me fallait. Je songeai alors aux matches de football.

Trois week-ends, coup sur coup, j'allai voir six matches. Je me mêlai à la foule anonyme des tribunes, prête à se changer sinon en tsunami, du moins en raz-de-marée. Dans un climat de violence qui me procurait quelques jours de répit, je m'égosillai à crier des jurons avec tous ces inconnus. Il va sans dire que je me mêlais au groupe de supporters le plus nombreux. Je n'avais que trop joué les Don Quichotte, il était temps pour moi d'être moulin à vent. Il n'y a rien de plus facile. Il suffit de se procurer quelques accessoires. J'arborais la tenue et l'écharpe qui me rendaient invisible. En vous absorbant, la foule possède le don magique de faire de vous un anonyme irresponsable. C'est une cuirasse qui vous protège de vous-même et de tout le reste. Elle n'a rien à voir avec les ridicules plats à barbe dont s'affublait Don Quichotte. Je m'y sentais si bien protégé que je lançais les pires injures à des gens qu'en temps normal je n'aurais pas osé regarder de travers.

Mais après le match, en faisant la queue pour sortir du stade, je constatais que les gens avec qui je venais de m'époumoner n'étaient pas mieux lotis que moi. Tout comme moi, ils avaient hâte de monter dans un bus, un taxi ou une voiture et de déguerpir. Aucun d'eux n'avait envie de se retrouver face à face avec les gens qui, une demi-heure plus tôt, hurlaient avec lui. Nous avancions comme un troupeau de moutons, appuyés les uns sur les autres, et tâchions de passer inaperçus. Nul ne s'écartait du troupeau avant d'être en lieu sûr. Quelques-uns, par leur expression, me rappelaient l'épisode de la place, mais ce n'était qu'une minorité. Or ce que je recherchais, c'était la ruée des lyncheurs et non une cohue de dix mille personnes cherchant à l'imiter.

En attendant mon départ, dormant à peine quatre heures par nuit, j'écoutais constamment les nouvelles dans l'espoir qu'un lynchage allait se produire quelque part dans mon pays. Mais j'en étais pour mes frais. Alors je regardais les images des lynchages passés et je me prenais à rêver. Certaines images étaient extraordinaires. En particulier celles du massacre de Sivas et des émeutes de Rostock ! Ça, c'était du vrai ! Incendies, destruction, morts, rien ne manquait… Ou encore ces événements qu'on appelle l'épuration, qui se déroulèrent en France dès que la seconde guerre mondiale prit fin. Toutes ces images en noir et blanc de femmes accusées d'avoir collaboré avec les Allemands pendant l'occupation. Toutes ces images où l'on tond les cheveux de ces femmes qui sont ensuite trainées dans les rues par une foule, jusqu'à ce qu'elles deviennent des torchons. Elles étaient parfaites ces images. Mais ce genre d'événement, ça n'arrive pas tous les jours !

J'étais néanmoins plein d'un aveugle espoir lorsque je quittai ma chambre, gagnai l'aéroport et montai dans le premier avion. En douze jours je pris sept autres avions et parcourus quatre mille kilomètres à l'intérieur du pays. Dans l'humidité des chambres d'hôtel, la tête enfoncée dans les épaules, j'attendais la naissance de la haine. Mais rien ne se produisit.

Une fois seulement, par pur hasard, mêlé à un attroupement, j'insultai deux personnes dont j'appris par la suite que c'étaient des députés. Mais au bout de quelques secondes des policiers, trois fois plus nombreux que nous, nous entourèrent comme une pieuvre. Les gens tombaient sous les coups de matraque. La situation avait basculé et c'était moi qui risquais d'être lynché. Je n'avais qu'une idée, je devais être avec les plus nombreux, je devais être flic ! Je ne devais en aucun cas être du côté minoritaire, je voulais être à mille contre un ! Et même dix mille, cent mille, un million ! Et crier : « je me convertirai à la religion qui n'offre pas de place au déjà-vu ! »

À mon retour au Bateau, le réceptionniste me tendit une enveloppe en disant : « Ton passeport est arrivé. Tu avais donné mon nom au commissionnaire, ne fais plus jamais ça ! »

Je voulus dire : « Ne t'en fais pas, ça ne se reproduira pas ! » Mais j'avais appris par cœur une autre phrase.

« A-t-on apporté une enveloppe pour moi ? »

Sans attendre la réponse, je plantai là le réceptionniste éberlué et courus vers l'ascenseur. Je gagnai ma chambre, fis ma valise et quittai ce fameux Bateau qui, je l'espère, n'a pas tardé à sombrer.

UNIONE

L'une des techniques picturales de la Renaissance. Comme dans le *sfumato*, couleurs et tons sont mélangés les uns aux autres et estompés. Mais à la différence du *sfumato*, on n'utilise que des couleurs et des tons brillants.

L'homme, un barbu d'âge moyen d'au moins un mètre quatre-vingts, était vêtu d'un simple pagne blanc. Il semblait insensible au froid. Ses jambes et son buste étaient dénudés, il avait les yeux clos. Les mains croisées sur la poitrine, il réglait sa respiration de façon à ralentir son pouls. De tout ce que le monde lui offrait, il ne laissait pénétrer dans son esprit que ce qui lui était nécessaire. N'ayant pas besoin du froid, il ne le percevait pas. À côté de lui se dressait une large table sur laquelle était posée une boîte de verre ayant tout au plus quarante centimètres de côté. L'une des faces, amovible, constituait le couvercle, du même format que la boîte.

Nous étions dans une rue très fréquentée, une rue piétonnière où les gens se bousculaient, pressés de faire leurs courses. Ils bavardaient, riaient aux éclats et marchandaient. Des bruits de voitures montaient des rues voisines. Certaines démarraient, d'autres freinaient, d'autres encore baissaient leurs vitres pour déverser des flots de musique ou vider leurs cendriers. Nous étions tous écrasés par le bruit de la ville. Mais l'homme se tenait bien droit et n'entendait que les battements de son cœur. J'en étais certain, car je connaissais bien l'expression qu'avait son visage, les rides qui se forment lorsque l'on pulse en même temps que son cœur.

Il ouvrit les yeux et regarda la vie ou plutôt il ouvrit les portes de ses yeux et nous regarda dans sa vie. Pivotant sur un talon, il se tourna vers la table et, levant lentement son genou droit, posa le pied dessus. Ses jambes étaient longues et souples comme celles d'une grenouille. Prenant appui sur le bout des doigts de ses deux mains, il se hissa d'un bond sur la table. Il paraissait soudain beaucoup plus grand. Il se concentra à nouveau sur sa respiration et glissa son pied droit au fond de la boîte. Il se pencha et logea son genou droit dans le coin opposé. Il assurait son équilibre en tenant la boîte d'une main et en calant son autre main sur la table. Il resta ainsi quelques secondes, puis il glissa ses hanches au fond de la boîte. Il souleva alors sa main droite qui jusque-là avait tenu la boîte et la plaqua contre lui en posant ses doigts sur son visage. Il introduisit dans la boîte tout d'abord son coude, puis son épaule droite, et s'immobilisa… Nous aussi… Ensuite il inclina la tête et l'introduisit dans la boîte. En déplaçant sa cuisse droite millimètre après millimètre, il dégagea un peu d'espace. Puis il saisit le bout de son pied gauche avec les doigts de sa main droite et l'attira vers lui. Son pied gauche passa devant le tibia de sa jambe droite et ses deux jambes se logèrent en croix contre la paroi. Appuyant sa main droite sur le fond, il écarta un peu ses hanches de l'entrée de la boîte. Seuls son bras et son genou gauches étaient encore dehors. Il leva le bras, fit d'abord entrer son genou, puis abaissa lentement la main gauche. Son corps entier s'était logé dans ce petit espace. Sa main gauche ouverte demeura un instant sur la table. Elle semblait irréelle. Elle s'envola soudain comme un morceau de tissu et alla se poser sur la jambe droite.

Un jeune homme, que j'avais pris jusque-là pour un spectateur, s'approcha aussitôt de la table, saisit le couvercle de verre et attendit quelques secondes avant de le mettre en place. On ne voyait plus que deux jambes croisées enserrant une tête chauve inclinée. Nous venions de voir un homme qui avait réussi à se replier sur lui-même jusqu'à disparaître. Ou jusqu'à exister…

Je pleurais… Mais pas parce que cet homme recroquevillé me rappelait la situation dans laquelle je me trouvais lorsque j'étais enfoui sous les cadavres. Non, il y avait une autre raison qui tenait dans une scène que j'avais vécue quelques mois plus tôt et que je ne parvenais pas à oublier, car tout, absolument tout, avait changé !

Mon tour du monde du lynchage avait duré près de deux ans au cours desquels j'avais erré d'un pays à l'autre. À vrai dire, quand j'avais pris le premier avion pour me lancer dans ce voyage en essayant d'imaginer ce qui m'attendait, mes ambitions étaient plus modestes. Mais je n'avais pas tardé à me rendre compte de la haine qui régnait dans le monde. Le nombre des lynchages auxquels je pris part durant ces deux ans dépassa largement toutes mes espérances. On aurait dit que les gens n'attendaient que moi pour s'entre-dévorer. Ils s'étaient tenus cois pendant des années, mais dès mon arrivée, ils mettaient quelqu'un en pièces. Ou alors je me faisais des idées, le monde avait toujours été et serait toujours un nid de lyncheurs. Le sol était pavé de colère et je ne faisais que passer dessus.

Le Moyen-Orient, l'Afrique du Nord, les Balkans, l'Europe, l'Angleterre… Il n'était pas nécessaire d'être au bon endroit au bon moment. Partout et toujours, on lynchait. Il suffisait de lire quelques journaux en diverses langues, de humer l'air. Je me rendis compte que le lynchage faisait partie de la vie de l'homme.

Je vis des centaines d'hommes, comme un banc de piranhas, se jeter sur un enfant pour le dépecer, une femme traînée par les cheveux et violée pendant des heures… Rien ne m'échappa, j'étais partie prenante. Je vis des gens broyés en un instant sous une nuée de corps, je pris même ma place dans cet édifice de chair qui s'écroula d'un seul coup. Je me surpris à regarder les créatures que nous écrasions. Chaque fois nous étions sur un tas de cadavres que nous écrasions par le simple fait d'exister. J'avais bel et bien changé de camp. Je n'étais plus étouffé par un tas de corps sans vie, j'étais moi-même l'un d'eux.

J'ai vu des enfants lyncher l'un des leurs devant leur école… Comme si cela ne suffisait pas, certains photographiaient la scène avec leur téléphone portable et diffusaient les images sur Internet pour que les lyncheurs aient honte toute leur vie. J'ai vu aussi des gosses adeptes du *Happy Slapping*[9] s'approcher d'un passant par-derrière, le frapper et se sauver, tandis que leurs camarades prenaient des photos pour les diffuser. J'ai vu au Moyen-Orient des bombes vivantes, des gens qui se faisaient exploser. L'autolynchage, en quelque sorte ! J'ai vu ces bombes solitaires qui pratiquent le lynchage à l'envers. J'ai imaginé un petit Anglais en quête de *Happy Slapping* tombant par mégarde sur une bombe vivante qui explose au moment où il la frappe sur la nuque, et j'ai bien ri. J'ai constaté que dans certains pays il valait mieux bien choisir ses jeux.

J'ai remarqué que la foule des lyncheurs n'est jamais silencieuse, qu'elle ne cesse pas de crier ni de vociférer. Chaque mot est une braise qui avive l'incendie. Cela m'empêchait de me concentrer. Pour ne pas entendre ces clameurs, j'écoutais le groupe Nasenbluten. Les oreilles enfouies sous mon col relevé, je n'entendais que cette musique.

Voilà ce que j'ai vu et entendu au cours de ces deux ans.

J'ai ainsi tenté de guérir, de me réconcilier avec les gens. Dans les rares lieux où l'on ne lynchait pas, je payais pour monter des lynchages. Je rameutais des gens ramassés dans la rue et les lançais contre des sans-abri. Je me rendis compte qu'il n'était pas difficile d'être le sinistre instigateur. Ce n'est qu'une question d'argent…

Mais au bout du compte, je n'avais pas progressé d'un millimètre. J'étais aussi malade et aussi mauvais qu'au temps de mon séjour au Bateau. En dehors des marchandages que je viens d'évoquer, je n'avais aucune relation avec mes semblables. Un mur se dressait toujours entre eux et moi. De plus, j'étais devenu insensible. Le lynchage me faisait de moins en moins d'effet, je finis par ne plus rien ressentir. Comme le sulfate de morphine, le lynchage était devenu une contrainte. C'était comme les naissances auxquelles, jadis, Emre me forçait à assister. Ces bébés venaient au monde de la façon la plus banale, d'autres, le plus naturellement du monde, les tuaient ou les estropiaient.

Quant aux lyncheurs, ils étaient partout les mêmes. Il existait vraiment une dynamique des foules. Le berger du troupeau, c'était le troupeau lui-même. Le destin de chaque individu était entre les mains de la foule dans laquelle il se fondait, que l'instigateur fût un groupe de provocateurs ou le libre choix de chaque individu. Si quelque chose clochait dans le monde, c'était le résultat d'un accord tacite entre des milliards de personnes. Le témoin d'un lynchage commettait un délit s'il ne portait pas secours à la victime, mais la foule n'était pas condamnée pour ses actes, on n'estimait pas qu'il y avait faute. En fin de compte, la foule des lyncheurs était partout la même… En poursuivant leur victime, tous les individus qui la constituaient se regardaient en pensant : « Si je fais ça, c'est parce que tu le fais aussi ! »

Et celui qui courait avec lui se disait : « Je suis ici parce que tu y es ! »

Pour moi, ces gens-là ne signifiaient rien. Pas plus que les naissances et les décès. Ils étaient enfermés entre les quatre murs d'une prison, dont deux étaient constitués pas la naissance et les deux autres par la mort. En venant au monde, on était confronté à la mort. Comme le disait Harmin, la seule chose qui donnait à la vie une sorte de sens, c'était la peur de la mort. Et le lynchage était l'instant où cette peur se concrétisait.

« C'est peut-être pour cela que je ne guéris pas, me disais-je. Parce que le seul sens qu'ait encore ma vie, c'est la peur de la mort ! Et parce que je passe mon temps avec des gens qui ont peur de la mort ! »

Et puis un soir, j'ai vu ce gamin… Il marchait, tout seul, les mains dans les poches. Il pouvait avoir 15 ou 16 ans. Tête basse, il regardait le trottoir. C'était un Arabe.

En leur glissant un peu d'argent dans la main, j'avais recruté quelques gars dans un pub fréquenté par des adeptes de la Ligue de défense anglaise qui ont les musulmans pour uniques ennemis. Ils me demandèrent qui j'étais. « Ça n'a aucune importance, je les hais au moins autant que vous ! », avais-je répondu. Ils m'avaient suivi sans même éprouver le besoin de me demander qui je haïssais. Ils étaient ivres morts. Moi, j'étais à jeun, mais cela ne m'empêchait pas de crier avec eux, tout en laissant courir mon œil. Nous cherchions un Arabe. N'importe lequel, pourvu qu'il ait l'air musulman. C'est alors que nous avons vu le gamin. Il marchait, la tête enfoncée dans les épaules, uniquement soucieux de résister au froid.

Nous nous regardâmes d'un air entendu : « Oui, celui-ci ! »

Nous étions dans une rue où les réverbères, trop espacés, laissaient subsister des pans d'ombre. Les occupants des maisons devaient dormir depuis longtemps. Ou alors ils étaient assis dans le noir, car aucun rai de lumière ne suintait des fenêtres. Mais surtout il n'y avait pas de policier en vue.

Nous étions sur le trottoir de gauche. De l'autre côté de la rue, le gamin nous entendit et jeta un regard dans notre direction. Je faisais parler mes acolytes pour ne pas éveiller ses soupçons. L'expérience m'avait appris que dans ce genre de chasse le silence fait fuir le gibier. Passer pour une bande d'ivrognes était le meilleur camouflage. En l'occurrence, ce fut bel et bien une bande d'ivrognes qui, n'y tenant plus, traversa la rue et se lança aux trousses du gamin. Bien entendu, je les imitai.

Le bruit de nos pas résonnant dans la nuit donna au gamin le signal d'alarme et il détala. Nous étions neuf, neuf rapaces nocturnes. Un instant, je me sentis bien parmi ces gars. Comme au bon vieux temps. C'est sans doute pour cela que je ne compris pas. Le sang m'aveuglait…

La rue était coupée par une venelle où le gamin s'engagea en courant à toutes jambes. Sans m'en rendre compte, j'étais passé en tête. Nous nous contentions de courir. Les autres étaient trop saouls pour pouvoir à la fois crier et jurer. Mais nous allions vite. Nous nous engageâmes nous aussi dans la venelle. En dépit de tout le sulfate de morphine que j'avais absorbé pendant des années, je courais à toute allure. Au bout de quelques centaines de mètres, les maisons firent place à des murs et les réverbères se firent plus rares. Le gamin apparaissait et disparaissait. Je murmurais entre mes lèvres : « Tu as pris la mauvaise rue… Personne ne saura rien, personne n'entendra tes cris ! »

Comme je l'avais prévu, il s'engagea dans une impasse. J'étais épuisé, mais ça en valait la peine. Il était coincé. Je voyais déjà le haut mur qui barrait la rue. Je voyais aussi le gamin. Dans les murs, à droite et à gauche, il cherchait une porte. Un trou où se glisser… Mais il n'y avait pas la moindre faille ! Il était à une trentaine de mètres devant moi, je le voyais courir en zigzag comme un petit lapin et s'arrêter pour me regarder. En tâtonnant, il s'était rendu compte qu'il butait partout sur des briques. Ce n'était plus la peine de courir, je ralentis l'allure et m'avançai au pas. Le gosse pleurait. Moi, je riais. J'écartai les bras pour lui rappeler qu'il était coincé. Il était tout au plus à dix mètres de moi. Je tournai la tête en disant : « C'est fini ! » Mais j'étais seul ! Je m'arrêtai et me retournai. La rue était déserte. Mon troupeau s'était dispersé Dieu sait où. Les fils de pute, ils m'avaient laissé tomber ! Aveuglé par le sang, je ne m'en étais pas aperçu.

J'étais seul, dans cette ruelle étroite, avec le jeune Arabe… Il hurlait, mais je ne comprenais pas ce qu'il disait. Tout tremblant, il se cognait aux murs en reculant, faisait un pas en avant, puis reculait encore ! À demi mort de peur, il parlait sans arrêt. Il pleurait, se frottait les yeux avec des gestes saccadés et hurlait je ne sais quoi. Il plongeait les mains dans ses poches et les retournait pour me montrer qu'elles étaient vides. Deux pans de tissu blanc se balançaient de part et d'autre de son pantalon, tandis qu'il pleurait. Je ne savais que faire. J'aurais voulu me sauver, mais j'en étais incapable. Que pouvais-je, tout seul, faire à un être humain ? Ces ivrognes étaient ma peau. J'étais comme écorché ! Pendant deux ans, je n'étais jamais resté seul avec une victime ! Je me mis à hurler malgré moi. En fait, je pensais à haute voix. À très haute voix :

« Moi aussi, j'ai peur ! Tu comprends ? Moi aussi, j'ai peur ! »

Mais il ne comprenait pas. Mes cris ne faisaient qu'augmenter sa terreur. En ouvrant la bouche pour parler, je sentis un liquide. Ce n'était pas de la sueur. Je pleurais moi aussi. Je m'approchai, les mains tendues.

« N'aie pas peur, disais-je, n'aie pas peur ! »

C'était peut-être à moi que je m'adressais. Me voyant m'approcher, le gamin recula. Il trébucha et tomba. Il s'était relevé aussitôt, mais il était encore à genoux. Levant les mains, secouant la tête, il parlait, tout en larmes. Je savais qu'il disait : « Ne t'approche pas ! », je n'avais pas besoin de comprendre les mots pour le savoir ! Mais je pleurais autant que lui et je voulais que plus personne n'ait peur dans cette rue. Je saisis la main que le gamin levait pour se protéger, je m'agenouillai et tentai de le prendre dans mes bras. Tout en balbutiant :

« N'aie plus peur ! Ne crains rien ! N'aie pas peur, je t'en prie ! Je t'en supplie ! »

Des deux mains, il tentait de me repousser. Mais je voulais le serrer plus fort, poser sa tête sur ma poitrine. Je bredouillais :

« Il n'y a plus de raison d'avoir peur ! »

Je voulais l'en persuader. Après tant d'années, c'était la première fois que je touchais vraiment un être humain…

Soudain il me repoussa, se dégagea, se releva et partit en courant comme un fou. Comme l'homme qui m'avait dépassé lors du premier lynchage, à Izmir, sur la place… Il disparut comme une ombre et le bruit de ses pas s'évanouit comme un rêve. Moi je pleurais, à genoux, en regardant le mur qui fermait l'impasse… Je pleurais pour Felat… Pour Cuma… Pour tous les Afghans morts… Pour ma mère… Pour Dordor et Harmin… Pour moi-même… Et même pour Ahad…

Et maintenant, dans cette rue bruyante, en regardant cet homme, je versais encore des larmes. L'homme était enfermé dans cette boîte depuis plusieurs minutes. Les gens l'entouraient, applaudissaient, et moi, j'avais envie de prendre un marteau pour briser la boîte… Et aussi mon passé… Pour nous libérer tous les deux, lui et moi…

Il restait trois heures avant le départ de l'avion. Je faisais les cent pas devant l'aéroport, j'avais en main le billet pour Rio de Janeiro que j'avais acheté quelques mois plus tôt. Selon mes plans, mon tour du monde du lynchage devait passer par le continent américain. Mais je ne pouvais pas me décider à entrer dans l'aérogare. Finalement je montai dans un taxi et dis au chauffeur : « Au pub le plus proche ! » J'avais tout mon temps.

Nous nous arrêtâmes dans un quartier dont les habitants étaient au moins aussi noirs que les murs auxquels ils s'adossaient et je descendis de voiture. Je m'apprêtais à entrer dans un pub lorsqu'une de ces ombres s'approcha de moi. C'était un spécialiste. Il avait compris au premier regard ce qu'il me fallait. Au lieu d'entrer dans le pub, nous allâmes dans le parc pour enfants qui se trouvait à proximité. C'était là qu'il avait sa planque. Mais il y avait un problème : visiblement, il goûtait à tout ce qu'il vendait ! Il me demanda d'où j'étais.

« Je suis turc, dis-je.

— Il fallait le dire, mon vieux ! » dit-il.

Nous reprîmes tout depuis le début. Je me disais : ce type doit être albanais. Ou russe.

« Comment t'appelles-tu ?

— Gazâ. Et toi ?

— Edip... Mais ici, on m'appelle Œdipus ! *Œdipus The Motherfucker* ! Tu comprends ? Je baise leur mère !

— Et la tienne, alors...

— *Wha ?*

— Laisse tomber ! Combien ça coûte en ce moment ?

— Attends, mon vieux ! Il faut qu'on parle un peu ! On est du même pays… je te fais un paquet ?

— Non ! C'est du Subutex ?

— Oui ! *Made in France ! Hip shit !* J'ai aussi du Buprenex, du *british* ! *Œdipus The Motherfucker !* Tu comprends ? Je baise leur mère ! Combien en veux-tu ?

— Dis-moi d'abord combien ça coûte !

— O.K. ! Cool ! Ne te fâche pas ! Quelle équipe ?

— Quoi ?

— Le football ! Quelle équipe ?

— Toutes !

— *Come on !* Je baise leur mère ! Ça ne marche pas comme ça !

— Si, ça marche ! Je les ai toutes vues jouer ! Combien coûte le Buprenex ?

— *Œdipus The Motherfucker !* Tu comprends ? »

Tout près de nous, il y avait des enfants… Sur un toboggan, des balançoires, des escarpolettes… Surtout sur le toboggan…

« Quoi ? » dis-je.

Œdipus, tout en parlant, n'arrêtait pas de se dandiner. Pendant ce temps, les enfants glissaient sur le toboggan comme des corps sans vie.

« *The Motherfucker !* Tu comprends ?

— Je ne comprends pas.

— *Wha ?* Edip ! Œdipus ! Edip ! Œdipus ! Tu comprends ? »

Les enfants continuaient à dégringoler. Ils riaient, se bousculaient et glissaient. L'un d'eux, sitôt arrivé en bas, voulut passer par le côté et se mit à grimper en s'accrochant à droite et à gauche. Mais le toboggan était très haut et j'étais sûr qu'il n'y arriverait pas. Je me rappelai alors le jeu de Dordor et Harmin faisant bonjour de la main aux touristes. Je jouai au même jeu. Je pariai tout ce que j'avais que le gamin n'atteindrait pas le haut du toboggan. Je n'avais plus d'yeux que pour lui.

« Tu comprends, tu comprends ?

— Quoi ? Attends un peu !

— Je te fais un paquet ? »

Les pieds du gosse glissaient et malgré tous ses efforts, il n'arrivait à grimper que jusqu'à mi-hauteur.

« Non !

— Je baise leur mère ! Tu comprends ? »

Après une dernière chute, le gamin renonça et prit l'escalier comme tous les autres. Le toboggan était vide. Je regardai *Œdipus The Motherfucker*. Puis je posai mon sac et m'élançai en courant. Le gosse avait échoué, mais moi, j'allais réussir ! À ma première tentative, mon pied glissa et je tombai sur le sol. Œdipus hurlait :

« Qu'est-ce que tu fais ? *You fool!* Arrête le Buprenex, *no good for you!* »

Allongé par terre, je riais… C'était tout ce que je pouvais faire. Mais ça me faisait du bien… Je me relevai, m'époussetai, puis je regardai Œdipus en disant :

« Ça va !

— *Wha?* Je baise leur mère !

— J'arrête !

— Quoi ?

— Tout ! »

Je repris mon sac et partis en courant. Œdipus continuait à crier et je suis sûr qu'il se dandinait !

Je montai dans le premier taxi en disant :

« À l'aéroport de Heathrow ! »

Puis je fermai les yeux pour voir la grenouille dessinée partout dans ce jardin d'enfants.

Je lisais un fait divers où il était question d'un Kurde tué en Suisse par sa famille parce qu'il était homosexuel. Il y avait une photo de mariage. Une foule applaudissait un jeune homme blond à lunettes portant l'urne qui contenait les cendres de la victime. Les larmes aux yeux, il souriait. Ils avaient fini par se marier. En regardant le vase, je demandai tout bas : « Felat, est-ce toi ? » ; je repliai le journal, qui garda dans ses pages le murmure de mes propos. Je me levai. J'ouvris le porte-bagages et pris mon sac. Je fis quelques pas dans l'étroit couloir et attendis que la porte de l'avion s'ouvrît. Pendant tout le voyage, le front appuyé sur la vitre, j'avais contemplé les nuages qui ressemblaient à un champ de coton baigné de soleil. Je m'étais promis de sauter un jour en parachute pour traverser les nuages. Pour tomber sur la terre comme une goutte de pluie… Me mêler au sol, puis m'évaporer et remonter me fondre dans les nues. Une partie de mon être avait toujours été mêlée à ces nuages qui portent en eux un peu de tous les hommes qui ont séjourné sur terre, car ils ont tous pleuré. Même les plus coriaces ont versé quelques larmes à leur naissance. Ils ont apporté leur tribut à l'eau qui tourbillonne dans l'atmosphère et contient toutes les larmes du monde… Je m'imaginais sautant en parachute et volant dans mes propres larmes…

La porte de l'avion s'ouvrit et j'avançai vers elle à petits pas. Quand vint mon tour de la franchir, je m'arrêtai un instant sur le seuil pour inspirer profondément l'air chaud. Je n'étais pas à Rio de Janeiro, mais je débarquais dans un pays où il faisait au moins aussi chaud.

L'agent pakistanais de la police des frontières, en voyant les visas de Schengen et de l'Union européenne, apposa un sceau sur mon passeport en échange de trente-deux dollars.

Le Pakistan, ami de la Turquie, ne me laissait entrer que moyennant la garantie de l'Union européenne. C'est naturel, me dis-je, tout à fait naturel…

En sortant de l'aérogare, parmi tous les chauffeurs de taxi qui m'assaillaient, je choisis le plus louche. Ce que je cherchais, c'était la paire d'yeux d'un hors-la-loi ; j'avais appris à reconnaître ces yeux-là au cours des années que j'avais passées à Kandalı. J'avais grandi entouré de hors-la-loi. Et j'en avais un devant moi. Il avait un visage d'ange et ses yeux, tapis comme deux petits démons, me fixaient. Dès que nos regards se croisèrent, il courut vers moi, prit mon sac et me dit en anglais :

« Bienvenue à Islamabad !

— Comment t'appelles-tu, demandai-je.

— Babar, dit-il. »

Je me laissai conduire au milieu de la foule, parmi les mendiants à un seul bras, les pickpockets à trois bras et les racoleurs à quatre langues. Nous arrivâmes à une Mercedes trentenaire et Babar me dit :

« Voici mon palais à roulettes ! »

L'une des portes du palais était coincée. Nous essayâmes l'autre. Je me retrouvai enfin sur le siège arrière, écoutant Babar qui me parlait en regardant son rétroviseur.

« Je connais un hôtel. Un très bon hôtel ! Il est à mon oncle. C'est un vrai palais !

— D'accord. Allons-y ! »

Il fit démarrer la voiture dont le pare-brise portait une fêlure en toile d'araignée et nous partîmes. Babar parlait sans arrêt, en se demandant sans doute ce qu'il allait bien pouvoir me vendre. Est-ce que je voulais une femme ? Ou un jeune garçon ? Ou de la drogue ?

Ou un tapis ancien ? Je ne le fis pas languir plus longtemps. Je savais parfaitement ce que je voulais acheter.

« Je veux aller en Afghanistan. »

Il se mit à rire.

« Tu n'es pas descendu au bon endroit !

— Tu as raison. Il y a eu une erreur. Tu peux arranger ça ? »

Il ne répondit pas tout de suite. Il réfléchit un moment, puis posa la première question qui lui passa par la tête.

« Tu es militaire ?

— Non, je suis touriste. »

Il rit de nouveau.

« Si tu n'es pas un guerrier, tu vas beaucoup t'ennuyer en Afghanistan. Là-bas, c'est tous les jours la guerre ! Il n'y a rien d'autre ! Même les journalistes n'y vont plus. Ils sont tous ici. Ils s'installent à Islamabad et ils écrivent sur la guerre en Afghanistan. Ça ne rate pas !

— Je trouverai peut-être quelque chose à faire. Mais pour commencer, je dois passer la frontière. Et si possible sans passeport…

— Si tu veux de l'héroïne, je vais t'en trouver ! »

Il pensait que j'étais en quête de la fameuse héroïne afghane. Pour le coup, c'est moi qui me mis à rire.

« Non, merci… Je viens d'arrêter !

— Alors il te faut un visa ! Je peux te le procurer. Je vais arranger ça ! »

Le prix du passage illégal de la frontière devait être si bas qu'il essayait de me proposer autre chose. Mais je savais ce que je voulais. J'empoignai soudain le dossier de son siège, me penchai et murmurai à l'oreille droite de Babar :

« J'ai un ami Afghan. Il est venu chez moi en clandestin et c'est en clandestin que je veux aller le voir. Tu as compris ? »

Il n'avait pas compris, mais c'était sans importance. En bon commerçant, il ne me lâcherait pas avant de m'avoir vendu quelque chose. Il hocha la tête comme s'il avait compris.

« Je connais un camion ! Il est à mon oncle ! Il te prendra en charge ! Il va livrer des pommes en Afghanistan. Il t'emmènera. Mais c'est un peu cher ! Le camion est un vrai palais !

— C'est d'accord, dis-je. »

Il tenta sa chance une dernière fois :

« Tu veux une femme ? »

Je ris encore.

« Maintenant, je suis une pomme, Babar. Que veux-tu que je fasse d'une femme ?

— Bon, d'accord ! Je vais te trouver une femme qui te croquera !

— Laisse tomber ! Pour l'instant, je ne veux chasser personne du paradis ! »

Il n'avait pas compris, mais il rit. C'est ça que j'aimais chez les commerçants. Avec eux la vie était toujours facile et les choses n'avaient pas besoin d'avoir un sens. Je pensai alors aux gens qui misent leur vie sur le paradis et veulent à tout prix forcer sa porte. Moi, je ne retournerai pas en un lieu d'où j'ai été chassé. Jamais ! J'ai quand même un peu de dignité. Je ne suis pas vil à ce point ! Pas à ce point-là !

Nous arrivâmes devant un hôtel. Le bâtiment, qui appartenait à l'un des nombreux oncles de Babar, était en si piteux état que pour ne pas s'écrouler, il était forcé de s'appuyer sur les immeubles voisins. Mais Babar avait sa propre vision des choses.

« Qu'est-ce que tu en dis ? C'est un vrai palais, n'est-ce pas ? »

C'était mon tour de prendre l'air entendu. Je pouvais bien faire ça.

« Oui, un vrai palais ! »

J'étais enfin sur les lieux d'où partaient tous ces gens qui, pour se rendre à l'ouest, passaient par le dépôt. Dans la région de Peshawar, à la frontière de l'Afghanistan, l'armée pakistanaise combattait les talibans et le sang des victimes coulait dans la rivière Bara. La Bara se jetait dans le Kâbil qui, traversant des régions désertiques, se mêlait à d'autres cours d'eau. Et l'eau qui restait au sortir du désert se déversait dans l'océan Indien. Quand on songe à tous les combats qui se livrent dans le monde au bord des cours d'eau, on se dit que les océans sont pleins de poissons nourris de sang humain. Moi, assis dans le jardin de mon hôtel, je mangeais un de ces poissons.

Le camion annoncé par Babar allait venir me chercher d'un instant à l'autre. Avant de partir pour ce long voyage, je tâchais de bien me rassasier. Il y avait tant de brouillard au-dessus de Peshawar que même les oiseaux migrateurs changeaient d'itinéraire. Nous devions donc passer la frontière par le sud et nous diriger vers Kandahar. Je serais une pomme dans la caisse du camion… Seul avec des armes… S'il fallait en croire Babar, des gens attendaient en Afghanistan la livraison de quelques caisses de kalachnikovs. Ils devaient s'impatienter. Je suis sûr qu'en attendant de se saisir de ces armes pour tirer sur tout ce qui bougeait, ils étaient excités comme des gosses. Il faut dire qu'une kalachnikov n'était pas qu'une kalachnikov ! Par exemple, depuis 1983, c'était un élément du drapeau du Mozambique ! Ce n'était pas une mince promotion, pour une arme, de trôner dans un drapeau national. Mais naturellement, il fallait aussi considérer que dans l'histoire récente tant de pays avaient été créés en laboratoire par le Royaume-Uni, l'Union européenne et aussi, à une certaine époque, par les services secrets de l'URSS, qu'il était bien difficile de leur trouver un drapeau à chacun. J'étais même persuadé que ces trois fabriques d'États avaient créé, pour gérer ce problème, des Départements d'études des drapeaux pour les futurs États. Car pour créer un pays, il ne suffisait pas de le dessiner sur la carte. Il fallait aussi lui donner une cohésion en inventant une histoire ou une culture commune. Puis, à partir de là, imaginer un drapeau. Quand était venu le tour du Mozambique, tout le monde était débordé et les graphistes, à court d'inspiration, avaient dessiné la première chose qui leur était passée par la tête… C'était peut-être aussi simple que ça ! Le drapeau pakistanais pouvait fort bien, lui aussi, être sorti d'un département de ce genre. Quoi qu'il en soit, je me trouvais dans un pays qui, la veille, n'existait pas encore. Dans une région connue sous le nom de l'Hindoustan. Ici, la situation était très simple : on prenait les hommes comme on prend des œufs et on les tapait les uns contre les autres. On faisait la « Guerre mondiale des œufs ». Et il régnait en tous lieux une odeur abominable ! Les œufs cassés sentaient le sang. Ou peut-être était-ce moi qui rêvais…

Au bout d'une demi-heure, un tueur pénétra dans le jardin de l'hôtel. Je le voyais pour la première fois, mais même sa démarche trahissait ses meurtres. Il ressemblait à Yadigâr. Nos regards se croisèrent.

« Babar ? demandai-je.

— Babar ! »

J'achetai à l'hôtel quatre bouteilles d'eau et suivis le tueur. Il me mena jusqu'au camion qui, selon Babar, était « un vrai palais » ! Pour une fois, je vis réellement un palais : il figurait parmi les centaines de dessins et de graffitis peints à l'huile qui ornaient le camion.

Je m'attendais à monter dans la caisse, mais le tueur me fit signe de m'asseoir à côté de lui. Je lui avais versé le double de la somme indiquée par Babar et cela me donnait peut-être le droit de voyager en première ! J'ouvris la porte du camion, qui était de la même marque que celui d'Ahad, mais d'un modèle beaucoup plus ancien, et je me hissai dans l'habitacle. Quand j'étais petit, j'ouvrais les deux portes du camion et me plaçais devant lui. On aurait dit le visage d'un géant, les portes figurant les oreilles. Je pris place dans le visage de cet autre géant et nous partîmes.

Les routes étaient si défoncées qu'il nous fallut huit heures au lieu de quatre pour atteindre la ville de Multan. Pendant tout le voyage le chauffeur et moi ne desserrâmes pas les dents. Nous nous arrêtâmes devant une station-service genre bidonville itinérant. Juste devant, il y avait une pompe à essence. Chemin faisant, nous étions passés devant un grand nombre de stations mieux équipées. J'en déduisis que la nôtre était un site géopolitique important.

Le tueur me regarda, inclina un peu la tête et posa sa main sur sa joue. Cela voulait dire : « Nous allons dormir ici. » J'acquiesçai d'un signe de tête. Tandis que j'essayais de comprendre à quel endroit précis nous allions nous coucher, il avait ouvert la caisse du camion et me faisait signe de monter.

J'allais donc passer la nuit dans le fourgon, en compagnie d'un tueur, au milieu de caisses de kalachnikovs. À force de me répéter que je n'allais pas fermer l'œil, je finis par m'endormir.

Je rêvais qu'il y avait un tremblement de terre et qu'une petite main me caressait le visage.

Normalement, ce contact aurait dû me donner des nausées, mais il n'en fut rien. Je ne sentais pas des bombes exploser un peu partout dans mon corps et mon pouls était tout à fait calme. Hélas, ce n'est qu'un rêve, me dis-je en ouvrant les yeux. Puis je me mis à rire en voyant le propriétaire de la main qui me caressait le visage : planté devant moi, il me regardait de ses yeux immenses. C'était un enfant d'environ 5 ans aux cheveux rasés. Une de ses mains était posée sur mon front, l'autre était dans sa bouche. Je compris soudain d'où provenait le séisme de mon rêve : le camion roulait. Je dormais si profondément que je ne m'étais aperçu de rien ! J'étais entouré de gens. En fait, cette station-service bancale était un arrêt où l'on embarquait des passagers. Des hommes et des femmes assis sur les caisses de kalachnikovs, tout secoués par les cahots de la route, me regardaient, Dieu sait depuis quand ! Je me mis prestement sur mon séant. Je souris, sans susciter beaucoup de réactions. Qui pouvaient bien être ces gens ? Apparemment, nous allions tous en Afghanistan. Je savais exactement pourquoi j'étais là, mais eux, où allaient-ils ? Je songeai aux travailleurs saisonniers de Kandalı. Ceux-là aussi, peut-être, allaient travailler : le monde entier attendait avec impatience que l'on moissonne les champs d'opium.

La caisse de ce camion, contrairement à celle du camion d'Ahad, était ouverte. Ou plus exactement elle était recouverte d'une bâche fixée sur les côtés par des attaches métalliques. La partie arrière avait été relevée et je pouvais voir la route par-dessus l'abattant de la caisse. J'en déduisis que nous n'étions plus en zone interdite. Nous n'avions plus besoin de nous cacher.

Je vis que nous avions quitté la route principale. Au bout d'un moment la piste se réduisit à de simples traces de pneus. Environ une demi-heure plus tard, j'aperçus des cabanes faites d'un mélange de pierres et de terre. Nous étions sans doute entrés dans un village. Quelques gamins surgis d'on ne sait où se mirent à courir derrière le camion. Celui-ci ralentit et le gosse le plus rapide s'accrocha à la chaîne qui dépassait de la caisse et se hissa. Il n'avait pas plus de 10 ans. Il trouva un endroit où poser le pied, passa le bras par-dessus l'abattant et s'immobilisa. Collé comme une ventouse au camion en marche, il nous regardait avec un sourire qui révélait qu'il n'avait que quatre dents. Je fus probablement le seul à lui rendre son sourire. Les autres ne faisaient pas attention à lui. Le camion s'arrêta.

J'entendis le tueur ouvrir et refermer sa porte. Il vint chasser le gamin qui, toujours souriant, disparut aussitôt. Le tueur déverrouilla les deux côtés de l'abattant et l'abaissa, puis se retourna et se mit à hurler. De ma place, je ne voyais pas à qui il s'adressait. Mais au bout de quelques minutes, je découvris toute la scène.

Un jeune homme et une jeune femme s'approchaient du camion, au milieu d'une foule de gens. Probablement, tout le village était là… Ils embrassaient tous ces gens l'un après l'autre. Les vieux pleuraient, les enfants jouaient et riaient. Tout d'abord je ne donnai pas d'importance à ce que je voyais, mais soudain j'eus une sorte d'illumination. Je compris qu'ils faisaient leurs adieux à des êtres qu'ils ne reverraient jamais. Les gens qui m'entouraient n'allaient pas travailler en Afghanistan, ils allaient beaucoup plus loin. Je compris tout. J'étais parmi *ceux qui s'en allaient*, à l'endroit *d'où ils partaient*. J'étais au point de départ ! À l'instant où commençait le long voyage qui allait du Pakistan à je ne sais quel pays d'Europe. Tout se passait là, devant mes yeux. C'était de là que partaient, en quête d'une vie meilleure, ces gens qui arrivaient à Derçisu en transport routier international et qui séjournaient dans notre dépôt avant d'être embarqués sur des bateaux. Je me levai pour tendre la main à la jeune femme et l'aider à monter dans la caisse. Ensuite je saisis l'homme par la main et l'attirai vers moi. Tous deux étaient en larmes. Ils n'avaient pas d'illusions, ils étaient conscients de tout ignorer de leur avenir. En ce jour où le soleil brillait si fort qu'il éclairait jusqu'à l'intérieur de notre bouche, ils faisaient leurs premiers pas dans les ténèbres. Je regardai leurs mains et les petits sacs qu'ils tenaient. Je remarquai à ce moment-là que les autres aussi avaient des petits sacs qui traînaient sur le sol. Un barbu entre deux âges n'avait, lui, qu'une simple musette. Elle contenait tout ce qu'il emportait pour le voyage de sa vie. De quoi repartir de zéro. Ou peut-être des provisions, et il s'en débarrasserait quand elle serait vide. Il n'aurait plus que lui-même et ses souvenirs. Les hommes regardaient le jeune couple sans rien dire, tandis que les femmes chantaient en chœur un chant aux accents élégiaques. Les chanteuses et leurs auditeurs pleuraient. Ils appartenaient probablement à la même famille. Ils se ressemblaient. Les enfants, surtout, dont pas un seul n'avait plus de dix dents.

Le camion démarra, mettant fin brutalement à la scène d'adieux. Puis il s'ébranla lentement. Les vieux firent deux pas, puis s'arrêtèrent, les gens d'âge moyen marchèrent, puis se mirent à courir et les jeunes suivirent aussi longtemps qu'ils purent en agitant les mains. Les enfants furent les derniers à renoncer. Les jeunes gens, en se tenant à l'abattant de la caisse, agitèrent longtemps les mains, puis ils se tournèrent vers nous et s'assirent sur le sol. Ils s'adossèrent à la paroi de la caisse et ramenèrent leurs genoux sur leur poitrine. Et on n'entendit plus que le bruit discordant du moteur et les soupirs du jeune couple.

Je sentis une main sur mon épaule et me tournai vers le petit qui m'avait réveillé. Je le saisis sous les bras, laissant pendre en l'air ses petits pieds et le posai sur mes genoux pour l'empêcher de tomber… Et je dis :

« Je vous demande pardon… »

Tournant la tête à droite et à gauche, je m'efforçai de regarder l'un après l'autre les visages de ces gens. Ils ne comprenaient pas. J'essayai encore :

« Pardonnez-moi… »

Et encore :

« Pardonnez-moi les choses horribles que je vous ai faites ! »

Une pomme apparut devant mon visage. Je me tournai vers celui qui la tenait. C'était l'homme à la musette. Il avait aussi une pomme dans son autre main. Il riait. Il pensait sans doute que je demandais s'il y avait quelque chose à manger. Je saisis la pomme et mordis dedans. Puis je la tendis à l'enfant qui était sur mes genoux. Je compris que dans le camion du tueur, parmi les Kalachnikovs, il y avait réellement une caisse de pommes. Elles n'étaient pas destinées à être livrées, c'étaient des vivres pour les clandestins… Comme les sandwiches au fromage et à la tomate que je préparais jadis.

L'enfant et moi mordions dans la pomme à tour de rôle. J'étais assis au centre de la caisse. Je regardai autour de moi. Tout le monde tenait une pomme dans sa main, mordait dedans et mâchonnait. Mis à part le jeune couple qui nous avait rejoints et qui s'exerçait à oublier. Ils portaient déjà le deuil de ceux qu'ils venaient de quitter…

Je me tournai vers l'homme qui m'avait donné la pomme en disant :

« Merci de m'avoir pardonné. »

Il rit sans comprendre. J'essayai encore :

« Heureusement que vous ne me connaissez pas ! »

Je persistai :

« Heureusement que vous n'êtes pas venus dans mon dépôt ! »

Une gifle claqua sur ma joue ! Une petite claque donnée par une petite main. J'avais oublié de présenter la pomme à l'enfant qui était sur mes genoux. C'était son tour et il s'impatientait. J'ouvris grand les yeux, haussai les sourcils et tout le monde se mit à rire. Et même à rire aux éclats ! Je ris moi aussi. Même le jeune couple assis en face de moi sourit…

Seul l'enfant ne riait pas, car sa bouche était pleine de pomme. Il m'avait puni. Il m'avait donné cette gifle de la part de tous ceux que j'avais maltraités. L'affaire était classée. Maintenant il passait sa main sur les ecchymoses des veines de mes bras. Et cette main apportait la guérison. Je tenais dans mes bras un petit chaman ! Le guide spirituel de tous les clandestins d'Islamabad à Kaboul ! Un enfant qui savait tout et pouvait tout ! Je pensai à Maxime, le journaliste français, puis je baisai la main de l'enfant. Comme il convient quand on rencontre un petit chaman.

Nous passâmes la nuit dans un lieu complètement désert. Un espace où les étoiles, descendant au ras du sol, éclairaient les quatre horizons… Un espace silencieux, tour à tour écrasé par la chaleur du jour et envahi par le froid intense de la nuit.

Nous essayâmes de dormir. Certains y parvinrent. D'autres, comme moi, battirent des paupières dans les ténèbres jusqu'au matin. L'enfant, tel un petit chien, était blotti dans les bras de sa mère. Dieu sait à quoi il rêvait…

Au petit jour, je descendis du camion pour faire quelques pas. Puis je m'assis pour regarder le lever du jour et le coucher des étoiles. Apparut un soleil immense qui ne ressemblait à aucun de ceux que j'avais vus au cours de ma vie. Une sorte de soleil vagabond, arrivé là par hasard. Un soleil peintre venu d'on ne sait où… Ce matin-là, il se levait uniquement pour nous, teintant le ciel de violet, puis de rouge. Quand il se fut élevé au-dessus de l'horizon, il ne resta que le bleu pâle du ciel et le jaune du sol qui s'étendaient de tous côtés à l'infini. Je songeai à Cuma… Et aussi à moi-même… Puis je me levai et retournai au camion qui se dressait au milieu du désert.

En montant dans la caisse, je vis que les dormeurs et les insomniaques avaient échangé leur rôle. Ceux-ci s'étaient assoupis, ceux-là bâillaient et regardaient autour d'eux. Le petit s'était réveillé lui aussi, il grignotait un biscuit qu'il tenait à la main. Je croisai le regard de sa mère. Je souris. Elle sourit probablement elle aussi, mais cela m'échappa. Son visage était dissimulé sous un voile noir qui ne laissait apparaître que ses yeux. Ceux qui profèrent dans leurs contes

« Sésame ouvre-toi ! » disent dans la vie réelle : « Femme ferme-toi ! » Nous étions dans une contrée où chaque homme se prend pour Ali Baba et considère que tous les autres sont les quarante voleurs. À force d'être narré, le conte est devenu réalité.

Je ne sais ni combien de temps je dormis, ni quand je m'éveillai. Je sais seulement que le tueur, qui visiblement ne dormait jamais, après avoir dit quelques mots, plaça un rideau entre le soleil et nous en abaissant la bâche sur l'abattant de la caisse. Mais le soleil vagabond ne se tint pas pour battu. S'insinuant à travers les fissures de la bâche qui se dressait comme une tente au-dessus de nous, il trouvait quand même le moyen de m'éblouir.

Le camion démarra et nous partîmes. Au début, on avançait très lentement. Puis, comme un marathonien qui trouve son rythme, on accéléra. À la façon dont nous étions secoués, j'étais sûr que nous ne roulions pas sur une route. Nous devions être près de la frontière. J'allais bientôt entrer dans le pays de Cuma...

« J'y suis presque, me dis-je. Me voici ! »

On entendit alors un coup de feu. Puis un autre. Et encore un autre ! Les gens qui m'entouraient se mirent à crier et le camion accéléra encore. Nous ne savions pas qui se servait de ces armes, mais apparemment c'était nous qui étions visés. Finalement une balle transperça la bâche. Par chance, elle ne toucha personne, mais elle avait traversé le camion, faisant apparaître dans la bâche deux nouveaux faisceaux lumineux. Je me levai pour tâcher de plaquer au sol tous ceux que je pouvais atteindre. Mais passé le premier moment de stupeur, tout le monde se faisait petit et se mettait à plat ventre. On força à s'allonger deux femmes et un homme qui ne savaient que prier en poussant de petits cris. Je me tapis entre deux caisses d'armes. Couchés les uns sur les autres, nous étions balancés comme dans un berceau. Le bruit des armes s'amplifia. Je ne comprenais pas d'où provenaient les coups de feu. Soit on nous tirait dessus d'un point élevé, soit, ce qui est encore pire, nous étions poursuivis par des véhicules et le vacarme ambiant masquait le bruit de leurs moteurs. Je sentis que nous ralentissions. Le tueur avait-il été touché ? Si c'était le cas, le camion, livré à lui-même, allait se renverser et faire la culbute ! Finalement, il ralentit et s'arrêta et les détonations cessèrent. Je rampai vers l'abattant, soulevai un peu la bâche et regardai. Je vis deux camionnettes pleines d'hommes armés.

J'entendis le tueur ouvrir et refermer rapidement sa porte. Il avait dû descendre du camion. Effectivement, au bout de quelques secondes il apparut dans mon champ visuel. Il était forcé d'affronter ses poursuivants. L'un d'eux descendit d'une camionnette et lui hurla quelque chose. Ils échangèrent quelques phrases et le tueur vint vers nous. Quand il ouvrit le verrou de l'abattant du côté où je me trouvais, nos regards se croisèrent. Ceux qui m'entouraient s'étaient tus quand le camion avait stoppé. Ils se remirent à hurler en entendant tirer le verrou. Ils ne voulaient pas être confrontés aux hommes armés. Mais il était trop tard. L'abattant s'abaissa et la bâche se souleva, nous exposant aux regards. Le tueur nous fit signe de descendre. Je sortis le premier et aidai les autres. Les hommes armés descendirent aussi des camionnettes et se mirent en rang. Ils étaient au nombre de neuf. Leur visage était dissimulé. Nous nous alignâmes en face d'eux et attendîmes. Le petit pleurait dans les bras de sa mère. Pendant la poursuite, la peur l'avait empêché de crier, mais maintenant il ne pouvait plus s'arrêter. L'homme armé qui parlait au tueur était certainement le chef. Lui seul avait le visage découvert. Il désigna l'enfant en pleurs et dit quelques mots. Là-dessus la mère et l'enfant remontèrent dans le camion. Il restait donc quand même un peu de compassion ! Le chef nous regarda et fit un bref discours. Ensuite les gens tournèrent les talons et regagnèrent le camion. L'homme à la musette, plus prompt que les autres, monta dans le fourgon et commença à sortir les caisses de kalachnikovs. Deux hommes armés les prirent et les chargèrent l'une après l'autre sur les camionnettes. Quand on eut déménagé la dernière caisse, le tueur se mit à invectiver les gens rassemblés autour du camion. Ils remontèrent l'un après l'autre dans la caisse. Le tueur était si furieux d'avoir été pillé qu'il n'arrêtait pas de vociférer. Il s'en prenait surtout à ses passagers. Je me dis que tout allait bien. C'était fini, tout était réglé. Ils avaient leurs kalachnikovs, ils pouvaient repartir.

Tout le monde était déjà embarqué, sauf le jeune couple et moi-même. Le jeune homme aida son épouse à monter dans le camion. Au moment où il s'apprêtait à la suivre, le chef des hommes armés prononça quelques mots. Le jeune homme se retourna et le regarda en hochant la tête. Ses yeux s'emplissaient de larmes. Je ne sais pas ce que lui disait l'autre, mais visiblement il n'était pas d'accord. Un des hommes armés s'approcha, le saisit par le bras et l'entraîna. Sans descendre du camion, la femme, terrorisée, criant et pleurant, suppliait qu'on lâchât son mari. Le tueur se contentait d'observer la scène. Apparemment, il avait été convenu qu'on le laisserait repartir en échange des kalachnikovs et d'un homme.

Je songeai à Rastin. Je fis un pas en avant et me mis à crier. Peu importe ce que je disais, de toute façon personne ne comprenait. Mais quand, sans cesser de hurler, je levai les mains vers le ciel, ils comprirent que je voulais prendre la place de l'autre. Le chef regarda le tueur d'un air de dire « c'est d'accord ». Il voyait bien que j'étais un étranger et il n'avait pas envie de servir de cible, à l'improviste, deux jours plus tard, à une fusée américaine guidée par satellite. Le tueur fit signe qu'il était d'accord, il n'y avait plus de problème. Ils me prenaient à la place de l'autre. On relâcha le jeune homme, qui sanglotait. Pris au dépourvu par mon sacrifice et ne sachant que faire, il ne fit rien du tout. Il passa devant moi la tête basse, sans même dire merci. Il se contenta, une fois monté dans le camion, de me faire passer mon sac. Je tirai de ma poche la grenouille de papier qui ne m'avait pas quitté depuis seize ans et la lui tendis. Il la regarda, puis se tourna vers moi. Je montrai le petit enfant qui pleurait toujours dans son coin. Il comprit ce que je voulais dire. Passant de main en main, la grenouille de Cuma fut transmise au petit. Ce que je vis en dernier, ce fut l'enfant qui la regardait en pleurant.

Tandis que le tueur rabattait la bâche, le chef me tapa sur le bras. Nous partions… Je fis volte-face et courus vers les camionnettes. Je sentais sur mon dos la chaleur des regards. En dépit du rideau qui était tombé entre nous, ces gens me regardaient… Ils ne m'oublieraient pas. Et moi non plus, je ne les oublierais pas. Je leur disais, en pensée : « Allez ! Partez vite ! Gagnez le lieu dont vous rêvez… »

Je ne savais ni où l'on m'emmenait, ni ce qui m'attendait. Et le reste ne m'intéressait pas.

Tout au long du trajet personne ne m'adressa la parole. Traversant des étendues désertes, nous arrivâmes à un village. La guerre, comme un rouleau compresseur, était passée sur les maisons. Des têtes brunes se montraient dans l'embrasure des portes sans vantail et des fenêtres dépourvues de vitres. Des gens, des femmes surtout, sortaient de ces espèces de tombes en poussant de grands cris. Les hommes qui m'entouraient criaient aussi en brandissant leurs kalachnikovs. On célébrait le pillage. Les camionnettes s'arrêtèrent et nous sautâmes à terre. Puis on se mit en route.

Au bout du village, là où les maisons se faisaient plus rares, je vis des hommes maniant des pelles. Comme j'étais prisonnier volontaire, il était bien entendu que je ne me sauverais pas. C'est sans doute pour cela que personne ne m'avait frappé ou maltraité. Les hommes armés se dispersèrent, un seul resta avec moi. Quand nous atteignîmes l'endroit où pelles et pioches montaient et descendaient, je vis que l'on creusait un trou. Il n'y avait là que des vieux. Je les regardai sans pouvoir comprendre si l'humidité qui baignait leurs yeux était faite de larmes ou de sueur. Ils étaient sur le point de mourir de fatigue ou de vieillesse. Quelle que fût la raison pour laquelle ils creusaient, on avait le sentiment qu'ils ne verraient pas le résultat de leur travail.

Je me tournai vers l'homme armé qui m'accompagnait. Il fit de sa main libre un gobelet qu'il porta à sa bouche. Je compris que ces gens creusaient un puits. On était à court de main-d'œuvre. Quand les hommes allaient faire leurs *razzias*, il fallait que quelqu'un restât au village pour travailler. Mais tous les hommes valides, jeunes ou moins jeunes, tous ceux qui attendaient quelque chose de l'avenir, étaient partis sans demander leur reste, et il n'y avait plus que ces vieux.

On me donna une pelle et ils me firent une place. Je respirai profondément et me mis à creuser. Le soleil, comme un monstre à cent bouches, mordait à belles dents dans mon dos et ma nuque, j'étais une plaie vivante, mais je travaillais, imperturbable. Il faut dire que creuser, c'était vraiment mon affaire. Et là, je n'ouvrais pas un fossé pour me protéger des hommes et surtout je savais que je n'allais pas tomber sur le cadavre de ma mère. Ce trou n'allait pas livrer des corps sans vie. Bien au contraire, c'est l'eau, autrement dit la vie, qui allait en sortir. Je creusais pour trouver de l'eau.

Cela dura deux mois. Nous ne trouvâmes l'eau qu'au bout de quatre tentatives. Il fallait aller chercher à trois kilomètres les pierres pour étayer les parois du puits. Et nous n'avions qu'une brouette pour les transporter, car les camionnettes venaient rarement.

La nuit, je couchais sous les étoiles. Ou au-dessus d'elles. Je me levais avant le jour pour travailler. Pour me nourrir, ils me donnaient tantôt de la viande, tantôt du pain, jamais les deux. La plupart du temps ils étaient eux-mêmes affamés. Ils ne possédaient qu'un peu de bétail. Et moi. Rien de plus.

Quand l'eau apparut, dans le quatrième puits creusé de façon très rudimentaire, tous les visages ridés sourirent. C'était une petite nappe à six mètres au-dessous du sol. Nous attendîmes toute la nuit et le matin venu nous vîmes qu'elle n'avait pas plus d'un mètre de profondeur. Mais nous étions contents. Au fond du puits, nous pouvions voir notre reflet.

Comme il n'y avait personne pour me surveiller, c'étaient tantôt des femmes, tantôt des enfants qui montaient la garde, une kalachnikov à la main. Voyant que j'étais un esclave travailleur et soumis, ils me laissaient tranquille. Après tout, j'étais des leurs… Et même le chef des pillards, en voyant l'eau au fond du puits, me serra dans ses bras et tenta de m'expliquer que si je voulais, je pouvais rester au village. Mais j'avais un rendez-vous.

À la fin de ces deux mois de galère, je fis mes adieux à tout le monde, montai dans une camionnette et poursuivis ma route. Tout ce qu'il me restait du village, c'étaient deux bouteilles d'eau…

La camionnette s'arrêta à l'entrée de Kandahar. Ceux qui m'accompagnaient me firent comprendre qu'ils n'iraient pas plus loin. Ils ne voulaient pas entrer dans la ville. Je pouvais le comprendre. Chacun a des limites en deçà desquelles se déroule sa vie et qu'il ne peut pas franchir. Je descendis de la camionnette et m'acheminai vers ma propre vie…

J'étais en route depuis une semaine. Tantôt en autobus, tantôt dans la caisse d'une camionnette, tantôt à pied. Pour l'instant, je marchais. Je savais que le but était proche. À tous les gens que je croisais, je demandais : « Bâmiyân ? » Ils désignaient un point à l'horizon, plus proche à chaque fois. J'étais entré dans une vallée. Je n'avais plus que quelques pas à faire…

Je gravis le dernier raidillon, puis je m'arrêtai. J'inspirai profondément, puis retins mon souffle. Je voulais qu'à la vue de la vallée de Bâmiyân ma respiration s'arrête et que tout mon être se fige. Rester pétrifié et regarder, c'était la seule chose que je pouvais faire face à ce spectacle. J'avais trouvé le lieu que je cherchais. Le dessin de Cuma s'étalait sous mes yeux.

Il était là, devant moi… C'était une vallée plantée d'arbres et entourée de rocs. C'était là qu'ils étaient. De l'endroit où je me tenais, je distinguais, espacées de quelques centaines de mètres, les niches vides des statues de Bouddha. La paroi rocheuse dans laquelle on les avait sculptées était comme un rideau plissé tendu en travers de la vallée. J'apercevais les entrées d'une multitude de petites grottes, de petites cavités entourant les niches géantes. On aurait dit que la paroi avait des yeux. Et si c'étaient des yeux, les hommes qui jadis, comme Cuma, avaient vécu là, étaient leurs noires prunelles.

Je m'élançai en courant. J'étais sur l'un des versants qui descendent dans la vallée. Je courus, courus, sans penser à rien ! Je passai entre des rochers, puis entre des arbres. Je tombai, me relevai et courus encore plus vite. À chaque pas, tout ce que j'avais sous les yeux grandissait.

Les parois rocheuses étaient de plus en plus hautes et les niches des Bouddhas de plus en plus gigantesques.

Je ne savais pas vers laquelle aller, j'ignorais où menait le chemin. Je me contentais de courir. Je vis que j'approchais de la plus grande des deux cavités. Elle pouvait être à un kilomètre, voire davantage. Mes yeux étaient rivés sur elle.

Arrivé à une centaine de mètres, je m'arrêtai tout essoufflé. « J'y suis, me disais-je, j'y suis enfin ! » Je fermai les yeux un instant et imaginai que la grande statue était toujours là. Dans son immense écrin… Cuma avait grandi à ses pieds, les yeux fixés sur elle. Peut-être grimpait-il dans sa niche pour regarder le monde entre les pieds du Bouddha. Je la voyais moi aussi, cette statue. Un petit garçon nommé Cuma courait à mes côtés.

Quand j'ouvris les yeux, la statue disparut. Il ne restait que la niche vide. Je m'avançai à pas lents. Je croisai une vieille femme. Elle avait sans doute vu ce que je regardais et compris où j'allais. Elle agita la tête et les bras comme pour dire : « Arrête-toi ! N'y va pas ! » Je passai mon chemin en riant, mais elle continua à crier. Je crus entendre le mot « taliban »… Riant toujours, je continuai d'avancer.

Il n'y avait personne d'autre en vue. Au loin, des femmes montaient dans les grottes. Cela montrait bien que des gens vivaient là… J'arrivai à proximité de l'immense cavité. Pour s'approcher davantage, il fallait grimper en se cramponnant aux rochers. Mes mains et mes pieds savaient où prendre appui, comme si j'avais passé ma vie dans cette vallée en compagnie de Cuma… C'était peut-être vrai. Mes désirs prenaient forme.

Un dernier pas et je fus dans la niche. Je levai la tête. Je regardai autour de moi. J'examinai le plafond suspendu comme une coupole. Pris de vertige, j'arrêtai et fixai l'horizon, posant les yeux sur les vagues formées par les montagnes, sur les sommets et sur l'immense étendue déserte. Puis je baissai la tête. J'étais debout sur des fragments de rocher qui étaient, peut-être, les restes du Bouddha détruit…

Je m'assis par terre en riant. Et soudain j'entendis la voix familière qui s'était tue il y avait des années… C'était pour l'entendre que j'avais fait ce long voyage…

« Tu vas bien ?

Oui.

Tu es fatigué ?

Un peu.

Tu voyages depuis des années…

C'est vrai…

Alors, cela ressemble à mon dessin ?

Oui, Cuma, ça lui ressemble vraiment.

Je te remercie de m'avoir ramené chez moi.

C'est moi qui te remercie, Cuma, de m'avoir invité chez toi…

Que vas-tu faire, maintenant ?

Je ne sais pas…

Bon… Et ensuite ?

Je vais peut-être vivre ici pour remplacer ceux qui sont partis…

Gazâ… Sois vigilant : pendant quelque temps, tu vas peut-être rêver de sulfate de morphine. Tiens bon… S'il te plaît.

Ne t'inquiète pas.

Tu vas encore te raconter ton passé ?

Non, non… C'est fini.

Tu dis toujours ça… Tu en es sûr ?

Bon, alors disons : j'espère que je n'aurai plus besoin de me le raconter !

Tu n'en auras plus besoin ! Je te crois… Gazâ… Je m'en vais.

Je sais.

On se fait nos adieux ?

Adieu, Cuma.

Adieu, mon petit enfant… Allez, termine ton histoire…

Elle est finie. »

J'avais ramené chez lui Cuma, que j'avais toujours porté en moi depuis que je lui avais pris sa vie. Après tant d'années, je n'avais entendu sa voix que pour des adieux. En Afghanistan, dans la région du Hazaradjat, dans la vallée de Bâmiyân. Dans la niche géante où se dressait jadis une statue de Bouddha de cinquante-cinq mètres de haut. Pendant mille cinq cents ans, elle s'était dressée à l'endroit où j'étais assis, avant qu'on ne la change en un nuage de poussière… Baissant la tête, j'aperçus un enfant. Il n'avait pas plus de 15 ans. Debout entre les arbres, il me regardait. Il tenait une kalachnikov. Je souris. Il pointa son arme sur moi et fit feu. Je sentis une vive chaleur dans mon épaule gauche. Je considérai le vide grandiose qui s'ouvrait devant moi et je me relevai.

NOTES

1| *Rimbaud-Verlaine*, Agnieszka Holland, 1990.

2| « Gazâ » fait également référence à la guerre sacrée visant à protéger, ou propager, l'islam.

3| Parti des travailleurs du Kurdistan. Organisation armée créée en 1978 par Abdullah Öcalan, visant à l'indépendance des territoires à majorité kurde du sud-est de la Turquie.

4| En turc « *cuma* » veut dire « vendredi » et se prononce « djouma ».

5| « Kandağ » veut dire littéralement « montagne de sang ».

6| *Le Bateau Ivre*, 1871.

7| Deux mois et dix jours après le Ramadan, Bayram, ou Kurban Bayramı, est célébré par les musulmans de Turquie. Commémoration du sacrifice d'Abraham, cette fête symbolise la soumission à Dieu et est consacrée au don et au partage.

8| Charles Baudelaire, « Causerie », *Les Fleurs du mal*, 1867.

9| Littéralement « donner joyeusement une gifle ». Aussi appelé « vidéo-agression », cette pratique consiste à filmer l'agression physique (allant de la simple vexation aux violences les plus poussées) de quelqu'un avec un téléphone portable, pour le diffuser sur la Toile.

L'AUTEUR

Né à Rhodes en 1976, Hakan Günday a trente-huit ans.
Il vit à Istanbul.

Francophone pour avoir suivi son père diplomate à Bruxelles et y avoir fait ses études, il s'est passionné pour *Voyage au bout de la nuit* de Céline, qui a beaucoup influencé son écriture et son regard sur le monde.

Hakan Günday est l'auteur de huit romans. Son livre *Kinyas et Kayra*, publié en 2000, est considéré comme le premier roman underground en Turquie. Son premier livre traduit en français, *D'un extrême l'autre* (Galaade, 2013) a reçu le prix du meilleur roman de l'année 2011 en Turquie. Finaliste du Prix Lorientales 2015, *Ziyan* (Galaade, 2014) a reçu le Prix France-Turquie 2014. Auteur de best-sellers en Turquie, Hakan Günday représente désormais la littérature turque à l'international.

CATALOGUE DES PUBLICATIONS

LITTÉRATURE

SELÇUK ALTUN,
— *LE SULTAN DE BYZANCE*

MASSIMO BASILE,
GIANLUCA MONASTRA,
— *UN ÉTÉ AVEC CHET*

JUAN BONILLA,
— *LES PRINCES NUBIENS*

JAVIER CALVO,
— *LES LUNES DE BARCELONE*
— *LE JARDIN SUSPENDU*

GIORGIO CAPRONI,
— *L'ŒUVRE POÉTIQUE*

MARIE CASANOVA,
— *ET L'ODEUR DES NARCISSES*

NICHOLAS CHRISTOPHER,
— *VOYAGE VERS LES ÉTOILES*

ALBENA DIMITROVA,
— *NOUS DÎNERONS EN FRANÇAIS*

ÉCRIVAINS DE TURQUIE,
— *L'AUTRE TURQUIE*
— *SUR LES RIVES DU SOLEIL*

JAKOB EJERSBO,
— *EXIL*

ALAIN FOIX,
— *PEINTRE PEINT SUR PAPIER PEINT*
— *VÉNUS ET ADAM*
— *LA DERNIÈRE SCÈNE*

ÉDOUARD GLISSANT,
— *LA TERRE LE FEU L'EAU ET LES VENTS*

HAKAN GÜNDAY,
— *D'UN EXTRÊME L'AUTRE*
— *ENCORE*
— *ZİYAN*

ABDULRAZAK GURNAH,
— *ADIEU ZANZIBAR*
— *PRÈS DE LA MER*

DANIEL HANDLER,
— *L'AMOUR ADVERBE*
— *LE CERCLE DES HUIT*

MAHMOUD ABOU HASHHASH,
— *RAMALLAH, MON AMOUR*

URSULA HEGI,
— *BRÛLURES D'ENFANCE*
— *TRUDI LA NAINE*

KRISTIEN HEMMERECHTS,
— *LA FEMME QUI DONNAIT À MANGER AUX CHIENS*

YOEL HOFFMANN,
— *À LA RECHERCHE DU TROISIÈME ŒIL*
— *BERNHARD*
— *LE TAILLEUR D'ALEXANDERPLATZ*

SABINE HUYNH,
— *LA MER ET L'ENFANT*

UZMA ASLAM KHAN,
— *SECONDE PEAU*

TUNA KİREMİTCİ,
— *LES AVERSES D'AUTOMNE*
— *UN ÉTÉ*

FRANCOIS KOLTÈS,
— DES VÊPRES NOIRES
— PETIT HOMME TU PLEURES

HUGO LAMARCK,
— MYRTILLE

MARC LEPAPE,
— VASILSCA

ARNOŠT LUSTIG,
— LA DANSEUSE DE VARSOVIE
— ELLE AVAIT LES YEUX VERTS

JACQUELINE VAN MAARSEN,
— JE M'APPELLE ANNE, DIT-ELLE, ANNE FRANK

JUAN JOSÉ MILLÁS,
— LE DÉSORDRE DE TON NOM
— DEUX FEMMES À PRAGUE
— LA SOLITUDE C'ÉTAIT CELA
— UNE VIE QUI N'ÉTAIT PAS LA SIENNE

STEVEN MILLHAUSER,
— LA GALERIE DES JEUX
— LE MUSÉE BARNUM

MADELEINE MONETTE,
— SKATEPARK

TAHA MUHAMMAD ALI,
— UNE MIGRATION SANS FIN

SAMIR NAQQASH,
— SHLOMO LE KURDE

OSCAR K,
— L'INTERPRÉTATION DE L'AMOUR PAR KIERKEGAARD À L'ÉPREUVE DE LA PHYSIQUE QUANTIQUE

HELEN OYEYEMI,
— LE BLANC VA AUX SORCIÈRES
— MISTER FOX

MANUEL PIOLAT SOLEYMAT,
— TROIS SURPRISES À BORD DU BAHNHOF ZOO

PIERRE PUCHOT,
— LA TRAVERSÉE DU CHIEN

ALBERTO RUY-SÁNCHEZ,
— À MON CORPS DÉSIRANT

ÉRIC SADIN,
— SOFTLOVE

CLARE SAMBROOK,
— JE N'AI PAS ENCORE DIX ANS

RAJA SHEHADEH,
— NAGUÈRE EN PALESTINE

IGOR ŠTIKS,
— LE SERPENT DU DESTIN

SYLVIE TAUSSIG,
— DANS LES PLIS SINUEUX DES VIEILLES CAPITALES
— PATRON TITAN

FRÉDÉRIC TEILLARD,
— L'UNIQUE OBJET DE MON DÉSIR

AYFER TUNÇ,
— NUIT D'ABSINTHE

MURAT UYURKULAK,
— TOL

WALTER VELTRONI,
— PATRICIO, JE T'AIME. PAPA

GORE VIDAL,
— À L'ESTIME
— CRÉATION
— DULUTH
— EMPIRE
— HOLLYWOOD
— JULIEN
— KALKI
— LINCOLN
— PALIMPSESTE

CLAUDE VIGÉE,
— MON HEURE SUR LA TERRE

VINCENT WACKENHEIM,
— *CHAOS*

ANGEL WAGENSTEIN,
— *ADIEU SHANGHAI*

IRVIN YALOM,
— *LE BOURREAU DE L'AMOUR*
— *CRÉATURES D'UN JOUR*
— *DANS LE SECRET DES MIROIRS*
— *EN PLEIN COEUR DE LA NUIT*
— *ET NIETZSCHE A PLEURÉ*
— *LA MALÉDICTION DU CHAT HONGROIS*
— *LA MÉTHODE SCHOPENHAUER*
— *LE JARDIN D'ÉPICURE*
— *LE PROBLÈME SPINOZA*
— *LES PHILOSOPHIQUES*
— *MENSONGES SUR LE DIVAN*

S. YIZHAR,
— *HIRBAT-HIZA*

ZORAN ŽIVKOVIĆ,
— *L'ÉCRIVAIN FANTÔME*

AUTEUR DE VUE

PATRICK CHAMOISEAU,
ÉDOUARD GLISSANT,
— L'INTRAITABLE BEAUTÉ DU MONDE. ADRESSE À BARACK OBAMA

MICHEL DEGUY,
— L'ÉTAT DE LA DÉSUNION. QUE DIRE À L'UNESCO ?

ALAIN FOIX,
— NOIR. DE TOUSSAINT LOUVERTURE À BARACK OBAMA

AVIRAMA GOLAN,
— ESPOIR D'UN PRINTEMPS ISRAÉLIEN. À UNE AMIE PALESTINIENNE

EMMANUEL PIERRAT,
— COMME UN SEUL HOMME. DROIT, GENRE, SEXE ET POLITIQUE

EDWY PLENEL,
— COMBAT POUR UNE PRESSE LIBRE. LE MANIFESTE DE MEDIAPART

RAJA SHEHADEH,
— 2037. LE GRAND BOULEVERSEMENT

DUBRAVKA UGREŠIĆ,
— KARAOKE CULTURE

ESSAIS

TARIQ ALI,
OLIVER STONE,
— L'HISTOIRE NON DITE DES ÉTATS-UNIS

JEFFREY ANDREW BARASH,
— HEIDEGGER ET LE SENS DE L'HISTOIRE

ENIS BATUR,
— LA MORT DE GERONIMO

XAVIER-MARIE BONNOT
FRANÇOIS-XAVIER GUILLERM
— LE SANG DES NÈGRES

PATRICK CHAMOISEAU,
ÉDOUARD GLISSANT,
— MANIFESTE POUR LES "PRODUITS" DE HAUTE NÉCESSITÉ
— QUAND LES MURS TOMBENT. L'IDENTITÉ NATIONALE HORS LA LOI ?

NOAM CHOMSKY,
ILAN PAPPE,
— PALESTINE. L'ÉTAT DE SIÈGE

JEAN DANIEL,
— ISRAËL, LES ARABES, LA PALESTINE

PHILIPPE DI FOLCO,
— L'EMPEREUR DU SAHARA

HRANT DİNK,
— CHRONIQUES D'UN JOURNALISTE ASSASSINÉ

VINCENT DUCLERT,
— DREYFUS AU PANTHÉON

ALAIN FLEISCHER,
— LES LABORATOIRES DU TEMPS
— L'EMPREINTE ET LE TREMBLEMENT
— LA POSE DE DIEU DANS L'ATELIER DU PEINTRE
— L'IMPÉRATIF UTOPIQUE

ÉDOUARD GLISSANT,
— MÉMOIRES DE LA TRAITE NÉGRIÈRE, DE L'ESCLAVAGE ET DE LEURS ABOLITIONS

NILÜFER GÖLE,
— INTERPÉNÉTRATIONS. L'ISLAM ET L'EUROPE

HELENE HARTER,
— L'AMÉRIQUE EN GUERRE

FRANÇOIS HARTOG,
— ANCIENS, MODERNES, SAUVAGES

LAURE KATSAROS,
— UN NOUVEAU MONDE AMOUREUX

VICTOR LEDUC,
— LES TRIBULATIONS D'UN IDÉOLOGUE

GREIL MARCUS,
— L'AMÉRIQUE ET SES PROPHÈTES. LA RÉPUBLIQUE PERDUE ?
— BOB DYLAN BY GREIL MARCUS
— LIKE A ROLLING STONE. BOB DYLAN À LA CROISÉE DES CHEMINS
— THE DOORS

JUAN JOSÉ MILLÁS,
— UNE HISTOIRE DE HARCÈLEMENT

MAURICE OLENDER,
— LA CHASSE AUX ÉVIDENCES. SUR QUELQUES FORMES DE RACISME

DENISE PAULME,
— CENDRILLON EN AFRIQUE

ALAIN PAVÉ, GAËLLE FORNET,
— AMAZONIE

PIERRE PUCHOT,
— TUNISIE. UNE RÉVOLUTION ARABE
— LES FRÈRES MUSULMANS ET LE POUVOIR (2011-2014)

JACQUES REVEL,
— UN PARCOURS CRITIQUE

EDWARD SAID,
TARIQ ALI,
— CONVERSATIONS

IRVIN YALOM,
— L'ART DE LA THÉRAPIE
— THÉRAPIE EXISTENTIELLE

MARILYN YALOM,
— LE SEIN. UNE HISTOIRE
— COMMENT LES FRANÇAIS ONT INVENTÉ L'AMOUR

RETROUVEZ HAKAN GÜNDAY
WWW.GALAADE.COM/GUNDAY

CATALOGUE :
WWW.GALAADE.COM

CONTACT :
LIRE@GALAADE.COM

MISE EN PAGE :
SOFT OFFICE (38)

ACHEVÉ D'IMPRIMER
EN OCTOBRE 2015
PAR NORMANDIE ROTO IMPRESSION S.A.S.
N° D' IMPRESSION : 1505074
2ème RÉIMPRESSION

DÉPÔT LÉGAL : AOÛT 2015
ISBN : 978-2-35176-382-7
E-BOOK : 978-2-35176-383-4